Marie Kärsting

Bittersweet Summer Days

Marie Kärsting, 1993 in Kempen geboren, lebt mit ihrem Ehemann und zwei Hunden in einem kleinen Dorf am Niederrhein. Nach ihrem Schulabschluss studierte sie Betriebswirtschaftslehre und schloss eine kaufmännische Ausbildung ab, doch trotz der vielen Zahlen fand sie ihre Liebe zu Wörtern wieder. Mit ihren knisternden Liebesromanen konnte sie bereits Leserinnen begeistern.

Marie Kärsting

Bittersweet Summer Days

Roman

PIPER

Mehr über unsere Autorinnen, Autoren und Bücher:
www.piper.de

Wenn Ihnen dieser Roman gefallen hat, schreiben Sie uns unter Nennung des Titels »Bittersweet Summer Days« an empfehlungen@piper.de, und wir empfehlen Ihnen gerne vergleichbare Bücher.

ISBN 978-3-492-50849-0

Für einen direkten Kontakt und Fragen
zum Produkt wenden Sie sich bitte an:
info@piper.de
Redaktion: Tintenweber Lektorat
Satz auf Grundlage eines CSS-Layouts
von digital publishing competence (München)
mit abavo vlow (Buchloe)
Covergestaltung: Giessel Design
Covermotiv: Bilder unter Lizensierung von Shutterstock genutzt.
Printed in the EU

Für alle, denen das Herz gebrochen wurde und die mutig genug sind, es selbst wieder zusammenzukleben

Playlist

Kelly Clarkson – Since U Been Gone
Taylor Swift – I Can Do It With a Broken Heart
Billie Eilish – Happier Than Ever
MGMT – Time to Pretend
P!nk – Just Like a Pill
Two Door Cinema Club – What You Know
First Aid Kit – My Silver Lining
Simon & Garfunkel – El Cóndor Pasa (If I Could)
M83 – Solitude
Johnny Cash, June Carter Cash – Jackson
Portishead – Glory Box
Lana Del Rey – Sad Girl
Djo – End of Beginning
Madonna – Vogue
Tom Odell – Another Love
Halsey – You should be sad
Chappell Roan – My Kink Is Karma
Coldplay – X&Y
Taylor Swift – Who's Afraid of Little Old Me?
Chappell Roan – Femininomenon
The Rolling Stones – Wild Horses – Acoustic Version

Content Note

Dieser Text enthält Themen, die für Betroffene triggernd wirken können. Eine Auflistung findet sich am Ende des Romans, kann jedoch dessen Inhalt spoilern.

Wir wünschen ein bestmögliches Lesevergnügen!

1
Since U Been Gone

»I even fell for that stupid love song«
– Kelly Clarkson

Die Fotos wanderten in den Karton. Alle. Nicht ein einziges wollte ich behalten, weil es zu sehr schmerzte. Zu sehen, wie glücklich wir mal gewesen waren, versetzte mir einen Schlag gegen die Brust, in der die winzigen Reste meines bereits gebrochenen Herzens brannten. Auch das von letztem Jahr im New River Gorge Nationalpark hielt ich in meinen Händen. Da hatte Julian keine Zweifel gehabt. Auf dem Bild lächelten wir breit in die Kamera, die Köpfe eng beieinander, und sein Arm war um mich gelegt. In diesem Moment hatte ich noch nicht geahnt, was kurz darauf beim Diamond Point folgen würde. Umgeben von uralten Bäumen und mit Blick auf eine Steinwand, die zu allen Seiten von Schlingpflanzen umrankt wurde, war er auf die Knie gegangen. Und für mich hatte es nur eine Antwort gegeben. Ja. Immer ja – bis heute.

Meine Augen brannten. Dass sie überhaupt noch in der Lage dazu waren, Tränenflüssigkeit zu erzeugen, wunderte mich. Doch viel schlimmer war der salzige Geschmack, der mir sogar mein Trosteis verfälschte. *Salted* Caramel bekam so eine ganz neue Bedeutung.

Ich warf das Foto schluchzend in den Pappkarton, mit dem ich seit heute Morgen durch das Haus wanderte. Wie ein Dieb hatte ich unserem ehemals gemeinsamen Zuhause Erinnerungen, Schätze und damit den Charakter gestohlen, bis die Mittagshitze mir den Schweiß in den Nacken getrieben hatte. Und selbst dann noch pflückte ich Gegenstände aus Schubladen heraus, die uns die Welt bedeutet hatten. Mir weiterhin bedeuteten. Trotzdem wollte ich sie mir aus den Augen schaffen, denn ich musste loslassen. Und ihm waren diese Andenken sowieso egal.

Kurz hielt ich inne und betrachtete mein Werk. Das Chaos hatte sich mittlerweile vom Flur und der Küche die Treppe hinauf in das zweite Stockwerk gezogen. Offen stehende Schranktüren, umhergerückte Möbelstücke und umgekippte Dekogegenstände, weil ich ohne diese verfluchte Leiter hatte arbeiten müssen. Nur er wusste, wo sie sich befand. Eine Spur der Verwüstung durchzog dieses Haus und war doch nur ein lächerliches Echo von dem, was in mir vorging.

Der letzte Raum, der mir bevorstand, war das Schlafzimmer. Seit Stunden drückte ich mich davor, aber nun näherte ich mich meiner einstigen Wohlfühloase, um sie auseinanderzunehmen wie unsere gesamte Beziehung. Wobei ich ja nicht der Auslöser gewesen war.

Allein bei dem Gedanken daran, welche unangenehmen Aufgaben auf mich warteten, wurde mir übel. Dieses Zimmer war nur ein weiterer Punkt auf der To-do-Liste einer Frau, die sitzen gelassen worden war.

Die Klinke an meinen Fingerspitzen war eiskalt, als ich die Tür aufdrückte. Seit Julian mir eröffnet hatte, dass er sich unsicher war, ob er mich wirklich heiraten wollte, hatte ich auf der Couch geschlafen. Ohne ihn im Bett zu liegen, kam mir einfach falsch vor. Er fehlte. Deshalb hatte ich diesen Raum gemieden.

Nun lag er dunkel vor mir. Ich knipste das Licht an und sah mich im Spiegel gegenüber. Schnell senkte ich den Blick, denn ich ertrug den Anblick meiner blutunterlaufenen Augen keine Sekunde. All seine Sachen befanden sich an den üblichen Orten, als würde er jeden Moment zur Haustür hereinkommen und mir von seinem Arbeitstag berichten. Das Wandermagazin auf dem Nachttisch, als hätte er gestern noch darin gelesen. Seine Armbanduhr auf der Kommode wartete nur darauf, dass er sie umlegte. Alles wie immer, nur dass das eine Wunschvorstellung war. Denn leider hatte er nicht nur Zweifel an unserer Eheschließung, sondern auch an der Beziehung, die wir für zehn Jahre geführt hatten. Vergangenheitsform.

Ich erschauderte. Getreu dem Motto, das Pflaster einfach abzureißen, ohne viel zu zögern, durchquerte ich den Raum und öffnete die linke Schranktür. Der Kleidersack war wie ein Mahnmal. Nur weil ich ein Hochzeitskleid gekauft hatte, hieß es noch nicht, dass ich dieses auch tragen würde. Mir war klar, dass es eine unkluge Idee war. Trotzdem konnte ich nicht anders. Wie hypnotisiert trat ich näher, nahm den Stoffbeutel heraus und breitete ihn auf dem Bett aus, das noch immer leicht nach Julian roch.

Das Öffnen des Reißverschlusses offenbarte einen Traum aus Chantilly-Spitze, Pünktchen-Tüll und Chiffon. Für die Suche danach hatte ich die volle Prozedur mitgemacht. Mit Pina, den Mädels aus dem Salon und meiner Schwiegermutter hatte ich vor Monaten einen Termin in dem Brautmodengeschäft *White Oak Bridal* in Charles Town wahrgenommen, Sekt geschlürft und genau drei Brautkleider anprobiert. Schon in der Umkleide beim Anlegen der edlen Stoffe war ich mir sicher gewesen. Sicher mit dem Kleid, mit Julian und der Zukunft, die wir uns gemeinsam ausgemalt hatten. Den Hauskauf hatten wir bereits abgehakt, die Trauung hatte kurz bevorgestanden, und nächstes Jahr sollte Nachwuchs folgen.

Als ich den anderen meine finale Wahl präsentiert hatte, war ich von strahlenden Gesichtern und Freudentränen überwältigt worden. Noch nie hatte ich mich so schön gefühlt. So gewollt. Mein Spiegelbild hatte dem entsprochen, wovon ich immer geträumt hatte: einer Prinzessin. Natürlich war das furchtbar kitschig, aber ich konnte es nicht leugnen.

Wenn Julian mich in diesem Kleid gesehen hätte ... wäre er dann nicht gegangen?

Ich belog mich selbst. Unsere Beziehung war nicht makellos gewesen, deshalb war er abgehauen. Anstatt wie ein Erwachsener gemeinsam mit mir an den Problemen zu arbeiten, hatte er einfach die Flinte ins Korn geworfen.

Meine Finger krallten sich in den zarten Stoff.

»Verdammte Scheiße!«

Ich zog die Tausend-Dollar-Investition aus dem Sack und knüllte sie in meinen Armen zusammen. Wenn die Brautausstatterin das sehen könnte, würde sie mit Sicherheit einen Herzinfarkt erleiden. Ohne genauen Plan verließ ich das Schlafzimmer und marschierte die Treppe hinunter, denn ich wusste nur, dass ich es nicht länger aushielt. Neben unserem Bett, mit diesem Fummel und in diesem Haus. All das beklemmte mich so sehr, deshalb stürmte ich in den Garten.

Auch hier erwarteten mich nur verworfene Pläne. Der Baum, den wir nach der Hochzeit hatten pflanzen wollen, stand in seinem Topf bereit. Sogar eine Hundehütte hatte Julian vorab besorgt, denn auch ein Familienhund war auf unserer imaginären Liste der heilen Vorstadtliebe vermerkt.

»Drauf geschissen!«

Mein Schrei schreckte ein paar Vögel auf, die es sich auf dem Hausdach gemütlich gemacht hatten. Kurz sah ich ihnen nach, aber dann warf ich das Kleid auf den Rasen. Mein Herz klopfte so sehr, dass ich meinen Puls in den Ohren spürte. Mein Blick heftete sich an das feuchte Gras, das den Stoff grünlich zu verfärben drohte.

Ich war so zerrissen. Eine unsichtbare Hand schien sich um meine Kehle zu legen. Einerseits hoffte ich noch immer, dass er wiederkam. Dass es sich nur um eine kurzweilige Verwirrung handelte und die Hochzeit doch stattfand.

Und andererseits war ich mir mit jeder Minute, die ich ohne ihn verbrachte, unsicherer, ob ich überhaupt weitermachen könnte, als wäre das hier nie passiert. Wer heiratete schon einen Mann, der kalte Füße bekommen hatte? Nicht nur kurz, für ein paar Minuten. Der nicht nur aus Angst einen vorübergehenden Rückzieher gemacht hatte, sondern alles beendet hatte. Meine Brust zog sich zusammen. Der Kloß in meinem Hals wuchs. Wie konnte man mit einer Person zusammen sein, die einen nicht wollte? Tränen zwängten sich brennend nach oben und fanden ihr Ventil in meinen stechenden Augen.

Er wollte mich nicht mehr.

Ich trat auf das Kleid, und dieser Schritt gab mir mehr Luft zum Atmen.

»Ich hasse dich«, nuschelte ich halbherzig, denn es war eine Lüge. Weder das Kleid noch den Mann, für den ich es gekauft hatte, hasste ich. Eher im Gegenteil.

Mit mehr Elan drehte ich mich um, stürmte über die Wiese und Terrasse bis zu Julians riesigem Grill, der eher einem Metallungetüm glich. Da ich mich selten um das Barbecue gekümmert hatte, dauerte es einige Sekunden, bis ich den Grillanzünder in der Box daneben gefunden hatte. Bewaffnet mit der scharf riechenden Flüssigkeit und einem Feuerzeug, das ich ebenfalls darin gefunden hatte, marschierte ich zurück zu meinem Opfer. Noch immer flossen Tränen mein Gesicht hinab, die mithilfe des Windes meine erhitzte Haut kühlten.

»Ich hasse dich.« Ein weiterer Versuch, der mir kaum über die Lippen wollte.

»Ich hasse, was du mit mir machst.« Das klappte schon besser.

Mit verzogenem Gesicht öffnete ich die Flasche, denn der Gestank setzte sich direkt stechend in meine Nase. Mit ausgestrecktem Arm hielt ich inne. Das Kleid war wertvoll, und ich würde mir in den nächsten Wochen vermehrt um Geld Sorgen machen müssen. Es wäre schlauer, das Kleidungsstück zu verkaufen. Nun hatte ich noch die Chance, es vor den Erd- und Grasflecken zu retten. Tausend Dollar waren viel Geld für eine Friseurin aus Harpers Ferry, die sich eine neue Wohnung suchen musste. Dieses Mal würde mir niemand helfen.

Doch die Vorstellung, dass eine andere Person mein Prinzessinnenkleid tragen könnte, versetzte mir einen Schlag, der sich regelrecht körperlich in meine Magengegend grub. Ein fremder Mensch, der anstelle von mir den besten Tag des Lebens in genau diesem Stoff verbrachte.

Nein.

Mein Arm machte allmählich schlapp, deshalb senkte ich die Flasche mit dem Spiritus. Nur um Rotz und Tränen fortzuwischen und dann die Hand zu wechseln. Ich kippte das Gefäß, sodass ein einzelner Tropfen auf den cremefarbenen Stoff fiel. Bevor dieser zu einer Lache werden konnte, ertönte eine Stimme hinter mir.

»Mein Kind, was machst du da?«

Ich sah über die Schulter und blickte meiner Schwiegermutter in das zu einer schockierten Grimasse verzogene Gesicht.

»Kayla?«

Ich schüttelte den Kopf. »Es ist schon zwei Tage her. Er kommt nicht zurück, Diane.«

Sie war sofort bei mir. Behutsam nahm sie die Flasche und das Feuerzeug aus meinen Händen. Da ich mich nicht weiter an meinen Zerstörungswahn festklammern konnte, tat ich es nun an ihr. Sie konnte die Umarmung kaum erwidern, weil sie noch immer versuchte, die Utensilien auf den Terrassenfliesen abzustellen.

»Ehrlich gesagt, weiß ich es nicht.« Ihre Stimme war beruhigend und mütterlich. Also eigentlich wie immer, denn sie war die Frauenfigur, die einer Mutterrolle für mich am nächsten kam. Stew und sie hatten mich vor zehn Jahren einfach aufgenommen, als klar war, dass ich nicht zu meinen leiblichen Eltern zurückkonnte. Seitdem war ich mehr als eine Schwiegertochter gewesen. Und Diane mehr als die Mutter meines Ex.

»Ich vermisse ihn so sehr«, flüsterte ich an ihrer Brust, das Gesicht gegen die gestreifte Bluse gedrückt.

»Darling, ich weiß. Ich verstehe es auch nicht.« Sie rieb mir im immer gleichen Takt mit kreisenden Bewegungen über den Rücken. Es war, als würde sie die Einsamkeit aus mir herausmassieren. Da erst wurde mir bewusst, dass ich nicht nur meinen Lebenspartner verloren hatte. Ich war nicht mehr Teil dieser Familie und damit wirklich allein auf der Welt. Und dieses Gefühl war das schlimmste von allen.

»Hast du mit ihm geredet? Ich ...« Mir fehlten die Worte. Ich wusste ja selbst nicht, wie, aber irgendjemand musste Julian doch aufhalten. Er konnte doch nicht einfach alles kaputt machen. »Ich will euch nicht verlieren.« Wieder schluchzte ich auf, denn dieser Gedanke war zu viel für mein geschundenes Herz.

»Du verlierst uns nicht!« Diane hielt mich so, dass ich sie ansehen musste. Die vereinzelten grauen Strähnen in ihrem blonden Haar glänzten in der Nachmittagssonne. Auf ihrer Stirn bildete sich eine tiefe Linie, und ihr Kinn erzitterte. Als sich unsere Blicke wieder trafen, begriff ich schließlich, was hier vor sich ging. Nun war sie es, die ihre Wange an meine Brust legte und unregelmäßig atmete. Dieses Mal war ich diejenige, die ihr über den Rücken streichelte.

»Es tut mir so leid, Kleines. Ich verstehe ihn auch nicht. Meinen eigenen Sohn!« Ihr Ruf zog sich in die Länge und endete in einem Wimmern, das mir eine Gänsehaut über die Arme trieb.

»Ist schon okay. Du kannst nichts dafür.« Wie von Zauberhand endeten meine Tränen. Hatte ich endlich das Tal erfolgreich durchquert oder war die Tatsache, dass ich Diane trösten musste, einfach zu absurd?

»Wo sind denn meine Mädels?«

Ich versuchte, mir genau die Stimmfarbe und die Melodie von Stews Lieblingsspruch einzuprägen, weil es vielleicht das letzte Mal war, dass ich ihn gehört hatte. Über Dianes Schulter hinweg sah ich meinen Schwiegervater ums Haus kommen. Er war wohl außen herumgegangen und hatte das Gartentor aufbekommen, das seit Wochen klemmte.

»Schatz, was ist denn los?« Stew war sofort bei seiner

Frau. Sein sonst freundliches Gesicht verdüsterte sich, als er das Brautkleid auf dem Rasen entdeckte.

»Mich macht das alles so fertig. Unsere kleine Kayla«, erklärte Diane ihrem Mann kaum verständlich.

Stew stellte sich neben mich und breitete die Arme aus, sodass er seine Frau und mich in eine Dreierumarmung zog. Doch anders als sonst bildeten wir keinen Knoten aus Unterstützung und Trost. Kam es mir nur so vor oder war Stew zurückhaltender als üblich? Der sonst so herzliche Mann wirkte auf einmal distanziert. Meine größte Angst wurde zur Realität.

Julian wollte mich nicht mehr.

Und die beiden wollten mich nun auch nicht mehr.

Bei Stew fing es an, und bei Diane oder Barry, dem Familienkater, würde es aufhören.

»Schatz, ich bitte dich. Sie ist ja nicht aus der Welt.« Er lächelte mir zu, nachdem wir uns losgelassen hatten. Aber das Grinsen erreichte seine Augen nicht.

»Wie konnte das alles nur passieren?« Diane tupfte sich mit dem Ärmel ihrer Bluse Tränen vom Gesicht. Ihre Mascara war verschmiert. Obwohl es kaum möglich schien, schmerzte das hier noch mehr als mein Solo-Leid. Es war eine Sache, wenn ich mich quälte, doch die Menschen so leiden zu sehen, die ich in mein Herz geschlossen hatte – das war eine neue Ebene der Qual.

»Ihr müsst gehen.« Ich löste mich von Diane und nickte Stew zu. Ein weiteres Indiz dafür, dass er mit mir abgeschlossen hatte, war der verstehende Blick.

»Kayla braucht ihren Freiraum, Engel. Komm mit nach Hause. Wir müssen auch an unseren Sohn denken.« Er zog seine weinende Frau von mir weg, Stück für Stück.

Mit mahlenden Kiefern beobachtete ich, wie Diane zwischen uns hin- und hersah. Sie sollten wirklich an ihren

Sohn denken. Immerhin war er hier ganz klar das Opfer. Schon kapiert. Unter keinen Umständen wollte ich mich meinen bitteren Gedanken hingeben, doch die Säure stieg mir den Hals hinauf.

»Aber sie ist unsere Tochter.« Diane widersetzte sich ihrem Mann für einen Augenblick. Kurz ergriff sie meine Hand. »Ich hab dich lieb, Darling.«

»Ich dich auch. Aber ich bin nicht deine Tochter. Die Chance habe ich leider nicht erhalten.« Ich atmete tief ein und aus. »Bitte geh nach Hause. Ich komme klar. Das Kleid wird auch nicht verbrannt, versprochen. Ich werde es in die Reinigung geben und euch zurückbringen. Schließlich habt ihr dafür gezahlt.« Mit aller Macht zog ich meine Mundwinkel in die Höhe, aber es wollte nicht funktionieren. Vielleicht konnte ich aufhören zu weinen, aber selbst ein trauriges Lächeln war nicht drin.

»Nein.« Sie strich sich eine Strähne aus dem Gesicht. »Nein, nein. Das war ein Geschenk, das du nicht zurückgeben kannst. Es ist dir überlassen, was du mit deinem Hochzeitskleid machst. Wenn du es verbrennen willst …« Sie schnaufte kurz. »Wenn du es verbrennen willst, dann ist das dein gutes Recht.«

Ich drückte ihre Hand, bevor Stew erneut begann, auf mich einzureden.

»Kayla, es tut uns wirklich leid. Das ist alles nicht so gelaufen wie geplant. Aber zu Hause sitzt unser Sohn, der verwirrt ist und nicht weiterweiß. Er hat nun für uns Priorität, das verstehst du sicherlich. Das bedeutet ja nicht, dass wir uns nie wiedersehen. Wir leben in derselben Stadt und werden uns noch oft über den Weg laufen. Vorausgesetzt, du bleibst in der Nähe?«

Früher hätte ich angenommen, dass Stew aus aufrichtigem Interesse gefragt hatte, doch nun war ich mir nicht mehr so sicher.

Diane ließ meine Hand los. Obwohl ihr Blick noch immer tränenverwässert war, zeichnete sich auf ihrem Gesicht bereits die Erkenntnis ab. Es war vorbei. Und es würde nie wieder so werden wie früher.

Als die beiden um die Ecke gebogen waren und das Knarzen des Gartentors ihre endgültige Abreise verkündete, hielt ich mich am Gartentisch fest, weil meine Knie nachgaben.

2
I Can Do It With a Broken Heart

»They said, ›Babe, you gotta fake it
till you make it‹ and I did«
– Taylor Swift

»Bist du wirklich okay?« Meghan presste die Lippen aufeinander. Ihre großen grünen Augen ließen mich kaum eine Sekunde aus dem Blickfeld, seit ich im Salon aufgetaucht war. Für die anderen überraschend, denn ich hatte ja eigentlich Urlaub eingereicht und sollte morgen nicht nur heiraten, sondern ebenfalls in die Flitterwochen fliegen. Und vor drei Tagen war ich verlassen worden. Meghan war wohl nicht davon ausgegangen, dass ich hier und heute den Föhn einstöpselte und bereit war, loszulegen. Allerdings war die Arbeit für mich die einzige Rettung. Zum einen würde ich nur noch mehr in Selbstmitleid versinken, wenn ich mich weiterhin auf der Couch verkroch und Süßigkeiten in mich reinschaufelte. Zum anderen musste ich meiner neuen Lebensrealität entgegensehen, und das bedeutete, dass ich nun wieder für mich verantwortlich war. Es gab kein Sicherheitsnetz mehr, das mich vor einem Sturz bewahren würde. Kein zweites, viel höheres Gehalt, das die Rechnungen und Lebensmittel zahlte. Vielleicht auch kein Haus mehr, sondern bald schon eine Wohnung, die ich allein finanzieren musste.

»Ja, ganz sicher.« Ich sparte mir den Versuch zu lächeln, denn es war, als hätte ich diese Art von Mimik verlernt.

Meghan nickte, doch ich kannte diesen Ausdruck. Genauso blickte sie drein, wenn eine Kundin mit schwarzen Haaren auf Platin blondiert werden wollte. Natürlich kam sie diesem Wunsch nach, aber überzeugt davon war sie nicht.

»Wirklich«, versicherte ich ihr. Selbst für mich klang es wenig überzeugend.

Um nicht weiter in Bedrängnis zu geraten, widmete ich mich wieder der Reinigung unserer kleinen Küche. Hier bereiteten wir nicht nur Snacks und Speisen zu, sondern mischten entgegen den Anweisungen unserer Chefin an der Spüle auch Kolorationen an. Durch meinen spontanen Nicht-Ausfall standen für mich keine Termine an. Somit wartete ich auf Laufkundschaft und wollte mich in der Zwischenzeit zumindest ein wenig nützlich machen.

Meghan tätschelte mir die Schulter, dann ging sie nach vorn zu unserer Chefin. Monica bemühte sich zwar, Verständnis für mich zu zeigen, aber ich spürte ihre schlechte Stimmung. Dass sie mich einen ganzen Tag bezahlen sollte, obwohl ich keine Stammkundschaft bediente, ging ihr gegen den Strich. Eine Alternative hatte ich jedoch nicht. Immerhin würde Pina gleich reinschneien. Sie hatte es mir direkt angeboten und freute sich schon auf einen ordentlichen Blow-out.

Die Küche blitzte inzwischen vor Sauberkeit, deshalb begab ich mich zur Rezeption und entstaubte die Ablagen und Fächer des Tresens, in denen wir verschiedene Pflegeprodukte zum Verkauf anboten. In meinem Kopf ging zwar die Tragödie meines Lebens weiter, aber immerhin hatten meine Hände eine Beschäftigung.

Doch das Schicksal meinte es nicht gut mit mir. Im Radio erklangen Töne, die mir eine Gänsehaut am ganzen Körper bescherten. Die seichte Melodie des Pianos in Verbindung mit dem Rhythmus der Gitarre. Eine zarte Frauenstimme sang gehauchte Worte, mit denen ich mich noch vor wenigen Tagen identifiziert hatte. Ich umkrallte die Haarkur in meinen Händen und schloss die Augen. Mit einem Mal fehlte mir die Luft zum Atmen. Das war *unser* Lied. Nein. Es *wäre* unser Lied *gewesen*, wenn Julian nicht alles abgesagt hätte. Zu diesem Song wären wir morgen als frisch Vermählte über die Tanzfläche geschwebt.

Wieder das Brennen in der Kehle. Auch meine Lippen bebten. Ich unterdrückte ein Schluchzen und stellte mit zittrigen Fingern das Pflegeprodukt zurück in das vorgesehene Fach, als sich eine Hand auf meine Schulter legte.

»Kayla?«

»Mhm?« Ich biss mir von innen auf die Wange, denn dieser Schmerz überdeckte den in meiner Brust.

Monicas Stirn war gerunzelt. Sie scannte jedes Detail meines Gesichts, sodass ich mir wie auf einem Silbertablett präsentiert vorkam.

»Du kannst ruhig nach Hause gehen. Alle hier haben Verständnis für deine ... *Situation.*« Ihr schmaler Mund war eine gerade Linie.

Ich hatte keine Ahnung, ob Sorge wirklich der Auslöser für dieses Angebot war. Monica war eine Geschäftsfrau durch und durch. Doch in ihrer Miene erkannte ich, dass ihr mein Wohlbefinden auch nicht egal war. Mitgefühl schwang mit, als sie ihre Arme um mich legte.

»Wir alle kennen Herzschmerz. Trennungen sind nie

schön, und über sie hinwegzukommen, dauert manchmal.«

Sie meinte es nur gut, das war mir klar. Trotzdem spannte sich automatisch jeder Muskel in meinem Körper an. Ich verspürte das dringende Bedürfnis, aus dieser Umarmung zu entkommen. Natürlich hatte ich den Schmerz auf dieser Welt nicht für mich gepachtet. Anderen Menschen erging es viel schlimmer. Und selbstverständlich hatte nahezu jeder Erwachsene bereits Liebeskummer durchlebt. Aber nicht jede Person war wenige Tage vor der Hochzeit sitzen gelassen worden. Das war der Unterschied, der mein Leben so verkomplizierte. Mir war meine Zukunft genommen worden. Und Monica, glücklich verheiratet mit zwei Söhnen, die bald aufs College gehen würden, hatte ausnahmsweise einmal keine Ahnung, was sie da überhaupt von sich gab.

»Nimm den Urlaub wie geplant«, raunte sie mir zu.

Ich befreite mich aus ihrer Umklammerung, kaum bereit, mich mit ihr anzulegen, doch da erschien meine Rettung in der Tür.

»Pina ist da!« Ich ließ Monica stehen und eilte auf meine beste Freundin zu. Auf dem Weg wischte ich mir eine Träne aus dem Augenwinkel.

Pinas erste Amtshandlung war, das Radio auszustellen. Sie schloss mich auch nicht in ihre Arme, weil sie genau wusste, dass dann meine Maske fallen würde. Stattdessen tat sie so, als wäre alles normal, und half mir damit am meisten.

»Hallo, Mädels!«, rief sie in den Salon und erntete Begrüßungen und Winken von allen Anwesenden, egal, ob Mitarbeiterin oder Kundin.

»Zum Glück bist du da!«, zischte ich und zog an ihrer Hand, bevor sie die bunte Strickjacke ablegen konnte.

»Was ist los?« Pina nickte den anderen zu, während ich sie vor mir herschob.

»Monica will mich heimschicken. Ich kann das aber nicht. Wenn ich einen weiteren Tag allein in diesem Haus verbringen muss, verliere ich endgültig den Verstand.« Meine Stimme war viel schriller als sonst. Sogar ich bemerkte, dass ich zu laut sprach, und dämpfte den Ton. »Du kommst also wie gerufen.«

Pina nahm meine Hand. »Ich bin ja jetzt hier, und danach rufe ich meine Mutter an. Vielleicht kannst du ihren Ansatz nachfärben.« Das Drücken ihrer Finger war wie ein Versprechen.

»Das klingt gut.« Ich strich mir eine Strähne hinters Ohr. Konzentration war nun angesagt, denn bei dem ganzen Drama wollte ich Pinas Haarpracht nicht in Gefahr bringen. Nur weil ich emotional aufgeladen war, sollten meine Kundinnen nicht darunter leiden.

Ich sammelte meine Utensilien zusammen, atmete tief ein und aus und legte Pina dann einen Umhang um. »Waschen, föhnen, legen?«

»Ja, bitte.« Sie machte es sich auf dem Stuhl bequem und grinste mich im Spiegel an.

Bei ihr war ich mir sicher, dass sie kein künstliches Zurücklächeln von mir erwartete. Sie bot mir die Möglichkeit, einfach ich selbst zu sein, deshalb nickte ich nur und fuhr den Stuhl durch ein paar gezielte Tritte auf das Pedal hoch.

Ihre Haare glitten wie Samt durch meine Finger. Pechschwarz glänzend und hüftlang waren sie nicht nur eine Perfektion im allgemeinen Sinne, sondern auch der Traum jeder Friseurin. Manchmal stellte ich mir vor, was ich mit dieser Spielwiese anstellen könnte. Ein langer Bob mit ein paar Highlights, die im Sonnenlicht Bewegung in das Haar brachten. Oder ein Pony, der das kantige Gesicht meiner Freundin weich umspielen würde. Doch egal, in welche Richtung meine Gedanken abdrifteten, ich kam immer wieder zu dem Schluss, dass Pinas Frisur perfekt zu ihr passte. Sie bedurfte keinerlei Anpassung, deshalb kämmte ich die Haarpracht nur ordentlich durch, positionierte ein kleines Handtuch in ihrem Nacken und führte sie dann zum Waschbecken.

Sie machte es mir unendlich einfach. Mit Anekdoten und Geschichten aus der Arbeitswoche hielt sie das Gespräch am Laufen, vermied jedoch jegliches Thema, das für mich unangenehm werden könnte. Sie war eine Meisterin darin, unwichtigen Small Talk zu halten. Vermutlich verkaufte sie deshalb so viele Häuser. Ich hatte durch ihren Besuch eine Ablenkung, durfte den Job ausüben, den ich so sehr liebte, musste aber keine Konfrontation eingehen, die mich wieder an den Rand eines Nervenzusammenbruchs trieb. Sogar die anderen Kundinnen und meine Kolleginnen unterbrachen uns nicht, weil Pina es gar nicht zuließ. Sie redete wie ein Wasserfall, und ich musste nur an den richtigen Stellen nicken oder mit den Schultern zucken.

Als wir zum Platz vor dem Spiegel zurückkehrten und ich nicht nur ein weiteres Mal ihre Haare durchkämmte, sondern auch ein Hitzeschutzspray in ihnen verteilte, belegte Meghan den Stuhl direkt neben uns mit einer Kundin. Sie musste neu sein, denn ihr Gesicht kam mir nicht bekannt vor.

Zuerst hörte ich von ihrem Gespräch mit meiner Kollegin nur Bruchstücke, denn der Föhn übertönte fast alles. Das monotone Rauschen war wie eine Verschnaufpause für meinen Verstand. Ich genoss sie ein wenig zu sehr, denn Pinas Kopfhaut wurde bereits rot von der übermäßigen Hitze. Sobald ich das Gerät abstellte und das Haaröl in ihren Haaren verteilte, bekam ich jedes Detail der Unterhaltung neben uns mit.

»Ja, er war so ein Gentleman. Niemals hätte ich damit gerechnet, hier einen Mann wie ihn zu treffen.« Die Fremde strahlte so sehr, dass sie ihre Nase krauszog. Dabei hob sich die Spitze leicht.

Ich fragte mich, welche Veränderung sie an ihrer Frisur wohl vornehmen lassen würde, denn die lockigen braunen Haare unterstrichen ihre niedliche Art.

»Also ist es etwas Ernstes?« Meghan brachte ihrer Kundin ein Glas Wasser. Im Vorbeigehen sah sie mich entschuldigend an.

Ich tat so, als würde ich nichts mitbekommen. Doch der Bericht der jungen Frau über den gelungenen Abend im Irish Pub unserer Stadt war anscheinend so interessant, dass selbst Pina nicht mehr weitersprach.

»Ich habe ihn ja erst gestern kennengelernt.« Die Brünette lachte auf. Alles, was sie tat, wirkte zart. Wie sie einen Schluck Wasser trank, sich den Mund mit der Serviette abtupfte, weil ein Tropfen von ihrer Lippe rann, oder ihr Spiegelbild überprüfte. Sie glich einer Fee, die einem Märchen entsprungen war. »Aber ich werde drei weitere Wochen in Harpers Ferry bleiben, um mich um meine Tante zu kümmern. In der Zeit wollen wir uns noch mal treffen.« Sie strahlte mit der Sonne um die Wette, die den Salon im Mittagslicht erhellte.

»Sie sind also auf Reisen?«

Ich atmete auf, als Pina das Thema wechselte. Die Kennenlerngeschichte von zwei füreinander schwärmenden Menschen entsprach nicht gerade der Ablenkung, die ich hier suchte.

»Ja, ich stamme ursprünglich von hier. Meine Eltern

sind aber nach Kalifornien gezogen, als ich sechs Jahre alt war.«

Meghan begann, die Haare der Kundin zurechtzuzupfen. Es sah aus, als würde sie einen Lockenschnitt bei ihr vornehmen. Ich war froh, dass ich diese Aufgabe nicht übernehmen musste. Zum einen hatte ich keine Lust, über ihre Barbekanntschaft zu reden, und zum anderen war ich nicht besonders geübt im Umgang mit ihrer Haarstruktur. Meine Stärke lag in Kolorationen und Flechtfrisuren.

»Reisen ist eine Bereicherung, oder?« Meine Kollegin warf mir einen Blick zu, den ich überging.

Ich vermutete, dass sie mich auf diese Weise ebenfalls zu der Hochzeitsreise überreden wollte – auch ohne Ehemann. Wahrscheinlich erwarteten sie alle einen Trip wie im Film *Wild* von mir, doch das konnten sie vergessen. Sicherlich würde ich nicht einsam in die Wildnis aufbrechen, um über einen Schicksalsschlag hinwegzukommen. Mehr Klischee ging ja gar nicht. Mein Leben war kein Spielfilm, sondern die Realität. Und in der war ich nun allein für mich verantwortlich. Ich hatte Rechnungen zu bezahlen.

Pina sah mich im Spiegel an. Was auch immer sie in meinem Gesicht erkannte, sie wechselte sofort das Thema. »Und wie heißt der Glückliche?«

Ich knetete ihre Spitzen durch, damit sie perfekt im Bogen über ihre Schultern fielen.

»Julian.«

Ich erstarrte mitten in der Bewegung. Alle Augen waren auf mich gerichtet.

»Den Nachnamen habe ich wieder vergessen, aber ich habe ihn auf *Instagram* gefunden. Moment, ich suche sein Profil. Wir folgen uns seit gestern, haben schon den ganzen Morgen geschrieben und …«

Ich hörte nicht mehr zu. Alles, was sie nach diesem Namen sagte, war egal. Mir kam es vor, als würde die Situation in Zeitlupe ablaufen. Ich wischte die klebrigen Hände an meinem Kittel ab, während Pina aufstand und den Umhang selbst abstreifte. Sie redete davon, dass es viele Julians in Harpers Ferry gab. Auch ihrem Gebrabbel schenkte ich keine Aufmerksamkeit mehr. Als ich neben die Fremde trat, hielt Meghan mich fest. Vielleicht ging sie davon aus, dass ich ihrer Kundin Worte an den Kopf werfen wollte, die an unserem Arbeitsplatz nichts verloren hatten. Dabei suchte ich nur nach der Bestätigung für mein Bauchgefühl. Und ein Bild auf ihrem Display, das ich selbst von ihm geschossen hatte, reichte aus. Ich legte den Kittel ab, schob den Wagen mit meinen Utensilien zur Seite und verließ den Laden.

Der Himmel war nur hie und da mit kleinen weißen Wolken gespickt, ansonsten erstrahlte er in Hellblau. Er bot den perfekten Hintergrund für die idyllische Kleinstadt mit den vielen mit Holz verkleideten Häusern.

Monica rief mir etwas zu, aber ich nahm bereits die Stufen hinab und trat auf die Straße. Ein Wagen wich mir hupend aus. Ich wechselte auf den Gehweg und marschierte los. Die Fahrerin des roten Jeeps wollte lautstark wissen, was mit mir nicht stimmte, doch da ich darauf ohnehin keine Antwort hatte, blieb ich nicht stehen.

Mein Puls rauschte so heftig, dass ich ihn überall in meinem Körper spürte. Besonders in den Fingern, als ich meine Hände zu Fäusten ballte. Passend zu meinem Herzschlag stürmte ich an den Vorgärten vorbei, die durch den heißen Sommer litten. Das erkannte man an den bräunlichen Flecken auf den sonst so grünen Rasenflächen. Trockene Blättchen zierten einige Sträucher, und die wenigen Bäume ließen die Äste hängen. Die Stadt dürstete nach

Regen, und ich wünschte, ich könnte all meine Tränen den Pflanzen spenden. Dann hätten wir zumindest ein Problem gelöst.

»Kayla!«

Ich ging weiter, denn meine Absicht war klar. Vorbei an dem blinkenden Schild des mexikanischen Restaurants, das die Idylle brach. Ich kniff die Augen zusammen, weil mir mit jedem Schritt, den ich tat, alles immer surrealer vorkam. Das war doch nicht mein Leben. Ich musste träumen. Schon bald würde ich aufwachen, und alles hätte wieder seine Ordnung.

»Kayla!« Pina holte auf. Sie band sich im Laufen einen Zopf und versaute damit meine ganze Arbeit. »Wo willst du hin?«

Ich hatte keine Ahnung, deshalb blieb ich stehen. Mir war nur klar, dass ich nicht bei dieser Frau im Salon sein konnte. Dass ich von den anderen nicht weiter so angestarrt werden wollte. Und dass ich den Anblick seines Gesichts nicht mehr ertrug. Nie wieder.

»Warum tut er mir das an? Warum hat er mich verlassen?«

Natürlich hatte Julian mir diese Frage selbst beantwortet. Doch seine Antworten waren für mich nicht greifbar gewesen. Sie waren oberflächlich und boten mir keinerlei Erklärung für das, was zwischen uns geschehen war.

»Ich weiß es nicht, Kayla. Aber eines kann ich ganz sicher sagen: Er ist keine weitere Sekunde deiner Zeit wert.« Pinas Stirn war leicht gerunzelt.

Ihre Worte sollten mich trösten, aber sie halfen nicht. Er hatte einfach aufgehört, mich zu lieben. Das war es. Laut seiner Aussage steckte nicht mehr dahinter. Nur dass unsere Beziehung zum Alltag geworden war, den er sich nicht mehr wünschte. Und jetzt diese Frau. Ich wusste nicht, was mich mehr quälte: die Ungewissheit oder die Sorge, dass er mich womöglich schon während der Beziehung betrogen haben könnte.

»Es tut so weh«, flüsterte ich über das sanfte Rauschen des Windes hinweg.

Pina nickte nur. Sie nahm meine Hand, doch ich entzog sie ihr. Damit war jetzt Schluss. Ich hatte genug geweint. Zumindest für den Moment. Es war mehr als klar, dass Julian nicht zu Hause saß und sich die Augen aus dem Kopf heulte. Er ging in Bars und verabredete sich mit fremden Frauen. Küsste sie vielleicht sogar.

»Mir ist schlecht.« Ich hielt mir den Bauch und lehnte mich an einen der Strommasten, die die linke Straßenseite säumten.

»Es tut mir so leid, Süße. Wirklich.«

Ich schloss kurz die Lider und konzentrierte mich darauf, genug Sauerstoff in meine Lunge zu pumpen. Ein weiterer Zusammenbruch, und dann auch noch auf der Straße, war ausgeschlossen. Julian hatte zu viel Macht über mich.

Bereits im Alter von zehn Jahren hatte ich mir geschworen, dass niemals wieder eine Person so eine Kontrolle über mich haben sollte. Wie die Menschen, die mich so emotional hatten verhungern lassen. Und doch war ich ein so enges Bündnis eingegangen, dass er zur Priorität in meinem Leben geworden war. Und nun hinterließ er einen leeren Fleck. Diese Leerstelle fraß mich Stück für Stück auf. Sie schmerzte in meiner Seele.

Die ganze Zeit war ich davon ausgegangen, dass es ihm ähnlich ging. Vielleicht nicht exakt so, aber zumindest ein bisschen. Da hatte ich wohl falschgelegen. Ich war nicht nur allein in dem Haus, in meinem Leben, sondern auch mit meinen Gefühlen.

Ich stieß mich vom Mast ab und marschierte los. Dieses Mal war es nicht wie in einem Traum. Ich nahm jede Kleinigkeit genau wahr, und meine Umgebung war mir bewusster denn je.

»Wo willst du hin?«

Meine Schritte auf dem Gehweg klangen wie das Schlagen einer Trommel, als ich das Tempo beschleunigte. Wie der Beginn eines Songs.

»Kayla! Was hast du vor?« Pina holte zu mir auf. Ihre Wangen waren gerötet, und ihre Stirn glänzte. Im letzten Moment wich sie einer Mülltonne aus, und ich hielt kurz ihre Schulter, um sie zu stabilisieren. Sie blieb stehen, doch ich joggte weiter. »Kayla!«

Ich sah über meine Schulter hinweg zu ihr. Sie legte eine Hand auf ihre Brust, mit der anderen wischte sie sich über das Gesicht.

Mit einem langen Ausatmen stoppte ich und wandte mich ihr zu. Als ich näher trat, bemerkte ich, dass Pina sich nicht nur Schweiß unter den Augen wegrieb. Da waren auch Tränen, die ihre Wangen fluteten. Vielleicht war ich nicht die Einzige, die litt. Vielleicht war es nicht Julians, aber Pinas Welt war ebenfalls erschüttert.

»T-tut mir leid. Ich will nicht heulen.« Ihre Stimme zitterte. »Du bist das Opfer. Ich weiß das. Sorry, dass ich so reagiere. Ich bin nur so wütend und enttäuscht. Nie hätte ich das von ihm gedacht und –«

»Flieg mit mir nach Texas«, unterbrach ich sie. Es war eine fixe Idee, die mir in den Kopf gesprungen war. Zu ihr existierten weder weiterführende Pläne noch eine durchdachte Begründung. Es gab nur das dringende Bedürfnis, von hier zu fliehen.

»Wie bitte?«

»Flieg morgen mit mir in die Flitterwochen. Lass uns

einen Urlaub daraus machen. Wir gehen wandern, verbringen Zeit miteinander und kommen hier raus.«

»Aber das waren doch eure Pläne. Wäre das nicht irgendwie ... merkwürdig?« Pina blinzelte mehrmals hintereinander.

Ich trat näher an sie heran und wischte die Tränen von ihren perfekten Wangenknochen. »Und jetzt datet er wohl andere Frauen im Pub. Dinge ändern sich.« Ich presste die Lippen aufeinander.

Ihre Hand legte sich auf meine Schulter. »Du hast etwas Besseres als ihn verdient. Er ist ein Arschloch.«

»Ich weiß«, murmelte ich, obwohl ich gar nichts wusste.

»Aber die Reise wird dich an ihn erinnern, oder nicht?« Pina schniefte.

»Wieso sollte sie?«

Wir sahen uns einen Moment lang an. Pina schien von meiner vorgetäuschten Lässigkeit nicht überzeugt zu sein. Der Plan hatte auch unzählige Schwachstellen. Es würde morgen Abend losgehen, und nichts war gepackt. Ich musste eigentlich noch das Haus räumen, all die Hochzeitsgeschenke zurückschicken, arbeiten oder zumindest mit Monica sprechen, und Pina brauchte ebenfalls Urlaub. Das Ganze war ein Mammutprojekt.

»Ich muss hier weg, verstehst du? Ich halte es hier nicht mehr aus. Harpers Ferry war mein Hafen. Hier habe ich mich endlich angekommen gefühlt. Ich bin aufgenommen und geliebt worden. Und jetzt bricht alles auseinander. Ich will mir keine Wohnung suchen. Ich will mich nicht um die Nachwehen kümmern, weil ich sie nicht zu verantworten habe. Im Gegensatz zu ihm habe ich mich mit reinem Herzen für unsere gemeinsame Zukunft entschieden. Er dagegen ist weggerannt. Und jetzt möchte ich auch mal wegrennen.« Ich kämpfte um die Kontrolle über meine Stimme, den Atem und meinen zitternden Körper.

Pinas Griff wurde zu einer Umarmung. Ich sog ihren süßlich-würzigen Duft nach Zimt in mich auf. Sie war mein letzter Halt. Die verbliebene Säule, die Heimat für mich bedeutete.

»Wenn du eine Pause brauchst, unterstütze ich das.«

Ich nickte, sodass unsere Köpfe sich berührten. Mein Kinn legte ich danach auf ihrer Schulter ab. »Bitte komm mit mir. Ich brauche dich.«

Mir war klar, dass ich eine erwachsene Frau war und eigenständig durchs Leben gehen musste. Doch bereits die Vorstellung versetzte mich in eine dunkle Zeit meines Lebens zurück.

»Okay.« Pina löste sich von mir, nur um meine Hände in ihre zu nehmen. Ihre Stirn lag zwar noch in Falten, und ihre Lippen waren verzogen, aber sie nickte. »Wir fliegen nach Texas. Zusammen.«

»Danke«, hauchte ich. Tränen pressten sich ihren Weg nach oben. Ich wischte sie schnell mit dem Handrücken weg, ließ dabei meine Freundin jedoch nicht los.

»Okay, dann gibt es wohl einiges zu erledigen. Wie starten wir? Ich muss auf der Arbeit anrufen und spontan Urlaub nehmen.«

Ich gluckste. Ein warmer Schauer glitt mir über den Rücken und die Brust, als ich realisierte, dass ich da nicht allein durchmusste.

»Zuerst gehe ich zur Bank und räume unser Konto. Dieses Schwein bekommt keinen Cent von mir.« Ich drückte sie ein letztes Mal an mich, dann setzte ich mich wieder in Bewegung.

Pina telefonierte, während sie mir folgte.

3
Happier Than Ever

»You made me hate this city«
– Billie Eilish

Mit jeder Minute baute sich der Druck mehr in mir auf. Ich ging meine Packliste durch, hakte alle Punkte ein zweites Mal ab und sah auf mein Handy. Das Taxi würde gleich eintreffen, und Pina war noch immer nicht da. Natürlich hatten wir Puffer eingeplant, doch der war bereits nach ihrem ersten Anruf ausgeschöpft gewesen. Sie wusste genau, dass in wenigen Augenblicken unsere letzte Transferoption bestand. Trotzdem fehlte jede Spur von ihr.

Ich stand auf, überprüfte das Geld, das auf verschiedene Taschen aufgeteilt war, und versuchte, den Gedanken zu vertreiben, dass ich sicherlich Übergepäck hatte. Oder dass ich gleich in eine Blechbüchse steigen würde, nur um dann mehrere Tausend Meter über der Erde zu fliegen. Oder dass ich mit jedem Blick zur Uhr in der Küche mehr den Eindruck erhielt, dass ich erneut sitzen gelassen wurde.

Mein Smartphone klingelte. Die bekannte Melodie war der Beweis für meine Intuition. Wenn man so oft verlassen worden war wie ich, erkannte man irgendwann die Anzeichen.

Mit dem Daumen wischte ich über den Bildschirm, um den Anruf anzunehmen. »Ja?«

»Okay, bitte dreh jetzt nicht durch.«

Das reichte schon, damit mein Puls nach oben schnellte. Ich räusperte mich, um den erstickten Laut zu kaschieren, der vor Enttäuschung aus meinem Mund gedrungen war.

»Kayla?«

»Spuck's schon aus.« Ich biss mir auf die Unterlippe. Das Smartphone glitt mir beinahe aus der Hand, weil sich Schweiß auf meinen Handflächen sammelte.

»Ich kann hier nicht weg. Nicht heute und nicht morgen.«

Ich schloss die Augen. Natürlich konnte Pina nicht mit mir verreisen. Warum sollte mich das Leben auch nicht ein weiteres Mal enttäuschen?

»Es tut mir unendlich leid, Darling. Wirklich.«

Ich glaubte ihr. Daran lag es nicht. Mir war bewusst, dass diese ganze Aktion sehr kurzfristig zustande gekommen war. Meine Freundin hatte einen wichtigen Job mit viel Verantwortung. Wenn ich mich recht erinnerte, waren mehrere Open House Events geplant, die sie sicherlich besuchen oder sogar selbst durchführen musste.

»Ich habe alles versucht. Das schwöre ich. Und bis gerade war ich noch guter Hoffnung. Es hätte fast geklappt ...« Im Hintergrund ertönte ein Klappern. Zwei Stimmen erklangen, die ich nicht erkannte. Obwohl ich die Worte nicht verstand, registrierte ich den gestressten Unterton. »Aber wir haben hier einen internen Notfall. Ein Großkunde hat den Vertrag mit uns gekündigt und –«

»Alles gut. Mach dir keine Sorgen«, unterbrach ich sie, denn ich wollte verhindern, dass sie sich weiter rechtfertigte. Schließlich hatte ich sie überhaupt erst in diese Situation gebracht.

»Es tut mir so leid«, wiederholte sie. Es klang aufrichtig.

»Ist okay.« Ich musste die Worte aus meinem Mund hervorpressen, weil mir der Atem fehlte. Auf meiner Brust lag ein Fels, der mich zu zerquetschen drohte. Ich wechselte die Hand, mit der ich das Handy ans Ohr hielt, denn meine Finger waren mittlerweile nicht nur schweißnass, sondern zitterten auch.

»Nein, es ist nicht okay. Ich weiß, dass du nicht allein fliegen wirst. Egal, wie oft ich dir jetzt vorbete, trotzdem zu gehen. Du musst hier wirklich raus, und ich wünsche mir von Herzen, du würdest das ebenso ohne mich durchziehen ... Aber ich kenne dich. Das wirst du nicht tun, und deshalb bin ich so verflucht sauer auf mich selbst und ...« Sie brach ab. Die darauffolgende Stille war noch unangenehmer als das, was sie angedeutet hatte.

»Gehst du allein?« Pinas Stimme machte einen kleinen Hüpfer. »Bitte?«

Ich hatte den Mund schon zu einer Antwort geöffnet, da ertönte ein Signalton, den ich selten hörte. »Ich rufe dich gleich zurück, ja? Da klopft jemand an.«

»Okay, ich –«

Ich legte auf, denn ihre Fragen versetzten mich ohnehin in Unruhe. Als ich jedoch den Namen auf dem Display las, rutschte mir das Smartphone aus den Händen. Der dumpfe Laut meines Handys auf den Holzdielen hallte in meinen Ohren nach.

Julian.

Es war Julian.

Das könnte meine Rettung sein. Seit wir uns getrennt hatten, hatte er mich nicht mehr angerufen. Jegliche Kommunikation lief über seine Eltern, weil er ja ach so mitgenommen war. Ob seine Pub-Bekanntschaft wusste, dass er ein so sensibler Mann war? Dass er derart unter unserer Trennung litt?

Ich atmete tief ein und aus, dann hob ich das Telefon auf, um den Anruf anzunehmen.

»Hallo?« Dieses Mal musste ich mich räuspern, weil meine Begrüßung kaum verständlich gewesen war.

»Ich bin es, Engel.«

Als ich Dianes Stimme registrierte, starb etwas in mir. Natürlich war es naiv von mir gewesen, direkt Hoffnung zu haben. Mit jeder vergangenen Minute seit unserer Trennung verstrich auch die Chance auf eine Versöhnung. Und mittlerweile war ich an einem Punkt angelangt, an dem ich mir selbst gar nicht mehr sicher war, ob ich Julian einfach so zurücknehmen wollte. Er hatte mir unfassbares Leid angetan. Trotzdem liebte ich ihn noch immer. Auch wenn ich es mir anders wünschte, ich war ihm noch immer verfallen. All diese widersprüchlichen Gefühle trafen wie zwei Wetterfronten aufeinander und erzeugten ein Unwetter in meinem Kopf und meiner Brust.

»Hast du einen Moment Zeit?«

Im Hintergrund hörte ich Stew murmeln.

»Ehrlich gesagt ...« Ich atmete ein weiteres Mal tief ein und aus, bevor ich ihr eröffnete: »Eigentlich bin ich auf dem Weg nach Texas.«

»In die Flitterwochen?« Sie benutzte das Wort beiläufig, doch für mich war es ein Schlag ins Gesicht. Ein gezielter Fausthieb, der mich aus meiner passiven Haltung hinausbeförderte.

»Nein, dafür fehlt mir wohl die Hochzeit.« Ich lachte trocken auf. »Ich fliege trotzdem, weil die Flüge und das Hotel ja bereits bezahlt sind.«

Auf der anderen Seite herrschte Stille. Das war ich von Diane gar nicht gewohnt.

»Das Taxi kommt jeden Moment. Was gibt es denn?« Am liebsten hätte ich gefragt, warum sie von seinem Handy aus anrief. War ihr auch nur annähernd bewusst, was sein Name auf meinem Display mir bedeutet hatte?

»Na ja, also eigentlich ... Wenn du jetzt wegfährst ...« Dass Diane so herumstammelte, war nicht ihre Art. »Julian kommt mit den Konsequenzen nicht klar.«

Um die überschüssige Energie loszuwerden, marschierte ich durch den Flur.

»Du hattest zwar schon begonnen, dich um all die Absagen und Abwicklungen zu kümmern. Das Catering hattest du abbestellt, und auch die Gäste wurden informiert, doch der Rest wächst ihm jetzt über den Kopf.«

Nun blieb ich stehen und lehnte mich gegen eine der Wände. »Ist das sein Ernst?«

»Wie bitte?« Diane schnaubte.

Mit aller Macht schluckte ich die Bemerkungen herunter, die ich gern gemacht hätte. Ich hatte den Großteil dieser unangenehmen Aufgaben erledigt, obwohl dieser ganze Mist nicht auf meiner Entscheidung gefußt hatte. Ich war nicht der Auslöser für all das Chaos gewesen. Trotzdem hatte ich darübergestanden und mich wie eine Freundin verhalten. Aus Liebe zu Diane und Stew, die mir beinahe die Hochzeit meiner Träume ermöglicht hätten. Sie vor zu großen Verlusten zu schützen, war in den letzten vier Tagen meine Priorität gewesen. Bereits zwei Stunden nachdem Julian mir mitgeteilt hatte, dass er mich doch nicht heiraten und eigentlich auch gar nicht mehr mit mir zusammen sein wollte, hatte ich am Telefon gehangen, damit seine Eltern möglichst viele Vorauszahlungen zurückerhielten. Und nun konnte er diese Sache nicht mal zu Ende bringen? Für seine eigenen Eltern?

»Du kannst nicht einfach abhauen.«

Ich erstarrte. Mir fiel es schwer, diese Worte zu verarbeiten.

»Es ist nicht fair, dass du jetzt nach Texas reist und ihn alleinlässt.«

»Moment mal«, nuschelte ich. Ich drückte mich von der Wand ab und hielt mir die Stirn. Ein Lachen kitzelte in meiner Brust und kroch langsam empor. »Stopp.« Ich schüttelte den Kopf. »Nur um das festzuhalten: Ich bin nicht einfach gegangen. Ich stehe hier, in unserem Haus, zwischen gepackten Kisten und Kartons, die ich seit Tagen allein befülle.« Ich trat gegen ein Exemplar, weil es zu viel war. »Dein Sohn hat *mich* verlassen. Vor unserer Hochzeit. Er rennt durch die Stadt und geht mit fremden Frauen aus, während ich versuche, nicht zusammenzubrechen. Julian hat mich wie ein Stück Dreck behandelt, indem er jedem Gespräch aus dem Weg geht und die Arbeit auf mich abwälzt. Nur wegen ihm hasse ich mein Leben. Diese Stadt. Ich habe bald nicht mal mehr ein Zuhause, denn es ist nur eine Frage der Zeit, bis ihr dieses hier zurückfordert, und jetzt kommst du und verlangst, dass ich nicht nach Texas fliege? Du sagst *mir*, dass ich mich unfair verhalte?« Das Lachen wurde stärker. Ich hielt mich am Türrahmen fest. »Er hat keinen Respekt vor seiner Partnerin, mit der er mehr als ein Jahrzehnt das Leben geteilt hat. Er benimmt sich wie ein Kind. Er hat alles ruiniert, was gut war. Und ich soll weiter danebenstehen und zusehen, wie er bemitleidet wird, weil seine böse Ex ja eine gemeinsame Zukunft aufbauen wollte?« Ich sog die Luft hektisch ein, denn ich hatte mich in Rage geredet. Mir war gar nicht bewusst gewesen, wie wütend ich eigentlich war. Und trotzdem liefen mir wieder Tränen über die Wangen. Ich wischte sie einfach weg.

»Also, ich ...«

Mehr bekam ich nicht von meiner ehemaligen Schwiegermutter in spe. Ich wartete, doch sie schwieg.

Als es an der Tür klingelte, schloss ich die Augen. Sie brannten so sehr.

»Ich muss jetzt los. Ihr bekommt das schon hin.«

Sobald ich aufgelegt hatte, warf ich das Smartphone auf den Koffer. Der Stoff schleuderte es wie ein Trampolin auf den Boden, wo es wieder dieses furchtbare Geräusch machte.

Wie in Trance wandelte ich durch den Flur und öffnete die Haustür. Eine Brise, die mir entgegenschlug, brachte mich in die Realität zurück.

Ein Taxi hatte auf unserer Zufahrt geparkt. Der Fahrer ließ das Fenster herunter und winkte mir mit erhobenen Brauen zu. Ich erwiderte die Geste, obwohl ich innerlich zerrissen war. Am liebsten hätte ich ihn weggeschickt, denn mein Selbstbewusstsein zerbröselte. Pina hatte recht. Ich war nicht fähig, allein zu fahren. Die Einsamkeit rieb an einer alten Wunde, die unbedingt geschlossen bleiben musste. Ihre Öffnung würde so viel an die Oberfläche befördern, dass es mich lähmen würde.

Doch es gab keine andere Option. Ich sah von den parkenden Autos an der Straße über unseren kleinen Vorgarten bis hin zu den Häusern der Nachbarn. Zu viele Blicke lagen auf mir. Jede Person, die mich nur entfernt kannte – und in Harpers Ferry bedeutete das wirklich jede –, hatte sich eine Meinung gebildet. Viele blickten mich mit Mitleid in den Augen an, andere tuschelten hinter meinem Rücken, wenn ich auch nur kurz das Haus verließ, um die dringendsten Einkäufe zu erledigen.

Die Demütigung, kurz vor der Hochzeit sitzen gelassen worden zu sein, hatte ich noch ertragen. Aber dass Julian sich nun nach nur wenigen Tagen bereits seinem Leben als Single widmete, war nicht auszuhalten. Ich würde daran zerbrechen. Eine ebenso große Wunde würde entstehen. Sie wäre frisch und schmerzhaft. Also machte es keinen Unterschied, ob ich die alte aufkratzte oder mich hier mit dem neuen Loch in meinem Herzen befasste.

»Miss? Die Zeit drängt.«

Die Tür des Taxis schlug zu. Der Fahrer war ausgestiegen, bereit, mein Gepäck entgegenzunehmen.

»Okay«, hauchte ich. Mit wackligen Schritten zog ich mich ins Haus zurück und beförderte meine Gepäckstücke zur Tür, damit der Fremde sie mir abnehmen konnte. Mein Atem ging stoßweise, als ich mein Smartphone aufhob und meine Handtasche umlegte. Meine Finger zitterten, als ich die Tür hinter mir schloss und alles verriegelte. Mein Hals brannte, als ich in das Fahrzeug stieg und der Fahrer den Motor startete.

»Einmal zum Flughafen?«, versicherte er sich.

Ich nickte nur, denn mir fehlte die Stimme.

Wir rollten von unserer Einfahrt, und ein Gefühl sagte mir, es würde das letzte Mal sein. Ich würde nach Harpers Ferry zurückkehren, denn Pina wartete hier auf mich. Doch in dieses Haus wollte ich nie wieder einen Fuß setzen.

Wir fuhren auf die Straße, deshalb sah ich über die Schulter zurück. Mein ehemaliges Heim wurde immer kleiner und kleiner, und der Druck auf meiner Brust ließ Stück für Stück nach. Endlich konnte ich freier atmen. Das bedeutete zwar auch, dass die Tränen flossen, aber sie brannten dieses Mal nicht. Es war wie eine Reinigung, die mein Körper von selbst vornahm.

»Geht es Ihnen gut?« Der Fahrer blickte mich im Rückspiegel an.

»Nein«, sagte ich lächelnd. »Aber das wird schon wieder.«

Er nickte und konzentrierte sich wieder auf den Verkehr. Nur ab und zu kreuzten wir ein anderes Auto. Es war, als hätte die Stadt Verständnis und würde mich nun in Ruhe lassen.

Mein Handy summte. Pina hatte mir eine Nachricht geschrieben:

Was ist los? Wie geht es dir?

Ich wischte noch mal die Tränen von meinen Wangen, dann hielt ich das Smartphone vor mein Gesicht. Mit einem Klick aktivierte ich die Videofunktion der App.

»Wie du erkennst, bin ich im Taxi. Mir geht es okay. Ich bin ... traurig. Natürlich. Aber ich bin auch entschlossen.« Ich sah kurz zur Seite, um mich zu sammeln. Das Video ließ ich währenddessen laufen. »Ich fliege allein. Ich ziehe das durch. Eine Pause wird mir guttun. Und vielleicht ist es gar nicht so schlecht, wenn ich nach all den Jahren mal allein bin. Ich weiß nämlich gar nicht mehr, wer ich bin.«

Meine Mundpartie verkrampfte sich, und ich biss die Zähne aufeinander, weil da wieder dieser Schmerz in meiner Brust war. Mit einem Anstupsen des Symbols beendete ich die Aufnahme und sendete sie an Pina.

Erst jetzt fiel mir der Sonnenuntergang auf. Die wenigen Wolken wurden durch das letzte, orange leuchtende Licht angestrahlt. Es wirkte an einigen Stellen beinahe so, als würde der Himmel lichterloh in Flammen stehen. Abgerundet wurde das Spektakel von einer violettstichigen

Finsternis, die die kleinen Herde zu löschen schien. Die sonst so farbenfrohe Stadt verblasste vor diesem Hintergrund zu dunklen Schemen.

Ein erneutes Vibrieren riss mich von dem Anblick hinterm Autofenster los.

O ja, das ist die richtige Entscheidung!
Ich bin sehr stolz auf dich.

Dieses Mal gelang mir ein Lächeln. Ich konnte gar nicht anders, denn es war ewig her, dass mir das jemand gesagt hatte.

Ich bin auch ein bisschen stolz auf mich selbst.

Zu Recht! Das solltest du auch sein! Es bricht mir trotzdem das Herz, dich so oft weinen zu sehen. Bei welcher Anzahl bist du heute?

Ich schüttelte über Pinas Frage den Kopf.

Beim elften Mal. Aber heute war ja auch der Tag der Tage. Ich hoffe, dass das in Texas besser wird.

Heute zählte nicht. In genau diesem Moment sollte ich eigentlich nicht allein in diesem Taxi sitzen. Ich blickte zur Seite. Ein leerer Platz neben mir. Er hatte mich wirklich verlassen. Es gab kein Zurück mehr.

Unaufhörlich strömten Tränen über meine Wangen.

Bereits früh in meinem Leben hatte ich mich damit abgefunden, dass ich nah am Wasser gebaut war. In der Schule hatten sie mich immer *Sensibelchen* genannt und für meine Emotionalität aufgezogen. Damals hatte ich noch nicht gewusst, dass es viel akzeptierter war, als Kind zu weinen statt als Erwachsene. Generell setzte die Gesellschaft sich nicht gern mit Trauer auseinander. Oder mit Frauen, die diese offen zeigten, denn das weibliche Geschlecht galt natürlich stets als melodramatisch und zu empfindlich. Frauen wurden nicht ernst genommen. Und weil alle es mir vorgelebt hatten, hatte ich mich irgendwann selbst nicht mehr ernst genommen.

Ich hielt das Handy erneut vor mein Gesicht und startete eine Videoaufnahme.

»Hallo! Mein Name ist Kayla, ich wurde kurz vor meiner Hochzeit verlassen und fliege jetzt allein in die Flitterwochen, um durch die Wüste zu wandern. Das hier ist mein Cry-Counter. Ich bin heute schon beim zwölften Mal, denn ich hocke allein in diesem beschissenen Taxi auf dem Weg zum Flughafen.« Um meine Aussage zu unterstreichen, filmte ich den Platz, auf dem Julian eigentlich hätte sitzen sollen. Als ich wieder auf mich schwenkte, hob ich den Daumen, doch Tränen fluteten mein Gesicht. Ich presste die Lippen aufeinander, während ich das Video an Pina sendete. Hoffentlich konnte ich sie so zumindest zum Lachen bringen.

Da der Himmel noch immer in voller Pracht erstrahlte, schoss ich ein Bild von dem Farbenspiel und lud es in meinen Status bei *Horizon.* In den letzten Tagen hatte ich selten *Horizons* veröffentlicht, denn normalerweise tat ich das nur, wenn ich einen schönen Moment für meine Freunde festhalten wollte. Ein flüchtiges Bild von meinem Morgenkaffee im Salon, bevor die erste Kundin auftauchte. Einen kurzen Schwenk über das Essen, das ich für Julian zubereitet hatte. Ein Selfie nach der morgendlichen Joggingrunde.

Das hatte es aber alles nicht mehr gegeben. Und ich hatte keine Ahnung, wann ich wieder in der Lage sein würde, ähnliche Schnipsel meines Lebens zu teilen. Doch die Taxifahrt war mein Neuanfang, und den wollte ich jedem präsentieren.

Ich lebte noch. Das sollten sie wissen. *Er* sollte das wissen. Obwohl Julian mir bereits entfolgt war – eines war so sicher wie das Amen in der Kirche: Der Kleinstadtfunk funktionierte ausnahmslos.

Ich schaltete das Handy in den Flugmodus, weil ich eine Pause von all dem brauchte.

4

Time to Pretend

»This is our decision to live fast and die young«
– MGMT

Die beiden Flüge waren eine Aneinanderreihung von unangenehmen Verkettungen gewesen. Das Leerer-Platz-neben-mir-Syndrom verschonte mich auch im Flugzeug nicht. Ich hatte keine Ahnung, wie Julian das angestellt hatte, aber jede Stewardess, jede Security und sogar die Dame vom Mietwagenservice am Ankunftsort machte große Augen, als ich erklären musste, dass ich allein reiste. Leider hatte immer ein junger Mann passend neben mir gestanden, sodass alle davon ausgegangen waren, er wäre mein frisch Vermählter. Auch jetzt noch fummelte ich das Konfetti aus meinen Haaren, das sie uns immer wieder entgegengeschleudert hatten, um den Bund der Ehe zu zelebrieren. Meine Wangen hatten jedes Mal geglüht, wenn ich mich bei den Männern entschuldigt hatte.

Die Einsamkeit manifestierte sich also immer mehr. Trotzdem setzte ich einen Schritt vor den anderen. Ich hatte zwar geweint, als das Flugzeug abgehoben hatte, denn ich hasste dieses furchtbare Gefühl der Leere in der Magengrube, aber ich war noch am Leben. Ich hatte zwar geschluchzt, als die Stewardess mir die gebuchten zwei Gläser Champagner gebracht hatte, doch ich hatte die prickelnde Flüssigkeit einfach allein hinuntergekippt. Natürlich auch die, die für Julian gedacht gewesen war. Ich hatte zwar nach Luft geschnappt, als ich bei der Übergabe des Mietwagens Mrs Fletcher genannt worden war, hatte die Daten für die Versicherung jedoch stoisch abgeändert und den Schlüssel trotzdem entgegengenommen. Es war ein schmerzhafter Prozess, aber immerhin ging es vorwärts. Und selbst jetzt noch verteilte ich Konfettireste im ganzen Wagen.

Der Blick aus dem Fenster war auch nicht unbedingt ein Trost. So farbenfroh und episch mich Harpers Ferry verabschiedet hatte, so eintönig und trist nahm mich Dell City in Empfang. Julian hatte einen Wanderurlaub in der Chihuahua-Wüste für uns geplant, deshalb hatte ich mich darauf vorbereitet, große Weiten zu sehen und ein Gefühl der Unendlichkeit zu spüren. Auf den Fotos im Internet hatte das alles anders gewirkt. Ich erinnerte mich an raue Gebirge, die je nach Lichteinfall bräunlich, rot oder gelblich wie Sand wirkten. An einen klaren Himmel, Buschwerk, Kakteen und Sukkulenten, die Lust machten, sich in der Weite zu verlieren. Kurz hinter El Paso hatte ich meinen Weg in die Wüste mit diesen Eindrücken auch gestartet, doch je näher ich meinem Bestimmungsort kam, desto farbloser wurde die Landschaft. Ob es daran lag, dass mit jedem gefahrenen Kilometer die Sonne höher stieg, konnte ich nicht sicher sagen. Der anfängliche Zauber des Sonnenaufgangs schwand. Vor mir lag nur eine Einöde, in der alles beige und grau wirkte. Vereinzelt erkannte ich Farmen inmitten der Wüste, die Vieh hielt. Ein einziges Mal fuhr ich an einem grünen Feld vorbei. Es wirkte so deplatziert wie ein Farbklecks auf einem vergilbten Foto.

Die Reifen des Mietwagens wirbelten Staub auf, der sich in einer dünnen Schicht auf alles zu legen schien. Das Straßennetz ließ zwar zu wünschen übrig, trotzdem war der Verkehr rege. All die Autos und Trucks wirkten vollkommen unpassend. Um uns herum war nichts, wieso waren hier dann so viele Menschen unterwegs? Ich konnte beim Fahren also nicht wie geplant meinen Gedanken nachhängen, weil die Straße nur stur geradeaus ging, sondern musste mich konzentrieren.

Um nach Dell City zu kommen, verließ ich den Highway 62 und erhielt noch mehr den Eindruck, dass ich auf einem anderen Stern unterwegs war. Allerdings nicht auf einem verlassenen Planeten, sondern auf einem mit Schlussverkauf in der Nähe. Normalerweise hätte mir das Treiben Sorgen bereitet, doch ich hatte nur mein Ziel vor Augen. Die Müdigkeit nahm mir die Kapazität, das Schauspiel zu hinterfragen.

Die Stadt war eine winzige Ansammlung von flachen Gebäuden, in denen lediglich wenige Menschen Platz finden konnten. Auch da unterbrachen kleine Bereiche strahlend grüner Wiese die unendlichen Sandtöne. Ich wollte gar nicht wissen, wie viel die Aufrechterhaltung dieser kleinen Oasen bei diesen Temperaturen kostete. Alles wirkte kahl, weil nur einzelne Bäume die Straßen und Wege säumten. Anscheinend fuhr ein Bus, denn es gab immer wieder überdachte Haltestellen. Vermutlich war es von besonderer Wichtigkeit, sich vor der Hitze und Sonneneinstrahlung zu schützen. Gut, dass ich mich entsprechend mit Sonnencreme und Kopfbedeckungen ausgestattet hatte. Darüber hinaus gab es eine Tankstelle, ein Lebensmittelgeschäft und ein Diner, von dessen Gebäude die Farbe blätterte. Die Gegend schien von Landwirtschaft geprägt zu sein, es kamen mir nämlich immer wieder entsprechende Maschinen entgegen. Ansonsten konnte ich die Kleinstadt nicht einschätzen, da sich mir zu viele Widersprüche präsentierten. Doch nach der Taxifahrt, den zwei Flügen mit Zwischenstopp und meiner anderthalbstündigen Fahrt durch die Wüste war ich nicht in der Lage, den Finger draufzulegen.

Ich atmete auf, als ich das Logo des Hotels von der Bestätigungsmail wiedererkannte. Gleich darauf sog ich scharf die Luft ein, denn der Parkplatz war vollkommen überfüllt. Nicht nur das, auch der Straßenrand war zugeparkt. Mein Zielort entsprach ebenfalls nicht meinen Vorstellungen. Anhand der Beschreibung war ich davon ausgegangen, dass es sich um ein mehrstöckiges Gebäude handelte. Stattdessen wirkte es wie ein Apartmentkomplex mit einer winzigen Rezeption. Das sah nicht nach den vier Sternen aus, die ich erwartet hatte. Wo war das versprochene Restaurant? Wo befand sich der Pool?

Mit latenten Kopfschmerzen fand ich eine Lücke, in die ich den Mietwagen quetschen konnte. Ich entschied mich dazu, ohne Gepäck auszusteigen. Etwas sagte mir, dass es noch nicht ganz feststand, ob ich hierbleiben würde.

Obwohl es gerade Mal zehn Uhr war, drängte mich die Sonne mit solch einer Kraft dazu, die Augen zusammenzukneifen. Auf meiner von der Klimaanlage abgekühlten Haut prickelte die aufkommende Hitze. Ich blickte mich um, in der Hoffnung, einen Hinweis für das Treiben zu finden – doch Fehlanzeige. Ein simples Schild teilte mir mit, dass sich in dem ersten Bungalow direkt an der Straße die Rezeption befand.

Als ich die Holztür aufdrückte, ertönte eine Glocke über mir. Einige Menschen standen rechts neben dem

Tresen und diskutierten lautstark. Sie wirkten wie eine zusammengewürfelte Gruppe, denn bei ihren Streitereien erklang nicht der charakteristische texanische Akzent. Mit ebendiesem wurde ich jedoch von einem jungen Mann mit blonden Locken begrüßt.

»Wie kann ich Ihnen helfen, Miss?«

Ich trat näher. Alles wirkte ein wenig aus der Zeit gefallen. Hinter der Rezeption stand eine massive Standuhr, die sehr laut tickte. An den Wänden hingen Bilder der Art, wie ich sie vor der Reise von der Chihuahua-Wüste gesehen hatte. Mit Dell City konnten sie nicht viel zu tun haben.

»Mein Name ist Kayla Archer. Ich habe ein Zimmer reserviert.« Mit etwas Abstand zu dem Herd meiner Probleme fiel mir ein freundliches Lächeln leichter.

Wie ein Echo des Schmerzes summte in diesem Moment mein Handy. Ich ignorierte die Benachrichtigungen. Seit ich den Flugmodus ausgeschaltet hatte, um Pina zu schreiben, dass ich gelandet war, hörte mein Smartphone nicht mehr auf zu klingeln. Da ich befürchtete, dass es Diane war, schenkte ich der Sache keine Aufmerksamkeit. Ich wollte erst mal ankommen und mein Zimmer in Beschlag nehmen. Danach würde mir immer noch genug Zeit bleiben, mich mit ihr auseinanderzusetzen, schließlich hatte ich keine Ahnung, was ich hier überhaupt machen wollte. Allein zu wandern, war mir zu gefährlich, deshalb hatte ich auf einen netten Städtetrip gehofft. Doch Dell City verdiente das *City* in seinem Namen nicht.

Der Mann tippte ein paar Buchstaben in seinen prähistorisch wirkenden Computer, dann schüttelte er den Kopf, sodass eine seiner Locken von rechts nach links sprang. »Auf diesem Namen habe ich keine Reservierung. Tut mir leid.«

Ich presste die Lippen aufeinander. Natürlich hatte er das nicht. Nach einem tiefen Atemzug war ich wieder in der Lage zu sprechen. »Das kann gut sein. Entschuldigen Sie bitte. Haben Sie eine Reservierung auf Fletcher?«

Er hob zwar eine buschige Augenbraue, trotzdem hämmerte er wieder auf das Keyboard ein. »Ja, auf Julian und Kayla Fletcher.«

»Das bin ich. Also, eigentlich nicht ...« Ich stoppte kurz, um meine Gedanken zu sammeln. »Ich bin Kayla Archer, aber das Zimmer ist trotzdem für mich.« Das Lächeln war mir wieder vergangen, deshalb starrte ich ihn nur an.

»Ach, dann sind Sie ohne Ihren Mann angereist«, schlussfolgerte er, und ich ließ ihn in dem Glauben.

Warum sollte ich ihn korrigieren? Das würde mir auch keinen Vorteil verschaffen. Eher im Gegenteil.

»Mrs Fletcher«, setzte er an, und auch dieses Mal verbesserte ich ihn nicht. »Es gibt ein Problem. Vermutlich haben Sie es bereits mitbekommen, aber es findet ja schon bald das Chihuella-Festival statt. Aufgrund der außergewöhnlich hohen Nachfrage gab es Probleme mit unserer Buchungssoftware, und Zimmer wurden doppelt und dreifach vergeben. Und um ehrlich zu sein, bin ich komplett belegt. Die Unannehmlichkeiten tun mir natürlich leid, und sie erhalten Ihr Geld unverzüglich zurück. Als Entschädigung bieten wir Ihnen einen Fünfzehn-Prozent-Gutschein auf ihren nächsten Besuch an und ...«

»Moment mal«, unterbrach ich seinen einstudierten Singsang.

Er sah mich wie ein kleiner Junge an, der genau wusste, dass er Mist gebaut hatte.

»Sie haben also kein Zimmer für mich übrig?«

»Das ist korrekt, Mrs Fletcher.«

Mein Herzschlag polterte durch meinen Körper. Ich war verdammt müde von der Reise, aber auch vom Leben. Obwohl mein System bereits zum Krisenbewältigungsmodus wechselte, kamen meine Gedanken noch nicht hinterher.

»Selbst wenn ich eins gebucht habe?«

»Leider ja, Mrs Fletcher.«

Ich blickte zu den anderen Gästen hinüber, die leiser geworden waren, um unserer Auseinandersetzung zu lauschen. Irgendwo musste doch eine Kamera versteckt sein. Das konnte unmöglich meine Realität sein. Jeden Moment würde Julian bestimmt hinter einer der billigen Kunstpflanzen hervorspringen und mich überraschen. Das war niemals echt.

»Obwohl ich sechzehn Stunden gebraucht habe, um von Washington nach Dell City zu reisen?«

»Ich befürchte schon, Mrs Fletcher.« Er lächelte mich freundlich an und sorgte so dafür, dass ich noch mehr Lust bekam, seine nervige Wanduhr umzuschmeißen.

»Sie wollen mich verarschen, oder?«

Seine professionelle Miene bröckelte vor mir. Ich genoss den Moment, weil ich ihm endlich eine echte Reaktion entlockt hatte. Mir war nicht mehr nach Spielchen zumute.

»Ich habe zwei Flüge genommen, um in diese Stadt zu kommen. Um von meinem Zuhause zu fliehen, weil mein Mann mich kurz vor der Hochzeit hat sitzen lassen. Ich brauche diese Auszeit in diesem verschlafenen Nest, damit ich wieder auf mein Leben klarkomme. Und jetzt soll hier irgendein Chihuahua-Fest stattfinden? Was ist das überhaupt? Wird da der schönste Schoßhund der Einöde gewählt? Das kann doch alles nur ein beschissener Scherz sein!«

Normalerweise fluchte ich nicht, denn Diane war diesbezüglich sehr empfindlich. Aber Diane konnte mich kreuzweise. Normalerweise war ich stets respektvoll zu Personal, denn die Menschen machten nur ihren Job. Doch offensichtlich machte Goldlöckchen einen richtig schlechten. Normalerweise suchte ich nicht den Konflikt, sondern ging, aber ich wusste nicht, wohin. Normalerweise pochte ich nicht auf mein Recht, doch niemand schien mich ernst zu nehmen.

Ich wartete, als der Rezeptionist jedoch wieder von einem Gutschein anfing, brannte mir die letzte Sicherung durch. Mit glühenden Wangen verlangte ich nach dem Manager. Das war der Karen-Moment meines Lebens. Als die Worte gerade meinen Mund verlassen hatten, setzte auch schon die Scham ein. Mein Hals wurde eng, in meinen Handinnenflächen sammelte sich der Schweiß, und am liebsten wäre ich geflohen.

Besonders, als der junge Mann auflachte. »Entschuldigung, aber so was haben wir hier nicht, Mrs Fletcher.«

»Hören Sie auf, mich so zu nennen!«, schrie ich, machte auf dem Absatz kehrt und rannte aus dem Gebäude.

Ich versuchte, das Getuschel der anderen auszublenden. Das lief alles überhaupt nicht nach Plan. Ich war hierhergekommen, um der Aufmerksamkeit zu entgehen. Um ein kleines bisschen Frieden zu finden, aber ich hinterließ nur verbrannte Erde. Mein Ausraster war Beweis genug für meine Übermüdung und Unsicherheit. Und natürlich kämpfte ich mal wieder mit den Tränen.

Weil nun doch endlich der Krisenbewältigungsmodus in meinem Kopf ankam, suchte ich über mein Smartphone nach einem Ausweichhotel. Es mangelte nicht nur generell an Alternativen, sondern die wenigen Unterkunftsmöglichkeiten in der Gegend waren erschöpft. Ohne Plan starrte ich auf die Straße vor mir, als könnte gleich eines der Autos anhalten und mich retten. Stattdessen entdeckte ich ein Plakat, das Werbung für das Festival machte. Es handelte sich nicht um ein lokales Fest, das mit Dell City um Bedeutungslosigkeit buhlte. Offenbar war es eine international gefragte Veranstaltung, bei der sogar meine Lieblingssängerin *Hamada* auftrat.

Wieso sagte mir das alles nichts? Und warum hatte Julian diesen Umstand nicht in der Planung unserer Reise berücksichtigt? Ich zischte und schüttelte den Kopf, weil ich seine Oberflächlichkeit nicht fassen konnte. Es war beinahe komisch, wie egal ich ihm bereits in unserer Beziehung gewesen war. Und nun war ich ihm noch gleichgültiger? Ging das überhaupt?

Ich sah auf mein Smartphone, denn ich hatte das dringende Bedürfnis, Pina über diese merkwürdigen Umstände zu informieren. Genau in diesem Moment erschien eine der Benachrichtigungen, die mein Handy nicht mehr zur Ruhe kommen ließen. Es waren nicht Diane oder eine andere Messenger-Nachricht. Nein, es war die App *Horizon.*

Mit zusammengezogenen Brauen öffnete ich sie und riss dann die Augen auf. Das System zeigte mir über hundert Mitteilungen an. Ohne zu verstehen, was überhaupt geschehen war, klickte ich das rot leuchtende Symbol an. Dutzende Menschen hatten mir geschrieben. Manche nur knapp mit einem »Kommt mir bekannt vor« oder »Same, girl«. Andere hatten mir mehrere Zeilen hinterlassen. Ich las ihre Geschichten, die mich nicht nur überraschten, sondern auch überforderten.

Eine entfernte Freundin, die mir auf *Horizon* folgte, berichtete darüber, dass ihre erste große Liebe sie an ihrem achtzehnten Geburtstag verlassen hatte. Noch heute erinnerte sie sich jedes Jahr an diesem besonderen Tag an die Schmach und musste sich zu jeder Feierlichkeit zwingen, denn eigentlich wollte sie ihren Ehrentag nur im Bett verbringen. Sie vermisste Nate noch immer.

Eine mir völlig Fremde hatte mir Mut machende Zeilen getextet. Mit Feingefühl und sanften Worten gab sie mir die Hoffnung, bald jemanden zu finden, der mich wirklich zu schätzen wusste.

Anfangs las ich jede Nachricht aufmerksam, versah sie mit einem *Gefällt mir* oder bedankte mich. Es waren jedoch so viele Privatchats, dass ich irgendwann den Überblick verlor. Die ganze Zeit über fragte ich mich, was der Auslöser für diese Flut an Feedback gewesen war. Als ich den nächsten Posteingang anklickte, entließ ich einen schockierten Laut. Es war keine Privatnachricht, sondern eine direkte Antwort auf meine *Horizon.*

Und da wurde mir bewusst, dass ich nicht das Foto vom Sonnenuntergang in Harpers Ferry geteilt hatte, sondern das kurze Video, das ich für Pina aufgenommen hatte. Ich hatte es öffentlich für 72 Stunden in meinen Status gestellt.

Sofort rief ich es auf und verzog das Gesicht, als ich meine eigene Stimme hörte. Umgehend löschte ich es, dann schrieb ich Pina.

Du glaubst nicht, was mir passiert ist.

Von Minute zu Minute ging es mir körperlich schlechter. All der Stress der letzten Tage manifestierte sich in einem Rauschen in meinen Ohren. Es fühlte sich an, als würde mein Herz ab und an einen Schlag zu viel tätigen, und Übelkeit erfüllte mich. Ich hatte mir noch nie so sehr einen Pausenknopf für das Leben gewünscht wie hier und jetzt.

Mein Handy summte. Sofort checkte ich die App, um

sicherzugehen, das Video wirklich gelöscht zu haben. Allein bei dem Gedanken daran, dass es so viele Menschen gesehen hatten, blieb mir die Luft weg. Doch es war nur Pina, die geantwortet hatte.

Dass du viral gegangen bist mit deinem kleinen Video? Das weiß ich doch schon längst.

Ich stöhnte.

Es haben so viele Leute gesehen. Megapeinlich.

Ich blickte wieder das Festivalplakat an. Davon hatte ich Pina ja noch gar nicht berichtet.

Haben sie darauf reagiert?

Ich zögerte, schrieb dann jedoch:

Ja. Es waren fast nur nette Nachrichten.

Vermutlich konnte man dann gar nicht davon sprechen, dass ich viral gegangen war, denn dazu gehörte wohl stets Hass. Zumindest hatte ich das so von anderen mitbekommen.

Cool, dann bist du ja gar nicht so allein,
wie du dachtest! <3

Ich schloss den Chat und blickte die Straße hinab. Pina hatte recht. Offenbar war ich nicht die Einzige mit Liebeskummer. Aber ziemlich sicher war ich die Einzige, die gerade keine Schlafmöglichkeit vorweisen konnte.

Als hätten wir eine telepathische Verbindung, ertönte erst die Glocke über der Tür und dann in schwerem texanischem Akzent: »Miss Archer? Ich kann Ihnen eine Lösung anbieten.«

5
Just Like a Pill

»'Stead of makin' me better you keep makin' me ill«
– P!nk

»Ich soll mir das Zimmer mit einem fremden Mann teilen?«

Der Rezeptionist zuckte mit den Schultern. Das war typisch für Männer, denn ihnen war gar nicht bewusst, wie gefährlich die Welt für eine Frau war. Sie dachten nicht daran, dass eine solche Situation übel enden konnte. Ganz im Gegenteil – er lächelte selbstgerecht. Anscheinend war er sich sicher, meinen Tag gerettet zu haben, dabei war dieses Angebot im besten Fall ein schlechter Scherz.

»Wie kommen Sie überhaupt dazu, eine Frau und einen Mann, die sich nicht kennen, einem Zimmer zuzuteilen? Wieso nicht gleichgeschlechtliche Zusammenstellungen?«

Darauf schien er keine Antwort zu haben. Ich atmete tief ein und aus, weil ich nicht ein zweites Mal ausfällig werden wollte.

»Gibt es nicht ein Zimmer, in dem eine Frau schläft und zu der Sie mich buchen können?« Ich sah mich um und entdeckte sogar zwei Frauen, die sich angeregt miteinander unterhielten. Sie waren definitiv in meinem Alter. Ich würde mir auch zu dritt eine Unterkunft teilen.

»Zimmer Nummer 76 ist wirklich die letzte Möglichkeit. Ansonsten haben wir keine Schlafmöglichkeiten übrig. Und glauben Sie mir, dafür werde ich schon Ärger bekommen, denn Mr Wells hat sich bisher geweigert, eine Person in seinem Zimmer aufzunehmen.« Der Lockenkopf grinste schief, dann ging er zu dem Schlüsselkasten und nahm das entsprechende Exemplar heraus. Er reichte es mir über den Tresen hinweg.

»Vielleicht sollte Mr Wells eher Platz für eine Dame in Nöten machen«, gab ich zu bedenken, denn es reichte mir mit diesem Theater. Die meisten Herren der Gesellschaft gaben sich als große Helden aus, aber im realen Leben kamen sie nicht mal einen Schritt auf einen zu oder reichten eine helfende Hand.

»Mr Wells kann nicht abreisen. So viel steht fest.«

Ich hob eine Augenbraue. »Ich ebenfalls nicht.«

»Dann sollten Sie den nehmen und sich einrichten, bevor ich es mir anders überlege. Ich riskiere hier meinen Hals.« Er wackelte mit dem Schlüssel, sodass es klimperte.

Stöhnend nahm ich ihn entgegen. »Ist es denn möglich, Mr Wells vorab kennenzulernen?«

Der Rezeptionist wog den Kopf hin und her. »Meistens bricht er vor dem Sonnenaufgang auf und kehrt erst mitten in der Nacht zurück. Er ist viel beschäftigt.«

Natürlich war er das. Der Typ war ja auch wichtig. Und ein Mann. Ich steckte den schweren Schlüssel in meine Hosentasche und kniff die Augen zusammen.

»Entschuldige bitte, wenn ich mich einfach so einmische. Ich habe euer Gespräch mitbekommen und würde gern helfen. Tracey? Kommst du mal rüber?«

Eine der Fremden, die ich gerade eben noch beobachtet

hatte, kam zu uns und stützte sich neben mir auf dem Tresen ab. Ihre schwarzen Haare flossen elegant über ihre Schulter, als sie sich zu mir lehnte. »Wenn du dich unsicher fühlst, kannst du auch bei uns schlafen. Stimmt doch, oder?«

Sie sah zu ihrer Freundin, die sich ebenfalls dazugesellte. Mit einem strahlenden Lächeln auf den Lippen nickte diese heftig. »Selbstverständlich. Das ist überhaupt kein Problem.«

Der Druck auf meiner Brust löste sich. Mit zwei fremden Frauen im Zimmer würde ich ruhiger schlafen als mit einem Mann.

»Könnten Sie nicht eine Matratze auf den Boden legen?« Die Rothaarige zwinkerte dem Rezeptionisten zu. Obwohl ich das Gefühl hatte, dass in Dell City eher selten so hübsche Frauen unterwegs waren, schien er gegen ihren Charme immun zu sein.

»Meine Chefin hat mir das strengstens untersagt.« Seine buschigen Augenbrauen bildeten eine Linie.

»Ist Ihre Chefin nicht auch Ihre Tante?« Die Schwarzhaarige runzelte die Stirn.

Ich blickte zwischen den Frauen und ihm hin und her. Sie kannten ihn offenbar. Vermutlich waren sie schon länger vor Ort, und wenn sie sich bei ihm nicht durchsetzen konnten, brauchte ich es gar nicht erst versuchen.

»Ja ... Und?« Er verzog den Mund.

»Und Sie können keine Ausnahme machen? Für drei junge Frauen, die dringend Hilfe benötigen?« Das Lächeln der Rothaarigen strahlte noch immer mit der Wüstensonne um die Wette.

»Ich habe Mrs Fletcher doch bereits eine Lösung angeboten.«

»Miss Archer, meinen Sie«, verbesserte die Schwarzhaarige ihn. Kurz glitt ihr Blick zu mir. Ihre rehbraunen Augen zeigten so viel Verständnis, dass ich mich an der Holzplatte des Tresens festhielt.

»Ja, genau.« Er sah zur Tür, als hoffte er trotz hundertprozentiger Auslastung auf den nächsten Gast, um unserem Konflikt aus dem Weg gehen zu können.

Bei diesem Typen gab es kein Weiterkommen, das wurde mir in diesem Moment klar. Und den beiden Frauen wollte ich keine Umstände bereiten, deshalb lächelte ich das Duo dankbar an, bevor ich dem Rezeptionisten zunickte.

»Schon okay. Danke für eure Hilfe.« Meine Wanderausstattung wies standardmäßig ein Taschenmesser und ein Bärenabwehrspray auf.

»Ach, Jamie«, säuselte die Rothaarige.

Dieser hingegen erkannte meine Kapitulation sofort und tat beschäftigt. Eilig verschwand er hinter dem Vorhang, der den Empfangsbereich von dem Hinterzimmer abtrennte.

»Brauchst du Hilfe mit dem Gepäck?« Die Schwarzhaarige stieß sich vom Tresen ab und steuerte den Ausgang an. Dabei drehte sie sich so, dass wir uns weiterhin beim Sprechen ansehen konnten. »Ich bin übrigens Alexis.«

»Hey, Alexis. Ich bin Kayla.« Ich holte auf und schüttelte die Hand, die sie mir entgegenstreckte.

Alexis öffnete die Tür, und das Klingeln riss wohl auch ihre Freundin aus den Gedanken.

Sie eilte uns hinterher. »Ich heiße Tracey.«

Auch wir begrüßten uns mit einem Händedruck.

Sie ließen mir den Vortritt und folgten mir dann zum Auto.

»Du darfst Jamie nicht so ernst nehmen. Der ist ein bisschen verbohrt.« Tracey kicherte.

»Ihr scheint ihn gut zu kennen. Wie lange seid ihr schon hier?« Ich entriegelte das Fahrzeug und fischte als Erstes meine Handtasche vom Beifahrersitz, deren cremefarbener Ton zwar zu meinem restlichen Outfit passte, allerdings nicht meinem Geschmack entsprach. Julian hatte sie mir zum Jahrestag geschenkt.

»Seit knapp einer Woche.« Alexis wartete mit verschränkten Armen neben dem Wagen. Als sie sah, dass ich unter anderem eine Wasserflasche, einen halb vollen Becher Iced Coffee und meine Sonnenbrille in den Händen hielt, nahm sie mir sofort ein paar Gegenstände ab.

»Und was macht ihr hier? Seid ihr für dieses Festival vor Ort?«

»Gott, nein.« Tracey kicherte wieder.

»Wir wollen wandern. Bisher sind wir irgendwie noch nicht wirklich dazu gekommen, um ehrlich zu sein.«

Nun musste ich grinsen. »Und was treibt man so in Dell City, wenn man nicht die Wüstenlandschaft genießt?«

»Man besäuft sich am Pool.« Tracey schien sich wohl schon den einen oder anderen Drink gegönnt zu haben, denn sie hatte diesen bestimmten glasigen Blick.

»Klingt gut«, murmelte ich.

»Sicher?« Alexis trat zur Seite, sodass ich mich zwischen ihr und dem kargen Baum vorbeiquetschen konnte.

Ich öffnete den Kofferraum und positionierte meinen Wanderrucksack, um ihn zu schultern, ohne vorn- oder hintenüberzufallen.

»Möchtest du uns gleich am Pool Gesellschaft leisten?« Tracey schloss das Heck für mich, nachdem ich mich schwer bepackt von ihm entfernt hatte.

Obwohl das nicht mein erster Wandertrip war, erwischte ich mich immer wieder bei Anfängerfehlern. Dieses Mal war es viel zu schweres Gepäck. Mit diesem vollgestopften Monstrum von Rucksack würde ich nicht weit kommen. Aber vielleicht musste ich das auch gar nicht.

»Klar. Wieso nicht?«

Die Frage war zwar eher rhetorisch gemeint, doch Tracey nickte trotzdem heftig. »Cool.«

»Und mach dir wegen des Zimmers keine Sorgen. Wenn dein Zimmernachbar der Typ ist, den ich im Kopf habe, dann wirkt der nicht wie ein Serienmörder.« Alexis klopfte mir auf die Schulter.

»Oder zumindest wie ein heißer Serienmörder.« Tracey gluckste.

Ich verzog das Gesicht. »Das alles hier ist mehr als skurril.«

»Ich glaube, das hat Texas so an sich«, brummte Alexis.

Wir kehrten gemeinsam zu dem Gebäudekomplex zurück, aber dieses Mal führten die beiden mich an der Rezeption vorbei. Beim dritten Häuschen auf der linken Seite stoppten wir. Die Anzahl der kleinen Bungalows stand in keinerlei Harmonie mit den Zimmernummern. Ich kniff die Augen zusammen.

»Das müsste deine Hütte sein. Unsere ist weiter hinten. Treffen wir uns in einer halben Stunde am Pool?« Tracey zeigte grob nach rechts, als würde mir diese Weisung beim Auffinden ihrer Unterkunft oder der Poolanlage helfen.

Ich nickte nur, dann kramte ich den Schlüssel hervor. Er knirschte im Schloss, und ich konnte die Holztür aufdrücken. Vor mir lag ein dunkler Raum. An der Wand neben der Tür tastete ich nach einem Lichtschalter. Als ich diesen endlich betätigte, atmete ich erleichtert auf. Ich betrat den Raum kopfschüttelnd, denn dieser Fremde hatte es wohl nicht besonders mit der Ordnung. Die Höhe des Bettes war perfekt, um meinen Rucksack sanft abzulegen.

In der Zwischenzeit hatte Alexis meinen Kleinkram auf

der Kommode neben der Tür abgelegt. »Dann bis gleich?« Sie stemmte die Hände in die Seiten.

»Okay«, nuschelte ich, weil ich eigentlich nicht wollte, dass sie gingen.

Hütte war tatsächlich die korrekte Beschreibung für diese Art von Unterbringung. In das Zimmer passten gerade mal das große Doppelbett, zwei Nachttische, ein schmaler Schrank, die Kommode und ein Fernseher an der Wand. Eine schmale Tür auf der rechten Seite führte in ein winziges Badezimmer mit Toilette, Waschbecken und Dusche. Wie dieses Etablissement seine Sterne bekommen hatte, war wohl das größte Rätsel der Menschheit.

Die beiden bemerkten meine Unsicherheit wohl. Sie warteten noch, bis ich jeden Zentimeter der beiden Räume inspiziert hatte, bevor sie sich endgültig verabschiedeten. Alexis versicherte mir, dass ich auch jederzeit heimlich zu ihnen kommen könnte.

Ich war wirklich froh, direkt zwei so freundliche Personen kennengelernt zu haben. Unvorstellbar, wie es mir nun ginge, wenn sie nicht wären. Es reichte mir schon, allein in diesem Zimmer zu sein. Zum einen kam ich mir wie ein Eindringling vor, denn dieser Mann wusste ja noch nicht mal, dass sich nun eine Fremde in seinem privaten Bereich aufhielt. Zum anderen fühlte ich mich unwohl, weil er jederzeit zurückkommen konnte. Wie würde er auf mich reagieren, wenn ich mich plötzlich in seinem Zimmer befand? Ich hoffte inständig, dass Jamie ihn rechtzeitig über die neuen Umstände informierte. Niemand konnte sicher wissen, ob ein Fremder eine Waffe trug und auch dazu bereit war, sie bei solch einer Art von Hausfriedensbruch zu benutzen. Wobei mein Verhalten genau genommen wohl nicht dem Tatbestand entsprach.

Ich ließ mich auf die Matratze sinken. Hier war definitiv kein Platz für eine weitere auf dem Boden. Erst jetzt spürte ich die Müdigkeit. Sie glitt in meine Arme und Beine und schien an mir zu ziehen. Doch ich konnte mich nicht einfach in dieses Bett legen. Die Decken waren zerwühlt, und das Kissen wies eine kleine Kuhle von einem Kopf auf. Auf dem Boden lagen Socken, auf dem Nachttisch stand ein halb gefülltes Glas Wasser, und es roch nach Mann. Genauer gesagt nach Aftershave und Deodorant. Immerhin benutzte er das.

Weil ich nicht nur herumsitzen wollte, sagte ich der Trägheit den Kampf an und öffnete meinen Rucksack. Es wäre praktisch, zumindest einen Teil auszuräumen. Ich hatte noch keine Vorstellung davon, ob ich allein in der Wüste wandern gehen würde, und falls ich mich wirklich dazu entschied, wie lange ich plante, unterwegs zu sein. Deshalb wäre es von Vorteil, die Tasche vollständig zu leeren und anschließend nach Bedarf zu packen.

Mein Blick glitt zum Schrank. Es war eine Sache, in ein fremdes Zimmer einzudringen und sich auf das Bett zu setzen. Eine ganz andere war, sich am Schrank zu schaffen zu machen. Doch auch ich zahlte für dieses fragwürdige Zimmer. Ich war genauso ein Gast wie dieser Typ. Also stand mir gefälligst die Hälfte des Stauraums zu.

Ich überwand meine ersten Hemmungen und nahm einen Teil meiner Kleidung, die ich zu kleinen Rollen geformt hatte, um Platz im Rucksack zu sparen. Beim Einräumen kam ich nicht umhin, seinen Kleidungsstil zu bewerten. Jeanshemd, graues T-Shirt, schwarzes Trainingsshirt, olivfarbene Shorts – er war sicherlich für ausgedehnte Wüstenwanderungen vor Ort. Ich hatte gelesen, dass wegen der Hitze in diesem Gebiet ein früher Beginn einer Tour empfohlen wurde. Das würde zumindest sein

Verschwinden vor Sonnenaufgang erklären. Aber wieso kam er dann erst in der Nacht wieder?

Als ich den nächsten Klamottenstapel in eines der leeren Fächer stopfte, senkte ich meinen Blick. Unten im Schrank hatte der Fremde nicht nur seine Reisetasche verstaut, sondern auch ein Paar Wanderschuhe.

Ich atmete laut aus, denn ich konnte es nicht fassen. *Wollte* es nicht. Es war nur ein Paar Schuhe. Trotzdem brannte mein Hals sofort und zog sich zusammen. Nicht schon wieder. Ich zog die Nase hoch, räusperte mich und schloss die Schranktür, doch meine Finger zitterten bereits. Der Druck auf meiner Brust hatte ein Allzeithoch. Es war, als würde mich meine Vergangenheit zerquetschen.

Mit verschwommenem Blick taumelte ich zum Bett, setzte mich und kramte mein Smartphone hervor. Weil ich genau wusste, dass Pina auf der Arbeit war und Stress hatte, nahm ich ihr ein Video für später auf. Erst schwenkte ich durch den Raum, dann filmte ich mich selbst.

»Das ist mein Zimmer. Du fragst dich, warum da Socken der Schuhgröße 47 auf dem Boden liegen? Gute Frage.« Ich versuchte mich an einem Lächeln, doch es war nur eine schmerzverzerrte Fratze, die mir entgegenblickte. »Natürlich, weil ich mir dieses teile. Mit einem Wildfremden übrigens.« Ich pausierte, weil ich meinen Atem sammeln musste. »Aber weißt du, was mir nicht fremd ist? Seine Schuhe.« Ich schluchzte auf. Egal, wie sehr ich gegen die Tränen ankämpfte, sie gewannen jedes Mal. »Er hat die gleichen wie *er*. Nicht zu fassen.« Mir brach die Stimme weg. Ich wischte mit dem Handrücken über meine Augen, damit ich wieder sehen konnte. »Es ist die gleiche Marke. Das gleiche Modell. Und das reicht aus, damit ich heule. Ich bin so eine Witznummer, wirklich. Sitze hier mutterseelenallein in Texas und flenne, weil mich Wanderschuhe an meinen letzten Urlaub mit meinem Verlobten erinnern.« Ich holte tief Luft. »*Ex*-Verlobten.«

Ich betätigte den Knopf und senkte dann das Handy. Mir war übel. Dieses Mal ging ich sicher, dass ich den Clip nur an Pina sendete und nicht online stellte. Auch wenn ich kein gutes Gefühl dabei hatte, weil ich meinen unfreiwilligen Mitbewohner nicht kannte und mir deshalb noch kein finales Bild von seiner Hygiene hatte erlauben können, ließ ich mich auf das Bett sinken, sodass ich die Decke anstarren konnte. Ein weiterer Punkt für meinen Cry-Counter.

6

What You Know

»And I can taste it, it's my sweet beginning«

– Two Door Cinema Club

Das kühle Wasser des Pools bot die dringend benötigte Abkühlung. Allerdings hatte ich mir die Auszeit hier entspannter vorgestellt. Erst jetzt realisierte ich zum ersten Mal, dass das Hotel wirklich ausgebucht war. Überall hatten sich Grüppchen junger Menschen zusammengefunden, um anzustoßen, zu Musik zu tanzen oder sich gegenseitig ins Becken zu schubsen. Ich hatte zwar nichts gegen Spaß und gönnte jeder Person die Freude, aber in dieser Umgebung schien es unmöglich, meine Gedanken zu sortieren. An diesem Ort etwas zu verarbeiten, war ausgeschlossen. Dabei war genau das doch mein Ziel. Deshalb fokussierte ich mich auf das Gespräch mit Alexis und Tracey.

»Und was studiert ihr?« Ich musste meine Frage beinahe schreien, um den Lärm der anderen Gäste zu übertönen.

»Architektur.« Alexis nahm ihr Glas, manövrierte den Strohhalm zwischen die Lippen und nahm einige Züge, sodass der Pegelstand der Flüssigkeit rasant sank. Die Farbe des Plastikbechers passte zu ihrem Bikini, der mit dem verbrannten Ton eines Sonnenuntergangs mithalten konnte.

»Wow, das klingt interessant. Ist das dein Traumstudium?«

Sie nickte sofort. »Auf jeden Fall. Seit ich einen Stift halten konnte, habe ich immer nur gezeichnet. Anfangs Personen und Landschaften, nun halt Gebäude.« Sie trank noch einen Schluck.

Ich lächelte sie an, dann suchte ich den Blickkontakt zu Tracey. Leider hatte ich nicht die leiseste Ahnung von Gebäuden, Statik oder Design, sodass ich Alexis' Werdegang nicht clever kommentieren konnte.

»Ich studiere auch an der Columbia. Zahnmedizin.« Wie zum Beweis präsentierte sie eine Reihe perfekter weißer Zähne. Damit diente sie nicht nur als Aushängeschild für ihren Studiengang, sondern hätte auch Werbung für Zahnpasta machen können. »Meine Eltern sind Zahnärzte und führen eine renommierte Klinik in New York City, die ich später mal übernehmen soll.«

»Also kommt ihr beide aus New York City?«

Sie nickten. Ich schloss mich ihnen an, und mein Herz wurde leichter. Ihre Anwesenheit gab mir etwas Sicherheit, und nun war ich noch mehr gewillt, mich auf eine Bekanntschaft mit ihnen einzulassen, weil uns nur eine ungefähr vierstündige Autofahrt trennte. Das war durchaus machbar, sollten wir langfristig in Kontakt bleiben wollen.

»Wie hieß dein Wohnort noch mal?« Tracey nahm auch einen Schluck von ihrem Getränk und erinnerte mich damit daran, dass meine Eiswürfel ebenfalls kaum noch vorhanden waren. Der klägliche Rest klapperte, als ich trank.

Obwohl die beiden auf mich eingeredet hatten, war ich

standhaft geblieben und zog meine Alkoholabstinenz weiterhin durch, denn schon der kleinste Tropfen würde mich für mindestens einen Tag ausknocken. Das änderte jedoch nichts an der Tatsache, dass sich in diesem Virgin Mojito viel zu viel Zucker befand. Ich verzog das Gesicht.

»Harpers Ferry«, antwortete ich, nachdem sich meine Geschmacksknospen wieder normalisiert hatten. »Es ist ein verschlafenes Städtchen. Kennt ihr sicherlich nicht.«

»Und dort gibt es eine Universität?« Alexis' Blick blieb bei mir – egal, wie oft ein anderer Gast zum Trinken aufrief oder eine Arschbombe in den Pool machte, sodass das Wasser über den Rand schwappte und uns einzelne Tropfen trafen.

Tracey hingegen war auf der Suche nach Ablenkung. Sie richtete das Dekolleté ihres violetten Badeanzugs, als ein junger Typ mit blonder Surfer-Frisur an uns vorbeistolzierte.

»Ähm, nein.« Ich richtete mich auf dem Liegestuhl auf, den ich in Beschlag genommen hatte. »Ich studiere nicht.«

Alexis nickte, aber Traceys Kopf rückte nun doch wieder in meine Richtung. »Was machst du dann?«

»Sie wird wohl arbeiten. Was denn bitte sonst?« Alexis schnaubte über die Frage ihrer Freundin.

Beiden reichte das Ganze wohl noch nicht als Erklärung. Sie wollten mehr Informationen, ich fühlte mich jedoch nicht wohl mit dem Thema. Natürlich studierte nicht jede Person. Nicht alle hatten das Privileg, nach dem Schulabschluss weiterzulernen. Schon gar nicht, wenn man keine Eltern mehr hatte. Die meisten Menschen holte die Realität erst nach dem Studium ein, manche schon in der Highschool.

»Ich arbeite. Genau.« Ich zwang mich, das Lächeln aufrechtzuerhalten.

»Und als was?« Tracey zog die Brauen hoch, als wäre ich ein interessantes Naturphänomen, das intensiver erforscht werden sollte.

»Entschuldige, dass wir dich so mit Fragen löchern. Du musst natürlich nicht antworten.« Alexis schien meine Beklemmung bemerkt zu haben. Sie stieß Tracey in die Seite, die schon wieder den Mund geöffnet hatte. Ihre Liegen standen mir gegenüber, sodass sie ein Zweierteam bildeten.

»Ach, kein Problem«, log ich und strich mir eine Strähne hinters Ohr, die sich aus meiner Flechtfrisur gelöst hatte.

Für die Hitzewelle, die nun meinen Körper durchdrang, war nicht die texanische Sonne verantwortlich. Es war mir unmöglich, den beiden direkt ins Gesicht zu sehen, deshalb fixierte ich die anderen feierwütigen Gäste. Unbeschwert warfen sie ihre Plastikbecher in die Hecke, die den Poolbereich von den Wegen zu den Unterkünften abgrenzte. Manche drückten sogar ihre Zigarettenstummel in den Pflanztöpfen aus. Die Glut der Kippen leuchtete auf, fast wie die Wasseroberfläche unter den grellen Sonnenstrahlen.

Mit zusammengekniffenen Augen kehrte ich schließlich doch zu Alexis und Tracey zurück, die auf eine Erklärung warteten. Ich war gerne Friseurin. Dieser Job konnte vielleicht nicht mit Berufen wie Zahnärztin oder Architektin mithalten, hatte jedoch trotzdem seine Berechtigung. Ein guter Haarschnitt, eine perfekte Blondierung oder ein atemberaubendes Styling waren immer gefragt. Tief in mir wusste ich das alles, und dennoch schämte ich mich für meinen Beruf. Immer wieder sah ich die verblüfften Blicke von Julians Arbeitskollegen vor meinem inneren

Auge, die sich nach einer kurzen Unterhaltung stets in Abfälligkeit gewandelt hatten. Diese Erfahrung brauchte ich kein weiteres Mal.

»Ich bin Stylistin.«

Sofort hellten sich die Mienen der beiden auf und waren der Beweis dafür, dass so manche Notlüge ihre Berechtigung hatte. Wobei sie nicht völlig aus der Luft gegriffen war, da mich dieser Job schon immer interessiert hatte. Nur brauchte man für eine erfolgreiche Karriere in diesem Bereich Kontakte, die ich nicht hatte. Und so hatte ich mich auf Haare beschränkt.

»Wow, wie cool! Ich liebe Mode und alles, was damit zu tun hat. Warst du schon mal auf der New York Fashion Week?« Tracey richtete sich auf und kippte den Rest ihres Getränks hinunter.

»Nein, leider nicht.« Ich bemühte mich, ein leichtes Lächeln aufrechtzuerhalten.

»Da musst du unbedingt mal hin. Meine Eltern haben mich damit zu meinem sechzehnten Geburtstag überrascht. Ich nähe meine Kleidung selbst und erstelle regelmäßig Schnittmuster für meine Freundinnen. Beinahe hätte ich Modedesign studiert.« All diese Details sprudelten aus ihr heraus, als gäbe es kein Ende, aber Alexis ging dazwischen.

»Hast du schon mal jemand Berühmten gestylt?«

»Nicht wirklich.« Ich musste zurückrudern, weil ich auch nicht zu unehrlich sein wollte. Ab und zu frisierte ich nicht nur, sondern legte auch Make-up auf. »Ich mache hauptsächlich Hochzeiten und so …«, fügte ich zähneknirschend hinzu. Allein die Erwähnung riss die noch frische Wunde erneut auf. Doch es war immerhin nicht gelogen. Trotzdem ging ich bereits jetzt im Geiste mögliche Outfits, die ich mitgenommen hatte, und deren Kombinationsmöglichkeiten durch, damit ich den Schein der Stylistin wahren konnte.

»Bitte ein Themenwechsel, ja?« Alexis kaute auf ihrem Strohhalm herum.

Dieses Mal war ich diejenige, die die Brauen hob. Tracey nahm das wohl wahr und zuckte mit den Schultern. »Nimm es ihr nicht übel, aber ihr wurde das Herz gebrochen. Wie dir.«

Ich blinzelte mehrmals.

»Oh, sorry. Ich dachte nur, weil du so traurig wirkst und wegen der Namensänderung und –«

»Schon okay.« Ich räusperte mich. »Du hast recht.« Mein Lächeln fühlte sich eher nach einer verkrampften Maske an.

»Dir wurde auch das Herz gebrochen, Trace.« Alexis' Augen waren zu Schlitzen verengt.

Tracey schien sich von innen auf die Wange zu beißen, denn ihr sonst rundes Gesicht zeigte eine Kuhle.

»Bitte sagt mir nicht, dass ihr ebenfalls beide verlassen wurdet und hierhergereist seid, um einen Selbstfindungstrip zu machen.« Ich lachte freudlos auf, als ich ihre Reaktionen wahrnahm.

»Dann halten wir wohl besser den Mund.« Tracey stand auf und zupfte an dem Stoff ihres Badeanzugs herum. »Ich gehe mal ins Wasser.« Ihrem Blick zufolge traf sie diese Entscheidung nicht, weil sie dringend eine Abkühlung benötigte. Der Surfertyp stand etwas verloren am Beckenrand herum. Immer wieder sah er zu uns herüber.

»Wir sitzen wohl alle drei im selben Boot.« Alexis machte keine Anstalten, Tracey auf ihrer Mission zu begleiten.

»Deshalb auch die Partys am Pool? Um auf andere Gedanken zu kommen?«

Alexis nickte.

Ich nahm noch einen Schluck von meinem Cocktail, um ihr Zeit zu geben. Gegen einen Themenwechsel hatte ich grundsätzlich nichts einzuwenden, denn ich wollte unter keinen Umständen vor all den Feierwütigen am Pool weinen. Doch ich war auch neugierig, was genau im Leben der anderen beiden Frauen passiert war. Ich fühlte mich direkt weniger allein.

»Ja, schon. Obwohl wir wirklich geplant hatten, wandern zu gehen. Wir haben das auch noch immer vor. Aber es ist viel schwieriger, den eigenen Gedanken ausgeliefert zu sein, wenn es leise ist. Der Lärm hier …« Sie schnaubte.

»Er hilft, damit man sich nicht mit Problemen beschäftigen muss?« Mir wurde das Pochen in meiner Brust bewusst.

Alexis nickte. »Dabei muss man sich irgendwann damit auseinandersetzen. Und wir sind immerhin zu zweit.«

Ich nickte ebenfalls. Der bittere Geschmack der Einsamkeit kroch an die Oberfläche. Alexis hatte wirklich Glück, eine Freundin zu haben, die ihre Situation nachempfinden konnte. Pina machte ihren Job hervorragend – trotzdem fehlte ihr immer ein kleiner Funke Verständnis, weil sie selbst noch nie verlassen worden war. Sie kannte Herzschmerz, das stand fest, aber meine beste Freundin hatte nie eine derartige Zurückweisung erlebt. Dadurch fehlte es ihr zwar nicht an Empathie, aber den Zwiespalt zwischen Hass und dem Wunsch nach Versöhnung konnte sie nicht wirklich nachempfinden.

Alexis stand nun doch auf. Sie kam auf mich zu, legte ein Handtuch auf das Fußteil der Liege, und ich zog die Beine an, damit sie sich zu mir setzen konnte.

»Er hat nach zwei Jahren mit mir Schluss gemacht.« Ihr sonst so schönes Gesicht verzog sich zu einer schmerzverzerrten Grimasse. »Für einen Job. Er hat eine Stelle an der Westküste angeboten bekommen und konnte nicht absagen, weil es sein großer Traum war.« Sie schüttelte den Kopf. »*Ist.* Es ist noch immer sein Traum«, verbesserte sie sich.

Obwohl es alles andere als belustigend war, lächelte ich. Nur weil es guttat, jemand anderen so sprechen zu hören. Natürlich wünschte ich niemandem Herzschmerz – schon gar nicht Alexis, die mich bisher nur fair und freundschaftlich behandelt hatte. Aber der Druck nahm weiter ab, als sich unsere Blicke trafen. Pures gegenseitiges Verständnis verband uns.

»Verrückt, dass man von ihnen spricht, als wären sie gestorben ... Oder?« Ich hielt mein Lächeln weiterhin klein, um ihr kein falsches Gefühl zu vermitteln.

»Eine Beziehung ist gestorben. Das ist irgendwie das Gleiche, oder?« Sie zuckte mit den Schultern.

Ich blieb still, weil sie recht hatte und ich diese Erkenntnis erst mal verdauen musste.

»Er wollte, dass ich mit ihm gehe ... Vollkommen ausgeschlossen für mich.« Sie unterbrach den Blickkontakt und sah nach oben.

Ich ahmte ihre Haltung nach. Der Himmel über uns war strahlend blau und wolkenfrei. Nur ein einziger Kondensstreifen eines Flugzeugs unterbrach die endlos wirkende Masse.

»Ich bin noch mitten im Studium, und ein Universitätswechsel wäre undenkbar ... Dann mein Nebenjob in der Kanzlei ... Die Familie und all meine Freunde ...«

Ich richtete meinen Blick wieder auf sie, nur um zu bemerken, dass sie mich unverwandt betrachtete.

»Ich war nicht bereit, mein Leben für seines aufzugeben.«

Es war durchaus möglich, dass ich eine Grenze überschritt, aber ich legte meine Hand auf ihre, die sich in das Handtuch gekrallt hatte.

»Du allein weißt, welcher der beste Weg für dich ist. Und wenn dieser nicht an seiner Seite ist, war es die richtige Entscheidung.« Nun fiel es mir leicht, sie anzulächeln. Ganz natürlich und ohne Zurückhaltung.

»Auf jeden Fall.« Sie erwiderte es. »Nur warum tut es dann so verflucht weh?« Zwischen ihren dunklen Brauen bildete sich eine zarte Furche.

»Das ist eine gute Frage.« Ich lachte, aber froh war ich nicht. Diese merkwürdige Kombination wurde allmählich zu einem Dauerzustand.

»Wie war das bei dir? Also, einen Teil der Geschichte habe ich ja bereits mitbekommen.«

Ich hielt kurz inne, weil ich mich sammeln musste. Normalerweise hätte ich nicht darüber geredet. Schon gar nicht mit einer Person, die ich erst seit Kurzem kannte. Doch Alexis war so offen mit mir umgegangen, dass ich dieses Vertrauen spiegeln wollte. Dennoch atmete ich tief ein, bevor ich sprach.

»Ich wurde kurz vor der Hochzeit sitzen gelassen. Gestern hätte ich heiraten sollen. Er hat gesagt, er möchte doch nicht. Dass er sich unsicher sei, ob das der richtige Schritt für uns ist. Letztlich ist es auch möglich, dass er mich betrogen hat. Während unserer Beziehung oder ... Ich weiß es nicht. Keine Ahnung.« Ich blinzelte in den klaren Himmel, dann sah ich zu Boden. »Obwohl er das immer abgestritten hat ... Kurz vor meiner Abreise habe ich herausgefunden, dass er direkt nach unserer Trennung eine andere geküsst hat und ...«

Zu mehr Erklärungen war ich nicht imstande. Zum einen, weil mir zu seinen Fehltritten die Worte fehlten, zum anderen, weil ich befürchtete, mir würde jederzeit die Stimme wegbrechen. Ich räusperte mich.

Alexis reagierte auf meinen Händedruck und nahm meine Finger zwischen ihre. »Ich muss dir etwas gestehen.« Auf ihrem Gesicht zeichnete sich ein Ausdruck ab, den ich nicht einschätzen konnte.

Ich presste die Lippen aufeinander, weil ich nicht den blassesten Schimmer hatte, was sie mir eröffnen wollte.

»Wir haben dein Video auf *Horizon* gesehen.« Sie kräuselte die Nase, sodass ihre Oberlippe ihre Schneidezähne freilegte. Wie ein kleines Pflaster für mein Selbstwertgefühl war die Erkenntnis ihrer nicht perfekt aneinandergereihten Zähne, die ein wenig schief standen. So wie meine. »Tracey und ich haben dich deshalb angesprochen. Wir fanden es mutig, wie offen du darüber geredet hast.«

Einen Moment lang starrte ich sie nur an. Es war völlig surreal, dass Fremde mein Video gesehen hatten und mich aufgrund dessen erkannten. Auf welche Weise sollte ich reagieren? Das falsche Kompliment war mir unangenehm. Ich konnte es so auf keinen Fall stehen lassen, deshalb schüttelte ich den Kopf.

»Das war ein Versehen. Dieses Video war für meine beste Freundin gedacht, nicht für die breite Masse. Es freut mich natürlich, dass sich viele damit identifizieren konnten, aber das war nie meine Absicht.« Ich beobachtete genau, wie sich ihre Miene änderte, und hielt die Luft an, als sich Enttäuschung auf ihren Zügen ausbreitete.

»Verstehe.«

Auf einmal war da eine merkwürdige Stille zwischen uns. Sie löste unsere Fingerverkettung und rückte ein kleines Stück von mir ab. Der Plastikliegestuhl knarzte auf den Fliesen, die den Pool einrahmten. Mein Herz sank. Kurz erwog ich zurückzurudern, nur um das Bild aufrechtzuerhalten, das sie bis vor wenigen Augenblicken von mir gehabt hatte. Doch ich war nie eine Lügnerin oder Blenderin gewesen. Damit würde ich sicherlich nicht hier und jetzt anfangen. Eine kleine Notlüge war okay, aber nicht mehr.

Ich blickte zum Pool und entdeckte Tracey, die mit einem anderen Mann sprach. Dieser hatte lange braune Locken und ein schiefes Lächeln. Er schien von ihr hingerissen zu sein. Zu Recht, denn sie legte sich richtig ins Zeug – mit Strähne um den Finger wickeln, Dackelblick und allem. Um sie herum herrschte noch immer Feierlaune. Die Musik dröhnte ohne Unterlass aus den Lautsprechern, das Bier wurde in Massen ausgeschenkt, und einige Frauen hatten sich noch mehr Platz zum Tanzen freigeräumt, der nun auch rege genutzt wurde.

»Warum eigentlich nicht?«

Ich sah mit erhobenen Augenbrauen zu Alexis. »Was?«

Sie holte lautstark Luft. »Ich verstehe, dass das nicht dein ursprünglicher Plan war. Es ist eine sehr private Angelegenheit, mit der du dich auch unfassbar verletzlich machst … Aber es war auch so unglaublich nahbar … Sympathisch …« Sie brach ab und blickte zu Boden, dann suchte sie wieder meinen Blick. »Du hast mir gezeigt, dass ich nicht allein bin. Tracey ebenso. Klar, wir haben uns. Aber was, wenn das nicht wäre? Was, wenn ich damit vollkommen einsam wäre?«

»So wie ich selbst.« Ich bemühte mich um einen neutralen Ton, aber es gelang mir nicht.

»Genau. So wie du. Wenn du deine Erfahrungen mit allen teilst, bist auch du nicht mehr allein.«

Dieses Mal sah ich weg. Alexis hatte nicht unrecht, das war mir klar. Doch ich fühlte mich so zerbrechlich. Diese Empfindung war entmachtend und furchtbar, und eigentlich wollte ich nichts anderes, als es möglichst schnell hinter mir zu lassen. Durch eine Onlinepräsenz würde ich dem Ganzen noch mehr Raum zusprechen, dabei nahm es mir jetzt schon die Luft zum Atmen. Dass Pina das nicht verstand, konnte ich akzeptieren, denn sie war halt Pina. Manchmal schoss sie über das Ziel hinaus. Von Alexis hätte ich mir jedoch etwas mehr Einfühlungsvermögen gewünscht. In der kurzen Zeit, die wir miteinander verbracht hatten, war sie mir sehr privat und bedacht vorgekommen.

»Es tut mir leid. Vergiss es, okay?« Ihr Tonfall überzeugte mich nicht ganz, trotzdem nickte ich. »Ich wollte dir wirklich nicht zu nahe treten und –«

»Ist okay. Wirklich.« Auch wenn es mich Überwindung kostete, wandte ich mich ihr wieder zu. »Lass uns lieber darüber reden, dass ihr zwei mal hier aus dem Hotel rauskommt. Sollen wir gemeinsam wandern gehen? Direkt morgen?«

Alexis blinzelte kurz, doch nickte dann langsam. »Klar. Warum nicht?« Sie grunzte. »Das war ja eh unser Plan, und irgendwie kommt es mir so vor, als hättest du den Durchblick. Dann hängen wir uns gerne an dich dran. Wir müssen natürlich noch Tracey fragen.«

»Also, so wirklich –«, begann ich, aber eine Stimme schnitt meine Bedenken ab.

»Hey! Wie geht's?« Der Surferboy blieb vor uns stehen und stemmte die Hände in die Hüften.

Da Alexis und ich noch immer auf dem Liegestuhl saßen, war der Höhenunterschied für ein Gespräch bei dieser Dauerbeschallung eher ungünstig. Ebenso wie die Tatsache, dass wir ihm direkt auf den Schritt blickten.

»Hey«, entgegnete Alexis unbeeindruckt.

Ich schwieg, weil ich noch viel zu sehr mit dem Gedanken beschäftigt war, dass ich nun eine Wanderung vorzubereiten hatte. Bisher hatte Julian das stets übernommen, doch jetzt war ich auf mich allein gestellt. Zudem trug ich die Verantwortung für zwei andere Personen, die mir vertrauten.

»Wie heißt du?«

In Gedanken ging ich meine Packliste durch. Vielleicht sollten wir mit einer einfachen Route starten, um reinzukommen und uns mit der speziellen Vegetation anzufreunden. Das würde auch leichtes Gepäck für den Anfang bedeuten.

Ein Ellbogen stieß mir in die Seite. Ich unterbrach mein imaginäres To-do-Listen-Erstellen und sah zu Alexis, die einen bedeutungsvollen Blick nach oben warf. Sie nickte sogar dorthin.

Vor uns stand noch immer der Surferboy.

»Hm?« Ich blinzelte.

»Wie heißt du?«

»Kayla. Wieso? Ist etwas mit dem Mietwagen?« Ich sprang auf, weil ich sofort vom Schlimmsten ausging.

Mein Gegenüber kniff die Augen zusammen, während von unten ein Kichern ertönte. Ich presste die Zähne zusammen.

»Was?« Er griff sich in die Haare, um seine Frisur noch mehr zu durchwühlen.

»Was möchtest du sonst?« Ich trat von einem Bein aufs andere. Diese ganze Konversation ergab keinen Sinn.

»Dich kennenlernen ... Also, wenn du nichts dagegen hast.« Er grinste breit.

Ich legte den Kopf schief. »Warum?«

Wieder kicherte Alexis. Dieses Mal strafte ich sie mit einem bösen Blick. Wenn sie die Situation längst durchschaut hatte, konnte sie mir auch einfach helfen.

»Na ja, also ... um ehrlich zu sein ... Ich finde dich süß. Aber wenn du einen Freund hast oder so ...«

Ich riss die Augen auf. Die Erkenntnis schlug mir entgegen, als er seinen Arm hob und sich unsicher in den Nacken griff. Mir entging dabei natürlich nicht, wie sich sein Bizeps anspannte. Generell hatte ich den Eindruck, dass er sich um eine gute Figur bemühte. Nicht nur durch übermäßiges Trainieren, sondern auch durch Posen, die ihn vor mir gut aussehen ließen. Es war absurd. So absurd, dass ein Lachen über meine Lippen drang. Erst zögerlich, mit einem Hauch Verunsicherung, dann lauter, mit einer ordentlichen Portion Übermut.

Das Gesicht des Surferboys verzog sich zu einer wütenden Grimasse. »Du hättest auch einfach Nein sagen können!« Er drehte sich von mir weg, doch ich berührte ihn an der sonnengeküssten Schulter.

»Entschuldige bitte! Ich wollte nicht gemein oder respektlos sein.« Meine Worte zeigten nur mäßig Wirkung, weil ich mein Lachen unterdrückte. »Es ist sehr lieb von dir, dass du mich angesprochen hast. Und ich fühle mich geehrt.«

»Aber?« Er verschränkte die Arme vor der Brust, sodass seine Brustmuskeln tanzten.

»Ich komme gerade aus einer sehr langen Beziehung, und ich ...« Ich zuckte mit den Schultern. Das Glucksen verriet mich.

»Schon okay. Ich wollte dich auch nicht heiraten oder so. Viel Spaß noch!«

Sein Spruch bohrte sich direkt in meine Brust. So schnell hatte sich für mich noch nie eine Situation gedreht. Nun war ich diejenige, die ihm mit gerunzelter Stirn hinterherstarrte.

»Autsch«, kommentierte Alexis den Schlagabtausch und traf damit genau ins Schwarze.

Ich sah dem Surferboy noch einen Moment hinterher, dann schnappte ich mir meinen Bademantel und schlüpfte in die Flipflops.

»Wohin willst du?« Alexis stand ebenfalls auf, doch ich signalisierte ihr mit einer Handbewegung, dass sie ruhig sitzen bleiben konnte.

Als ich ihr antwortete, wackelte meine Stimme gefährlich. »Ich gehe in mein Zimmer. Das reicht mir für heute.«

»Aber –«

»Mach dir keine Sorgen. Ich brauche einfach etwas Zeit für mich.« Ich biss die Zähne zusammen, weil ich so zumindest die Illusion von Selbstkontrolle hatte. Allein ich war Herrin über meinen Körper. Wenn ich mich nur stark genug gegen das Weinen wehrte, würde ich mir hier nicht die Blöße geben.

»Bist du dir sicher? Wir können auch auf unser Zimmer gehen und einen Film gucken.«

Nicht nur ich beobachtete Tracey. Alexis sah ebenfalls, wie sie dem Lockenkopf die Zunge in den Hals steckte. Gut für sie. Immerhin eine von uns genoss ihr Leben.

»Danke, das ist lieb. Aber ich wollte noch mit meiner Freundin telefonieren.« Eine weitere Notlüge. Texas hatte keinen positiven Einfluss auf mich.

»Okay.« Sie klang nicht besonders überzeugt, aber ich hatte keine Kapazität mehr übrig, um mir darüber den Kopf zu zerbrechen.

Ich klemmte mir das Handtuch unter den Arm, winkte Tracey zu, als sie kurz von ihrem Lover abließ, und spannte weiterhin jeden Muskel in meinem Körper an, um standhaft zu bleiben.

»Starten wir morgen früh?«

Ich nickte nur.

»Um neun?«

»Mhm«, brachte ich gerade so hervor, dann lief ich los. »Bis morgen.«

Der Weg zu meiner Unterkunft war simpel. Und die Ruhe war eine Erlösung, denn die Musik und das Geschnatter der anderen nahmen mit jedem Schritt ab. Hier, auf der anderen Seite des Gebäudekomplexes, herrschte das friedliche Gegenteil. Nur das Zirpen von Grillen durchschnitt das leichte Echo der Poolparty. Obwohl mir trotz meiner Anstrengung ein paar Tränen über die Wangen rannen, ging es mir allein schon durch den Abstand besser. Ich konnte gar nicht schnell genug die Tür aufschließen, um potenzielle Blicke zu vermeiden. Es ging niemanden etwas an, dass der Cry-Counter weiterhin stieg.

Mit unkontrollierten Bewegungen tastete ich nach dem Lichtschalter. Doch das Deckenlicht reichte mir nicht aus. Ich knipste jede kleine Lampe an und schloss die Tür von innen ab. Noch bevor ich den Raum betreten hatte, war mir klar gewesen, dass mein Mitbewohner noch nicht zurückgekehrt war. Zwar war es noch sehr früh, trotzdem zog die Müdigkeit unentwegt an mir. Ich musste schlafen. Und auf Überraschungsbesuch hatte ich dabei keine Lust. Kurz wog ich ab, ob ich die Türklinke mit einer Stuhllehne fixieren sollte, um den ungebetenen Gast draußen zu halten, aber den Fremden aus der eigenen Unterkunft auszusperren, wäre sicherlich kein vielversprechender Start für unsere Bekanntschaft.

Unentschlossen setzte ich mich auf das Bett und atmete tief ein. Ich checkte mein Smartphone und las eine besorgte Nachricht von Pina. Zur Antwort nahm ich ihr ein Video auf.

»Hey, rate mal!« Ich grinste in die Kamera, aber Tränen kullerten erneut von meinem Gesicht. Sie sammelten sich an meinem Kinn und tropften dann in den Stoff meines Bademantels, den ich noch immer fest um mich geschlungen hielt. »Ich weine schon wieder! Dieses Mal, weil mich ein Fremder angegraben hat, und als ich ihm einen Korb gegeben habe, hat er betont, dass er mich auf keinen Fall heiraten will. Zählst du noch mit, wie oft ich in den letzten Tagen geweint habe? Falls ja ... Plus eins.«

Ich winkte mit der freien Hand, dann beendete ich die Aufnahme. Auch dieses Mal achtete ich besonders darauf, sie nur an Pina zu versenden. Danach putzte ich meine Zähne, entwirrte meine Haare und band sie zu meiner typischen Nachtfrisur als Dutt hoch oben auf meinem Haupt zusammen, um ihre Struktur während des Schlafens zu schonen. Immer wieder blickte ich zur Tür, ich blieb jedoch allein. Trotzdem kostete es mich Überwindung, es mir im Bett gemütlich zu machen. Ich empfand keinen Ekel, aber Unwohlsein. Das Gefühl, dass ich die Privatsphäre des Fremden verletzte, blieb präsent. Auch als meine Lider immer schwerer wurden und ich meinen Kopf auf einem der Kissen platzierte.

Wieder blickte ich zur Tür. Niemand war da. Zur Sicherheit hatte ich alle Lampen bis auf das Deckenlicht eingeschaltet gelassen – in der Hoffnung, dass er mich so schneller entdecken würde. Dass der Fremde mich nicht als Gefahr in seiner Unterkunft erkannte, sondern vielmehr eine als Frau mit dringendem Schlafbedürfnis sah.

Es fiel mir schwer, unter diesen Bedingungen zur Ruhe zu finden. Vielleicht hätte ich doch lieber auf dem Boden bei Alexis und Tracey schlafen sollen. Als ob das Hotelpersonal das wirklich kontrollieren würde. Alle Hütten waren voller Menschen, die Feiermeute schien nie zu schlafen, und überhaupt – wen juckte das schon?

Das Licht, das Gurgeln der Rohre, die mir fremd waren und deren Rhythmus ich deshalb nicht kannte, umlagerten mich mit einem Gefühl der Beklemmung. Dazu die ganze Zeit die Befürchtung, dass jeden Moment ein fremder Mann neben dem Bett stehen konnte. So glitt ich in einen unruhigen Schlaf – vollkommen umsonst, denn er tauchte die ganze Nacht nicht auf.

7
My Silver Lining

»I try not to hold on to what is gone«
– First Aid Kit

Sitzen gelassen zu werden, war wohl meine Bestimmung. Das Ende meiner Beziehung hatte mir das Vertrauen in das männliche Geschlecht genommen, aber von meinem eigenen hatte ich mehr erwartet. Zumindest eine Absage, damit ich wusste, woran ich war. Doch Alexis und Tracey tauchten einfach nicht auf. Auch nicht eine halbe Stunde später. Obwohl ich Verabredungen immer sehr genau nahm, bemühte ich mich, nicht von mir auf andere zu schließen. Deshalb hatte ich vor der Rezeption gewartet, war mit einem älteren Herrn, der seit zwanzig Jahren in Dell City lebte und das Hotel mit Waren belieferte, ins Gespräch gekommen und hatte mir seine Warnungen vor der Mittagshitze zu Herzen genommen.

Obwohl ich Jamie keine weitere Gelegenheit bieten wollte, mich zu verurteilen, sprang ich über meinen Schatten und kaufte an der Rezeption eine zusätzliche Flasche Wasser, zwei Energieriegel und eine Tube Sonnencreme, weil auf meiner lediglich ein Lichtschutzfaktor von dreißig ausgewiesen war. Sicher war sicher.

Ich hatte mich sogar getraut, nach meinem Mitbewohner zu fragen, Jamie hatte jedoch nur mit den Schultern gezuckt. Irgendwie machte ich mir Sorgen um den Fremden. Es wäre durchaus möglich, dass er auf eine Wanderung gegangen und verunglückt war. Lag er jetzt in der Wüste und benötigte dringend Hilfe? Oder war er einer von diesen Langstreckenwanderern, die ein Zelt mitschleppten und in der freien Wildnis übernachteten?

Jamie schien das alles nur mäßig zu interessieren. Da ich keinen weiteren Streit vom Zaun brechen wollte, ließ ich die Rezeption hinter mir und kehrte in meine leere Unterkunft zurück. Dort nutzte ich die Privatsphäre, um mich dick mit Sonnencreme einzuschmieren. Das Produkt war so zähflüssig, dass es einen unangenehmen und leicht klebrigen Film auf meiner Haut hinterließ. Obwohl der Einheimische mich vor Schlangen und anderem Getier gewarnt hatte, blieb ich bei meiner Outfitwahl. Die Morgensonne hatte bereits so viel Kraft, dass ich noch nicht mal die Vorstellung ertrug, eine lange Hose zu tragen. Shorts und T-Shirt waren das höchste der Gefühle bei der texanischen Hitze. Das bedeutete aber auch, dass anderweitiger Sonnenschutz nötig war, und deshalb widerstand ich dem dringenden Bedürfnis, die Creme augenblicklich von meiner Haut zu duschen. Nein, ich schmierte sie mir sogar ins Gesicht, auch wenn ich befürchtete, heute Abend wie ein Streuselkuchen auszusehen.

Immer wieder checkte ich mein Smartphone. Wir hatten Nummern getauscht, sodass die Mädels sich bei mir melden konnten. Doch Fehlanzeige. Das sorgte dafür, mir nicht nur um den Fremden Sorgen zu machen, sondern ebenso um Tracey und Alexis. Mir gefiel die Vorstellung nicht, überfürsorglich zu sein oder ihnen hinterherzulaufen, obwohl sie anscheinend bewusst Abstand zu mir suchten. Trotzdem schulterte ich meinen Rucksack und ging zu ihrem Apartment. Ich wollte nur sichergehen, dass die beiden noch lebten.

Das erste Mal klopfte ich sehr zaghaft. Ich lauschte einen Moment, ob sich im Inneren der Unterkunft etwas regte, doch das war nicht der Fall. Es herrschte Stille. Generell auch in der Anlage, denn der Großteil der Gäste schien zum Feiern hier zu sein. Vermutlich warteten sie nur darauf, dass dieses Festival seine Pforten öffnete und sie dort die Sau rauslassen konnten.

Ich drehte mich von der Tür weg. Waren sie vielleicht ohne mich losgegangen? Hatte ich mir die Uhrzeit falsch im Handy abgespeichert? War es meine Schuld? Ich könnte Jamie fragen, ob er die Mädels heute bereits gesehen hatte, aber dann müsste ich wieder mit ihm reden … Und das war bisher nie eine positive Erfahrung gewesen.

Nach einem tiefen Atemzug trat ich wieder vor das dunkle Holz und schlug mit der geballten Faust dagegen. Heftiger als zuvor. Wieder wartete ich auf eine Reaktion, und wieder schwand meine Hoffnung. Vielleicht versteckten sie sich darin auch vor mir. Ich hatte zwar keine Ahnung, was ich ihnen getan hatte, aber das fragte ich mich ja auch bis heute bei Julian.

Geräusche ertönten hinter der Tür. Es knarzte, als würde der Schlüssel herumgedreht werden. Dann entstand ein Spalt, in dem Alexis' Gesicht erschien. Tiefe Ringe umrahmten ihre trüben Augen, und ihre Haut wirkte noch blasser als sonst.

»Hey«, sagte ich und runzelte die Stirn, weil ihr Anblick meinen Sorgen keinen Riegel vorschob.

»Hey, Kayla.« Ihre Stimme war rau. Sofort hatte ich das Bedürfnis, ihr einen Tee zu kochen oder ein Glas Wasser zu bringen.

»Habe ich mir die Uhrzeit falsch notiert, oder …«, setzte ich an und brach ab, denn bei meinen Worten glitt die Erkenntnis wie ein Blitz über ihr Gesicht.

»Fuck! Unsere Wanderung!« Sie hielt sich die Stirn und schüttelte den Kopf. »Es tut mir total leid. Wirklich. Wir haben kaum geschlafen, weil –«

Der Schrei eines Dinosauriers schnitt ihr das Wort ab. Zumindest klang es so. Ich verzog fragend das Gesicht. Als sich das Geräusch wiederholte, trat sie durch die Tür und schloss sie hinter sich.

»Das geht schon die ganze Nacht so.« Kurz schloss sie die Lider. Ihr Nachthemd reichte ihr nur knapp bis zum Oberschenkel, sodass ich mich umdrehte und sicherging, dass sie niemand anstarrte. »Tracey hat es richtig erwischt. Und ausnahmsweise scheint es nicht am Alkohol zu liegen. Iss auf keinen Fall bei dieser Kaschemme auf der anderen Straßenseite. Lauf lieber bis zum Diner, wenn du Hunger hast.« Sie presste die Lippen aufeinander.

»Oje, die Arme.« Nun verstand ich auch, was diese Laute zu bedeuten hatten. »Kann ich euch irgendwie helfen?«

Alexis schüttelte den Kopf. »Nein, wir kommen klar. Und Traceys Magengrippe soll dich auch nicht von deiner ersten Wanderung abhalten. Es tut mir wirklich leid. Ich hätte dir Bescheid geben sollen und –«

»Schon in Ordnung. Wirklich. So was kann passieren.«

»Wirklich ärgerlich, dass du jetzt allein losmusst. Aber ich kann sie unmöglich sich selbst überlassen.« Alexis' Miene unterstrich ihr Bedauern. Sie war aufrichtig, und das war alles, was für mich zählte.

»Das verstehe ich vollkommen. Ich bleibe dann vielleicht auch hier.« Unsicher trat ich von einem Bein aufs andere. Der Rucksack war kaum gefüllt, und trotzdem schnitten seine Träger bereits jetzt in meine Schultern.

»Nein, du musst los! Es wird dir guttun. Genau dafür bist du doch hier. Sonst versackst du nachher genauso wie wir beide auf Partys am Pool. Zumindest eine von uns soll ihren Selbstfindungstrip haben. Eine echte Erleuchtung.« Sie grinste, verzog dann aber das Gesicht, als erneutes Würgen erklang. »Okay, das ist mein Stichwort. Ich muss wieder rein.«

»Alles klar. Ruft mich an, wenn ich helfen kann.« Ich beobachtete, wie sie sich umdrehte, mir den Daumen zeigte und mit der anderen Hand das Nachthemd gerade so über ihren Hintern zog. Noch bevor ich zum Abschied winken konnte, fiel die Tür zu.

Ich brauchte einen Moment, um mich zu sammeln. Es lief überhaupt nichts nach Plan, und so langsam bekam ich das Gefühl, dass so nun mein Leben aussah – nichts lag mehr in meiner Macht. Ich kehrte im Schneckentempo zu meiner Unterkunft zurück, aber anstatt hineinzugehen, setzte ich mich auf die klapprige Holzbank davor. Mein Herz lag schwer in meiner Brust, denn ich hatte mich auf die Wanderung gefreut. Vor allem, weil die beiden mich begleitet hätten. Dieser Ablauf war gewohnt. Ich war noch nie allein wandern gewesen, und durch die Anwesenheit von Tracey und Alexis hätte ich meine Gewohnheiten beibehalten und trotzdem mein Reiseziel verfolgen können. Es hatte sogar gutgetan, eine Route für uns herauszusuchen. Für andere die Verantwortung zu übernehmen, war zwar neu, aber auch spannend. Jetzt hingegen stand ich mal wieder einsam da. Und ein Tag im Bett mit alten Schinken oder am Pool mit feierwütigen Fremden war nicht gerade ein verlockendes Alternativprogramm.

Ich sah in den Himmel, der nur mit wenigen Schleierwolken verziert war. Der Sinn dieser Reise war, das zu tun, was ich wollte. Mich darauf zu besinnen, wer ich war – ohne ihn. Es ging nicht darum, mich mit den Bedürfnissen anderer abzulenken, sondern meine eigenen zu erkennen und mich darum zu kümmern. Ich war hier, um Zeit mit mir selbst zu verbringen. Ganz unverfälscht. Ein lautes Ausatmen half mir dabei, die Kraft zu finden, aufzustehen. Ich hatte alles, was ich brauchte. Ich hatte *mich*. Und deshalb war es auch meine Entscheidung, ob ich einsam war. Und ich entschied mich aktiv dafür.

Stück für Stück verließ ich meine Komfortzone: erst die Unterkunft und Anlage, dann die Stadt. Meine ersten Schritte waren unsicher. Ging ich überhaupt in die korrekte Richtung? Konnte ich die Navigation wirklich übernehmen oder würde ich mich verlaufen? Mit Alexis und Tracey hätte ich wenigstens eine Art Kontrollinstanz gehabt. Hatte ich an alles Essenzielle gedacht? Julian war nicht hier, um meine Fehler auszumerzen.

Mit jedem Meter bremste das Sorgenkarussell in meinem Kopf jedoch weiter ab, und die dadurch entstehende Ruhe brachte den Flow, den ich schon früher immer beim Wandern genossen hatte. Ich konnte das hier. Der Beweis war die Strecke, die bereits hinter mir lag.

Doch mein Frieden wurde gestört. Trucks mit schwerer Ladung überholten mich immer wieder und hupten, damit ich unter keinen Umständen einfach auf die Straße lief. Hinzu kamen unzählige Autos, die Dell City verließen, in die Stadt fuhren oder beides im Wechsel machten. Hinter den Steuern saßen junge Menschen, die nicht nach Selbstfindungstrip aussahen, sondern eher nach Festivalgästen. Sie trugen farbenfrohe Outfits, beschallten die Landschaft mit lauter Musik durch geöffnete Fenster und kreischten, wenn sie mich in einem waghalsigen Manöver überholten. Das Ganze ging so weit, dass ich irgendwann nicht mehr an der Hauptstraße entlangwanderte, sondern mich für einen Nebenweg entschied. Dieser würde mich zwar wertvolle Zeit kosten, doch Sicherheit stand an erster Stelle. Ich fragte mich, ob das die Leute von den Poolpartys waren. Vormittags verkatert oder gar angetrunken durch die Wüste brettern, um dann abends davon bei der nächsten Party zu berichten?

Der Sand knirschte bei jeder kleinsten Bewegung unter meinen Füßen und erwärmte sogar die Sohlen meiner Wanderschuhe. Ich atmete schwer – nicht nur wegen der körperlichen Anstrengung und der Hitze, sondern auch wegen des Lärms, den die anderen immer wieder verursachten. So fiel es mir schwer, die Vegetation zu bewundern.

Schließlich machte ich halt, um die Natur um mich herum in mich aufzunehmen. Die Ferne wirkte wie ein Gemälde. Der Himmel war strahlend blau und wurde immer heller, je mehr ich den Horizont fokussierte. Kurz vor dem Zusammentreffen von Erde und Luft schienen sich die Elemente miteinander zu vermischen. Das Gelbbraun der Wüste bot kaum Kontrast, nur die dunkleren, vertrockneten Konstrukte, die einst Büsche und Sträucher gewesen waren, durchbrachen die Einheit. Ich sog die warme Luft tief in meine Lunge. Eine Mischung aus Staub, warmem Sand und einem Hauch Metall drang in meine Nase und verteilte sich dort. Um in der unendlichen Atmosphäre aufzugehen, schloss ich kurz meine Augen. Ein Windstoß presste ein paar Sandkörner in mein Gesicht. Das rhythmische Summen der Zikaden und Grillen wurde von dem Hupen eines Trucks durchbrochen. Mein Hals zog sich zusammen, was mir das Atmen erschwerte. Als ich die Augen öffnete, betrachtete ich die Weite vor mir, und Tränen sammelten sich in ihnen.

Wie konnte es sein, dass es hier so wunderschön und furchtbar zugleich war? Die anderen Touristen waren ein

Mahnmal für meine Einsamkeit, von der ich doch vorhin noch gedacht hatte, sie in den Griff bekommen zu haben.

Das dringende Bedürfnis, die Aussicht vor mir mit einer anderen Person zu teilen, schnitt mir in die Brust und hinterließ eine klaffende Wunde. Ich nahm mein Smartphone und knipste ein Bild für Pina – in dem Wissen, dass sie dieses erst in ein paar Stunden sehen würde. Und das reichte mir nicht. Ich wollte das hier *jetzt* jemandem zeigen. Ich wollte mich *jetzt* bei einer Person über die feiernden Gäste beschweren.

Mein Finger schwebte über dem Symbol für *Horizon*. Ich musste nicht allein sein. Wenn es meine Entscheidung war, mich abzuschotten, dann lag die Macht, andere Menschen an meinem Leben teilhaben zu lassen, auch bei mir. Ich wischte mir die Tränen von den Wangen und tippte das blaue Icon an. Zuerst lud ich das Foto kommentarlos hoch, doch das war mir nicht genug. Also öffnete ich die Kamerafunktion und richtete die Linse auf mich selbst.

»Hey, ich bin Kayla. Ab jetzt werde ich euch hier auf meinem Weg mitnehmen, wie ich meine gescheiterte Beziehung und Verlobung aufarbeite. Und ganz authentisch kann ich verkünden, dass ich gerade eben geweint habe – mal wieder.« Ich lächelte und schwenkte die Kamera dann so, dass man meine Umgebung erkannte. »Ich befinde mich gerade auf einer Wanderung in der Chihuahua-Wüste, und es läuft nicht so, wie ich es mir vorgestellt hatte. Zu eurer Erheiterung poste ich im Anschluss kleine Schnipsel meiner letzten Tage, und wir können ja mal zählen, wie oft ich heule, bis ich meinen Liebeskummer überwunden habe. Was meint ihr? Und viel wichtiger, wie findet ihr die Wüste?«

Ich beendete meine Aufnahme, und bevor ich meine Meinung ändern konnte, postete ich das Video, ohne es mir vorher anzugucken. Es war egal, wie ich aussah, weil ich niemandem gefallen wollte. Die Anmache von dem Surferboy gestern hatte mir deutlich gemacht, dass ich keinerlei Interesse an einer anderen Person hatte. Ich war allein, und das war gut so. Und vielleicht war ich bald ja nicht mehr einsam, sondern hatte Menschen, die mit mir auf diese Reise gingen.

Der Upload des Videos zog sich, deshalb steckte ich das Handy weg und wollte die Pause nutzen, um mich mit Wasser und einem Snack zu versorgen. Die Flasche konnte ich erreichen, ohne den Rucksack abzusetzen, doch meine Energieriegel waren im vordersten Fach. Vorsichtig schlüpfte ich aus einem der Gurte und manövrierte das Gepäckstück von meinem Rücken. Damit er erhöht stand und ich besser an den Reißverschluss kam, setzte ich ihn auf dem großen Stein ab, vor dem ich Halt gemacht hatte, direkt neben der einzigen lebenden Pflanze weit und breit. Es war eine Art Yucca, deren schmale, schwertartige Blätter sanft in den Stoff stachen. Dabei verströmte sie einen kaum wahrnehmbaren Geruch von Erde. Trocken und rein wie die Luft, die ich konstant einatmete – bis ich es nicht mehr tat.

Es war eine peitschende Bewegung von etwas, das ich nur aus dem Augenwinkel wahrnahm. Gelblich mit schwarzen Streifen. Nicht groß und sehr schlank. Es war, als hätte ich einen elektrischen Schlag erlitten. Sofort sah ich mich um, ließ den Rucksack los, und er kippte mit einem Rumpeln vom Stein auf den Boden. Dem Skorpion reichte das als Manöver meinerseits, und er suchte das Weite. Ich hatte für seinen Verbleib auch keinen Sinn, denn ein brennender Schmerz breitete sich von meinem Knöchel aus. Wie bei einem Wespenstich aus der Hölle pulsierte innerhalb von Sekunden mein ganzer Fuß.

»Shit!«, stieß ich aus und griff nach meinem Handy, doch nach einem kurzen Blick musste ich feststellen, dass ich kein Netz hatte. Ich bückte mich und erkannte, dass sich um die Einstichstelle herum bereits eine Rötung bildete. Nicht nur das, auch mein Knöchel schien anzuschwellen. Dass das so schnell ging, kam mir merkwürdig vor. Hier stimmte etwas nicht. Mehrmals bemühte ich mich, das Bein zu belasten, doch der Schmerz trieb mir Tränen in die Augen. Es tat so verdammt weh, deshalb konnte ich kaum einen Schritt machen. Geschweige denn meinen Fuß mit dem Gewicht meines Rucksacks belasten.

Ich war aufgeschmissen. Genau deshalb war ich nie allein gewandert. In solchen Momenten hatte ich sonst Julian an meiner Seite gehabt, der genau gewusst hätte, was zu tun war. Der Schmerz floss mittlerweile wie Lava durch mein gesamtes Bein, und es fiel mir immer schwerer, regelmäßig zu atmen.

Panik setzte ein. Ich musste dringend in ein Krankenhaus. Fieberhaft versuchte ich, mich an den Artikel über Gifttiere in dieser Region zu erinnern, aber mein Kopf war wie leer gefegt. Was war das für ein Exemplar gewesen? Ich probierte erneut, mein Handy zu konsultieren, aber mein Blick verschwamm. Schnell wechselte ich in den Ordner mit den Screenshots, denn ich war mir sicher, den Text zu Gifttieren abfotografiert zu haben. Mit jedem Wischen durch meine Galerie fiel es mir jedoch schwerer, meinen Blick zu fokussieren. Ich kniff die Augen zusammen.

»Hilfe!«

Meine eigene Stimme derart angsterfüllt zu hören, war so fremd, dass es wie aus einem Film wirkte. Ich bemühte mich, zurück zur Straße zu laufen. Allerdings gehorchte mir mein rechter Fuß kaum, sodass ich nur mühsam vorankam.

Schluchzend setzte ich meinen Weg trotzdem fort. Die einzige Alternative war, mich auf den Wüstenboden zu legen und meinem Schicksal zu ergeben. Dazu war ich noch nicht bereit. Stattdessen ignorierte ich die Enge im Hals, so gut es ging, und atmete zischend die staubige Luft ein. Mein Herz schlug mir zwar bis in die Kehle, und mein Blickfeld nahm Stück für Stück ab, aber ich taumelte weiter.

»Hilfe!«

Dieses Mal war es nur noch ein kehliges Raunen. Kalter Schweiß ließ mich erschaudern. Ich wischte ihn von meiner Stirn und hielt mit letzter Kraft das Smartphone in die Höhe. Irgendwo hier hatte ich doch eben noch Empfang gehabt!

Meine Lippen prickelten. Damit dieses furchtbare Gefühl schwand, presste ich sie zusammen. Der Schmerz hatte sich in meinem ganzen Körper verteilt und zupfte immer mal wieder an meinen Muskeln. So stark und unkontrollierbar, dass ich sogar mein Handy fallen ließ. Meine Entscheidung, mich nach dem Gerät zu bücken, bereute ich sofort. Denn sie war der Rest, den es gebraucht hatte, um mich endgültig aus den Wanderschuhen zu hauen. Wie ein Kind, das noch nicht ganz laufen gelernt hatte, fiel ich zu Boden. Der Sand brannte sich in meine empfindliche Haut. Die Pein verschlimmerte meinen Zustand weiter. Alles drehte sich. Ich nahm selbst die stabile Seitenlage ein, weil mir meine letzte funktionierende Gehirnzelle entgegenschrie, dass die Situation ernst war. Speichel lief mir unkontrolliert aus dem Mund. Ich wischte über mein Gesicht und blinzelte der unendlich heißen Sonne entgegen.

Wie einen Scherz des Universums sah ich einen Raubvogel, der über mir kreiste. Das Klischee der Wüste war damit perfekt erfüllt. Ich war noch imstande zu lachen. Doch das sorgte dafür, dass ich immer weniger Luft bekam. Ich neigte den Kopf zu Boden und blickte damit auf den Wüstensand. Auf kleine Steinchen und Ameisen, die sich ihren Weg durch Äste und Pflanzenreste suchten. Es fehlte nur noch eine Klapperschlange, die mein Schicksal besiegelte. Ich hustete ein paar Körner davon und konzentrierte mich auf die Yucca, die aus dieser Perspektive monumental wirkte. Mein rechtes Bein spürte ich überhaupt nicht mehr. War es noch da? Und dann dieser furchtbare Lärm, der mich mit einem Mal umgab. Sogar der Wind, der über meinen Körper fegte, schmerzte. Ich wollte nur noch, dass es aufhörte. Deshalb schloss ich meine Augen. Ich hatte genug.

8
El Cóndor Pasa (If I Could)

»I'd rather be a forest than a street«
– Simon & Garfunkel

Vermutlich hatte ich Fieber, denn alles um mich herum wirkte furchtbar nah und gleichzeitig meilenweit entfernt. Wie in einem Traum – kaum greifbar. Eine Stimme sprach immer wieder zu mir, doch ich verstand nicht, was sie sagte. Ich nickte nur, weil ich in diesem Moment mit allem einverstanden war. Einfach nur weg aus diesem Albtraum und zurück zur Zivilisation.

Vielleicht waren die anderen Touristen gar nicht so schlecht. Vielleicht waren Poolpartys gar nicht verkehrt. Vielleicht sollte ich Texas schnellstens verlassen, denn der Staat hieß mich offensichtlich nicht willkommen. Vielleicht war es eine grauenvolle Idee gewesen, allein zu verreisen.

Ich nahm Berührungen am Fuß wahr, die meine Haut dort erneut zum Prickeln brachten. Der Schmerz war mittlerweile zu einem gleichbleibenden Rauschen geworden. Nur die Lichter stachen in meinen Augen. Waren das Scheinwerfer? Und warum, wenn es helllichter Tag war? Ich sehnte mich nach einer heilenden Portion Dunkelheit, denn dann wäre der Spuk sicherlich vorbei. Vorher war der Horizont schon verschwommen gewesen, nun wurden Himmel und Erde eins. Wie im Tunnel nahm ich nur noch Sand und wage Pastelltöne wahr.

»Was war das für ein Tier? Hey, antworte mir.«

Ein Zittern übernahm die Kontrolle über meinen Körper. Mir war klar, dass es übel für mich aussah. Und dass eine Antwort meine einzige Rettung war.

»Skor...pion«, stammelte ich atemlos. »Gelb.« Ich legte meine vibrierende Hand auf die Brust. »Schwarz.«

»Fuck.«

Es war, als würde sich mein rechtes Bein von selbst bewegen. Etwas klopfte gegen meine Wange.

»Hey, du musst gegen die Panik ankämpfen.«

Ich sah in die Richtung, aus der die Stimme kam. Direkt über mir erkannte ich einen Schemen. Egal, wie sehr ich mich anstrengte und wie weit ich die Augen aufriss, mehr machte ich nicht aus.

»Deine Herzfrequenz muss auf ein normales Level kommen.«

Ich versuchte, Luft in meine Lunge zu saugen.

»Nein, nicht einatmen. Ausatmen. Ansonsten hyperventilierst du gleich.«

Tränen liefen über meine Wangen. Obwohl der Fremde es nicht gesagt hatte, anhand seines Verhaltens und meiner Wahrnehmung stand es außer Frage: Ich war vergiftet. Und ich wollte nicht sterben.

»Ausatmen.« Die Stimme war tief, klang jedoch auch leicht verzerrt.

Ich hatte keine andere Option, deshalb stieß ich meinen Atem aus, so gut es ging. Zuerst nur ein bisschen, dann mehr, und irgendwie gelang es mir, alles rauszupressen, was in mir war. Danach schnappte ich nach Luft wie ein Fisch auf dem Trockenen.

»Langsam einatmen. Sachte.«

Eine Hand umklammerte meine. Es war die erste Berührung nach dem Stich, die mir keine Höllenqualen bescherte. Ich befahl meiner Lunge, ruhig, aber stetig Sauerstoff in sich aufzunehmen. Die ersten Sekunden waren wie ein schwarzes Loch in meiner Brust. Entgegen meinem Instinkt wiederholte ich das Prozedere. Einmal. Zweimal. Und der Fremde behielt recht. Stück für Stück konnte ich freier atmen. Die Angst rückte aus meinem Fokus, und ich war sogar in der Lage, mich aufzurichten.

»Hilfe«, nuschelte ich.

»Ich bin hier. Ein Arzt ist informiert. Und ich habe dir gerade Adrenalin gespritzt. Dir wird es bald besser gehen, versprochen.«

Etwas Kaltes wurde gegen meinen Knöchel gedrückt. Ich zischte, denn im ersten Moment tat es weh.

»Kannst du das festhalten?«

Es war das erste Mal, dass ich die Person wirklich wahrnahm. Ein Mann mit brauner Kurzhaarfrisur und Dreitagebart kniete vor mir und presste eine Flasche Wasser auf die Schwellung, die meinen Wanderschuh bereits verformte. Der Rand schnitt in meine knallrote Haut.

»Mein Schuh«, wimmerte ich.

Er verstand sofort und löste die Schnürsenkel, um ihn mir auszuziehen. Der Druck um mein Bein nahm ab, und ich wimmerte.

»Ich werde dich jetzt ins Auto tragen, okay? Dein Fuß muss immer unterhalb deines Herzens bleiben, deshalb lässt du ihn am besten einfach hängen, ja?«

Ich nickte. »Wird es wehtun?«

Wieder nahm er meine Hand in seine. »Ich weiß es

nicht. Aber ich beeile mich. Es ist ein gutes Zeichen, dass du mit mir redest.«

»Okay«, hauchte ich, doch meine Stimme brach. Diesmal nahmen Tränen mir die Sicht.

»Wie heißt du?«

»Kayla.« Erneut fiel mir das Atmen schwer.

»Gut. Kayla.« Er kam näher und legte einen Arm um meine Schulter. Der Duft von Lagerfeuer und Holz durchbrach die Eintönigkeit der Wüste. »Du atmest wieder ganz bewusst, und ich sehe zu, dass wir das schnell über die Bühne kriegen. In Ordnung?«

Ein Nicken meinerseits reichte. Ein Ruck ging durch meinen Körper und presste die Luft aus mir heraus, sodass ich mich darum gar nicht kümmern musste. Viel schwerer war es, diese erneut einzusaugen, denn der Schmerz regte sich aus seinem Rauschen heraus und wurde zu einem Kreischen. Mir brach der kalte Schweiß aus.

»Scheiße!«, rief ich, weil mir nichts Besseres einfiel.

»Gleich geschafft«, brummte es aus der Brust direkt neben mir.

Der Kontakt war zu viel für meine empfindliche Haut. Die Muskeln waren zu hart, die Körperwärme zu heiß, und seine erschwerte Atmung stand im Kontrast zu meinem Vorhaben, meine eigene gleichmäßig zu halten.

Es knirschte unter uns. Ich blickte in den Himmel hinauf, doch der Greifvogel war verschwunden. Offenbar war ich kein leichtes Opfer mehr. Ein Knallen und Knarzen lenkten meinen Fokus auf den SUV, den ich vorher überhaupt nicht wahrgenommen hatte.

Der Fremde setzte mich auf den Beifahrersitz, schnallte mich an und positionierte meinen Fuß so, dass er sich zwischen zwei Wasserflaschen befand. Dann nahm er ein silbernes Klebeband, um sie zu fixieren.

»Das tut jetzt vermutlich einmal weh. Du darfst deinen Fuß trotzdem nicht bewegen. Schrei mir ins Ohr, schlag mich, aber versprich mir, dass dein rechter Fuß genau in dieser Position bleibt.«

Lediglich ein Wimmern drang aus meinem Mund. Doch es war nicht so schlimm, wie er angekündigt hatte. Es war ein eher mahlender Schmerz, der durch die Kühlung der Wasserflaschen abgemildert wurde.

Als er fertig war, schlug er nicht direkt die Fahrzeugtür zu, sondern öffnete eine weitere. Gegen meinen Willen breitete er eine Decke über mir aus.

»Nein, ich schwitze«, keuchte ich, er schüttelte jedoch den Kopf.

»Das kommt dir so vor, aber du bist eiskalt. Du bist nicht nur einfach von einem Skorpion gestochen worden.« Er kam näher, und ich versank beinahe im Moorbraun seiner Augen. »Ich glaube, du hast eine allergische Reaktion. Deshalb geht es dir so schlecht. Bitte lass die Decke so.«

Ich blieb still und hielt sie mit einer Hand fest. Der Fremde reichte mir eine dritte Flasche Wasser. Diese war aber kleiner, sodass ich selbst in meinem geschwächten Zustand in der Lage war, ihr Gewicht zu halten.

»Bitte trink«, raunte er, bevor er die Tür sanft schloss.

Ich beobachtete, wie er um das Fahrzeug sprintete. Die Wüste vor mir wirkte, als wäre nie etwas passiert. Kein Skorpion, kein Zusammenbruch und keine abenteuerliche Rettung. Trotzdem stieg mein Held in den Wagen und setzte zügig zurück. Der Sand wirbelte auf. Nach seinem ehrgeizigen Wendemanöver gab er derart viel Gas, dass ich Mühe hatte, mein Gleichgewicht zu halten. Ich war mir ziemlich sicher, noch nie in meinem Leben so schnell gefahren zu sein.

Wie lange wir bis zum Krankenhaus brauchten, konnte ich nicht genau sagen. Zumal es die Bezeichnung gar nicht verdiente, weil es sich eher um eine besser ausgestattete Gemeinschaftspraxis handelte. Von Notaufnahme oder Operationssaal keine Spur. Zumindest soweit ich das beurteilen konnte, denn es ging trotzdem alles sehr schnell. Der Fremde trug mich in die Praxis, übergab der Dame am Empfang mein Portemonnaie, verfrachtete mich auf eine Liege und berichtete dann einer Schwester von meinem Zwischenfall, die sofort zu mir kam und einen Zugang legte. Sie stellte mir unzählige Fragen und notierte immer wieder einige Worte auf dem Klemmbrett, das sie umklammerte wie ihre letzte Rettung.

Ihre mangelnde Souveränität brachte meine Ängste wieder an die Oberfläche. Ich war davon ausgegangen, dass es mir unter ärztlicher Aufsicht besser gehen würde, aber jetzt setzten wieder die rasselnde Atmung und der kalte Schweiß ein. Ich bemühte mich, ihr trotz Luftnot möglichst viele Details zu geben. Da war jedoch nicht viel. Hilfe suchend sah ich immer wieder zu dem Fremden, der für mich einsprang. Doch auch er wusste nicht, wann genau ich gestochen worden war und wie lange ich dort gelegen hatte.

Die Schwester überprüfte meine Vitalzeichen. Blutdruck, Sauerstoffsättigung – das volle Programm. Zu den Werten sagte sie nichts. Sie verkündete sie einfach nur und notierte sie auf ihrem Fragebogen. Als sie ihre Arbeit beendet hatte, sprang sie auf und rief: »Doc? Ich habe hier alles. Wir brauchen Ihre Unterstützung!«

Ihre Stimme klingelte in meinem Kopf. Oder war es doch das Smartphone des Fremden? Er hielt es sich ans Ohr und verzog augenblicklich das Gesicht. Ich konzentrierte mich auf kleine Details wie die Narbe, die seine linke Augenbraue in zwei ungleiche Teile spaltete. Oder den Fakt, dass seine Unterlippe ein wenig voller war als seine Oberlippe. Oder auf die tiefen Ringe, die seine moorfarbenen Augen noch dunkler wirken ließen. Oder die kleine Furche, die sich auf seiner Stirn bildete, als er den Kopf schüttelte und sich durch die zerwühlten Haare fuhr.

»Ich bin hier beschäftigt, verdammt!« Er sah zu mir, dann presste er die Lippen aufeinander und eilte aus dem Raum. Weg war meine Ablenkung.

Ich starrte an die Decke und zählte die Flecken auf den hellbraunen Platten, die dort symmetrisch aneinandergereiht worden waren.

Das Rascheln von Stoff ließ mich meinen Kopf wieder nach links bewegen, sodass ich die ältere Dame im weißen Kittel beim Betreten des Raums beobachten konnte.

»Guten Tag!«, begrüßte sie mich und nahm das Klemmbrett von ihrer Angestellten entgegen. »Ein Skorpionstich. Nicht schön. Nein, nein.« Sie legte die Unterlagen auf dem Tresen ab und öffnete den Kühlschrank im unteren Bereich. In einer kleinen Box befanden sich mehrere Ampullen mit einer durchsichtigen Flüssigkeit. »Und dann auch noch ein Arizona-Rindenskorpion. Das sind kleine Arschlöcher.«

Ich verschluckte mich an meiner eigenen Spucke und hustete. »Wie bitte?«

»So ein Exemplar hat Sie ordentlich erwischt. Gelb und schwarz? Ganz eindeutig hier in der Gegend. Gut, dass Sie gefunden wurden. Millie?«

Die Schwester war sofort an ihrer Seite.

»Bitte einmal das Gegengift vorbereiten und im Licht prüfen, ob es Trübungen oder Partikel aufweist. Wir haben es zwar gerade erst geliefert bekommen, aber man weiß ja nie.« Die Ärztin lächelte mich an, während sie ihrer Mitarbeiterin die Ampulle in die Hand drückte. Mit in die Hüften gestemmten Armen kam sie auf mich zu. Ihre kurzen grauen Locken bewegten sich sachte im Wind des Ventilators, der aus der Ecke des Raums heraus vergeblich versuchte, die texanische Hitze im Zaum zu halten.

»Hallo erst mal. Mein Name ist Doktor Rosemary Gaines«, stellte sie sich vor und reichte mir eine Hand. Als ich sie ergriff, zitterte mein ganzer Arm. »Entschuldigen Sie bitte Millies Aufregung. Obwohl sich hier öfter derartige Zwischenfälle ereignen, werden wir als Hausarztpraxis normalerweise nicht direkt aufgesucht. Unser nächstgelegenes Krankenhaus übernimmt sonst die Versorgung von Skorpionstichen. Wobei *nächstgelegen* wohl eher ein Euphemismus ist.« Sie lachte kurz auf, dann rückte sie die große rote Brille auf ihrer schmalen Nase zurecht. »Aber Sie sind heute ein Glückspilz. Ihnen werden siebzig Kilometer Anreise erspart, denn seit Kurzem haben wir ebenfalls *Anascorp* im Bestand. Neue Auflage.« Sie wanderte ans Fußende der Liege und beugte sich über meine Beine. »Nicht erschrecken, ich werde Sie noch mal untersuchen.«

Mein Kopf brummte. Ich nahm nur gedämpft wahr, wie die Ärztin meinen Knöchel musterte, seine Beweglichkeit testete und dann meine Reflexe überprüfte. Sie tastete meine Extremitäten ab, hob meine Beine an, bat mich um verschiedene Übungen, die ich allesamt ausführte – wenn auch langsam und stöhnend.

»Wir machen sicherheitshalber noch ein EKG«, verkündete sie. »Wie weit ist das Gegengift?«

»Fertig.« Rollen klackerten auf dem gefliesten Boden. Millie kam zurück ins Behandlungszimmer, einen Infusionsständer im Schlepptau. An diesem hingen drei verschiedene Beutel. »Gegengift, Hydration und Antihistaminika.« Sie stellte das metallene Ungetüm neben der Liege ab. Ganz automatisch reichte ich ihr meine Hand, an der sie den Zugang befestigt hatte.

»Adrenalin hat sie bereits erhalten?«

»Ja, Mr Wells hatte es ihr noch am Auffundort gespritzt.«

Daran konnte ich mich gar nicht erinnern. Nur an seine Worte. Ich wollte mich aufrichten, doch Schwester Millie drückte mich an der Schulter wieder herunter.

»Bitte bleiben Sie in dieser Position, damit Ihr Kreislauf nicht kollabiert.«

»Mit dem Gegengift muss sofort gestartet werden. Dann direkt das Diphenhydramin hinterher. Wir erlauben uns hier keine Späße.« Die Stimme der Ärztin war angespannt, bis sie sich zu mir umdrehte. »Es wird Ihnen bald besser gehen.« Sie lächelte.

»Also habe ich wirklich eine allergische Reaktion?« Meine Worte verließen meinen Mund nur zittrig.

Aus dem Augenwinkel sah ich, wie Millie den Schlauch in die Öffnung fädelte und dann die Geschwindigkeit des Tropfs einstellte. Die Flüssigkeit sickerte im Sekundentakt hinab.

»Davon ist auszugehen. Der Arizona-Rindenskorpion ist giftig und erfordert ärztliche Behandlung, doch die Symptome sind in der Regel eher mild. Ihre Reaktion auf den Stich hingegen ist sehr stark. Normalerweise haben nur Kinder, ältere oder besonders anfällige Menschen Atemnot, Kreislaufprobleme und solch eine immense Schwellung.« Ihr Blick ruhte auf mir.

Ich nickte. Natürlich hatte ich ausgerechnet eine Allergie auf dieses Tier haben müssen. Die Ärztin hatte mich vorhin als Glückspilz bezeichnet, aber ich hatte eher das Gefühl, dass mich das Pech verfolgte. Sogar bis nach Texas. Dabei hatte ich hier doch eine Auszeit von dem Drama gewollt. Und nun stand ich mal wieder im Mittelpunkt davon.

Ich erschauderte. Millie bemerkte es direkt und brachte mir die Decke, in die mich der Fremde bereits im Auto eingehüllt hatte. Ich schloss für ein paar Minuten die Augen. In mir kehrte allmählich Ruhe ein. Das lag zum einen daran, dass ich mir hier sicher aufgehoben fühlte, zum anderen daran, dass ich besser Luft bekam. Je mehr Flüssigkeit in meinen Körper floss, desto mehr ließen das Zittern und die Taubheit in meinem Bein nach.

»Sie bekommen wieder etwas Farbe. Das ist ein gutes Zeichen. Wie ist das Schmerzlevel?« Die Ärztin tätschelte mir den Arm.

»Ist okay.« Ich nickte.

»Ein kleine Portion Schmerzmittel rundet den Cocktail ab. Millie übernimmt das. Ruhen Sie sich erst mal aus, in Ordnung?«

Erneut nickte ich. Mir blieb ohnehin keine andere Wahl, schließlich hatte ich keine Todessehnsucht.

Die Ärztin nahm das Klemmbrett an sich und verließ den Raum.

Millie schloss mich noch an ein Blutdruckmessgerät an, das in einem gewissen Intervall meine Vitalwerte maß. Das Ganze wurde noch mit einem Sauerstoffsättigungsmessgerät kombiniert, dann wechselte die Krankenschwester den Infusionsbeutel, drückte mir eine Notrufklingel in die Hand und verschwand ebenfalls. Das Summen der Maschinen verband sich mit meinem gleichmäßigen Atem. Ich wurde das Gefühl nicht los, dass es eine knappe Sache gewesen war. Handelte es sich um Schicksal? Wollte mir das Universum damit verdeutlichen, meine Reise sei noch nicht vorbei? Ich hatte mich immerhin bis hierher durchgekämpft.

Bei den Gedanken an vertrocknete Büsche, einen unendlichen Himmel und einen schwarz-gelben Teufel döste ich immer wieder weg. Mein Körper war geschunden und holte sich die dringend benötigte Pause. Doch irgendwann legten sich Finger auf meinen Unterarm.

»Miss Archer?«

Ich blinzelte gegen die Neonröhre an der Decke an. »Hm?«

»Es tut mir leid, dass ich Sie wecke, es gibt jedoch ein kleines Problem.«

Sofort richtete ich mich auf. Millie nahm meine Hand und entfernte den Schlauch von meinem Zugang. Ich hatte gar nicht mitbekommen, dass sie den Beutel wohl erneut gewechselt hatte. Mittlerweile hingen an dem Ständer vier leere Exemplare. So viele Medikamente hatte ich in meinem Leben noch nie auf einmal bekommen. Ich fragte mich, ob ich davon Langzeitfolgen haben würde. Das sollte ich die Ärztin dringend fragen, bevor ich zum Hotel zurückkehrte.

»Beim Check-in vorn an der Rezeption gab es Unstimmigkeiten. Laut unseren Informationen ist Ihre Krankenversicherung abgelaufen. Wir können Sie natürlich weiterhin behandeln, doch wir müssen die Kosten direkt mit Ihnen klären.« Mitleid sprach aus ihren Zügen.

Verdammt! Genau das, wovor ich geflohen war, holte mich nun ein.

»Aber«, setzte ich an und räusperte mich. Sie gab meine Hand frei, sodass ich meine Haare aus dem Gesicht streichen konnte. Die Flechtfrisur hatte sich mittlerweile fast vollständig aufgelöst. »Das ist nicht möglich. Ich bin krankenversichert über ...« Ich verstummte, weil sich eine kalte Hand um mein Herz gelegt hatte.

Oh. Mein. Gott.

»Ich kann eine weitere Überprüfung veranlassen, wenn Sie das wünschen. Das ist kein Problem.« Millies Blick war sanft.

Meine Wangen erhitzten sich. Übelkeit kroch meine Kehle hinauf, dieses Mal hatte das jedoch nichts mit dem Zwischenfall zu tun.

»Schon okay. Ich ... Ich muss das mit meiner Versicherung klären.« Ich nickte und versuchte mich an einem Lächeln, doch es verursachte mir beinahe körperliche Schmerzen. »Wir rechnen das so ab. Haben Sie ...« Ich brachte es nicht über die Lippen.

Zum Glück war Millie eine Frau mit viel Einfühlungsvermögen. Sie strich sich die dunkelblonde Strähne hinters Ohr, bevor sie mir erklärte: »Wir können einen Zahlungsplan für die Behandlung einrichten. Machen Sie sich keine Sorgen, ich kläre das mit unserer Rezeptionistin.«

»Danke.« Mein Hals war rau. Ob von den Strapazen des Stichs, durch eine Nebenwirkung der Medikamente oder weil ich schon wieder das dringende Bedürfnis hatte, in Tränen auszubrechen, wusste ich nicht genau.

»Wie geht es Ihnen?«

»Deutlich besser, vielen Dank.« Was auch immer der Cocktail mit meinem System gemacht hatte, es war ein voller Erfolg.

Wie aufs Kommando kam auch Doktor Gaines dazu. »Sie sehen wie neu aus.« Ihre strahlenden Augen musterten mich. »Ihr Fuß ist allerdings noch geschwollen. Das sollten wir beobachten. Am liebsten würde ich Sie ins Krankenhaus schicken, damit die Kolleginnen und Kollegen Sie nachts überwachen können.«

Mit einem Blick zum Fenster stellte ich fest, dass sich der zuvor blaue Himmel zu einem sanften Rosaton verfärbte.

»Ist das unbedingt notwendig?« Aus dem Augenwinkel sah ich, dass sie den Kopf schieflegte.

»Ich empfehle es nicht ohne Grund.«

»Mhm«, machte ich nur. Bei dem Gedanken an die Arztrechnung für diesen Tag drehte sich schon alles. Nun noch eine Nacht im Krankenhaus? Wie sollte ich das alles bezahlen?

»Es handelt sich um eine Vorsichtsmaßnahme. Ich gehe nicht davon aus, dass Sie erneut Probleme bekommen«, lenkte die Ärztin ein. Sicherlich trug Millie daran Schuld, denn sie wechselten einen vielsagenden Blick.

»Ich möchte lieber nach Hause, wenn es möglich ist.«

Das war eine Lüge. In einem Krankenhaus würde ich mich viel sicherer fühlen. Solch einen medizinischen Notfall hatte ich bisher noch nie erlitten, deshalb überforderte mich die Aussicht, in ein paar Minuten wieder auf mich gestellt zu sein.

Das Schlimmste war: Ich konnte mich noch nicht mal herausreden. Mir war bewusst gewesen, Julians Versicherung für mich würde auslaufen. Allerdings war ich davon ausgegangen, sechzig Tage Zeit für einen Wechsel zu haben. Ein weiterer Beweis dafür, dass er längst mit uns abgeschlossen hatte – noch bevor er mich offiziell verlassen hatte.

»Okay«, setzte die Ärztin an und öffnete einen der Oberschränke. »Dann versorge ich Sie aber noch mit Schmerzmitteln, einer abschwellenden Salbe, und Sie müssen mir versprechen, noch drei Tage lang Antihistaminika zu nehmen.«

»Ich verspreche es.« In meinem Kopf war ich schon einen Schritt weiter. Genau genommen hatte ich keine Ahnung, wo ich mich befand. Lag diese Praxis überhaupt in Dell City? Während der Rückfahrt war ich so benebelt gewesen, dass ich die Orientierung vollkommen verloren hatte. Wie zum Teufel sollte ich jetzt zum Hotel kommen, wenn ich noch immer kaum auftreten konnte? Ich rutschte langsam von der Liege, um die Belastbarkeit meines Fußes zu testen. Zischend verlagerte ich mein Gewicht, um ihn direkt wieder zu entlasten.

»Sobald Symptome wiederkehren oder Sie neue bekommen, rufen Sie einen Krankenwagen. Und morgen kommen Sie noch mal zu mir in die Praxis. Verstanden?«

Ihre mütterliche Art machte mich ganz weich.

»Ich halte mich dran«, versicherte ich ihr.

Gemeinsam mit Schwester Millie stellte sie mir ein Paket zusammen. Auch das würde mich viel Geld kosten, das ich nicht hatte. Die dreitausend Dollar, die ich von unserem Gemeinschaftskonto geräumt hatte, würden niemals ausreichen. Mir war generell vollkommen schleierhaft, wie ich von meinem Einkommen als Friseurin eine Krankenversicherung bezahlen sollte. Oder Arztrechnungen. Oder eine eigene Wohnung. Genau deswegen hatte ich all diese Probleme ignoriert, und nun badete ich die Konsequenzen aus. Ich durfte nicht länger den Kopf in den Sand stecken. Es lag nun in meiner Verantwortung, mich allein zu versorgen. Das hatte ich schon als Teenager geschafft, dann sollte es jetzt als Erwachsene erst recht gehen.

Als Millie mir jedoch eine Rechnung mit einem Gesamtbetrag von knapp achttausend Dollar vorlegte, schwanden mir wieder die Kräfte. Ich schloss kurz die Augen, weil sich alles drehte. Die Zahlen verschwammen immer wieder, sobald ich blinzelte.

»Der *EpiPen* war von Mr Wells, deshalb ist er dort nicht aufgeführt. Das müssen Sie unter sich klären.«

Ich nickte, aber am liebsten hätte ich geschrien ... oder geweint. Wie sollte ich das stemmen?

»Muss ich«, setzte ich an, doch brach erneut ab. Meine Kehle blockierte. Nahmen die Symptome wieder zu oder war das nur die existenzielle Angst, die von mir Besitz ergriff?

»Die Summe muss nicht sofort vollständig gezahlt werden. Uns reicht eine Anzahlung.« Die Krankenschwester lächelte mich an, als wäre ich nicht die einzige Patientin dieser Praxis mit derartigen Sorgen.

Ich nahm die Rechnung in meine feuchten Hände, reichte Millie meine Kreditkarte, deren Kreditrahmen noch nicht mal der Gesamtsumme entsprach, und unterschrieb, dass ich für die Behandlung selbst aufkommen würde.

»Dann belaste ich die Karte mit 1.500 Dollar als Anzahlung.«

Es war keine Frage, trotzdem wartete sie auf mein Okay. Mein Nicken brachte mir meine Karte und die versprochenen Medikamente, die ich mit zittrigen Händen entgegennahm. Dann stand ich unschlüssig im Flur herum.

»Mein Rucksack?«

»Finden Sie draußen.« Die Rezeptionistin schien sich auf ihren Feierabend vorzubereiten, denn sie schaltete den Computerbildschirm aus und sortierte verschiedenfarbige Stifte in eine Schublade ein.

»Oh«, machte ich nur. In Wahrheit wäre ich am liebsten geplatzt. Zwar hatte ich von Millie mein Portemonnaie zurückerhalten, aber alles andere Wichtige war in meinem Wanderrucksack. Mein Handy, mein Proviant, der Schlüssel zu meiner Unterkunft ... Wie kamen sie auf die Idee, ihn draußen, zugänglich für alle anderen, aufzubewahren? Hätten sie ihn nicht wenigstens in der Praxis verstauen können, während ich mit meiner Gesundheit gekämpft hatte? Ich hielt mir die Hand an die Stirn. Sogar zu stehen, war anstrengend.

»Entschuldigen Sie«, sagte ich und wandte mich der Rezeptionistin erneut zu. »Könnten Sie mir vielleicht ein Taxi rufen? Ich glaube nicht, dass ich es bis zum Hotel schaffe.« Meine dünne Stimme unterstrich die Schwäche, die meinen Körper schwer wie Blei machte.

»Ihr Taxi ist bereits da.« Sie nickte zum Ausgang.

Ich verzog das Gesicht. »Äh, okay.«

Zögerlich näherte ich mich der Tür. Mit aller Kraft stieß ich die Glastür auf. Frischer Wind umspielte meine Nase. Es kühlte allmählich ab, und der Himmel war ein Farbspiel aus Pink und Lila. Ich blickte nach links, doch keine Spur meines Rucksacks. Als ich allerdings nach rechts sah, kniff ich die Augen zusammen, weil ich es nicht fassen konnte.

Lässig an seinen SUV gelehnt stand der Fremde.

»Darfst du zurück ins Hotel oder bringe ich dich ins Krankenhaus?« Er stieß sich vom Fahrzeug ab und umrundete es. Mit einer schwungvollen Bewegung öffnete er die Fahrertür und signalisierte mir, dass ich einsteigen sollte.

»Woher weißt du, dass ich in einem Hotel wohne? Ich könnte auch von hier sein.« Ich ging auf ihn zu.

»Nein, das ist ausgeschlossen. Das hört man.«

Ich zog eine Augenbraue hoch. »Bei dir aber auch.«

»Deshalb wohne ich auch in einem Hotel. Also?«

»Bitte fahr mich zur *Prickly Pear Lodge*«, bat ich ihn, während ich mich an ihm vorbeidrückte und in sein Auto stieg. Nach dem Skorpionstich war ich so ausgeknockt gewesen, dass ich keinen Gedanken daran verschwendet hatte, was für eine Art von Mann er war.

»Das trifft sich gut. Dort bin ich auch untergekommen.« Vorsichtig schloss er die Tür.

Ich beobachtete, wie er das Auto umrundete und einstieg. Die Probleme in meinem Leben nahmen kein Ende. Erst meine Trennung und der Herzschmerz, dann der tollwütige Skorpion und nun ein viel zu gut aussehender Fremder mit Grübchen.

9
Solitude

»You gotta go where I cry and take in all the tears,
I wanna see if you can try«
– M83

Wir redeten kaum miteinander. Dieser Umstand kam mir gelegen, denn mein Körper hatte sein Kapazitätsende erreicht. Das signalisierte er nicht nur durch zwanghaftes Gähnen, sondern auch durch bleierne Glieder, trübe Augen und einen leichten Juckreiz unterhalb meiner Kniekehlen. Außerdem verunsicherte mich seine Präsenz. Der Fremde sah nicht nur gut aus und war charmant, sondern es war mir auch unangenehm, dass er mich in einem solchen Ausnahmezustand erlebt hatte. So verletzlich. Gefühlt wusste er alles über mich, aber ich nichts über ihn. Es war schlimm genug, dass wir im selben Hotel eingecheckt hatten und uns vermutlich in nächster Zeit öfter über den Weg laufen würden. Deshalb konnte ich es kaum erwarten, seiner Nähe zu entfliehen. Seinem Duft, der Art, wie sich durch das violette Licht am Himmel Schatten auf sein Gesicht legten, und dem wachen Blick, der sich immer wieder auf mich legte.

Ich ignorierte ihn. Stumpf sah ich aus dem Fenster.

Nicht umsonst, denn der Anblick war ein Erlebnis. Lila Wolken bildeten einen Schleier über dem Horizont, an dem noch letzte Strahlen der Sonne hervorlugten. Ein Zusammenspiel aus Blau und Pink legte sich auf die Berge in der Ferne. Mit der Nacht kam auch die Kälte, sodass ich immer wieder erschauderte. Ich hatte die Decke des Fremden in der Arztpraxis liegen gelassen und traute mich nicht, ihm das zu gestehen. Morgen würde ich sie ihm zurückbringen. Im Radio lief ein melancholischer Song, der meine Grundstimmung unterstrich. Ich checkte mein Handy und entdeckte nicht nur eine neue Nachricht von Pina, sondern auch über hundert Benachrichtigungen von *Horizon*. Dafür war ich jedoch nach diesem Tag nicht bereit, deshalb steckte ich es zurück in die vorderste Tasche meines Rucksacks.

Als der SUV hielt, kraxelte ich langsam, aber bestimmt nach draußen, zog meinen Rucksack heraus und versuchte, ihn zu schultern. Meine Arme waren wie Wackelpudding. Das erschwerte den Prozess so sehr, dass ich mich am Wagen festhalten musste, damit ich nicht umkippte.

»Hey, das musst du nicht. Gib ihn mir.« Der Fremde ergriff meinen Arm, um mich zu stabilisieren, und schulterte dann mit Leichtigkeit mein Gepäck. Ich senkte den Blick, denn ich wollte nicht auf seinen Bizeps starren, der den Stoff des Ärmels merklich spannte.

»Du hast schon genug getan. Ich danke dir. Für alles. Vor allem dafür, dass du mir das Leben gerettet hast.« Nun sah ich doch auf, weil ich ohne ihn vielleicht nicht mehr hier wäre. Seine hilfsbereite Art und Geduld verdienten den gebührenden Respekt.

»Gerne, Kayla.« Wie er meinen Namen aussprach, machte etwas mit mir. Sein Blick war so intensiv, dass

Hitze in mir aufstieg. Aber das waren sicherlich nur die Nachwehen der Medikamente.

»W-wie heißt du eigentlich?« Ich biss mir auf die Unterlippe.

»Zach.«

»Danke, Zach.«

»Also, wo wohnst du?« Er grinste mich schief an und machte mir Platz, damit ich vorgehen konnte.

Es war zuvorkommend von ihm, mir erneut zu helfen. Noch netter war, dass er sich an mein Schneckentempo anpasste. Obwohl die Schwellung inzwischen stark nachgelassen hatte, drückte mein Knöchel noch immer bei jedem Schritt.

Der Drang war groß, direkt zu Tracey und Alexis zu gehen, um ihnen von meinem Horrorausflug zu erzählen. Da ich jedoch nicht wusste, wie es ihnen mittlerweile ging, entschied ich mich dagegen. Ich könnte sie später anrufen. Ein paar Gäste, die uns entgegenkamen, nickten uns lächelnd zu. Auch die Party am Pool schien wieder in vollem Gange zu sein, denn Musik hallte über das gesamte Gelände der Anlage.

Ich bog links ab und umklammerte das Geländer, damit ich die drei Stufen zu meiner Hütte erklimmen konnte. Als ich mich umsah, bemerkte ich, wie Zach stehen blieb. Seine Stirn lag in Falten, seine Lippen waren geschürzt, und all die Nonchalance war verschwunden.

»Alles in Ordnung? Ich wohne hier, in der Nummer 76.«

Er nickte. »Klar.« Als hätte ihn ein Skorpion gestochen, lief er an mir vorbei und sprang die Stufen hinauf.

Ich folgte ihm mit hochgezogenen Brauen. Hatte ich etwas Falsches gesagt?

»Der Schlüssel ist in der kleinen Tasche auf der Rückseite des Rucksacks«, ließ ich ihn atemlos wissen.

Allein der Weg von seinem Geländewagen zur Unterkunft hatte mich so viel Kraft gekostet wie eine Tageswanderung. Ich hoffte, dass sich das schnell ändern würde. Zwar schloss ich zu diesem Zeitpunkt aus, erneut wandern zu gehen, weil ich keine Wiederholung dieser Begegnung mit texanischem Getier brauchte, aber nur im Zimmer zu hocken, war auch nicht das, was ich mir unter einem Urlaub vorstellte.

Zach stellte das Ungetüm auf der Veranda ab und öffnete den falschen Reißverschluss.

»Nicht den. Der da!« Ich zeigte auf das richtige Fach.

Dieses Mal öffnete er das Richtige und wühlte sich durch den Inhalt. Stöhnend richtete er sich auf.

»Weißt du was? Lass uns einfach meinen Schlüssel nehmen.« Als ob es das Normalste der Welt wäre, griff er in seine Cargoshorts und kramte ein Exemplar hervor, das exakt wie meines aussah. Nicht gerade ungewöhnlich für ein Hotel.

Was mir jedoch die Spucke aus dem Mund zog, war die Tatsache, dass er mit seinem Schlüssel die Tür meiner Unterkunft entsperrte.

»Was zum Teufel? Ist das überhaupt legal? Wo bin ich hier denn gelandet?« Ich trat näher. »Öffnen etwa alle Schlüssel des Hotels jede Tür? Das kann doch nicht sein.«

Zach stemmte die Hände in die Hüften und sah zur Decke des Vordachs hinauf. »Nein, das ist nicht das Problem.« Er lachte. Erst trocken und freudlos, dann lauter und herzlicher. Irgendetwas schien sich bei ihm zu lösen, denn er beugte sich nach vorn und stützte sich auf den Knien ab.

Ich verstand immer noch nicht, was hier vor sich ging,

aber sein Lachen war so ansteckend, dass es mich zu einem leisen Kichern verleitete.

»Okay, aber was geht dann hier vor?« Ich grinste ihn an.

»Offenbar bist du meine neue Mitbewohnerin.«

Mein Grinsen gefror.

»Jamie hat mir gesagt, ich sei nicht mehr allein. Obwohl ich ausdrücklich ein Einzelzimmer gewünscht hatte, gab es so viele Überbuchungen, dass ich meine letzte Ruhe und Privatsphäre auch noch aufgeben musste. Dank dir.« Kein Lachen mehr. Noch nicht mal ein Lächeln, nur zusammengezogene Brauen, die wie ein gerader Strich über seinen dunklen Augen saßen.

»Du bist …«

»Zach Wells.«

Jetzt begriff ich. Vorher hatte ich seinem Namen überhaupt keine Beachtung geschenkt. Ein solcher Zufall schien viel zu groß, als dass er realistisch sein konnte. So was passierte nur in kitschigen RomComs, die allein von einer gebrochenen Protagonistin und einem gut aussehenden Miesepeter handelten. Aber nicht im echten Leben. Die Furche auf seiner Stirn war jedoch echt. Ebenso wie die Tatsache, dass er meinen Rucksack wieder packte und ins Zimmer brachte.

»Klären wir das drinnen? Moskitos.« Er hielt mir die Tür auf, nachdem er mein Wandergepäck in einer Ecke abgestellt hatte.

Mein Gehirn funktionierte nicht mehr. Mein Körper sendete Signale aus, die wie Blitze in meinem Kopf einschlugen, jedoch keine Informationen hinterließen. Deshalb humpelte ich in meine Unterkunft und setzte mich auf den Rand des Betts, damit ich mein Bein ausstrecken konnte.

»Du bist also seit gestern hier?« Zach schloss die Tür und verschränkte die Arme vor der Brust.

»Ja«, murmelte ich und strich mir eine Strähne aus dem Gesicht. Die Anspannung verließ meinen Körper und wich damit der Müdigkeit, die sich in mir aufbaute. Wie eine Welle sich austauschender Energie. Die Dunkelheit trug noch dazu bei, und ich gähnte. »Wo warst du gestern?«

»Arbeiten.«

Ich konnte seine Miene nicht erkennen, darum fiel es mir noch schwerer, diese spärliche Antwort einzuordnen. »Du arbeitest hier, aber wohnst in einem Hotel?«

»Jupp.«

»Mhm«, machte ich nur. Ich hatte Fragen. Viele. Doch ich wollte ihm auch nicht zu nahe treten. Mit ihm dieses Zimmer zu teilen, war nicht mein favorisierter Ausgang der Lage. Aber immerhin wusste ich, dass er mir nichts antun wollte. Dazu hatte er in der Wüste ausreichend Gelegenheit gehabt und diese nicht für sich genutzt. Es könnte also schlimmer sein. Ächzend erhob ich mich wieder. »Macht es dir etwas aus, wenn ich duschen gehe?«

Es war eine merkwürdige Frage, denn ich hatte ja die gleichen Rechte wie Zach. Es war auch mein Zimmer, in dem ich tun konnte, was ich wollte. Trotzdem fühlte ich mich fehl am Platz. Vor allem, weil er durch den Raum ging, als würde er ihm allein gehören.

»Warum sollte es?« Er grinste, aber es wirkte nicht aufrichtig. Es bestand kein Zweifel an seinem Wunsch, mich loszuwerden. Doch es lag nicht in meiner Macht, etwas daran zu ändern. Wenn es ihn so sehr störte, konnte er ebenso einfach gehen.

Ich eierte auf die andere Seite des Betts, nahm meinen Pyjama und ein sauberes Handtuch aus dem Schrank, um dann im Bad zu verschwinden. Sein Blick war mir dabei die ganze Zeit über bewusst. Zur Sicherheit verriegelte ich die Tür hinter mir – so gut kannte ich ihn immerhin nicht. Ich stellte das Wasser an und nahm Pina eine Sprachnachricht auf, damit sie auf dem aktuellen Stand war. Einer außenstehenden Person von meinem Tag zu berichten, machte die Geschehnisse auf eine ganz neue Art real. Beim Ausziehen zählte ich die blauen Flecke und Kratzer, die mir diese Wanderung als Andenken hinterlassen hatte. Ich spielte die Aufnahme noch mal ab, während ich unter den heißen Wasserstrahl trat und den Schweiß und Dreck des Tages von meiner Haut wusch. Erst als meine Finger und Zehen auftauten, wurde mir bewusst, wie sehr ich gefroren hatte. Die Auszeit unter der Dusche und von der Realität tat gut. Sie regenerierte nicht nur meine körperliche Hygiene, sondern half auch bei meiner mentalen. Ich würde diesen Tag noch eine Zeit lang verdauen müssen, aber das hier war ein Anfang.

Nachdem ich mich abgetrocknet hatte, kämmte und flocht ich meine Haare, putzte meine Zähne und sprach mir dann innerlich Mut zu, diesen Raum zu verlassen. Zach war bisher hilfsbereit und zuvorkommend gewesen, deshalb würden wir sicherlich einen vernünftigen Umgang miteinander finden.

Als ich endlich über meinen Schatten sprang, war er jedoch gar nicht mehr im Zimmer. Offenbar hatte er unsere Unterkunft verlassen. Durch das kleine Fenster sah ich seinen Kopf, als würde er auf der Terrasse auf- und abgehen. Natürlich hielt er sich sein Smartphone ans Ohr.

Ich humpelte zu der Seite des Betts, auf der ich auch gestern schon geschlafen hatte, und knipste die Nachttischlampe an, weil sie den Raum in ein warmes Licht tauchte. Unschlüssig wartete ich auf Zach, weil ich mit ihm über die Situation sprechen wollte. Wenn wir die

Fronten klären würden, fiele uns das Ganze sicherlich leichter. Denn auch er wirkte angespannt, seit wir dieses Zimmer betreten hatten.

Sein Telefonat dauerte mehrere Minuten, in denen ich meine Nachrichten bei *Horizon* checkte. Mit einem Lächeln las ich mich durch den Zuspruch und die herzlichen Worte. Manche berichteten mir wieder von ihren Beziehungen und Trennungen, sodass sich ein Kloß in meinem Hals bildete. Ich versuchte, ihn wegzuräuspern, als Zach wieder eintrat, aber das gelang mir nicht ganz. Bevor ich überhaupt ein Gespräch beginnen konnte, war er schon durch das Zimmer ins Bad marschiert.

Ich atmete schwer aus und presste die Lippen aufeinander. Natürlich verstand ich, dass er, so wie ich selbst, mit der Gesamtsituation unzufrieden war. Das Hotelpersonal hatte einen immensen Fehler gemacht, den wir Gäste nun ausbaden mussten. Und ich verstand auch sein Bedürfnis nach Ruhe, denn er war ein viel beschäftigter Mann. Wenn er sich hier aufhielt, weil sein Job es verlangte, war jeder Bruch seiner Routine eine Unannehmlichkeit. Aber wie kam er auf die Idee, er sei der Einzige? Dass es meine Schuld war, dass er Privatsphäre einbüßte? Ich hatte das Gefühl, er machte mich für den ganzen Schlamassel verantwortlich, und so wollte ich es nicht stehen lassen.

Mit dem unversehrten Fuß zog ich die Schlaufe des Rucksacks näher, damit ich an die Salbe kam, die mir die Ärztin für den Stich mitgegeben hatte. Nachdem ich sie genau nach Anwendungsempfehlung aufgetragen hatte, schloss ich mein Smartphone an den Strom an und legte mich aufs Bett. Die Decke blieb unter mir, weil das Zimmer von der Hitze des Tages aufgeladen war. Zwar hatte Zach ein mit Fliegengitter versehenes Fenster geöffnet, aber eine wirkliche Abkühlung bot der Luftzug nicht.

Als das Rauschen der Dusche verklang, schloss ich die Augen. Vielleicht war keine weitere Kommunikation auch eine Lösung. Manchmal war es besser, gewisse Dinge überhaupt nicht auszusprechen. Es dauerte nicht lange, bis die Tür quietschte und Zachs Schritte auf dem Holzboden ertönten. Ich ging fest davon aus, dass gleich ein Rascheln ertönen würde. Wir hatten zwar keine zwei Matratzen, immerhin jedoch zwei Decken. Vielleicht sollte ich ihm meine zusätzlich anbieten, denn die Dielen waren sicherlich hart. Doch neben mir quietschten die Federn des Betts.

Ich riss die Augen auf und sah ihn über mir aufragen.

»Was soll das?« Ich richtete mich so schnell auf, dass mir erneut schwindelig wurde.

»Ich werde sicherlich nicht auf dem Boden schlafen.« Er zog eine Braue hoch. »Wir sind hier nicht in einer schlechten Romanze, in der der Typ auf jeglichen Komfort verzichtet, um es seiner Auserwählten besonders angenehm zu machen. Nur damit sie ihn dann doch in der Nacht zu sich ins Bett holt. Ich bin seit mehr als vierundzwanzig Stunden wach. Ich mache keine Kompromisse mehr.«

Ich starrte ihn einfach nur an. Erst seine zu einer geraden Linie verzogenen Mundwinkel, dann den nackten Oberkörper.

»Willst du ein Foto?« Er spannte seine Bauchmuskeln an und hob die Hüften, damit er die Decke unter sich wegziehen konnte. Mit einer schwungvollen Bewegung schleuderte er sie auf den Boden. »Tu dir keinen Zwang an.«

Dass ein Mann so mit mir gesprochen hatte, war schon sehr lange her. Julian hätte sich niemals so respektlos verhalten. Mein Wohl hatte ihm immer am Herzen gelegen.

Klar, Zach war ein Fremder. Trotzdem ging man so nicht mit einem anderen Menschen um. Julian hatte das beherzigt, doch Zach hatte offenbar keinerlei Anstand. Wie mein leiblicher Vater, der für mich auch nie einen Kompromiss eingegangen war. Der immer nur an sich selbst gedacht hatte, ganz egal, was das für meine Mutter und mich bedeutet hatte. Ihm war es scheißegal gewesen, ob der Kühlschrank gefüllt oder die Stromrechnung bezahlt war, Hauptsache, der nächste Schuss war nicht weit gewesen.

Weil mir auf Zachs Tirade nichts einfiel und ich nicht weiter über meinen Erzeuger nachdenken wollte, drehte ich mich um und bettete die Wange auf meine Hände.

»Kannst du das Licht ausschalten?« Er schien das halbe Bett zu zerwühlen, so sehr wackelte es.

»Nein.«

»Wie?«

»Nein.«

»Warum?«

»Weil ich es sage.« Meine Stimme erhöhte sich um eine Oktave. Dieses Thema wollte ich auf keinen Fall mit ihm besprechen. Schon gar nicht nach diesem Umgang mit mir. Vor unserer Ankunft hatte ich mich bei ihm noch sicher gefühlt, dieses Bild bröckelte jedoch allmählich. Und da meine Angst vor der Dunkelheit ein Überbleibsel meiner miesen Kindheit war, schob ich es ebenfalls an den Rand meiner Gedanken.

Meine Entschiedenheit hatte Zach zum Schweigen gebracht, doch das reichte mir nicht. Je länger ich dalag und auf die Badezimmertür starrte, desto höher brodelte die Entrüstung in mir.

»Ich hätte dich nicht ins Bett geholt.«

»Hm?« Seine Stimme war ein tiefes Brummen.

»In einer schnulzigen Romanze ... Wenn ich die Protagonistin wäre, hätte ich dich niemals ins Bett geholt.« Ich schnaubte, denn allein die Vorstellung war absurd. Sogar meine Dankbarkeit für seine Rettung schwand mit jeder Minute.

»Schon klar. In diesem Szenario wärst du auch niemals meine Auserwählte gewesen.«

Ich rollte mich zu ihm. »Das würde ich ja auch gar nicht sein wollen!«

Er tat es mir gleich, sodass wir uns ansahen. Seine Augen wirkten in diesem Licht anders. Beinahe warm, obwohl sein restliches Gesicht dazu im Kontrast stand.

»Gut so!«

»Ja, gut so!« Ich funkelte ihn an, aber es ließ ihn vollkommen kalt.

Er lachte auf, schüttelte den Kopf und drehte sich wieder von mir weg, wobei er einen Schwall seines Geruchs über mir verteilte. Sein Duschgel duftete nach Fichtennadeln und Erde, wie ein Wanderurlaub.

Ich sollte es positiv sehen. Ein kleines Lächeln zupfte an meinen Mundwinkeln. Er war zwar ein ungehobelter Klotz, doch es machte irgendwie Spaß, sich mit ihm zu streiten. Sonst tat ich das nur mit Pina, die mich manchmal aufs Korn nahm.

Einen Moment verharrte ich noch in meiner Position, denn mir fielen die vielen Muttermale auf seinem Rücken auf. Wie ein Sternbild erstreckten sie sich über die gebräunte Haut und verschwanden im Saum seiner Boxershorts.

Das war mein Stichwort. Ich rollte mich von ihm weg und schloss die Augen. Aber alles, was ich vor mir sah, war sein nackter Oberkörper. Was war nur mit mir los? Irgendwie fiel es mir immer schwerer, diese Gedanken und auch die Hitze in mir auf den Medikamentencocktail zu schieben. Zumal er dazu nicht nur im übertragenen Sinne beitrug, sondern auch ganz direkt, denn er strahlte eine Wärme aus, die ich kaum ertragen konnte.

»Du bist heiß«, murmelte ich und biss mir dann auf die Unterlippe.

»Du auch.« Er gähnte.

Ich hob den Kopf an und blickte in seine Richtung, doch er präsentierte mir noch immer seine Rückseite. Dieses Mal war ich diejenige, die schnaubend den Kopf schüttelte. Natürlich konnte ich es nicht hören oder sehen, ich war mir jedoch ziemlich sicher, dass Zach grinste. Und allein die Vorstellung brachte mich ebenfalls dazu.

Während ich also endlich in den Schlaf glitt, kreisten meine Gedanken um die Frage, wie er seinen letzten Satz genau gemeint hatte.

10
Jackson

»Go play your hand you big-talkin' man,
make a big fool of yourself«
– June Carter Cash

Das Bett war leer. Und da wir uns nicht in einer Liebesschnulze befanden, lag keine handgeschriebene Notiz auf dem Nachttisch. Natürlich nicht, denn wir waren zwei Fremde, die unfreiwillig die Nacht miteinander verbracht hatten. Egal, wie oft ich mich umherwälzte, um mir selbst vorzumachen, dass ich den zusätzlichen Platz genoss, die Kälte der anderen Seite hallte in mir wider. Es war tröstlich gewesen, das Bett mit einer anderen Person zu teilen. Gar nicht so nervig und belastend, wie ich gestern Abend angenommen und Zach hatte wissen lassen. Und nun war er weg und damit auch seine Wärme. Dass es mich so traf, war merkwürdig. Zuerst nahm ich an, Zach nicht zu vermissen, sondern Julian, aber das stimmte nicht. Der Gedanke an meinen Ex verstärkte nur die Kälte, die sich über meine Arme und den Hals hinaufzog.

Obwohl ich es ruhig angehen lassen wollte, stand ich auf. Der Mangel an Aufgaben und Plänen förderte bei mir keine Entspannung, sondern eine tief liegende Nervosität.

Zwar nahm ich mir für jeden Schritt mehr Zeit als sonst, aber der Drang, dieses Zimmer zu verlassen, war groß. Und das lag nicht nur an meinem knurrenden Magen. Ich schlüpfte wieder in Shorts und ein simples T-Shirt, entschied mich sogar erneut für meine Wanderschuhe, weil mein Knöchel in ihnen trotz der restlichen Schwellung den besten Support erhielt, und putzte meine Zähne. Danach packte ich die wichtigsten Dinge wie Smartphone und Portemonnaie in meine Bauchtasche und machte mich auf den Weg zum Pool. Nicht weil ich vorhatte zu schwimmen oder die laute, immer gleich klingende Musik feierte, sondern weil ich auf der Suche nach Alexis und Tracey war. Und tatsächlich fand ich sie vor sich hin dösend auf zwei Liegen. Im Gegensatz zu den übrigen Schnapsleichen wirkten sie jedoch nicht verkatert, sondern ehrlich erschöpft.

»Da ist ja unsere Influencerin!« Tracey bewegte sich langsamer als sonst. Das pure Leben, das sie sonst verkörperte, lief heute nur auf Sparflamme.

Ich gab nur ein Zischen von mir, denn die anderen sollten nicht auf mein neues Hobby aufmerksam werden. Wobei fraglich war, ob sie das überhaupt begreifen würden. Man hätte es dem Typen, der in dem Schwimmring im Wasser trieb, vermutlich ins Ohr schreien können, und seine Synapsen hätten nicht gezündet.

»Oh, du humpelst«, bemerkte Tracey und deutete auf mich.

Alexis zog die Sonnenbrille ein Stück von der Nase. »Was ist passiert?«

»Das ist eine lange Geschichte.« Ächzend ließ ich mich auf einen Plastikstuhl neben ihrer Liege fallen.

»Okay, aber dafür brauche ich Kaffee. Und ein Frühstück.« Tracey lächelte müde.

»Also ist dein Magen wieder stabil?«

»Sagen wir mal so ... Den Eintopf meiner Tante Sue würde ich mir noch nicht genehmigen.«

Ich nickte. »Das Frühstück hier im Hotel allerdings ...« Ich beendete den Satz nicht, weil ich nicht unhöflich sein wollte. Trotzdem bestand Jamies morgendliche Auswahl aus zweifelhaftem Kaffee, in dem sogar der Löffel von allein stehen blieb, trockenem Toast und einer undefinierbaren Marmelade, die bereits bessere Tage gesehen hatte. Beim Gedanken an die Sterne des Hotels schüttelte ich den Kopf.

»Ja. Nein. Das geht gar nicht.« Alexis drehte sich auf der Liege so, dass sie Tracey und mich besser im Auge hatte.

»Ich muss aber was essen. Ernsthaft.« Tracey stand auf und stemmte die Hände in die Hüften. Sie trug einen Jeansrock und darüber einen Poncho. Das Neonpink harmonierte mit dem Giftgrün. Die Kombination erinnerte mich an das Zusammenspiel von Kakteen und ihren Blüten.

»Cooles Outfit«, bemerkte ich.

»Danke.« Ihr Lächeln gewann an Leben.

»Ich hätte da einen Vorschlag.« Alexis nahm nun endgültig ihre Sonnenbrille ab, steckte sie sich an den Kragen ihrer Tunika und blickte zwischen uns hin und her.

Ich wartete auf weitere Infos, doch Tracey war nicht so geduldig.

»Spuck's schon aus!«

»Freitags findet hier immer ein Farmers' Market statt. Ich habe dazu ein Schild gesehen.«

»Und?« Tracey schien noch zu müde zu sein, um die Verbindung herzustellen.

»Heute ist Freitag«, murmelte ich, um ihr auf die Sprünge zu helfen.

»Ich war noch nie auf einem Farmers' Market.« Tracey zuckte mit den Achseln.

Alexis und ich tauschten einen vielsagenden Blick.

»Dann wird es wohl höchste Zeit.«

»Gibt es dort Tiere?« Tracey stemmte die Hände in die Hüften.

»Wie zum Beispiel Laufenten?« Alexis schüttelte den Kopf und rollte mit den Augen.

»Wieso Laufenten?« Ich sah zwischen ihnen hin und her.

»Weil Tracey von diesen Tieren geradezu besessen ist.«

»Hey, so würde ich das nicht sagen«, beschwerte Tracey sich und funkelte ihre Freundin an, doch die zuckte nur mit den Schultern. Alexis stand ebenfalls auf und kam zu uns. »Wird das mit deinem Fuß gehen?«

»Sicher.« Ganz so sicher war ich mir zwar nicht, aber ich könnte ja zur Not eine Pause einlegen, wenn es mir zu viel wurde. Der Besuch eines Farmers' Markets klang nach genau der Art von Ablenkung, die ich bitter nötig hatte.

»Cool! Erzählst du uns dann auf dem Weg von deiner missglückten Wanderung?« Tracey legte sanft den Arm um mich.

Erst erstarrte ich, doch diesen kurzen Aussetzer konnte ich elegant überspielen, indem ich Gleichgewichtsprobleme vortäuschte und die Geste dann erwiderte. Der körperliche Kontakt zu einem anderen Menschen war eine angenehme Überraschung, von der ich nicht gewusst hatte, dass ich mich nach ihr gesehnt hatte.

»Klar, ich erzähle euch alles. Aber nur, wenn du mir erklärst, was es mit den Enten auf sich hat.«

»Laufenten«, verbesserten sie mich wie aus einem Mund.

Also berichtete ich. Ich ließ kein Detail aus und unterbrach nur, wenn Alexis oder Tracey Zwischenfragen hatten oder quietschten. Das machten sie besonders oft, wenn ich von Zach erzählte. Sie schoben den Fakt beiseite, dass ich von einem gefährlichen Skorpion gestochen worden war und eine allergische Reaktion erlitten hatte, und konzentrierten sich auf das für sie Wesentliche.

»Ihr habt also in einem Bett geschlafen?« Tracey schlug sich die Hand vor den Mund.

»Wir hatten ja keine andere Wahl.« Ich konzentrierte mich auf das Gefühl in meinem Fuß, denn er schien mir noch immer nicht ganz zu gehorchen.

»Als ob –«

»Hey, da ist es schon«, verkündete Alexis, bevor Tracey mir noch mehr Fragen stellen konnte, auf die ich nur eine schwache Antwort hatte. Sie beschleunigte ihre Schritte und deutete auf einen Punkt schräg vor uns.

Hinter einer Hausreihe lag ein Park, der mit weißen Pavillons übersät war. Wieder konnte ich nicht fassen, dass mitten in dieser trockenen Landschaft eine Wiese am Leben erhalten wurde. Die Fläche wies wie zur Bestätigung meiner Zweifel ein paar braune Flecken und einen gräulichen Schleier auf. Auf ihr und in der direkten Umgebung herrschte reges Treiben. Vorher war mir Dell City ausschließlich von Touristen überschwemmt vorgekommen, doch hier versammelten sich die Einheimischen. Zu erkennen waren sie an ihren Cowboyhüten. Ich grinste, als einer von ihnen seinen lupfte, um uns zu grüßen. Eine bunte Mischung aus rufenden Verkäufern, stöbernden Frauen, stolzierenden Männern und lachenden Kindern bevölkerte den ansonsten kargen Platz. Eine komplett in Jeans gekleidete Frau mit Gitarre stimmte einen bekannten Song an. Der klare, rhythmische Klang passte mit seinen warmen Tönen nicht nur zur strahlenden Sonne, sondern untermauerte auch den Markt.

»Wow.« Tracey schien vollkommen hingerissen zu sein. Erst blieb sie mit leicht geöffnetem Mund stehen, dann wollte sie losmarschieren.

Sanft hielt ich sie fest. »Du schuldest mir noch eine Erklärung.«

»Okay, okay.« Traceys Blick flog weiterhin von einem Stand des Markts zum nächsten. »Mein großer Traum ist es, irgendwann New York City hinter mir zu lassen und aufs Land zu ziehen. Ich möchte ganz viele Tiere halten und eine Farm errichten. Und meine ersten Mitbewohner sollen ein Schwarm Laufenten sein.« Sie strahlte übers ganze Gesicht.

»Wow, das ist ein toller Plan.« Ich erwiderte ihren Ausdruck, weil es schön war, sie so von innen heraus leuchten zu sehen.

»Kein Plan, eher ein Hirngespinst.« So schnell, wie sie gekommen war, sickerte die Freude aus ihren Zügen. Bevor sie ganz verschwand, deutete ich auf den Markt.

»Komm, wir lassen uns vom Farmleben inspirieren«, forderte ich sie auf, denn mein Herz sank parallel zu ihrer Stimmung.

Ich hatte Mühe, mit ihr und Alexis Schritt zu halten. Im letzten Augenblick wich ich einer kreischenden Meute von Kindern aus, ehe ich an den ersten Ständen vorbeilief. Wildfleisch in getrockneter Form oder als Würste für Barbecues wurden angeboten. Der Verkäufer gab einem Mann Tipps, mit welchen Speisen in Kombination die Aromen am besten herauskamen. Regionaler Honig mit Mesquite-Geschmack wurde angepriesen, und dazu wurden Pekannüsse empfohlen. Karamell glitzerte im Sonnenlicht, das durch die hellen Wände und Dächer der Pavillons verstärkt wurde. Die Reihe von Lebensmittelständen endete bei einer Frau, die uns dazu überredete, *Queso Fresco* zu probieren. Ich nahm ihr Angebot lächelnd an, schob das weiße Stück Käse in meinen Mund und nickte, als sich der milde, leicht salzige Geschmack in meinem Mund verteilte.

Alexis schien ebenfalls angetan zu sein, denn sie kaufte ein Stück. Als die Verkäuferin uns dann noch dazu bringen wollte, getrocknete Chilis zu testen, lehnten wir jedoch dankend ab. Auf leeren Magen mit einer solchen Kombination zu starten, würde nicht nur Traceys Magenschleimhaut an ihre Grenzen bringen.

Die nächste Zeltreihe fiel mir besonders ins Auge, sodass ich meine Freundinnen zurückließ und mich allein vorwagte. Knallbunte Keramikschalen zogen meinen Blick an. Dazu passende Becher glänzten in der Sonne und fühlten sich angenehm kühl an, als ich sie leicht berührte. Kurz sah ich zu dem Mann, der nach hinten gelehnt in seinem Klappstuhl saß und ab und zu auf seine Ware achtete. Die restliche Zeit versank er in einer uralten Ausgabe von *Lonesome Dove,* bei der sich schon die einzelnen Seiten wellten. Auf einem der handgefertigten Teller lag ein Armband, das ich vorsichtig in die Hand nahm. Seine schweren Perlen waren ein Farbenspiel aus Korallenrot, Sonnenuntergangspink und Neongelb.

»Interessante Wahl.« Alexis trat neben mich und begutachtete das Schmuckstück auf meiner Handfläche. »Es ist wunderschön, aber passt nicht zu deinem sonstigen Kleidungsstil.«

Ich nickte. »Stimmt.« Behutsam legte ich das Armband zurück und schlenderte weiter. Ein bitteres Gefühl regte sich in mir, aber ich unterdrückte es.

»So war das nicht gemeint.« Alexis lief neben mir her, doch ich lächelte sie nur an.

Sie hatte recht. Das passte überhaupt nicht zu mir.

Hier schien der Teil des Markts mit allerhand Trödel zu beginnen. Von Teeservices über Werkzeuge bis hin zu kleineren Möbelstücken bekam man hier alles – wenn auch mit der ein oder anderen Delle und ein wenig abgeblättertem Lack. Mich rief allerdings ein Stand besonders mit seinen knalligen Farben. Wilde Drucke, Streifen und geometrische Muster überall, wo ich hinsah. So auch bei einer leuchtend blauen Sonnenbrille mit großen Gläsern, die von roten Punkten überzogen war. Ohne dass ich mir dessen bewusst war, hielt ich sie plötzlich in der Hand.

»Schon wieder so ein ausgefallenes Teil. Hast du uns bisher etwas verschwiegen, Kayla?« Alexis legte den Kopf schief. In ihrem Blick lag keinerlei Spur von Verächtlichkeit, nur ehrliches Interesse.

»Vielleicht möchte sie einfach das Beige-clean-girl-Image loswerden.« Tracey erschien hinter Alexis und grinste mich schief an. »Setz sie mal auf!«

»Nein, nein.« Ich legte die Brille weg, obwohl mein Herz schwer wurde.

»Quatsch, mach schon!« Tracey drückte sie mir wieder in die Hand.

Die Verkäuferin unterbrach ihr Telefonat nur, um uns einen argwöhnischen Blick zuzuwerfen.

»Ist ja okay«, murmelte ich und setzte sie auf. Mit verschränkten Armen wartete ich auf das Urteil der beiden.

In der Hoffnung auf einen schnellen Verkauf nickte die Dame hinter dem Tapeziertisch entschieden. Sie selbst trug ein knallbuntes Outfit und eine Brille mit Tigerstreifen. Man könnte meinen, dass sie in einer Zeitkapsel nach Dell City gereist war – und ich liebte alles daran.

»Ziemlich cool«, war Traceys Fazit. Ihre Begeisterung unterstrich sie mit einem Händeklatschen, das uns einige neugierige Blicke bescherte.

Ich trat einen Schritt dichter an den Stand und damit hinter Alexis, damit ich die anderen Besuchenden nicht direkt sah.

»Gibt es hier einen Spiegel?« Alexis lehnte sich der Verkäuferin entgegen.

»Nein, Darling.«

Noch bevor ich mit den Schultern zucken und die Brille wieder abnehmen konnte, richtete Tracey schon die Kamera ihres Smartphones auf mich. Danach hielt sie es mir hin.

Nachdem ich erst sie, dann Alexis gemustert hatte, nahm ich es entgegen und betrachtete das Foto. Ich musste direkt lächeln. Das Gestell bildete einen starken Kontrast zu meinem cremefarbenen T-Shirt, aber auf meiner Nase wirkte sie trotzdem passend.

»Was kostet die?«

»Fünf Dollar.« Die Verkäuferin trat hinter dem Tisch hervor und riss mich damit aus meinen Gedanken.

»Nein, nein.« Ich gab Tracey das Handy zurück und wollte das Angebot ablehnen, doch Alexis war schneller.

»Ich habe vier Dollar.« Sie reichte der Verkäuferin die Scheine, die ihre dünnen, knallroten Lippen verzog. Der Lippenstift war bereits in die kleinen Fältchen rund um ihren Mund gezogen, deshalb ging ich davon aus, dass sie seit dem frühen Morgen hier stand oder die Nacht durchgemacht hatte.

»In Ordnung. Viel Spaß damit!« Sie zog die Scheine aus Alexis' Fingern und stopfte sie in ihren Rundhalsausschnitt.

Alexis und Tracey lächelten sich zufrieden an. Ich

schüttelte nur den Kopf, schob mir die Sonnenbrille ins Haar und ging weiter. Obwohl ich probierte, so zu tun, als wäre das alles nichts Besonderes, vollführte mein Herz kleine Sprünge. Einerseits, weil mich der unverhoffte Kauf glücklich machte. Ganz sicher würde ich diese Brille niemals tragen, aber sie würde meine kleine Sammlung an Accessoires wunderbar ergänzen. Julian hatte immer versucht, mich dazu zu überreden, sie aufzulösen. Warum den ganzen Plunder behalten, wenn man ihn nie trug? Mein Ex hatte jedoch nie verstanden, weshalb ich diese Dinge sammelte. Keiner hatte dafür Verständnis. Und in seine perfekte Vorstadtwelt hatte es eh niemals reingepasst.

Und andererseits waren diese kleinen Hüpfer meines Herzens auch mit Nervosität aufgeladen, denn ich kannte ja meine Beweggründe. Es war nicht nur eine Sammlung von Accessoires einer vergangenen Zeit, sondern eine Rückkehr in meine Kindheit. In meinen Kleiderschrank im Kinderzimmer, den ich als Zufluchtsort genutzt hatte, wenn meine Eltern sich mal wieder gestritten hatten. Durch die dicken Holzwände hatte ich ihr Geschrei kaum gehört. Mit meiner Taschenlampe hatte ich die alten Magazine meiner Mom aus den Achtzigern durchgeblättert. Die bunten Farben und Muster hatten mich vergessen lassen, dass ich mich irgendwann der Realität hatte stellen und ins Wohnzimmer zurückkehren müssen. Nur um festzustellen, dass sie beide ihrem Rausch erlegen und eingeschlafen waren. Ich hatte ihnen die glimmenden Zigaretten aus den Mündern genommen und die Ruhe genossen.

Ohne Julian hatte ich also Sorge gehabt, die Bodenhaftung zu verlieren. Ich wollte nicht zurück in meine Vergangenheit – und zu allem, was dazugehörte.

Schweigend schlenderten wir an weiteren Ständen entlang. Tracey passte mit ihrem farbenfrohen Poncho perfekt zu den ausgefallenen Klamotten, für die sich die Einheimischen kaum interessierten. Ich fragte mich noch immer, für welche Zielgruppe die Stadt diesen Farmers' Market veranstaltete. Hatten die Verantwortlichen diese vielleicht für die Festivalbesucher geändert, um sie zum Kauf zu verleiten? Dieser Plan ging allerdings nicht auf, denn zwischen all den Bewohnenden fiel nur unser Trio auf. Wir wurden ab und an von Fremden mit dem für diese Region typischen Akzent angesprochen und ausgefragt, warum wir hier waren. Die meisten gingen automatisch davon aus, dass wir Besucherinnen waren. Als Tracey meinen Skorpionstich erwähnte, versammelten sich einige Cowboys und gaben eine Anekdote nach der anderen zum Besten.

Das war mir viel zu viel Aufmerksamkeit, deshalb widmete ich mich wieder den Marktständen. Einer wurde gerade nicht von einem Verkäufer bewacht, sodass er mir eine Oase bot und ich einen Moment Ruhe genießen konnte. Ich ging die Kleider an der Stange durch, fühlte Jeans, Leder, Nylon und Lycra an den Fingerspitzen, bis ich einen metallisch glitzernden Rock in den Händen hielt. Ich breitete ihn auf dem Tapeziertisch über den anderen Kleidungsstücken aus und verschränkte die Arme. Er war kurz, aber hatte eine hoch geschnittene Taille und würde sicherlich gut zu einem mehrschichtigen Oberteil passen. Ich widmete mich wieder der Kleiderstange, wurde aber nicht fündig. Beinahe fieberhaft kramte ich in den Kisten auf dem Boden, bis ich ein langärmliges Netzoberteil fand. Ich drapierte es zu dem Rock, doch es fehlte noch immer das gewisse Etwas. Ich entdeckte einen Nietengürtel, der einen großartigen Bruch zu dem eleganten, aber sexy Unterteil bot. Hinzu würfelte ich ein paar Armbänder, die ich von einem Schmuckständer fummelte, große Ohrringe, die Kussmünder darstellten, und ein knallpinkes Bustier, das ich über dem Netzteil positionierte. Es war die perfekte Kombination, denn der Rock glänzte im Licht leicht rosafarben, obwohl er schwarz war.

»Dazu noch eine Strumpfhose, hohe Stiefel und ein Haarreif. Irgendetwas mit Netz oder …«, murmelte ich vor mich hin.

»So was hier?«

Von der Seite wurde mir eine schwarze Schleife gereicht, die sich perfekt in die Frisur binden lassen würde.

»Passt super. Ich würde die Haare toupieren, viel schwarzen Eyeliner verwenden und …« Ich brach ab und drehte mich zu Tracey und Alexis um.

»Kayla?«

»Mhm?« Erst jetzt bemerkte ich, was für ein Chaos ich an diesem Stand angerichtet hatte. In meinem Tunnel hatte ich sogar eine Box auf dem Tisch ausgekippt, weil der Drang nach dem perfekten Outfit so sehr in mir gebrannt hatte.

»Du bist eine ausgezeichnete Stylistin!« Traceys Augen leuchteten auf, als sie meine Komposition näher betrachtete. »Kannst du so was für mich auch zusammenstellen? Ich wollte schon immer mal auf eine 80er-Party.«

»O ja, bitte mach uns passende Outfits! Dann könnten wir gemeinsam auf das Festival gehen.« Alexis biss sich auf die Unterlippe.

»Auf das Festival?« Ich sah von einer zu anderen.

»Du hast doch selbst gesagt, dass die Wanderungen erst mal abgeschrieben sind. Und Poolpartys haben wir jetzt schon genug gefeiert. Wir können hier ja nicht nur rumhängen, und nächste Woche startet das Festival. Es geht über mehrere Tage, und richtig coole Künstler treten auf.« Traceys Redeschwall endete. Allein schon dieser Dackelblick verleitete mich dazu, zumindest kurz über diese Option nachzudenken.

Ich wusste nichts über dieses Festival. Hinzu kam, dass ich noch nie auf einem gewesen war. Was genau erwartete mich dort?

»Was für Musik hörst du gerne?«

»Kein Country«, erwiderte ich sofort. Die musikalische Untermalung des Markts war vielleicht passend, aber entsprach so gar nicht meinem Geschmack. »Und bitte kein Bluegrass. Wenn ich noch einmal ein Banjo höre, erschießt mich bitte.« Zu Hause, in Harpers Ferry, hätte ich das niemals so offen zugegeben, doch hier fühlte ich mich freier.

»Wenn du so auf die Achtzigerjahre stehst, magst du doch bestimmt *Hamada*. Sie interpretiert den Stil ja ganz neu.« Alexis ließ mich nicht aus den Augen. Ihre Brauen waren wie zwei Halbkreise auf ihrer leicht gerunzelten Stirn.

Ich öffnete den Mund, dann schloss ich ihn wieder. Dass ich die Sängerin *mochte,* war die Untertreibung des Jahres. Ihr aktueller Song hatte mir in den letzten Tagen unfassbar bei der Trennung von Julian geholfen. Ich wollte nicht dramatisch klingen, aber ohne ihre Zeilen wäre ich womöglich nie mehr aus dem Haus gegangen. So viel Trost wie *Hamada* hatte mir noch nicht mal Pina spenden können, denn sie traf genau die richtigen Punkte auf grausam-wunderbare Art und Weise. Doch ich war nicht *diese* Art von Fan. Zumindest nicht öffentlich, weil Julian das immer lächerlich gefunden hatte. *Hamadas* Musik war für ihn das verzweifelte Ventil von frustrierten Mittzwanzigern gewesen. Ich lachte auf. Besser hätte er es wohl nicht treffen können.

»*Hamada* tritt dort auf?« Ich erinnerte mich nicht mehr im Detail an das Plakat. Hatte ich es nicht gelesen oder schob ich alles beiseite, was mein Ex nicht guthieß? War das schon zu einem Automatismus geworden? Wenn das stimmte, sollte ich das schnellstens abstellen.

»Sie ist der Hauptact des Chihuella-Festivals. Das wird bestimmt großartig!« Tracey war so übermütig, dass sie die übrigen Klamotten auf der Stange durchging. »Kriegst du noch zwei solcher Outfits hin? Bitte, Kayla!«

»Okay, okay.« Ich half ihr und befühlte die Stoffe. Zuerst mussten die Textilien zusammenpassen, dann kam der Rest. »Ich muss zugeben, dass ich noch nie auf einem Festival war. Oder eine Liveshow besucht habe.«

Dieses Mal war Tracey, unsere Farmers' Market-Jungfrau, diejenige, die es kaum fassen konnte. Sie ließ von den Textilien ab und hielt sich die Stirn. »Wie bitte?«

»In Harpers Ferry geben sich die Künstler nicht gerade die Klinke in die Hand. Dort gibt es nur Square Dance und Karaoke. Jedes Wochenende.« Ich konzentrierte mich auf die Auswahl der Outfits, denn ich wollte nicht zu tief in dieses Thema einsteigen. Es würde nur alte Wunden aufreißen, die ich mühsam geschlossen hatte. Nicht gerade mit einer dicken Schicht neuer Haut, sondern eher mit einem dürftigen Pflaster – doch es hielt.

»Square Dance?« Alexis verzog die Lippen.

Mein erster Instinkt war es, diesen Tanzstil in Schutz zu nehmen. Es war ein Fetzen Heimat, und dass alle aus dem Städtchen zusammenkamen, war ein netter Nebeneffekt. Doch die Musik, das Ansagen, der Partnerzwang, die immer gleichen Choreografien ... Ich beließ es also dabei.

»Auf ein Festival zu gehen, ist die pure Lebensfreude.

Da ist die Musik, aber auch die ganze Atmosphäre! Menschen kommen zusammen, weil sie gemeinsam diese Erfahrung teilen wollen. So weit weg von unserem ursprünglichen Plan mit den gemeinsamen Wanderungen ist es gar nicht ... Nur halt ohne Skorpione. Hoffe ich ...« Es wirkte, als würde Tracey ihren ganz eigenen Erinnerungen hinterherträumen. Und dieser Glanz in ihren Augen war etwas, das ich ebenfalls wollte. Vielleicht sogar brauchte.

»Okay, nehmen wir mal an, dass wir das zu dritt machen. Was brauchen wir dafür?« Ich versuchte, all meine Vorbehalte abzulegen, weil ich mir gar nicht mehr so sicher war, ob das wirklich meine eigenen waren.

»Zuerst mal Eintrittskarten. Das Chihuella-Festival ist immer sehr schnell ausverkauft.« Alexis zückte ihr Handy.

»Und geeignete Outfits, also ...« Tracey deutete auf den noch immer unbesetzten Stand.

Ich nickte und machte mich an die Arbeit, während die beiden sich um Tickets kümmerten. Fieberhaft suchte ich die Oversize-Jeansshorts heraus, kombinierte sie mit einer Netzstrumpfhose, einem knallorangenen Top, das sich locker um Alexis' Taille legen würde, und einer ausgefallenen, kurzärmligen Lederjacke. Ein Glücksgriff rundete meine Vision noch ab, denn ich fand Handschuhe in einem ähnlichen Sonnenuntergangston. Stück für Stück legte ich einen glitzernden Gürtel, ein Paar Nietenarmbänder und Ohrringe mit großen bunten Perlen dazu. Zufrieden betrachtete ich mein Werk, bevor ich mich an Traceys Entwurf begab. Sie erschien mir deutlich zarter, deshalb begann ich mit einem weißen Faltenrock, den ich mit schwarzen Leggins kombinierte, die ihr bis knapp über die Knie gehen würden. Ein weißes Top fand ich auch mit Leichtigkeit, aber dem Outfit fehlte der Glamour. Ich durchwühlte erneut jede Kiste, weil ich zwischendurch einen seidigen, rosafarbenen Stoff in den Händen gefühlt hatte.

»Hey, was machen Sie da?«

Ich sah auf. Eine junge Frau in unserem Alter eilte hinter den Stand, nur um ihre Position wieder zu verlassen und mir eine Box aus den Händen zu nehmen.

»Lassen Sie eine Künstlerin arbeiten«, ermahnte Alexis sie.

»Wir werden gleich drei komplette Outfits bei Ihnen kaufen. Erlauben Sie unserer Freundin einfach, sich auszuleben. Wir räumen das Chaos auch auf.« Tracey lächelte so charmant, dass die Verkäuferin mir mit einer hochgezogenen Braue den Karton zurückreichte.

Beim nächsten Handgriff hatte ich endlich die rosafarbene Korsage in der Hand. Ich drapierte sie über Rock und Top, ergänzte die Kombination noch um weiße Ballerinas und ein löchriges, rosa-blau kariertes Hemd, von dem ich die Ärmel abtrennen würde, damit Tracey nicht an einem Hitzschlag starb. Silberne, riesige Kreolen, mehrere lange Ketten und hellblaue Armstulpen aus Netzstoff, die das i-Tüpfelchen setzten – ich war mit meinem Werk zufrieden.

Der Applaus meiner Freundinnen brachte mich zum Schmunzeln.

»Wir nehmen dann das alles«, verkündete Tracey, während sie mit Alexis die Klamotten Stück für Stück der Verkäuferin in die Arme drückte.

Nachdem Alexis mein Geld abgelehnt und für alles gezahlt hatte, da sie der Meinung war, dass meine Outfitkreationen belohnt werden sollten, legten wir die Accessoires an und machten ein paar Fotos. Irgendwie gelang es Tracey, dass die Sängerin das Genre wechselte. Keine

Ahnung, was sie ihr an Kleingeld in den Gitarrenkoffer geworfen hatte, aber die Countryklänge erstarben, und ein paar Achtzigerjahre-Hits ertönten. Sogar den Einheimischen schien das zu gefallen, denn sie pfiffen mit, und manche klatschten sogar nur knapp neben dem Takt. Wir räumten gemeinsam den Stand der noch immer irritiert dreinblickenden Frau auf, knipsten affige Bilder und tanzten umher. Am Nebenstand ergatterten wir eine Picknickdecke und breiteten sie auf dem vertrockneten Gras aus. Um mich zu revanchieren, übernahm ich die Besorgung unseres Frühstücks. Ich kaufte uns Kaffee, der von einer lokalen Rösterei angeboten wurde, *Agua Fresca* mit Melone, eine Pfirsichmarmelade, die eine runzlige Oma selbst zubereitet hatte, frisches Maisbrot, Zimtrollen und *Kolaches*, die mir der Bäcker als gefüllte Gebäckstücke anpries.

Mitten in dem Treiben verspeisten wir unsere Köstlichkeiten, redeten über unsere Outfits und planten die dazu passenden Frisuren und das Make-up. Das Einzige, was unsere Stimmung trübte, war die Tatsache, dass das Festival ausverkauft war. Wohl bereits seit zwei Wochen, demnach konnten wir uns lediglich auf eine Warteliste setzen lassen.

Die Leichtigkeit in meiner Brust nahm rapide ab, Tracey versicherte mir jedoch, wir würden so sicherlich noch an Tickets kommen. Alexis hielt sich bedeckt, aber in ihren Augen lag die Wahrheit. Sie hielt es ebenfalls für unwahrscheinlich, dass genug Tickets zurückgegeben werden würden, damit ausgerechnet wir drei zum Zug kamen. Tracey war jedoch so aufgekratzt, dass wir uns stillschweigend darauf einigten, sie in dem Glauben zu lassen. Mir reichte es auch, hier mit meinen neuen Freundinnen zu sitzen und eine gute Zeit zu verbringen. Gespräche, neue Speisen und die Sonne waren genug.

Zudem hatte ich wieder ausreichend Material, um es mit meiner sich langsam entwickelnden Gemeinschaft auf *Horizon* zu teilen. Alexis half mir dabei, ein Update-Video aufzunehmen und von unserem bisherigen Tag zu berichten. Tracey drängte mich dazu, meine Schlafsituation zu erklären, doch ich hielt diesen Exkurs kurz. Danach sahen wir uns noch die Bilder an, amüsierten uns während des Rückwegs über die Schnappschüsse und kehrten an den Pool zurück, wo ich beiden ausgefallene Flechtfrisuren machte.

Später begleiteten Tracey und Alexis mich sogar zur Arztpraxis und hielten mir das Händchen bei meiner Nachkontrolle, die positiv verlief. Nur die weitere Rechnung trübte meine Stimmung. Ich hatte keinen blassen Schimmer, wie ich das alles bezahlen sollte. Sobald ich wieder zu Hause war, würde ich dringend mit der Bank sprechen müssen. Vielleicht würde sie sich auf ein kleines Darlehen einlassen, damit ich meine Schulden begleichen konnte.

Aber allein der Gedanke an Harpers Ferry reichte aus, um alles infrage zu stellen. Zu Hause? So fühlte es sich nicht mehr an. Es war lange her, dass ich mich so echt in meiner eigenen Haut gefühlt hatte wie hier in Dell City. Der Tag mit Tracey und Alexis hatte mir so viel gegeben, dass ich trotz der Geldsorgen kaum Probleme hatte, einzuschlafen.

Von Zach gab es keine Spur. Ich hatte keine Ahnung, wie er das anstellte, aber offensichtlich reichte ihm eine Mütze Schlaf alle paar Tage.

11
Glory Box

»Give me a reason to be a woman«

– Portishead

Neben mir bewegte sich etwas. Sofort rollte ich herum, riss an der Bettdecke, und als ein Schatten über mir erschien, schlug ich zu. Ungebremst mit der Faust und aller Kraft, die ich aufbringen konnte.

»Argh!«

Es gab ein Plumpsen, dann knallte etwas zu Boden. Die Matratze unter mir vibrierte noch. Glas zersprang. Ich kletterte aus dem Bett, nahm einen meiner Wanderschuhe und knipste das Licht an. Nur um meine improvisierte Waffe sofort zu senken.

Auf dem Boden lag ein Mann mit kurzen Haaren, der sich mit beiden Händen das Gesicht hielt.

»O nein!« Ich wollte sofort zu Zach eilen, damit ich helfen konnte, aber mein Knöchel war leider noch nicht so wach wie ich. Deshalb stolperte ich über den anderen Wanderschuh, ließ seinen Zwilling fallen und konnte mich gerade noch so abstützen, damit ich nicht zusätzlich auf Zach stürzte.

»Mein Gott! Was habe ich dir getan, Kayla?« Seine raue Stimme wurde durch die Hände gedämpft.

»Ich weiß nicht«, hauchte ich und krabbelte zu ihm. Meine Panikreaktion kam mir nun vollkommen übertrieben vor. Behutsam nahm ich eine seiner Hände und zog sie zur Seite, um mir ein Bild über das Ausmaß seiner Verletzung zu machen. »Ich habe mich nur erschrocken, dass plötzlich jemand neben meinem Bett steht. Ich dachte, du wärst ein Angreifer.«

»Es ist *unser* Bett!«

»Ja, ich weiß.«

Von seiner Augenbraue tropfte Blut. Nicht besonders viel, doch ich sog hörbar die Luft ein, denn ich hatte nie damit gerechnet, dass ich einem anderen Menschen einen solchen Schaden zufügen konnte.

»Warte, ich helfe dir«, versprach ich, stand auf und humpelte ins Bad. Dort nahm ich ein frisches Handtuch, feuchtete eine Ecke mit kaltem Wasser an und kehrte schwerfällig zu ihm zurück.

Zach richtete sich ächzend auf.

»Ist dir schwindelig? Soll ich einen Notarzt rufen?«

»Dein Fausthieb ist nicht ohne, aber du bist nicht Mike Tyson.«

Kopfschüttelnd setzte ich mich zu ihm auf den Boden am Fußende. »Wenn du dich weiterhin über mich lustig machen kannst, kann es dir ja nicht allzu schlecht gehen.« Ich legte Daumen und Zeigefinger an sein Kinn und zog es zu mir heran, damit ich die Platzwunde genauer betrachten konnte. Erst wehrte er sich, dann gab er nach.

»Eigentlich war das ein Kompliment.« Er grinste, zuckte jedoch zusammen und mahlte mit dem Kiefer – ganz so, als wollte er testen, ob dessen Bewegungsablauf gestört war.

»Eine merkwürdige Art, Komplimente zu machen.« Ich drückte das nasse Handtuch auf die Wunde.

Zach konnte keine Widerworte geben, weil er zischen und die Lippen zusammenpressen musste.

Vorsichtig tupfte ich die betroffene Stelle und die umliegende Haut ab, um sein Gesicht von Blut zu befreien. »Soll ich ein Kühlakku holen?«

Zach wollte den Kopf schütteln, doch ich hatte ihn noch immer fest im Griff. »Passt schon.«

»Es blutet zum Glück nicht stark.« Ich betrachtete seine Stirn, die Nase und andere Augenbraue. »Und es ist nur eine kleine Stelle.«

»Reicht ja auch. Ich habe bereits Narben im Gesicht. Ich wollte daraus nicht eine Sammlung machen.«

»Konnte ich ja nicht wissen.« Ich sah in seine Augen und bemerkte, wie er mich anfunkelte. Irgendetwas sorgte dafür, dass ich in seiner Nähe unruhig wurde. Geradezu aufgewühlt und aggressiv, weil ich seine Mimik nicht ganz deuten konnte. Und meine eigenen Emotionen, die wie eine Naturgewalt durch mich strömten, sobald er auch nur einen Schritt auf mich zumachte. Wieder hatte ich seinen Duft in der Nase. Wieder legte sich seine Körperwärme auf mich und erdrückte mich beinahe. Wieder konnte ich dem Bann seiner moorfarbenen Augen nicht entkommen.

»Ich konnte auch nicht wissen, dass du so schreckhaft bist.« Immer musste er Widerworte geben.

Ich schnaubte abfällig. »Klar. Weil ein Mann ja so selten einer Frau nachts Gewalt antut. Weil Frauen in diesem Land ja auch besonders sicher sind. Weil es total übertrieben ist, als Frau nachts Angst zu haben und sich zur Wehr setzen.«

Kurz herrschte Stille. Wenn ich mich anstrengte, hörte ich die niemals endende Party ein paar Hütten weiter.

»Tut mir leid. Du hast natürlich recht. Ich wollte deine Sorgen nicht herunterspielen.«

Wir sahen uns an, und der Ausdruck in seinen Augen ließ die Glut in meinen Adern abkühlen.

»Wenn du wütend wirst, tritt eine bläuliche Ader auf deiner Stirn hervor.« Er legte seinen Zeigefinger auf die Stelle, die mir wohlbekannt war.

Ich verstärkte den Griff um sein Kinn und führte sein Gesicht näher an meines. »Du solltest dich wirklich nicht über Menschen lustig machen, die nur versuchen, dir zu helfen.«

»Das war wieder ein Kompliment.« Er legte seine andere Hand um mein Handgelenk und sorgte so dafür, dass ich sein Kinn losließ.

»Wieder kein gutes.«

»Außerdem hast du mich in diese Lage gebracht.« Er hielt noch immer meine Hand fest. Sein Griff war fest, aber angenehm.

»Und ich würde es bei diesem Benehmen wieder tun.« Ich hörte auf, die Stelle mit dem nassen Zipfel des Handtuchs zu kühlen, ließ es auf den Boden fallen und legte meine Hand um seinen Finger, der auf meiner Stirn lag. Sanft zog ich an ihm. So stellte ich wieder Ebenbürtigkeit her. Er umklammerte eines meiner Handgelenke, ich eines seiner. Dadurch bildeten wir eine merkwürdige Einheit. Vollkommen verstrickt ineinander waren wir uns so nah wie nie.

»Ich bin nicht gerade dafür bekannt, dass ich mich gut benehme.« Ein Lächeln zupfte an seinem Mundwinkel.

Ich nahm so viele Einzelheiten wahr, dass mein System völlig überlastet schien. Zum Beispiel, dass sich seine Gesichtszüge entspannten. Oder dass er mich leicht zu sich zog, woraufhin meine Hände seinen harten Oberkörper berührten. Die Tatsache, dass auch seine Handrücken meine Brust mit jedem Atemzug streiften. Oder dass sich sein Atem auf mein Gesicht legte.

»*Ich* bin aber dafür bekannt, mich gut zu benehmen«, hauchte ich. Die Wut und die Abwehr, die ich eben noch in mir gespürt hatte, zerbröselten, je mehr ich mir unserer Nähe bewusst wurde.

Zach nickte, als würde er das bereits wissen. Vermutlich las er mich wie ein offenes Buch. Ich war mir relativ sicher, er kannte mich von den wenigen gemeinsamen Augenblicken besser als ich mich selbst. Deshalb war ihm wohl vor mir selbst bewusst, was ich vorhatte.

Ich lehnte mich ihm entgegen, ließ seine Hände los und drückte meine Lippen flüchtig auf seine. Sie waren merkwürdig hart und ganz anders als Julians. Zach schloss auch nicht die Augen oder erwiderte den Kuss. Er saß einfach dort und beobachtete jede meiner Bewegungen. Mit klopfendem Herzen wich ich von ihm ab.

»E-es ...«, setzte ich an, brach aber ab, weil meine Stimme bebte.

Zach löste die Umklammerung ebenfalls, sodass ich noch mehr Distanz zwischen uns bringen konnte.

»Entschuldige ...«, presste ich hervor. »Das war komplett daneben von mir. I-ich ... Normalerweise ...« Ich war wie erstarrt. Sobald ich einen Meter nach hinten gerutscht war, gaben meine Muskeln auf. Das bekannte Gefühl von überschäumender Traurigkeit kroch durch meinen Hals an die Oberfläche.

Was zum Teufel hatte ich mir dabei gedacht? Zach war ein völlig Fremder, zu dem ich bereits jetzt ein widersprüchliches Verhältnis hatte. Ich kannte noch nicht mal seinen Beziehungsstatus. Mal davon abgesehen, dass ich selbst gerade aus einer langjährigen Beziehung kam, überhaupt nicht wusste, wer ich war und was ich wollte, und mich sicherlich nicht Hals über Kopf – wenn auch nur zum Trost – in etwas Neues stürzen sollte. Verlassen zu werden, war ein Einschnitt ins Leben, den man nicht einfach mit einer Urlaubsaffäre überbrücken konnte. Außerdem fand ich Zach doch nicht attraktiv … oder? Seine Art und auch sein Äußeres unterschied sich so sehr von Julians, dass er gar nicht meinem Typ entsprechen konnte. Dabei … hatte ich ja immer nur Julian geliebt. Einen einzigen Mann. Hatte ich dann überhaupt einen Typ, den ich präferierte? Und was würde es aus mir machen, wenn ich mich hier, in einem heruntergekommenen Hotel, einfach auf den erstbesten Mann einließ? Was erkannte Zach überhaupt in mir? Ging von mir eine Aura der Verzweiflung aus, die ihn abstieß, war ich einfach nicht hübsch genug oder war er vergeben?

Bevor ich weiter in dem Strudel aus Fragen ertrinken konnte, bewegte sich Zach. Ich rechnete fest damit, dass er aufstehen und das Zimmer verlassen würde, um mich rausschmeißen zu lassen. Aber stattdessen stützte er sich mit den Händen vom Boden ab, um mir wieder näher zu kommen. Ohne ein einziges Wort der Erklärung rutschte er so dicht zu mir, dass sich unsere Nasenspitzen berührten. Doch das reichte ihm noch nicht. Er drückte mich behutsam nach hinten, sodass ich beinahe umfiel und meinen Kopf auf dem Holzboden ablegte. Dann positionierte er sich über mir, stützte sich mit den Händen neben meinem Kopf ab und küsste mich.

Dieses Mal waren seine Lippen nicht hart, sondern warm und einladend. Er presste sie auch nicht krampfhaft auf meine, wie Julian es immer getan hatte, sondern begann sanft und wurde immer leidenschaftlicher. Er schmeckte nach Minze, weil er sich wohl vor dem Zubettgehen die Zähne geputzt hatte. Am Rande meines Bewusstseins stellte ich infrage, wie ich das nicht hatte mitbekommen können, aber da war auch sein Mund, von dem ich nicht genug bekommen konnte.

Zach kam mir noch näher, indem er sich auf die Unterarme lehnte. Seine Hand vergrub er in meinen Haaren. Erst jetzt wurde mir so richtig bewusst, dass ich nur einen Slip und ein weites T-Shirt trug, das bereits bis unter meine Brust hochgerutscht war. Ich stöhnte leise, als Zach den Kuss beendete. Da ich mehr wollte, reckte ich ihm meinen Kopf entgegen. Was das alles zu bedeuten hatte, war mir auf einmal vollkommen egal.

»Was willst du, Kayla?« Dass ich ebenso eine gewisse Wirkung auf ihn hatte, merkte ich nicht nur an meinem Oberschenkel, sondern ebenso an seiner rauen Stimme.

»Dich.« Dieses Mal küsste ich ihn. In diese Berührung steckte ich alles, was ich mich bei meinem ersten Versuch nicht getraut hatte. »Und du?«, fragte ich atemlos, nachdem ich mich widerstrebend von ihm gelöst hatte. Ich wollte unter keinen Umständen seine Grenzen überschreiten.

Wieder herrschte einen Moment Stille. Als meine Zweifel sich gerade wieder an die Oberfläche drängen wollten, teilten sich seine Lippen.

»Irgendwie erinnerst du mich an einen Skorpion, der aus Angst sticht. Dabei versteht er selbst gar nicht, dass er giftig ist. Du bist mächtig, und jeder weiß das, nur du selbst nicht.« Er beobachtete meine Reaktion. »War das ein gutes Kompliment?«

Ich lachte auf. »Halt einfach die Klappe, Zach.«

Als sich unsere Münder wieder miteinander verbanden,

loderte das Feuer in mir und würde nicht einfach wieder erlöschen. Dafür waren wir schon viel zu weit gegangen. Und über seine Worte wollte ich in diesem Moment überhaupt nicht nachdenken. Es war einfacher, eine Kabbelei daraus zu machen, als mir einzugestehen, dass er mich so sah, wie ich es mir bei Julian gewünscht hatte.

»Okay.« Wieder ein Kuss, dieses Mal auf mein Kinn. »Tut.« Ein Kuss auf meine Wange. »Mir.« Ein gehauchter auf meinen Hals. »Leid.« Ein sanfter an meine Kehle. »Ich.« Ein weiterer in die Beuge zwischen Hals und Schulter. »Will.« Sein Mund auf meinem Schlüsselbein.

Ich schloss die Augen und presste die Lippen aufeinander, damit ich nicht zu laute Geräusche von mir gab.

»Dich.« Er zog an meinem Shirt, sodass er meinen Ausschnitt küssen konnte.

Seine Lippen glitten weich über meine Haut. Er küsste sich noch ein Stück weiter hinab, dann brach er ab und richtete sich auf. Dieses Mal hatte er sich nicht oberkörperfrei ins Bett gelegt, doch zu dem herrlichen Anblick seines nackten Oberkörpers kam ich trotzdem, denn er zog sich sein T-Shirt über den Kopf. Dieses Mal starrte ich ganz unverhohlen seine Muskeln an. Mir war sein Tattoo vorher gar nicht aufgefallen, das von seinem Bauch bis zur Hüfte reichte. Es war eine Trompete, aus deren Schalltrichter Noten flossen und die Silhouette der Brooklyn Bridge formten. Ich hatte sofort tausend Fragen im Kopf, aber seine Fingerspitzen, die sich an den Saum meines T-Shirts legten, wischten sie alle beiseite.

Zach sah mich fragend an. Ich nickte und gab mich der fließenden Bewegung hin, die mich mein Oberteil kostete. Sofort breitete sich eine Gänsehaut auf meinem Oberkörper aus, wobei Feuer durch meine Adern floss. Entgegen meiner Annahme starrte Zach aber nicht auf meine nackten Brüste. Er hielt meinen Blick, der uns wie ein starkes Band miteinander verknüpfte. In diesem Moment realisierte ich, dass ich das wirklich wollte. Da war nichts Vorgeschobenes. Nur das rohe Bedürfnis, mich mit einer anderen Person zu verbinden.

Ich setzte mich ebenfalls auf und umarmte ihn, damit wir Haut auf Haut waren. Behutsam verteilte ich kleine Küsse auf seiner Brust. Dabei hörte ich sein Herz, das ebenso heftig schlug wie mein eigenes. Dass er genauso aufgeregt war wie ich selbst, gab mir den nötigen Mut, meine Hand auf seinen Bauch zu legen. Ich wollte alles von ihm. Nach ihm schmecken, riechen, wie er fühlen. Er sollte all die Erinnerungen an Julian überspielen, die mein Körper tief in sich eingespeichert hatte.

Zach führte mich und signalisierte mir, dass ich weitergehen durfte. Ich sah ihm wieder tief in die Augen, damit ich nicht die kleinste Reaktion verpasste. Langsam führte er mich in den Bund seiner Boxershorts. Dort verharrte ich, weil mir dann doch die Entschlossenheit schwand. Ich brach sogar den Blickkontakt ab, weil ich mich plötzlich für meine raue Art schämte. Julian hatte das nie gefallen, und vielleicht konnte ich mir die Erinnerungen auf einer körperlichen Ebene austreiben, aber die in meinem Kopf waren fest zementiert.

»Was magst du?« Seine Stimme war nur ein Raunen. Obwohl er so ein grober Typ war, wusste er immer genau, wann ich einen Rückzieher machen wollte. Er drängte mich zu nichts, sondern kommunizierte nur mit mir. Wieso schaffte er das und all die anderen Menschen in meinem Leben nicht?

»Ich …« Obwohl wir halb nackt und ineinander verschlungen waren, fiel es mir schwer, über dieses Thema zu sprechen. »Ehrlich gesagt …« Ich lachte freudlos auf und unterbrach den Blickkontakt erneut, weil er so intensiv war. Wenn Zach mich so anblickte, fühlte ich mich ihm ausgeliefert. Und ich befürchtete, dass genau das mir gefiel.

»Du kannst es mir offen sagen. Ich möchte dich jedoch auch nicht dazu zwingen. Zu gar nichts.« Er lächelte sanft.

Das reichte mir, um über meinen Schatten zu springen. »Ich glaube, ich weiß gar nicht so genau, was mir gefällt. Wenn ich ganz ehrlich bin ...« Ich atmete einmal tief ein und aus. »Ich habe bisher nur mit einem einzigen Mann geschlafen, und wir haben es immer gleich gemacht. So wie er es mochte.«

Zach verzog sein Gesicht. Ich rückte sofort von ihm ab. Der Verlust von direktem Hautkontakt ließ mich erschaudern.

»Entschuldige meine Reaktion, aber das klingt ... eingefahren.« Er biss sich auf die Unterlippe und reichte mir eine Hand.

Er hätte »langweilig« oder »öde« sagen können, und ich hätte ihm zugestimmt. Doch er hatte einen Begriff ohne Wertung gewählt. Selbst in einer Situation, in der er meine Lust, meine Verletzlichkeit oder die Kombination daraus hätte ausnutzen und meine Meinung über Julian beeinflussen können, blieb er ein gutmütiger Mensch.

Deshalb nickte ich und nahm seine Hand in meine. Sanft zog er mich auf seinen Schoß. Der Körperkontakt ließ mich aufatmen, denn er sorgte dafür, dass sich der Druck auf meiner Brust löste. Ich hatte nicht die leiseste Ahnung, wie Zach das machte, doch ich fühlte mich bei ihm geborgen.

»Wie wäre es, wenn wir gemeinsam herausfinden, was

du magst?« Er küsste meine Wange und dann meinen Hals hinauf bis zu meinem Ohrläppchen.

Ich nickte. »Aber das laut auszusprechen …«

Ich musste gar nicht weiterreden, weil ich Verständnis in seinen Augen erkannte.

»Wenn ich das hier mache«, setzte er an und tippte zweimal mit seinem Zeigefinger auf mein Handgelenk. »Dann kannst du das erwidern, und ich weiß, dass es dir gefällt und gut geht.«

Ich konnte ein Lächeln nicht unterdrücken, weil es an der Stelle neben meinem Puls prickelte.

»Wenn es dir aber nicht gefällt, tippst du nur einmal. Dann höre ich auf, und wir gucken, ob und wie du weitermachen möchtest.« Er tippte zweimal auf mein Handgelenk.

Ich zögerte einen Moment, dann nahm ich seines und tippte ebenfalls zweimal.

Das war der Startschuss, auf den er gewartet hatte. Er legte beide Hände in meinen Nacken und küsste mich um den Verstand. Als ich nicht mehr wusste, wo wir uns überhaupt befanden, ließ er seine Hände über meinen Körper wandern. Er machte das vereinbarte Zeichen, und ich erwiderte es sofort. Zach strich meinen Hals hinab, über meine Schultern und die Schlüsselbeine zu meinen Brüsten, die ich ihm entgegendrückte. Meine Muskeln zuckten unter seinen massierenden Bewegungen, die allmählich einen Rhythmus fanden, der mir gefiel. So sehr, dass ich mich ihm anschloss und mit meinen Fingerspitzen ebenfalls seinen Körper erkundete. Ich tippte zweimal auf seine Brust, und er erwiderte es, indem er zweimal auf die zarte Haut meiner Brust tippte. Seine Haut war auch überraschend weich, feuerheiß und genau an den richtigen Stellen hart. Ich fuhr durch seine Haare, die Kanten seines Gesichts entlang und über seinen Dreitagebart, der einen Schatten auf seiner Haut bildete.

Zach ersetzte seine Hände durch seinen Mund und brachte mich damit zum Stöhnen. Obwohl ich versuchte, leise zu sein, gelang es mir nicht, denn es fühlte sich zu gut an. Ohne auf seine Nachfrage zu warten, drückte ich meinen Finger zweimal in seine Seite. In mir staute sich eine Hitze an, die ein Ventil suchte. Sie strömte selbst in die kleinste Zelle, um mich alles um uns herum vergessen zu lassen. Mein Körper war nur noch ein Knäuel aus Sinneswahrnehmungen.

Während er mich küsste, wanderten seine Hände meinen Rücken hinab und schoben sich unter den dünnen Stoff meines Slips. Er griff meinen Hintern und zog mich endgültig auf seinen Schoß, sodass ich rittlings und zu ihm gewandt auf ihm saß. Nur zwei Stoffschichten trennten uns voneinander. Ich spürte jede Bewegung, die Zach machte. Und genau so sollte es sein, weil ich einfach mit ihm verschmelzen wollte. Ich musste zwischendurch nach Luft schnappen, so heftig küssten wir uns. Langsam rutschte seine Hand nach vorn.

Kurz löste er sich von mir. Weil ich auf ihm war, ragte ich etwas über ihn. Mit schweren Lidern sah er zu mir hoch. Seine andere Hand stützte mich am Rücken. Ich spürte, wie er mich behutsam dort zweimal anstupste. Ich strich mit meinem Daumen über seine volle Unterlippe und tippte dann zweimal auf seinen Mundwinkel, den ich damit nach oben beförderte.

Als er mich streichelte, schloss ich die Augen und beugte mich seiner Hand weiter entgegen. Er neckte mich, indem er mich nicht genau dort berührte, wo ich es brauchte. Es war qualvoll und süß zugleich, dass er sich alle Zeit nahm. Julian hatte das nie so gemacht.

Ich vertrieb den Gedanken direkt wieder, weil ich sie nicht ständig miteinander vergleichen wollte. Das würde nicht nur meine Stimmung dämpfen, sondern war vor allem Zach gegenüber unfair. Viel lieber genoss ich seine Nähe und das Gefühl von Stärke, das sich in mir aufbaute. Wie ein Song, der Stück für Stück vielschichtiger wurde. Immer stärker dröhnte die Melodie, und immer mehr Instrumente kamen dazu. Ich bewegte mich passend zu Zachs gemächlichem Tempo mit. Bei meiner nächsten Hüftbewegung berührte er endlich genau die Stelle, die sich so sehr danach gesehnt hatte. Wir unterbrachen unseren Kuss, stöhnten in unsere Münder und sahen dann beide nach unten, als könnten wir nicht fassen, was wir hier taten. Er beobachtete mich bei jeder weiteren seiner Bewegungen. Und ich hielt seinem Blick stand. Es war mir egal, immer lauter zu werden. Ich rieb mich regelrecht an ihm, damit er mir mehr von sich gab.

Ein kleines »Oh« entfuhr mir, als er in mich eindrang. Erst mit einem Finger, dann mit zweien. Sanft tippte er mit dem Daumen an meine Seite, und ich krallte mich als Antwort zweimal in seine Schulter, weil ich wusste, dass ihm wichtig war, dass ich das Zeichen erwiderte. Aber ich steuerte auch auf den Höhepunkt unseres Lieds zu und verlor auf dem Weg dorthin all meine Kontrolle, an die ich mich sonst so krampfhaft klammerte.

Wir fanden ein gemeinsames Tempo, das mich immer weiter schob. Ich klammerte mich an seinen breiten Schultern fest, küsste jede Stelle seiner Haut, die ich trotz unserer Bewegungen erwischte. Er stöhnte mit mir, flüsterte mir Komplimente ins Ohr, die ich nur am Rande mitbekam. Sie waren nicht merkwürdig oder unverständlich, sondern ganz klar und gaben mir das Gefühl, eine Frau zu sein. Mit allem, was dazugehörte. Ich war stark. Ich war sexy. Und ich war frei.

Besonders, als er leicht die Position änderte, indem er mich nach hinten lehnte und mich auf diese Weise ins Jenseits katapultierte. Ich rief einen Namen und hoffte, es sei seiner. All die Anspannung verließ explosionsartig meinen Körper, und zurück blieb ein glühendes Gefühl der Befreiung. Ich küsste ihn weiter, strich durch seine Haare und über seinen Rücken, der von einer dünnen Schweißschicht überzogen war. Mein Herz war voll von Dankbarkeit, weil ich mich so noch nie gefühlt hatte. Zach hatte mir meinen ersten richtigen Höhepunkt im Leben geschenkt. Ich war immer davon ausgegangen, dass ich keine ersten Male mehr haben würde, aber die Erkenntnis, was ich mein bisheriges Leben über verpasst hatte, sickerte mit jedem Nachbeben tiefer in meinen Verstand.

»Danke«, keuchte ich und musste erst meinen Atem wiederfinden, der mit meinem pochenden Herz um die Wette raste.

Zach sah mich nur an. Langsam und liebevoll zog er sich zurück, aber ich ließ ihn nicht gehen. Sicherlich nicht, denn ich wollte, dass er wirklich verstand, wie dankbar ich ihm war.

Ich glitt mit meinen Händen über seine Brust und den Bauch entlang bis zum Bund seiner Boxershorts. Bevor ich jedoch weiter kam, packte er sanft meine Handgelenke.

»Das musst du nicht.« Er lächelte ein wenig.

Sofort sprang ein Notfallsystem in mir an, das ich eigentlich hatte hinter mir lassen wollen. Blickte er mich auf diese Weise an, weil er erschöpft war oder weil er mich loswerden wollte?

»H-hab ich etwas falsch gemacht?« Meine eigenen Worte waren wie ein Echo aus der Vergangenheit. Aus unzähligen Abenden, in denen Julian mir – mal mehr, mal weniger kommunikativ – zu verstehen gegeben hatte, dass er an Körperlichkeit mit mir nicht interessiert war.

Genau wie er schüttelte Zach den Kopf. »Nein, ich möchte nur nicht ...«

»Mit mir schlafen«, beendete ich seinen Satz und ließ ihn los. Unbeholfen rückte ich von ihm ab und stand mit wackligen Beinen auf.

Die Realität traf mich wie ein Schlag gegen den Kopf. Ich hatte es mit einem Fremden auf den Boden getan. Na ja, eher fast. Denn genau wie mein Ex hatte sogar dieser Typ, der mich auf dem Silbertablett präsentiert bekommen hatte, keine Lust auf mich.

»Kayla.« Zach stand ebenfalls auf und griff nach meiner Hand, doch ich entzog sie ihm.

»Lass es gut sein. Ich verstehe schon. Danke für das hier.« Ich deutete auf den Fußboden, bückte mich dann nach meinem T-Shirt und zog es über. Plötzlich waren die Beklemmungen zurück. Nein, sie waren schlimmer, weil mir auf einmal mein Körper unzureichend vorkam. Vielleicht stimmte etwas nicht mit mir. Vielleicht sah etwas nicht so aus, wie es sollte. Hatte ich Julians Namen gestöhnt? War ich zu laut, zu dick, zu langweilig, zu ... irgendetwas?

Kurz zog ich in Erwägung, Zach all diese Fragen zu stellen. Was hatte ich schon zu verlieren? Er konnte mir vollkommen egal sein, genau wie seine Antworten. Doch in meinem Hals hatte sich ein Kloß gebildet, und das konnte nur eine Sache bedeuten.

Ich dachte noch nicht mal an Schuhwerk, mein Handy oder den Schlüssel, sondern ließ ihn einfach mit gerunzelter Stirn stehen und stürmte aus der Unterkunft.

12
Sad Girl

»His Bonnie on the side, Bonnie on the side,
makes me a sad, sad girl«
– Lana Del Rey

Der Wind kühlte meine glühenden Wangen, als ich der Musik folgte. So schnell ich konnte, denn ich hatte Sorge, dass Zach mir hinterherkommen würde. Dafür hatte ich keine Nerven mehr übrig. Doch als ich beim Pool ankam, musste ich feststellen, dass sie die Party woandershin verlegt hatten. Der Sound hallte von den vielen Wänden der Hütten wider, die das Badeareal umgaben, und hatte mich damit getäuscht. Eigentlich hatte ich mit Alexis und Tracey sprechen wollen, aber von den beiden fehlte jede Spur.

Das Wasser lag unberührt vor mir. Wie in einem Spiegel erkannte ich mich darin und schlang die Arme um mich. Nicht nur wegen meines fragwürdigen Outfits, sondern weil die Temperatur mittlerweile stark gefallen war. So war das in Wüstenregionen, wenn man dem Fernsehen glauben durfte.

Ich setzte mich an den Beckenrand und ließ meinen schmerzenden Knöchel in das kalte Wasser sinken. Laut einatmend streckte ich auch das andere Bein aus, sodass es ab der Kniekehle im Wasser versank. Eine kurze Ablenkung, dann kamen jedoch all die Zweifel und Ängste zurück.

Ganz automatisch wählte ich Pinas Nummer. Es klingelte so oft, dass ich die Hoffnung schon aufgab, doch bevor ich den Anruf abbrach, erschien ihr Gesicht in meinem Display.

»Hey, Kayla, was gibt es? Alles in Ordnung?« Unter ihren Augen zeichneten sich dunkle Ringe ab.

Ich biss mir auf die Lippe, weil ich derart mit meinen eigenen Problemen beschäftigt gewesen war und deshalb überhaupt nicht bedacht hatte, meine beste Freundin könnte furchtbaren Stress auf der Arbeit haben. »Sorry, passt es dir gerade überhaupt?«

»Natürlich«, entgegnete sie sofort und strich sich eine Strähne aus dem Gesicht. »Hast du geweint?«

»Wann habe ich das in letzter Zeit mal nicht?« Es sollte lustig klingen, aber meine Stimme war dünn wie mein Nervenkostüm.

»Erzähl mir alles.« Sie lehnte sich auf ihrer Couch zurück und richtete das Smartphone auf dem Couchtisch aus, damit sie perfekt in der Mitte der Kamera zu erkennen war.

Ich atmete tief aus. »Irgendwie habe ich mich auf diesen Zach, meinen Mitbewohner, eingelassen. Ich bin zu weit gegangen. Das war total unüberlegt, und so bin ich ja gar nicht.« Mit zusammengepressten Lippen wartete ich auf einen regelrechten Fragensturm. Doch Pina stellte mir nur eine einzige.

»Hattest du Sex mit ihm?« Sie beugte sich mir entgegen.

»Nein!« Ich sah mich um, aber ich war noch immer allein am Pool. »Also, nicht wirklich.«

»Wie war es?«

Ich kniff die Augen zusammen. »Es war ... ehrlich gesagt sehr gut.«

Auf Pinas Gesicht breitete sich ein Grinsen aus.

»Das ist nicht witzig oder so.« Ich wechselte die Hand, denn vom Halten des Handys ermüdete mein Arm.

»Okay, tut mir leid. Ich versuche, ernst zu bleiben.« Das Grinsen verschwand, und sie setzte diesen professionellen Ausdruck auf, den ich aus ihrem Arbeitsumfeld von ihr kannte. »Du findest, dass du zu weit gegangen bist? Warum?«

»Weil ich frisch getrennt bin. Das ist doch merkwürdig, wenn ich mich jetzt schon auf einen anderen Mann einlasse, so kurz nach einer Langzeitbeziehung.« Ich blickte zur Seite, weil ich die vielen Gefühle in meiner Brust kaum sortieren konnte.

»Eine Ablenkung. Ein kleines Abenteuer, um auf andere Gedanken zu kommen. Das machen viele Menschen.« Pina zuckte mit den Schultern.

»Genau«, murmelte ich und biss mir auf die Unterlippe.

Ich vertraute nicht vielen Menschen in meinem Leben. Schon gar nicht nach der Trennung, denn mit ihr waren mehrere Personen aus meinem engsten Kreis zwangsläufig ausgeschieden. Doch Pina war eine feste Säule in meinem Leben. Ihr konnte ich mich mitteilen.

»Du bist allerdings nicht dafür bekannt, einer Laune nachzugeben.«

Ich nickte. Bei Zach hatte ich nicht nachgedacht, sondern war nur meinem Körper gefolgt – diesem miesen Verräter. »Ich glaube, mit mir stimmt etwas nicht.« Mein Hals zog sich zu. Ich hatte Probleme, an dem dicken Kloß vorbeizuatmen.

»Mit dir ist alles wunderbar. Das schwöre ich dir.«

»Er wollte keinen Sex, Pina«, wisperte ich gerade laut genug, dass sie mich noch hörte.

»Vielleicht wollte er die Situation nicht ausnutzen. Weiß er Bescheid?«

»Schon.«

Pina nickte und wartete auf meine Zustimmung. Ich wurde das Gefühl jedoch nicht los, ich wäre das Problem. Wie immer.

»Bei Julian war das schon so. Ich habe mir immer eingeredet, er könnte verschiedene Gründe haben, mich nicht mehr zu wollen. Wenn wir mal offen über das Thema gesprochen haben, hat er mir versichert, mit mir sei alles in Ordnung. Aber Zach ist Nummer zwei. Er hat gezögert. Er hat auch abgelehnt.«

»Ich bleibe dabei. Vielleicht möchte er es nicht übereilen oder dich in deiner Verletzlichkeit nicht ausnutzen. Vielleicht hatte er Bauchschmerzen. Wer weiß das schon. Nicht jeder Mann ist seinen Trieben willenlos ausgeliefert, deshalb gibt es zig mögliche Gründe für eine Ablehnung. Aber sicherlich ist keiner davon dein Körper. Du bist wunderschön. Wieso sollte er mit dir rummachen, wenn er dich nicht attraktiv findet? Das ergibt keinen Sinn, Kayla.« Pina rappelte sich wieder auf und kam näher an die Kamera. »Und selbst wenn. Warum interessiert dich das so sehr? Er ist nur eine Ablenkung, oder?«

Ich schloss kurz die Augen. Es war Fluch und Segen zugleich, eine beste Freundin wie Pina zu haben. Einerseits konnte ich mit ihr über alles reden, mich immer auf sie verlassen und mich mal schwach und ängstlich zeigen. Andererseits kannte sie mich manchmal besser als ich selbst.

»Zach ist nicht nur eine Ablenkung.« Ich räusperte mich, doch meine Stimme war nur ein heiseres Piepsen.

Es war wieder so weit. Meine Augen brannten, meine Nase kribbelte, und Tränen strömten über meine Wangen. Die meisten von ihnen wischte ich fort, doch einige tropften ins Chlorwasser.

»Du hast dich verguckt, oder?« Pina machte einen Schmollmund, ich hingegen verzog das Gesicht.

»Wie kann das sein? Ich habe kaum Zeit mit ihm verbracht. Und Julian ... Was ist mit Julian?« Ich schluchzte auf.

»Julian ist ein Arschloch, das dich verlassen hat.«

Ich nickte. Trotzdem half das nicht. »Acht Jahre sind eine lange Zeit«, flüsterte ich.

»Ja. Aber warst du in letzter Zeit wirklich glücklich? So richtig zufrieden mit eurer Beziehung?«

Ich hatte genug davon, mich grauenvoll zu fühlen. In den letzten Tagen hatte ich gedacht, dass ich auf einem guten Weg war, eine neue Richtung zu finden. Nun saß ich wieder hier, mein Herz fühlte sich zerbrochen an, und ich bekam kaum Luft, weil es mich immer wieder schüttelte.

»Nein.« Ich wischte mir wieder übers Gesicht.

»Ich habe letztens eine Studie darüber gelesen, dass Frauen oft schneller über eine Langzeitbeziehung hinwegkommen als Männer, weil sie zwar stärkere emotionale Schmerzen empfinden, dafür aber langfristig besser damit abschließen.«

Ich blinzelte. »Das hilft mir nicht, Pina.«

»Tut mir leid. Ich möchte damit nur sagen: All deine Gefühle sind valide.«

Ich blickte auf die Wasseroberfläche, in der ich mich spiegelte. Starke emotionale Schmerzen hatte ich definitiv gespürt, aber als abgeschlossen empfand ich den Prozess noch nicht. Vielleicht konnte ich mir jedoch eingestehen, gar nicht mehr so viele Gefühle für Julian zu haben wie angenommen. Die Trennung war schlimm gewesen. Aber lag das wirklich daran, dass ich ihn noch so sehr liebte, oder eher an dem Verlust einer Person, mit der ich mein Leben geteilt hatte?

»Kayla?«

Als ich seine Stimme hörte, beendete ich das Gespräch mit Pina durch ein simples »Fuck.« Ich war so überfordert mit seiner Anwesenheit und der Befürchtung, er hätte unser Gespräch mitbekommen, dass ich mein Smartphone auf dem Beckenrand ablegte und ins Wasser glitt.

Das kalte Nass war wie eine Chance auf einen Neustart. Es spülte nicht nur die negativen Gedanken kurzzeitig aus meinem Kopf, sondern auch die Tränen von meinen Lidern. Das Chlor brannte die Traurigkeit regelrecht aus meinem Gesicht. Als ich auftauchte, schnaufte ich, denn mein Kreislauf hatte mit dem raschen Temperaturwechsel zu kämpfen.

»Ich wollte dich nicht erschrecken.«

Durch zusammengekniffene Augen erkannte ich, dass Zach dort stand, wo ich eben noch gesessen hatte.

»Dann hättest du nicht nachts ins Bett krabbeln sollen, ohne mich vorzuwarnen.« Mir war klar, dass er etwas anderes meinte, ich stellte mich jedoch absichtlich schwer von Begriff.

»Was wird das hier?« Er stemmte die Hände in die Hüften, doch ich schenkte ihm keine weitere Beachtung.

Als hätte ich ihn nicht gehört, schwamm ich los. Das war nicht gerade meine Lieblingsbeschäftigung, und ich machte sicherlich keine gute Figur, aber nach dem Schlamassel zwischen uns beiden war mir das nun auch egal.

»Kayla, bitte.«

»Was denn? Ich schwimme.«

»In deinem Pyjama?«

»In einer Unterhose und einem T-Shirt. Hast du ein Problem damit? Dann beschwer dich bei Jamie. Der freut sich sicherlich, wenn du ihn wach klingelst.« Mir war klar, dass ich mich wie ein bockiges Kind aufführte. Mit dieser Art überspielte ich jedoch mein blutendes Herz. Bei jedem Blick zur Seite stach es mehr in meiner Brust, weil ich ihn mochte. Es war natürlich vollkommen absurd, aber ich hatte etwas für Zach übrig. Bei dieser Erkenntnis ging ich kurz unter, doch ich paddelte wieder an die Oberfläche und brachte meinen Körper erneut in eine horizontale Position.

Es ertönte ein platschendes Geräusch. Wasser spritzte mir ins Gesicht und vor allem in die Nase, sodass ich husten musste.

»Hey, was fällt dir ein?«, rief ich, als Zach auftauchte, sich über die nassen Haare strich und zu mir schwamm.

»Ich möchte mit dir reden.«

Natürlich war er ein exzellenter Schwimmer. Ich verdrehte die Augen und bemühte mich um ein schnelleres Tempo, in der naiven Hoffnung, ihn irgendwie abhängen zu können. Dafür reichte jedoch nicht mal die Länge des Pools aus.

»Bitte. Gib mir eine Chance, die Sache zu erklären.«

»Ich muss leider schwimmen.«

»Ach ja?«

»Ja.« Ich kam am Beckenrand an, drehte mich um und stieß mich schnell mit den Füßen ab, damit ich an ihm vorbeiglitt. »Die Ärztin hat mir das für meinen Fuß verordnet.«

»Aha.«

Wieder verdrehte ich die Augen, denn ich konnte ihm nichts vormachen, und das nervte gewaltig. Er sollte sich lieber um seinen eigenen Kram kümmern und mich hier in Ruhe in meinem Selbstmitleid versinken lassen.

»Ich kann auch beim Schwimmen reden. Das ist kein Problem.«

»Du bist eine ziemliche Nervensäge. Hat dir das schon mal jemand gesagt?«

»Und du bist wirklich empfindlich und voreingenommen. Hat dir das schon mal jemand gesagt?«

Ich hörte auf zu paddeln, stand gerade so auf meinen Zehenspitzen und drehte mich zu ihm um. »Was willst du von mir?« Meine Stimme brach, doch ich zwang mich, weiterzusprechen. »Reicht es dir nicht, dass du mir einen Korb gegeben hast? Ich war vollkommen verletzlich und habe dir vertraut, und du hast es nicht erwidert. Reicht dir diese Bloßstellung nicht?«

Zach sah mich an, als hätte ich ihm eine Ohrfeige verpasst. »So siehst du das?«

Ich antwortete ihm nicht, sondern schwamm direkt zum Beckenrand und zog mich hoch. Natürlich gelang es mir nicht beim ersten Mal, mich aus dem Pool zu hieven, weil meine Arme wie Wackelpudding waren. Aber beim zweiten Mal klappte es, und ich krabbelte über den Boden, richtete mich auf und schlang die Arme um meinen Körper. Mein weißes Shirt war nun durchsichtig. Das hatte ich bei der Aktion leider nicht bedacht.

»Ich wollte dich nie bloßstellen. Das verspreche ich dir. Es war doch schön, oder etwa nicht? Habe ich eine Grenze überschritten?« Er wischte sich erneut durch die Haare. Die Seriosität, die sonst von ihm ausging, schien völlig verpufft. Auf einmal wirkte er nur wie ein junger Mann, der an seinen Fehlern zu verzweifeln drohte.

»Nein. Ja. Verdammte Scheiße.« Wieder kamen mir die Tränen.

Zach marschierte durch den Pool, als wären Wasserdruck und Auftrieb Konzepte, denen sein Körper trotzte. Viel eleganter stemmte er sich aus dem Pool und landete direkt auf den Füßen.

Ich verdrehte das dritte Mal die Augen – wenn auch weniger enthusiastisch, denn natürlich reagierte mein nasser, bebender Körper auf seinen, an dem unzählige Wassertropfen abperlten.

»Ich habe dir keinen Korb gegeben.« Er blieb vor mir stehen, und ich sah überall hin, nur nicht zu ihm. Der Mondschein tauchte alles in einen silbrigen Glanz, und Grillen untermalten den Moment der Ruhe zwischen uns. »Ich wollte, dass du Spaß hast. Mir war es wichtig, dass du auf deine Kosten kommst.«

Hitze stieg in meine Wangen auf. »Das bin ich. Und ich dachte, dass du mehr wolltest. Aber das war nicht so, also hast du mir einen Korb gegeben. Das ist okay für mich.« Ich verschränkte die Arme enger vor der Brust. »Ich komme damit klar. Es ist ja nicht so, als würde davon die Welt untergehen.«

»Du hast geweint«, gab er sanft zu bedenken.

»Das tue ich täglich. Ist mein Lieblingshobby. Ich bin richtig gut darin.« Mir brach erneut die Stimme, und meine Schultern begannen zu zittern. »Siehst du?« Ich überwand alle Widerstände und blickte ihn an. Sollte er ruhig sehen, wie es mir ging.

Zach sah meine Tränen und wischte sich übers Gesicht. Seine Brust hob sich heftig. »Du darfst nicht wegen mir weinen.«

»Bild dir ja nichts darauf ein.« Ich rieb mir Tränen und Rotz von den Wangen. »Das haben andere vor dir schon viel besser hinbekommen.«

»Okay.« Er starrte in den Himmel.

Ich folgte seinem Blick und erkannte unzählige Sterne am klaren Firmament. Da mein Körper ohnehin geschwächt war, bückte ich mich, setzte mich auf den Boden und streckte mich dann aus, um den Mond anzustarren.

»Du bist nicht ehrlich zu mir, Zach. So was merke ich. Es ist ein ganz neues Talent, das ich meinem Ex zu verdanken habe. Du bist nun leider der erste Leidtragende. Sorry.«

Langsam beruhigte ich mich. Meine Atmung wurde gleichmäßiger, doch das Zittern blieb. Ich biss die Zähne zusammen, damit sie nicht klapperten.

»Du hast recht.« Zach legte sich mit einer Handbreit Abstand neben mich. Trotzdem spürte ich die Wärme, die er ausstrahlte.

Für einen Moment sahen wir einfach nur in den Himmel. Mir kamen meine Probleme im Vergleich zu diesen Gasriesen über mir winzig vor. Niemanden kümmerte mein Leid, warum machte ich dann so eine große Sache daraus? Einfach aufstehen und weitermachen. Mich rettete sowieso niemand aus dem Mist. Und eigentlich wollte ich auch nicht mehr gerettet werden, denn das endete ja schlimmstenfalls in einer Langzeitbeziehung ohne Zukunft. Nie wieder würde ich für einen anderen Menschen mein Leben verschwenden. Das schwor ich mir.

Einen Moment schloss ich die Augen, um dieses Gefühl der Abgeklärtheit in mir zu verankern.

»Du erinnerst mich an meine vorherige Partnerin. Deshalb habe ich gezögert.« Allein an dem Klang seiner Stimme merkte ich, wie schwer Zach diese Worte gefallen waren.

Ich öffnete die Lider und wandte meinen Kopf nach links, sodass ich ihn mustern konnte. Unsere Blicke trafen aufeinander und verbanden sich.

»Ich wollte dich auch.« Er biss sich auf die Unterlippe.

»Gott. Ich will dich so sehr, aber ich kriege sie nicht aus meinem Kopf. Und das ist dir gegenüber nicht fair. Deshalb habe ich den nächsten Schritt abgelehnt: weil du etwas Besseres verdient hast.« Seine Augen waren geweitet, seine Kiefer mahlten, und die Stirn lag in Falten. »Es tut mir leid. Ich wollte dir nicht wehtun.«

Ich starrte ihn für eine Weile an, denn ich hoffte inständig, dass ich aus der Sache mit Julian zumindest etwas mehr Menschenkenntnis mitgenommen hatte. Doch in Zachs Augen lag kein Anzeichen von Lüge oder Betrug. Er hatte auch kein Motiv, wegen dem ich Unehrlichkeit annehmen konnte. Alles, was ich erkannte, war ein Mann, der sein Verhalten erklären wollte, es jedoch gleichzeitig bereute.

»Wie war sie so?« Ich sah wieder in den Himmel.

Zach zögerte. Vielleicht war es eine merkwürdige Frage, aber mir fiel nichts Besseres ein. Ich konnte seine Beweggründe nachvollziehen. Die Wunde war jedoch noch zu frisch, um ihm zu vergeben und alles beiseitezuwischen.

»Sie war viel klüger als ich. Wenn sie einen Raum betrat, ging die Sonne auf. Sie hat eine Aura ausgestrahlt, die einen magisch angezogen hat. Es gab nur wenige Menschen, die sie nicht mochten. Und dabei hat sie es nie darauf angelegt, beliebt zu sein. Es fiel ihr einfach leicht, Menschen das Gefühl zu geben, dass sie ihre Anwesenheit schätzte. Und das spiegelte sich auf sie zurück.« Er machte eine Pause. »Du hast diesen Effekt ebenfalls.«

Ich lachte auf. »Klar.«

Zach griff nach meiner Hand. Im Gegensatz zu meinen Fingern waren seine warm, als sie sich mit meinen verschränkten.

Ich drehte den Kopf zurück in seine Richtung, um ihn anzusehen.

»Ich meine es ernst. Du bist ihr so ähnlich in diesen Dingen.« Er war näher gerückt und blickte nun auf meinen Mund.

Ich rutschte ein Stück von ihm ab. Meine nasse Kleidung machte ein klatschendes Geräusch auf den Bodenplatten. »Wieder ein merkwürdiges Kompliment.«

»Ich weiß.«

»Das solltest du noch mal üben, bevor du dich wieder einer Frau näherst.« Ich lächelte ihn an, dann betrachtete ich ein weiteres Mal den Mond. Zachs Erklärung machte mein Herz kaum leichter. Obwohl ich sein Verhalten nun nachvollziehen konnte und es gar nicht so weit von meiner eigenen Situation entfernt schien, lag mir die Situation noch immer schwer im Magen. Sie hatte zu viele alte Erinnerungen wachgerüttelt, die meinen Kopf nun wie einen Virus befielen.

»Kannst du mir verzeihen?« Ich hörte, wie er schluckte.

»Klar.«

Nichts war klar. Durch meinen Körper strömte ein Cocktail der Gefühle, der mich unendlich müde machte. Wie auf Kommando gähnte ich.

»Ich kann heute Nacht auf der Bank vor der Unterkunft schlafen, wenn dir das lieber ist. Oder auf dem Boden.«

»Ich dachte, du opferst deinen Komfort nicht für irgendeine dahergelaufene Frau.«

»Das stimmt.« Er rappelte sich auf.

Natürlich war ich nur eine Frau und damit auch meiner Schwärmerei ausgeliefert. Als ich bemerkte, dass ich seinen Hintern anstarrte, blickte ich wieder stur den Mond an.

Zach drängte sich jedoch vor meine Aussicht und reichte mir eine Hand. »Du bist halt keine dahergelaufene Frau mehr.«

Zögerlich ergriff ich sie, denn ich ahnte bereits, was mit mir geschehen würde, wenn ich ihn wieder berührte. Und so war es auch. Als ich meine Hand um seine schloss, durchzuckte mich ein Stromschlag. Mein Körper spielte ein ganz eigenes Programm ab, auf das ich keinen Einfluss hatte.

»Dann bin ich also dein Typ?« Ich biss mir auf die Unterlippe, weil ich nicht fassen konnte, ihn das wirklich gefragt zu haben.

Zach grinste. Er ließ seine Augen abschweifen, und mir entging natürlich nicht, dass er besonders lang auf meinem durchsichtigen Shirt verweilte. Ich unterdrückte den Impuls, meine Brüste zu verdecken. Schließlich hatte er sie vorhin noch in voller Pracht gesehen.

»Ja, das bist du.«

Wir hielten uns noch immer an den Händen. Und ich hatte nicht vor, ihn loszulassen. Obwohl ich davon ausgehen musste, ihm nur zu gefallen, weil er eine andere Frau in mir erkannte, war ich süchtig nach seinen Berührungen geworden. Und ich wollte mehr davon. Mehr Nähe, mehr Duft, mehr Geschmack. Ich trat dichter an ihn heran. Ganz unbewusst, weil ich dabei war, erneut die Kontrolle zu verlieren.

»Bin ich dein Typ?«

»Nein, überhaupt nicht.« Ich lächelte nun ebenfalls.

Zach zog eine Augenbraue nach oben. »Das hat vorhin ganz anders gewirkt.«

Ich spürte seinen Atemrhythmus an meiner Brust. Ich versuchte, mich auf das zu konzentrieren, was er sagte, doch mein Verstand war schon wieder kurz davor, auf Stand-by umzuspringen.

»Ich habe also mit deinem Ex nichts gemeinsam?« Zachs Grinsen wuchs.

»Woher weißt du ...« Ich beendete meine Frage nicht, denn mir war die Antwort bereits klar. Eine vage Erinnerung kratzte an der Oberfläche meines Fiebertraums.

»Du hast es mir in deinem Rausch nach dem Skorpionstich erzählt.«

»Ich will gar nicht wissen, was ich dir alles erzählt habe.« Ich atmete schwer ein und aus.

»Nur so viel, dass ich mich darüber freue, wenn ich nichts mit deinem Ex gemein habe.«

Wir sahen uns an, atmeten dieselbe Luft, und nur eine Handbreit trennte unsere Lippen vor der Vereinigung.

»Du kannst in unserem Bett schlafen.« Nun starrte ich auf seine Lippen.

Bei dem Wort *unserem* zog sich das größte Lächeln über sein Gesicht, das ich bisher an ihm wahrgenommen hatte. Mein Herz vollführte einen Tanz, als er sich gegen mich drückte. Er legte seine großen Hände um meine Taille und blickte mir durch meine Augen in meine Seele. »Darf ich dich küssen?«

Ich gab keine Antwort, sondern strich mit meinen Lippen über seine.

Dieser Kuss war anders. Er war weniger von Leidenschaft und vielmehr von Verständnis getrieben. Zärtlichkeit und Hunger verbanden sich miteinander und regten nicht nur das Nervenzentrum zwischen meinen Beinen an, sondern vor allem das in meinem Kopf. Mein Herz war voll von Zuneigung, Verständnis und ... Es war zu viel. Ich entzog mich seinen fordernden Lippen nicht, weil es genau das war, was ich so sehr wollte. Und gleichzeitig bekam ich Angst. Obwohl mir eiskalt war, brach mir der

Schweiß aus. Ich wollte das hier zu sehr. Diese Ablenkung nahm Ausmaße an, die meine Komfortzone sprengten.

Als wir irgendwann den Kuss beendeten, verblieben wir in einer innigen Umarmung.

»Du bist eiskalt. Sollen wir?«

Ich nickte nur. Während wir Hand in Hand zu unserer Hütte zurückkehrten, schwiegen wir. Mein Gehirn war außer Betrieb. Dieser Tag war genauso anstrengend gewesen wie der vorige. Aus meinem Urlaub wurde eine echte Herausforderung. Aber vielleicht gehörte das zu einem Selbstfindungstrip auch einfach dazu.

Die Sterne über uns glitzerten mit dem Mond um die Wette, die Partymusik war tatsächlich verklungen, und nur das Knarzen des Schlüssels im Schloss unserer Unterkunft durchbrach die Stille, der wir uns hingegeben hatten. Wir hatten genug miteinander gesprochen. Um das alles zu verarbeiten, brauchten wir erst mal eine Mütze Schlaf. Obwohl mein Körper das etwas anders sah, denn er produzierte genügend Hitze, um mit Zach die ganze Nacht durchzumachen.

Zach knipste das Licht an und ließ mir den Vortritt. Ich verschwand sofort im Bad, um die nassen Klamotten loszuwerden, und wickelte mir ein Handtuch um, denn meine restliche Kleidung befand sich im Schrank. Als ich aus dem Bad trat, blickte Zach von seinem Smartphone auf. Mir entging das Feuer in seinem Blick nicht, das mir erneut die Glut in die Wangen trieb. Doch ich brauchte eine Pause von all den verwirrenden Emotionen, die ohne Unterlass auf mich einprasselten.

»Du siehst aus wie eine griechische Göttin.«

»Schon besser, aber noch immer merkwürdig«, ließ ich ihn mein Urteil wissen.

Er nickte langsam, dann sah er wieder aufs Display.

»Alles in Ordnung?«

Seine Miene veränderte sich sofort vollkommen. Aus dem lässigen Grinsen wurde ein entnervter Ausdruck.

»Ehrlich gesagt nicht.« Er setzte sich auf seine Seite des Betts und tropfte das restliche Poolwasser auf die Decke. »Ich organisiere ja dieses Festival, und gerade erhalte ich eine Krankmeldung nach der anderen.«

Ich hob die Brauen. »Du organisierst das Chihuella-Festival?«

»Ja. Und im Moment scheint es, als würde es den Bach runtergehen.«

Ich antwortete nicht, denn ich hatte keine Ahnung von Eventmanagement oder Ähnlichem.

»Ähm«, machte er und stand wieder auf. Ein nasser Abdruck zeigte genau, wo er gesessen hatte. »Ich muss mal eben telefonieren.«

Ich nickte. »Klar, mach das.«

Er grinste mich flüchtig an, dann marschierte er zum Ausgang, während er eine Nummer wählte.

Als er die Tür hinter sich schloss, blieb ich zitternd zurück. Es hatte nicht gereicht, meine nasse Kleidung loszuwerden. Die Kälte saß so tief in mir, dass ein Schauer den nächsten jagte. Aus diesem Grund entschied ich mich trotz der Uhrzeit für eine Dusche. Ungewöhnliche Situationen erforderten ungewöhnliche Maßnahmen.

Das Wasser wurde leider nur lauwarm, sodass ich länger duschte als gewöhnlich. Es dauerte, meinen frostigen Körper aufzutauen. So lange, dass mir unter dem Wasserstrahl sogar die Augen zufielen. Das war meine Warnung, endlich ins Bett zurückzukehren. Zur Not musste ich Sportleggins zum Schlafen tragen, damit ich nicht fror. Doch unter der Dusche einzuschlafen, umzukippen und mir den Kopf aufzuschlagen war definitiv keine Option.

Ich trocknete mich ab, öffnete die Tür, und ein riesiger Dunstschwall kündigte meine Rückkehr an.

»Falls du vorhattest zu duschen, muss ich dir leider hiermit mitteilen, dass das warme Wasser ...« Ich brach ab, weil Zach sich nicht im Zimmer befand. »Aufgebraucht ist«, endete ich und entdeckte ein Stück Papier auf meinem Kopfkissen.

Dieses Mal hatte er mir tatsächlich wie in einer Liebesschnulze eine Notiz hinterlassen.

Sorry, ich muss noch mal weg, um Ersatz für mein Personal zu finden. Lass uns morgen dort weitermachen, wo wir aufgehört haben. Ich verspreche auch, dass ich mich nicht noch mal ins Zimmer schleiche. Schlaf schön – Zach

Ich hielt den Zettel in meinen Händen und las ihn zwei weitere Male. Bei jedem Buchstaben fegte eine warme Woge durch meinen Körper. Mein Herz schlug intensiver, ein Dauergrinsen überzog mein Gesicht, und ich fühlte mich wieder wie ein Teenager mit Schmetterlingen im Bauch. Mühsam löste ich meinen Blick von seinen geschriebenen Worten, zerknüllte den Zettel und warf ihn in den Mülleimer im Bad.

Auf keinen Fall würden wir da weitermachen, wo wir aufgehört hatten. Das durfte nicht passieren, denn das ging mir alles viel zu schnell. Für ihn war ich nur eine willkommene Ablenkung, um über seine Ex hinwegzukommen. Und anfangs hatte er mir auch genau zu diesem Zweck gedient. Eine schnelle Nummer. Mein erster Orgasmus, den ich mir nicht selbst bereitet hatte. Eine ehrliche Person, die mir Aufmerksamkeit schenkte.

Ich musste über meine eigene Naivität lachen. Wie hatte ich das alles nicht durchschauen können? Wieso kannte ich mich selbst so schlecht, dass mir gar nicht aufgefallen war, Gefühle zu entwickeln, die ich bisher nur für eine andere Person gehegt hatte?

Ich war dabei, mich Hals über Kopf in Zach zu verlieben, deshalb musste es hier und jetzt enden. Mit einem klaren Schlussstrich, zu dem er mir ebenfalls verhalf, indem er die restliche Nacht nicht wieder auftauchte.

13
End of Beginning

»You take the man out of the city,
not the city out the man«
– Djo

Mittlerweile folgten mir fast zehntausend Menschen auf *Horizon*, und der Cry-Counter lag offiziell bei vierzehn Mal. Inoffiziell hatte ich aufgehört zu zählen. Einerseits hatte ich mit mehr Zusammenbrüchen bis hierhin gerechnet, andererseits gab es nun auch ab und zu kritische Stimmen. Ich selbst versuchte meine Rückschritte nicht so hart zu bewerten, denn ich spürte ebenso die Fortschritte, die ich ganz langsam machte. Mit meinem Publikum teilte ich trotzdem den gesamten Prozess. Die meisten Nutzer unterstützten mich, weil sie ebenfalls eine harte Zeit durchmachten, und es zauberte mir immer wieder ein Lächeln auf die Lippen, wenn ich sah, wie sie meine Videos kommentierten und sich untereinander austauschten. Sie gaben sich gegenseitig Mut, drückten ihr Verständnis aus und berichteten von ihren eigenen Leben. Doch von Zeit zu Zeit verirrte sich eine unzufriedene Person auf meine Seite und stellte infrage, ob ich das alles nur für Klicks schauspielerte – schön wär's – oder ob ich professionelle

Hilfe benötigte – etwas übergriffig, aber es brachte mich zum Nachdenken.

Als ich ihnen also am Morgen berichtete, ich hätte Gefühle für eine andere Person entwickelt und mich verwirre das Ganze so sehr, dass ich ausgecheckt hatte und nach Harpers Ferry zurückfuhr, waren sie sich uneinig. Die einen forderten, ich solle nicht den Schwanz einziehen und offen kommunizieren. Die anderen stimmten mir zu, dass das alles viel zu schnell ging, und bestärkten mich darin, das Weite zu suchen. Und manche stempelten mich als zu empfindlich und emotional ab, weil mir natürlich wieder beim Erzählen in die Kamera die Tränen kamen, obwohl ich das mit aller Kraft zu verhindern versucht hatte. Doch ich war immer noch ich.

Ich schleppte also meinen vollgestopften Wanderrucksack an die Rezeption, weil Jamie mir versprochen hatte, auf ihn aufzupassen. Zum Glück war er schon immer um derart menschenfeindliche Zeiten wach und einsatzbereit.

Eine letzte Mission hatte ich noch, denn ich würde nicht abreisen, ohne mich von Alexis und Tracey zu verabschieden. Die Uhrzeit entsprach sicherlich nicht ihrem natürlichen Rhythmus, doch ich ging das Risiko ein, sie wach zu klingeln, schließlich kam ich nicht mit leeren Händen. Ich beeilte mich trotz des noch immer leicht geschwollenen Knöchels. Zwar musste ich nicht zum Flughafen, dennoch lag eine anstrengende Reise vor mir. Oder gerade deswegen. Ich hatte mich dazu entschieden, mit dem Auto zurückzufahren. Es war möglich, den Leihwagen in Washington, D. C. abzugeben. Das bedeutete nicht nur, die Leihgebühr würde massiv steigen, sondern auch, dass rund dreißig Stunden Fahrt vor mir lagen. Die Mehrkosten mit Motelübernachtung nahm ich gerne in Kauf, weil ich die Fahrzeit noch mal nutzen wollte, um über alles nachzudenken. Vielleicht gelang es mir auf dem Highway ja, die aufkeimenden Gefühle einzuordnen. Ich würde Dell City also in wenigen Minuten hinter mir lassen. Die Schwere in meiner Brust ignorierte ich bei meiner Planung, denn ihr war nicht zu trauen. Zumindest so viel hatte ich hier in Texas gelernt.

Ich steuerte also Traceys und Alexis' Tür an, klopfte zweimal und wartete geduldig, weil ich nicht damit rechnete, dass sie mir sofort aufmachten. Das schnelle Knarzen der Tür überraschte mich somit sehr.

»Nein«, sagte Alexis einfach nur, als sie mich erkannte. Sie scannte den Rucksack auf meinem Rücken, die Plastiktüte in meinen Händen, die ich ihr nun entgegenstreckte, und schüttelte vehement den Kopf. »Nein.«

»Ich reise ab«, verkündete ich überflüssigerweise.

»Nein«, wiederholte sie mit vor der Brust verschränkten Armen. Ihre Haare standen zu allen Seiten ab, unter ihren Augen hatte sich Mascara abgesetzt, und sie wirkte, als wäre sie vor wenigen Minuten aus dem Bett gefallen. Trotzdem strahlte sie durch ihre entschiedene Haltung eine gewisse Dominanz aus.

Ich machte mir wirklich Sorgen, ob sie mich an einen Stuhl fesseln würde.

Die Tür wurde weiter geöffnet. Tracey sah noch müder aus. Unter ihren Augen schimmerten dunkle Ringe durch die helle Haut, ihre kupfernen Haare hatte sie zu einer merkwürdigen Palme auf ihrem Kopf gebunden, der nun im Sekundentakt einzelne Strähnen entglitten. Jeden Moment würde sich ihre Frisur komplett auflösen.

»Was ist hier los?« Sie hielt sich beim Gähnen die Hand vor den Mund.

»Kayla reist ab«, erklärte Alexis mit gespitzten Lippen.

»Nein.« Tracey blickte von ihrer Freundin zu mir.

Ich stöhnte. Noch immer streckte ich Alexis die Tüte entgegen, und Tracey erlöste mich endlich.

»Was ist das?« Ihre feinen Brauen wanderten zu ihrem Haaransatz.

»Guck rein«, forderte ich sie lächelnd auf.

Als sie das Plastik beiseiteschob, erhellten sich kurz ihre Augen. Dann schüttelte sie ebenfalls den Kopf.

»Wir ziehen das nicht allein durch. Das ist unser Ding.«

»Geht für mich bitte zum Festival. Vielleicht könnt ihr ja Zach bestechen, und er besorgt euch Karten. Wusstet ihr, dass er das Ganze organisiert?« Seinen Namen auszusprechen, verstärkte das kalte Gefühl in mir. Ich befürchtete, keine heiße Dusche der Welt konnte dieses Eis wegspülen.

»Wie? Nein, aber das sind gute Nachrichten. Wir könnten –«

»Sie lenkt uns nur ab«, ging Alexis dazwischen und stoppte damit die anschwellende Redeflut ihrer Zimmernachbarin. »Kayla, du kannst uns hier nicht im Stich lassen.«

»Ihr braucht mich aber gar nicht.« Ich lächelte sie nacheinander an. »Feiert weiter eure Poolpartys, geht zum Festival, lebt euer Leben. Ich hab hier eh nie hingepasst.«

»Du weißt doch gar nicht, wohin du passt.« Alexis verzog ihr Gesicht auf eine Art, die ich bei ihr zuvor schon gesehen hatte. Nun endlich konnte ich es zuordnen – es war Mitleid.

»Keine von uns weiß, wohin sie passt. Das ist immerhin unser gemeinsames Problem, oder nicht?« Tracey wartete auf eine Antwort, ich blieb jedoch still. »Und was soll das überhaupt heißen, dass wir hierhin passen?« Es war eine Premiere, das Tracey ihr Lachen verlor, aber nicht wie üblich an einen besonderen Ausdruck der Gleichgültigkeit. O nein, sie war richtig verärgert. »In dieses vergammelte Hotel voller Versager?«

»Nein!« Ich verstand nicht, wie sie das aus meinen Worten hatte interpretieren können. »Tracey, so war das natürlich nicht gemeint.« Ich trat näher, doch sie rückte von der Türschwelle ab. »Ihr seid in der kurzen Zeit zu meinen Freundinnen geworden. Ich bewundere, wie ihr mit euren Problemen umgeht. Dass ihr nicht ständig weint –«

»Selbstverständlich weinen wir«, unterbrach mich Tracey. »Ich habe vor drei Wochen mit meinem Ex Schluss gemacht. Jeden Abend liege ich weinend im Bett, weil ich mich frage, ob es die richtige Entscheidung gewesen ist. Oder ob ich den größten Fehler meines Lebens begangen habe. Ich weiß, dass er am Boden zerstört ist. Er ruft mich noch immer an und möchte eine zweite Chance. Und jeden Herzschmerz, den du oder Alexis empfindet ... Das hallt in mir wider. Weil ich sehe, was er mit euch macht und mir deshalb bildhaft vorstellen kann, was er mit Theo macht. Also bitte, rede nicht über Dinge, von denen du keine Ahnung hast.« Damit drückte sie Alexis die Plastiktüte in die Hände und verschwand ins Zimmer.

Ich brauchte einen Moment, um mich zu sammeln. Mein Hals wurde ganz rau, als ich Alexis wieder ansah.

»Das stimmt. Tracey ist eine Meisterin darin, ihre Gefühle zu überspielen. Die Zeit zu dritt hat ihr sehr gutgetan. Und du hast ihr irgendwie vor Augen geführt, dass aus Träumen auch konkrete Pläne werden können. Trace spielt seit einiger Zeit mit dem Gedanken, ihren Studiengang zu wechseln. Jetzt ist sie so kurz davor wie noch nie.«

»Das wusste ich nicht.«

»Deshalb erzähle ich es dir nun. Mir hat unsere Zeit ebenfalls geholfen. Vor meiner letzten Beziehung habe ich mit vollem Fokus meine eigenen Ziele verfolgt. Ich wollte immer ein beeindruckendes Gebäude in New York City entwerfen, damit meine Arbeit Teil dieser besonderen Skyline wird. Aber mein Ex hat mich für verblendet erklärt. Ich war ihm immer zu ambitioniert, zu laut und zu viel. Kommt dir das irgendwie bekannt vor?« Alexis sah mich mit einem beinahe glühenden Ausdruck an. »Ich glaube, auch dir hat die Zeit zu dritt geholfen.« Sie pustete sich eine Strähne aus dem Gesicht. Kurz richtete sie ihr Gesicht nach oben, als würde sie ihre nächsten Worte genau abwägen. Unsere Blicke trafen sich wieder, und ich wusste, dass das Mitleid abgenommen hatte. »Wir kennen uns nicht gut, deshalb ist das vielleicht eine gewagte These: Aber du läufst weg. Und etwas sagt mir ... Du hast das schon öfter so gemacht.« Sie sortierte die Tüte in ihren Händen, öffnete sie und blickte hinein. »Wenn du nicht ständig weggelaufen wärst, hättest du deine letzte Beziehung vielleicht früher beenden können. Nach deinen Regeln. Wenn du nicht deinem Fluchtinstinkt nachgeben würdest, dann könntest du die Gefühle zu Zach möglicherweise einordnen.«

Sie hätte mir genauso gut eine Ohrfeige verpassen können, das hätte den gleichen Effekt gehabt.

Es war so klar, dass Alexis nicht nur meine *Horizons* gesehen hatte, sondern ebenso eins und eins zusammengezählt hatte. In mir baute sich Druck auf, denn ich war sauer auf mich selbst, Alexis und eigentlich die ganze Welt.

Sie reichte mir die Tüte, doch ich schüttelte den Kopf und nahm sie nicht an. Mein Herz schlug mir bis zum

Hals, und Schweiß sammelte sich in meinem Nacken. »Behaltet die Outfits, bitte.«

»Da ist aber ebenfalls deins drin.«

»Ihr habt sie bezahlt«, entgegnete ich und machte einen Schritt zurück. Das war der besagte Fluchtinstinkt, der offenbar mein Leben kontrollierte.

»Das war ein Geschenk.« Alexis' Geste wurde vehementer. Die Furche auf ihrer Stirn vertiefte sich.

»Ich werde es niemals tragen!« Meine Geduld verließ mich. Ich wollte mit ihr nicht über all diese Themen und auf dieser Ebene sprechen. Sie kannte weder Julian noch Zach und auch nicht mich. Die paar Tage waren keine Grundlage, mich so zu bewerten. Vor allem nicht, wenn ihr Urteil über mich auf einer Türschwelle gefällt wurde. Es war zwar noch sehr früh, aber ab und zu kamen andere Gäste vorbei. Ich musste das jetzt nicht diskutieren.

»Weißt du was, Kayla? Vielleicht solltest du mehr zu dir selbst stehen.«

Es war wie ein Fausthieb in die Magengrube. Und aus meinem Fluchtinstinkt wurde ein Angriff. »Du hast leicht reden. Ihr beide! Ihr kommt aus New York City. Aus einer Großstadt, in der Menschen herumlaufen können wie bunte Hunde. Ich komme aus einer konservativen Kleinstadt in West Virginia. Da trägt man Bluejeans, cremefarbene Hoodies und weiße Sneaker. Sobald du von der Norm abweichst, wird über dich gelästert.« Ich pausierte nur, um tief Atem zu holen. »Als ich einmal angetrunken war und zu meinem Lieblingslied im Club gevogued habe, wurde wochenlang danach über mich gelacht. Auf offener Straße. Mein Freund wurde auf mich angesprochen. Mein Ex, meine ich.« Ich wischte mir eine Strähne aus dem Gesicht.

»Ich –«

»Du sagst, dass ich fliehe. Das ist richtig. Aber weißt du überhaupt, wieso? Weil ich gelernt habe, so zu überleben. Weil es in meinem Leben notwendig war zu fliehen. Wenn ihr mir also vorwerft, dass ich vorschnell urteile ... Dann fasst euch an die eigene Nase.« Den letzten Teil rief ich, damit auch Tracey ihn hören konnte.

»Kayla«, setzte Alexis an, doch ich hob eine Hand, und ihre Stimme erstarb.

»Ich mag euch. Wirklich. Das könnt ihr glauben oder nicht. Und ich würde mir wünschen, dass wir in Kontakt bleiben. Meine Handynummer habt ihr, also meldet euch gerne. Aber ich muss jetzt wirklich los.«

Alexis ließ endlich die Tüte sinken. »Okay«, murmelte sie nur. Ihre Augen waren wässrig. »Darf ich dich dann vielleicht zum Abschied umarmen?«

Ich nickte. Sofort war sie bei mir und legte ihre Arme um mich. Sie war zwar gerade aufgestanden, roch aber trotzdem wie eine frische Blumenwiese im Frühling. Zwei weitere Arme umschlangen uns. Tracey sah mich an. Ihre Lippen waren zu einer Linie verzogen.

In meiner Nase und hinter meinen Augen brannte es. Ich atmete schwerer und klammerte mich für einen Moment an den beiden fest, doch irgendwann mussten wir uns wieder voneinander lösen. Alexis wischte sich eine Träne von der Wange. Das war mein Untergang. Mein Blick verschwamm, aber ich ließ noch nicht los. Auf der Fahrt würde ich gleich Rotz und Wasser heulen können. Nur für mich, denn auf weitere Kommentare zu meiner Person konnte ich verzichten.

»Mach's gut«, hauchte Tracey und tätschelte meine Schulter. »Wir melden uns bei dir.«

Alexis blieb still. Sie nickte nur und zwang sich zu einem Lächeln. So sah es also aus, wenn eine Person sich in eine Pfütze auflösen wollte, aber mit aller Macht die Kontrolle umklammerte.

Mein Herz war wie ein zusätzlicher Rucksack, als ich mich von ihnen abwandte und die Treppen hinabstieg. Ein letztes Mal hob ich zum Abschied die Hand und winkte ihnen zu, dann steuerte ich die Rezeption an.

Ich konnte meinen Rucksack gar nicht schnell genug bei Jamie abholen, um Dell City endlich hinter mir zu lassen. Alexis' Worte hallten auf eine Art in mir nach, die ich am liebsten aus meinem Hirn gelöscht hätte. Ich wurde ihr Echo auch nicht los, als ich mein Gepäck in den Leihwagen hievte und einstieg. Selbst das Geräusch des Motors brachte mir nicht die Erleichterung, nach der sich mein Körper so sehr sehnte. Ich fuhr los und unterdrückte ein Schluchzen. Der einzige akzeptable Grund für eine Verzögerung war der Halt an einer Tankstelle, denn ohne Kaffee würde ich es niemals aus Texas herausschaffen.

Der beißende Gestank von Treibstoff kratzte in meinem Hals, als ich ausstieg, an der Zapfsäule die gewünschte Menge Sprit eintippte und ihn bezahlte. Der Tankvorgang dauerte eine Weile, weil ich den günstigen Preis abseits der Highways voll ausnutzte. Durch die Schläuche und Vorrichtungen bemerkte ich, wie ein anderes Fahrzeug genau gegenüber von mir hielt. Ein SUV, den ich gut kannte.

Kurz erstarrte ich. Was wollte er hier? Hatte er von meinem Abgang mitbekommen und wollte mich aufhalten? Ich beobachtete Zach. Er stieg aus, nahm die Sonnenbrille ab und steckte sie sich an das graue T-Shirt. Sein Blick ging in meine Richtung. Mit pochendem Herzen duckte ich mich hinter die Zapfsäule und biss mir auf die Unterlippe. Er nahm genau die Pistole neben der, die noch immer im Tank meines Wagens steckte. Die Anzeige hatte jedoch bereits verkündet, dass der Vorgang beendet war. Ich wartete, bis ich das Klacken bei seinem Auto hörte, dann traute ich mich, den Zapfhahn herauszuziehen und wieder in das Gerät einzustecken. Zach war vollkommen in sein Smartphone vertieft. Ich sah zu dem kleinen Shop, der Teil der Tankstelle war. Dort gab es sicherlich Kaffee und mit Glück sogar ein Croissant oder Ähnliches. Von meiner Anreise wusste ich, dass im näheren Umkreis keine weiteren Tankstellen oder Geschäfte kamen. Ich würde vorerst durch die Wüste fahren. Ohne Kaffee? Ich runzelte die Stirn.

Hinter mir klackerte es. »Kayla?«

Ich schloss die Lider.

Fuck.

»Hey, was machst du hier?«

Ich öffnete meine Augen, zementierte mir ein Lächeln ins Gesicht und drehte mich um. »Hey, Zach.«

»Machst du einen Ausflug? Hoffentlich muss ich dich nicht wieder retten.« Er hatte sich in die Lücke zwischen zwei Vorrichtungen gelehnt und grinste mich schief an.

»Nein, keine Sorge. Das wird nicht nötig sein.«

Zachs Lächeln wurde schwächer. »Gut.«

»Ich wollte mir einen Kaffee holen, also ...« Mit einer schwachen Bewegung deutete ich auf die Tür des Shops.

»Klar.« Er nickte und richtete sich auf. Vorher hatte er lässig und selbstbewusst gewirkt, doch nun zog er sich zurück.

Es stach in meiner Brust, weil ich das eigentlich nicht wollte. Ich mochte seine Art. Ich mochte *ihn.* Wirklich sehr. Aber genau deshalb sendete ich keine anderen Signale aus. Es war besser so.

»Also dann ...« Ich wollte losgehen, doch mein Körper machte nicht mit. Beinahe erleichtert atmete ich auf, als Zach mich erneut aufhielt.

»Darf ich dich noch etwas fragen?«

»Klar.«

»Du hast ja gestern mitbekommen, dass es Probleme mit dem Festival gibt.« Er legte die Hand in den Nacken. »Die Hälfte meiner Mannschaft ist krank geworden. Irgendein heftiger Magen-Darm-Virus.«

Sofort dachte ich an Tracey und die Dinosauriergeräusche. Mit verzogenen Lippen nickte ich.

»Jamie hat mir erzählt, dass du den Leuten am Pool die Haare geflochten hast.«

Ich kniff die Augen zusammen, weil ich keine Ahnung hatte, was das eine mit dem anderen zu tun haben sollte. »Ja, ich bin Friseurin.«

»Das habe ich auch gehört.«

Mein Sichtfeld wurde noch schmaler. Wer hatte ihm das denn gesteckt?

»Hast du mit Alexis und Tracey gesprochen?«

Zach nickte. »Sie meinten, dass du eine professionelle Stylistin bist.«

Ich hob eine Augenbraue. »Ja?« Es fiel mir noch immer schwer zuzugeben, diese Jobbezeichnung unnötig aufgebauscht zu haben.

»Okay, also *Hamada* tritt bei uns auf. Die Sängerin? Vielleicht kennst du sie ja.« Er ließ den Arm sinken und fummelte an der Sonnenbrille an seinem Kragen herum. »Auf jeden Fall hat sie eigentlich eine persönliche Stylistin mit allem Drum und Dran. Schminke, Haare, Klamotten.«

Allein die Nutzung des Worts *Schminke* zeigte mir deutlich, dass er von diesen Themen nicht den blassesten Schimmer hatte. Ich legte den Kopf schief.

»Jedenfalls ... Sheryl, also ihre Stylistin, hat mir heute Morgen geschrieben, sie sei ebenfalls krank. Aber wir haben in den nächsten Tagen Proben. *Hamada* macht zufälligerweise in der Nähe Urlaub und hat sich dazu bereit erklärt, bei uns zu üben. Zumindest ab morgen, wenn diese verfluchte Bühne endlich steht.«

Ich öffnete den Mund, weil ich ihn fragen wollte, was das alles mit mir zu tun hatte, doch Zach war nicht aufzuhalten.

»Ich kann sie nicht proben lassen ohne ihr ganzes Styling und so weiter. Also, schon. Aber ich brauche einen Ersatz für den Fall, dass Sheryl am Tag des Auftritts noch immer nicht die Toilette verlassen kann. Und eine neue Person muss angelernt werden. Du musst mit *Hamada* reden, sie kennenlernen und dich mit ihren Abläufen vertraut machen. Wir müssen alles dafür tun, damit sie zufrieden ist und der Auftritt ein voller Erfolg wird.«

»Ich?« Meine Stimme war nur ein heiseres Quietschen.

»Wir«, korrigierte er mich.

»Zach, ich ...«

»Ich bezahle dich gut. Versprochen. Du musst nicht viel tun, nur dafür sorgen, dass sie zufrieden ist und top auf der Bühne aussieht. Da ein Verhältnis zwischen dir und mir als dein Boss komplett daneben wäre, müssten wir zumindest für die nächsten Tage einen Gang zurückschalten. Ich kann auch auf dem Festivalgelände zelten, wenn dir das lieber ist. Ich –«

»Zach, du musst *jetzt* einen Gang zurückschalten.« Ich sah ihn kopfschüttelnd an. »Das ist eine fixe Idee, die du da hast.«

»Überhaupt nicht. Ich gehe das seit zwei Stunden durch, und es ist die perfekte Lösung. Bitte Kayla, ich brauche dich.« Er legte sogar die Hände zusammen, als würde er mich anflehen.

Der letzte Satz zerriss mir das Herz. Wenn ein Mensch, den ich mochte, mich brauchte, sagte ich nicht Nein. Das ging gegen meine Natur. Doch ich konnte ihn nicht retten. Nicht nur, weil allein seine Anwesenheit bereits wieder dabei war, meinen Puls auf ein unnatürliches Level zu steigern. Sondern auch, weil ich keine Stylistin war. Ich war eine Friseurin aus einem Kaff, das modetechnisch in den 2010ern hängen geblieben war. Obwohl ich das Geld dringend brauchte, konnte ich die Aufrechterhaltung der Fassade nicht mehr ertragen.

Hamada war noch am Anfang ihrer Karriere und galt jetzt schon als eine Pop-Ikone. Keiner außer ihr verstand es, den Achtzigerjahre-Vibe derartig mit emotionalen Songtexten, queerer Selbstentfaltung und Herzschmerzthemen zu verweben. Ihre Bühnenoutfits waren auffällig, aufwendig und einzigartig. Das waren nicht der Farmers' Market und ein paar zusammengewürfelte Kleidungskombinationen für Freundinnen. Zach überschätzte mich maßlos, und das trieb mir die Hitze ins Gesicht.

»Ich kann nicht.« Mein Blick glitt an ihm vorbei, weil ich den enttäuschten Ausdruck auf seinem perfekt unperfekten Gesicht nicht ertrug.

»Warum nicht? Kayla, ich glaube an dich. Du kannst das.«

Ich sah ihn an. Meine Mimik verkrampfte sich schmerzhaft.

Es war lange her, dass jemand das zu mir gesagt hatte. Pina beteuerte das ab und zu und früher auch meine Schwiegermutter, doch von Julian hatte ich es mindestens zwei Jahre lang nicht mehr gehört. Von meinen eigenen Eltern nie. Ich speicherte die Momente, in denen Menschen mir etwas zutrauten, sorgfältig ab, so selten kam das vor.

Ich musste tief durchatmen, damit ich nicht vor Zach zusammenbrach. Ein Gewitter braute sich in mir zusammen, das jeden Moment über mir loszubrechen drohte. Ich musste von hier weg, weil mir das alles zu viel wurde. Zu viel Verantwortung, zu viele Erwartungen und vor allem zu viel Zach, denn das, was zwischen uns lag, schien mich wieder einzulullen.

»Zach, ich reise ab.« Meine Stimme war rau von den Emotionen, die in mir tobten.

»Was?«

»Ja.« Ich presste die Zähne zusammen, weil es beschissen wehtat, ihn so zu sehen. Er war ernsthaft schockiert. Und vielleicht sah ich da auch Schmerz in seinen Augen.

»Oh.«

Ich rieb mir die Stirn, da ich nicht wusste, wohin mit meinen Händen. Außerdem bekam ich Kopfschmerzen, weil mein Körper noch immer nach Koffein verlangte.

»Klar, natürlich. Ich gebe dir meine Nummer. Du musst dich nicht melden oder so. Aber falls du mal in der Nähe sein solltest … Also, in New York City, weil dort wohne ich eigentlich …« Er griff in seine Hosentasche und hatte direkt die ganze Hand voll mit Kleinkram. Ein Kugelschreiber, eine Büroklammer, ein Schlüssel und ein paar Visitenkarten. Eine davon drückte er mir in die Hand. Dabei berührten sich kurz unsere Finger. Allein das reichte aus, damit mein Herz einen Marathon ohne mich rannte. Meine Haut prickelte dort, wo eben noch seine gewesen war, und sein Blick lag schwer auf mir.

»Du kannst mich anrufen. Oder auch nicht.« Er zuckte mit den Schultern, als wäre es ihm völlig egal. Diese Show kaufte ich ihm jedoch nicht ab. »Dann komm sicher nach Hause.« Er versuchte sich an einem Lächeln.

»Was auch immer das heißt«, nuschelte ich.

Zach hatte mich wohl nicht verstanden, weil er mich mit gerunzelter Stirn ansah, doch ich winkte ab. Als er die

Arme leicht ausbreitete, atmete ich tief ein, bevor ich die Geste erwiderte.

Die Umarmung war furchtbar schön. Seine Wärme erhitzte meine Haut, sein Duft legte sich über meine Sorgen, und seine Umarmung hielt mich aufrecht. Ich würde jeden Moment in seinen Händen zerbrechen, weil ich nicht abreisen wollte und gleichzeitig an nichts anderes denken konnte. Ich schloss sogar kurz die Lider, weil ich mir das Gefühl einprägen wollte. Doch ich riss sie wieder auf, als er zweimal auf meine Schulter tippte. Ich erwiderte es, indem ich nur einmal tippte. Mir ging es nicht gut. Und so sollte es nicht weitergehen.

Zach löste sich aus der Geste. Seine Mundwinkel hoben sich zwar, aber das Lächeln erreichte nicht den Rest seines Gesichts. »Du schaffst das.«

Und dieses Mal sprach er nicht von seinem Auftrag für mich – da war ich mir sicher. Ich nickte, steckte seine Karte in eine der hinteren Hosentaschen und drehte mich von ihm weg. Mit einem Kloß im Hals öffnete ich die Fahrertür, stieg ein, schloss sie hinter mir und startete den Motor. Einen letzten Gedanken verschwendete ich an einen heißen Becher Kaffee, dann fuhr ich los. Im Rückspiegel sah ich, wie Zach mir zuwinkte – wie in so einer banalen Liebesschnulze.

Der Weg vor mir verschwamm. Die raue Landschaft mit den Bergen in der Ferne, den wenigen Kakteen und Büschen und Vögeln, die in der Luft kreisten und ausnutzten, dass heute ein leichter Wind ging, verband sich zu einer sandigen Masse. Selbst der Blick aus dem Fenster heilte mein Herz nicht mehr. Jeder Kilometer, den ich zwischen Dell City und mir brachte, war die reinste Ernüchterung. Dabei hatte ich eher damit gerechnet, der Druck würde von mir abfallen. Die Enttäuschung darüber, dass durch meine Flucht nichts besser wurde, lag auf meinen Schultern und war ein weiteres Gewicht, das ich stemmen musste

Ich wollte nicht abreisen. Schon die ganze Zeit über nicht. Alexis hatte recht. Ich floh vor Konflikten, weil ich sie unbedingt vermeiden wollte. Und bei meiner Vorgeschichte hatte ich jedes Recht, diesen Lösungsweg für mich zu wählen.

Doch was, wenn es auch eine andere Möglichkeit gab? Was, wenn ich der Wahrheit endlich ins Gesicht blicken und zu mir stehen musste? Was, wenn nicht nur meine neu gewonnenen Freundinnen recht hatten, sondern auch Zach?

Ich drosselte das Tempo. Natürlich wurde ich sofort überholt, weil ich nicht die höchstmögliche Geschwindigkeit fuhr. Da sich immer mehr Tränenflüssigkeit in meinen Augen sammelte, setzte ich den Blinker und hielt mit Warnblinkanlage am Straßenrand an. So hatte ich die Möglichkeit, ein Taschentuch hervorzukramen und die Tränen wegzuwischen. Endlich sah ich wieder etwas. Ich atmete ein paarmal tief ein und aus.

Die Angst vor Fehlern, Versagen und Ablehnung war derart tief in mir verankert, dass es eine Ewigkeit brauchen würde, um sie mit der Wurzel zu entfernen. Wenn man die ersten vierzehn Jahre seines Lebens unter solch unsicheren Bedingungen groß geworden war wie ich, überdachte man jeden Schritt. Ich vermied Konflikte, weil sie früher immer nur eskaliert waren. Dieses Erbe meiner Eltern würde ich nur schwer loswerden. Aber irgendwo musste man doch ansetzen.

Ich vermisste Tracey und Alexis bereits jetzt. Mit ihnen hatte ich mich beinahe schwerelos gefühlt. Die Aussicht, *Hamada* zu treffen, war eine so absurde Sache, dass ich noch nicht mal davon zu träumen gewagt hatte. Und nun wurde mir diese einmalige Möglichkeit auf einem Silbertablett serviert. Es erforderte all meine Fantasie, aber ich stellte mir vor, mir würde diese Aufgabe gelingen. War das die Chance, meinem alten Leben endgültig zu entkommen? Konnte ich durch diesen Auftrag einen neuen Weg beginnen?

Vor ein paar Jahren hatte ich noch davon gesprochen, dass ich einen eigenen Salon eröffnen wollte. Zugunsten unserer gemeinsam geplanten Zukunft hatte ich diesen Traum für eine Familie mit Julian aufgegeben. Seine Karriere hatte immer im Mittelpunkt gestanden, und ich hatte mich dieser Tatsache gefügt. Wir hatten gemeinsame Kinder gewollt, und die Vereinbarung von Job und Familie war ohnehin ein prekäres Thema für eine Frau. Eine selbstständige Arbeit, ein eigenes Geschäft hätte überhaupt nicht damit harmoniert, deshalb hatte ich meinen Traum für beendet erklärt. Aber was, wenn ich nie eine Familie gründen würde?

Ich sah in den Rückspiegel, aber nicht um das zu betrachten, was hinter mir lag. Mein Blick galt nur mir selbst. Vielleicht war die Lösung Egoismus. Und da Zach verkündet hatte, wir müssten einen Gang zurückschalten, würde es auch nicht zu weiteren Liebeleien mit ihm kommen. Nach all den Jahren hatte ich es mir verdient, im Mittelpunkt meines eigenen Lebens zu stehen.

Mit dem Handrücken wischte ich mir die letzten Tränen vom Gesicht, atmete einmal tief durch und setzte den Blinker. Als ich freie Bahn hatte, wendete ich so energisch, dass kleine Steinchen durch die Luft flogen.

14
Vogue

»Look around, everywhere you turn is heartache«
– Madonna

Zach hielt sein Versprechen. Ich war wieder in das Zimmer ein- und er ausgezogen. Das Einzige, was er mir zurückgelassen hatte, waren eine Zutrittskarte mit meinem Namen, ein Lageplan für das Festival und der Zeitplan von *Hamada.* Woher er meinen vollständigen Namen samt verhasstem Zweitnamen kannte und wann er diesen Wisch vorbereitet hatte, wollte ich gar nicht so genau wissen.

Fest stand, dass ich nun einen Job hatte und am nächsten Tag zur Mittagszeit auf dem Festivalgelände ankam. Den richtigen Weg zu finden, hatte ich mir viel komplizierter vorgestellt, denn eine Wüste bot nicht gerade viele Anhaltspunkte zur Orientierung. Für die Veranstaltung waren jedoch etliche Schilder aufgehangen worden. Ich musste auch gar nicht mitten durch das Sandmeer fahren, weil es dort natürlich überhaupt keine Zuwege gab, sondern nutzte Landwirtschaftswege, die zu dem Areal führten. Außerdem hätte ich auch einfach den Trucks folgen können, die anscheinend Waren auf das Gelände transportierten. Schließlich parkte ich meinen Leihwagen in dem auf dem Übersichtsplan markierten Bereich und machte mich weiter zu Fuß auf den Weg. Die LKWs durften noch ein Stück weiterfahren, um abzuladen.

Es war ein merkwürdiges Gefühl, wieder allein durch die Wüste zu wandern. Ohne dass ich es wollte oder es mir gefiel, setzte ich jeden Schritt mit Bedacht. Auf eine zweite Begegnung mit einem Gifttier wollte ich unbedingt verzichten. Mein Knöchel war zwar wieder vollständig abgeschwollen und einsatzfähig, aber ich musste es ja nicht auf weitere Verletzungen anlegen.

Vor mir erkannte ich bereits die riesigen Eingangstore. Der Bogen mit Schwingtüren wirkte wie eine überdimensionierte Saloontür und brach den Stil der eisernen Gitterzäune. Es schien absurd, dass sie dieses gigantische Areal komplett umfriedet hatten. Ich musste Zach unbedingt fragen, wie lange sie allein dafür gebraucht hatten. Auch hier war ein Parkplatz, doch er war von schwerem Gerät belegt. Die Maschinen waren mir vollkommen fremd. Irgendwo hatte ich mal gelesen, dass man für manche Events den Boden glatt rütteln musste. Nach einem solchen Apparat sah zumindest eines der Metallungetüme aus.

Die zwei Männer von der Security nickten mir zu, als ich näher trat. Wie selbstverständlich hielt ich ihnen meine Zutrittskarte hin, die ich an einem Band mit Festivallogo um den Hals trug. Ich konnte nicht umhin anzuerkennen, dass Zach alles perfekt vorbereitet hatte. Einer der Männer scannte den Barcode auf dem folierten Papier und winkte mich dann wie selbstverständlich durch die schweren Tore, die sich knirschend geöffnet hatten.

Ich beeilte mich, endlich das Festivalgelände zu betreten, und blieb erst mal wie angewurzelt stehen. Vor mir erstreckte sich eine riesige Leerfläche, auf denen Menschen wie Ameisen verteilt standen und verschiedene Stände und Hütten aufbauten. Pavillons wurden aufgestellt, Toilettenwagen abgeladen und angeschlossen, und das Team vom Bühnenbau schien mit der Verkabelung beschäftigt zu sein, denn ein kleiner Kran fuhr einen Mann zu jeder einzelnen Box. Hämmer schlugen zu, Bohrmaschinen rauschten und Fahrzeuge piepsten, als sie rückwärts setzten. Das Zusammenspiel war die Ouvertüre des Festivals.

Und egal, wohin mein Blick glitt, lag der Fokus nicht nur auf der Funktionalität der Einrichtungen, sondern auch die Optik schien entscheidend zu sein. Farblich passte alles perfekt zur Wüste. Schwarz wie Vulkangestein, grün wie Yuccas, rot wie Lehm, beige wie der niemals endende Sand und ein stählernes Silber wie weißer Salbei. Bereits jetzt sah ich vor meinem inneren Auge, wie das schrille Publikum dieses Konzept auf die bestmögliche Art sprengen würde. Ich gönnte mir einen Moment für diese Schwärmerei, dann nahm ich den Plan wieder zur Hand und suchte meinen konkreten Einsatzort.

Hier war die Orientierung schon schwieriger, denn bis auf die beiden großen Bühnen waren die Baustellen noch nicht als die fertigen Einrichtungen zu erkennen, die sich auf dieser Übersicht befanden. Die Sanitäranlagen halfen mir jedoch, sodass ich den Zugang zum Backstagebereich fand. Ich musste grinsen, als ich einer weiteren Sicherheitskraft meine Zutrittsberechtigung zeigte. Noch nie war ich irgendwo hinter der Bühne gewesen. Obwohl das natürlich kindisch war, fühlte ich mich augenblicklich wichtig. Hier war der Großteil ebenfalls noch eine Baustelle, wenn auch im kleineren Format. Die typische Backstage-Atmosphäre, wie ich sie aus Filmen kannte, kam also noch nicht ganz rüber. Der grobe Aufbau war vorhanden, doch die Kabinen wurden noch errichtet. Ich fragte einen der Handwerker nach den Bereichen der Künstlerinnen und Künstler.

An dieser Stelle stieß ich das erste Mal auf Widerstand. Obwohl ich ihm ebenso meine Berechtigung zeigte, wirkte er nicht ganz überzeugt. Er brachte mich zu einem knallorangenen Container, an dem ein Schild mit der Aufschrift *Headoffice* angebracht war. Bereits durch das Fenster erkannte ich die Person, die da vor dem Laptop hing. Eigentlich hatte ich mir vorgenommen, so wenige Begegnungen wie möglich mit Zach zu haben. Ich war nicht vor Ort, um mit ihm zu sprechen, sondern um *Hamada* kennenzulernen und ihre Outfits durchzugehen.

Der Handwerker klopfte, und Zach sah sofort auf. Als er mich erkannte, winkte er uns hinein. Die Tür machte ein schleifendes Quietschen, als mein Babysitter sie aufzog.

»Chef, da ist eine Dame, die in den Artist-Bereich möchte. Ist das korrekt?« Im Gegensatz zu den anderen Menschen, denen ich auf dem Gelände begegnet war, sprach er nicht in schwingendem texanischen Akzent, sondern eher abgehackt.

»Das ist korrekt, Larry. Danke trotzdem«, rief ihm Zach zu, denn aus dem notdürftigen Backstagebereich drangen Maschinengeräusche, die beinahe alles übertönten.

Larry nickte, tippte sich an die Stirn, als er sich an mir vorbeiquetschte, und verschwand wieder auf der Baustelle. Ich blieb an der Schwelle stehen.

Zach machte eine einladende Geste. »Komm ruhig rein.«

»Okay.«

Leichter gesagt als getan, denn die Tür schloss nicht richtig. Ich ließ sie einen Spalt offen stehen.

»Entschuldige bitte, hier herrscht noch ordentlich Chaos.« Er stand auf und umrundete seinen Schreibtisch. »Schön, dass du da bist.«

»Ich bin auch froh, danke.« Ich lächelte, weil ich mich ernsthaft auf diese Herausforderung freute. In wenigen Minuten würde ich meine Lieblingssängerin treffen. Allein bei dem Gedanken daran wurden meine Handflächen klamm.

Zach blickte mich einen Moment nur an. Er öffnete sogar den Mund, um etwas zu sagen, doch entschied sich dagegen.

»Wie kommt ihr voran? Liegst du im Zeitplan?« Ich wollte nun nicht über das sprechen, was zwischen uns war. Nicht hier. Und vor allem nicht jetzt, wenn ich mich auf meine Aufgabe konzentrieren musste. Ich hatte gestern den restlichen Tag damit verbracht, alles über *Hamada* zu recherchieren. Obwohl ich das meiste schon gewusst hatte, war es eine Freude gewesen, meine Expertise aufzufrischen. Besonders geholfen hatten mir die Aufnahmen von Liveauftritten. Ich hatte mir sogar zu ihren Kostümen, Frisuren und ihrem Make-up Notizen gemacht, damit ich eigene Ideen passend zu ihrem Stil entwickeln konnte. Nur für den Fall, dass sie meinen Rat benötigte.

»Ehrlich gesagt nicht wirklich. Unser Zeitplan verschiebt sich immer weiter nach hinten, weil mir die Hälfte des Personals fehlt. Ich habe Leute aus New York City beordert, Einheimische beauftragen können und einzelne Expertinnen und Experten gefunden. Wie dich. Aber es ist eine Katastrophe. Sogar mein Assistent ist vor zwei Stunden ausgefallen, und ich …« Er lachte auf, aber es klang eher, als würde Zach gleich alles hinschmeißen. Mit fahrigen Fingern wühlte er in den Papieren auf seinem Schreibtisch.

Ich kam nicht umhin, seine Rückansicht zu bewundern, deshalb sollte ich dringend den Container verlassen.

»Hier«, verkündete er und hielt einen Zettel in die Luft. »Du kannst deine gefahrenen Kilometer natürlich abrechnen. Sorry, dass ich dir das nicht direkt gesagt habe.« Er kam näher und reichte mir das Formular.

»Danke.« Ich nahm es entgegen, faltete es einmal in der Mitte und steckte es in meine Hosentasche.

»Wegen der Krankheitsfälle ist der Backstagebereich ebenfalls noch nicht fertig. Wir haben VIP-Tickets verlost und einige Influencer eingeladen, daher muss er nicht nur final aufgebaut, sondern auch dekoriert werden.« Er rieb sich die Stirn und lief auf und ab.

Sein Gemütszustand sollte mir gleichgültig sein. Wir waren kein Paar, noch nicht mal Freunde, von daher war er für seine Probleme selbst verantwortlich. Es war nicht mein Problem, dass in der Stadt ein merkwürdiger Virus grassierte. Trotzdem regte sich etwas in meiner Brust, während er wie ein Tiger im Käfig seine Bahnen marschierte.

»Egal ... Du möchtest zu Mira.«

Damit riss er mich aus meiner Trance. Natürlich nannten Menschen, die *Hamada* persönlich kannten, sie nicht bei ihrem Künstlernamen. Dafür war ihr bürgerlicher Name fast zu schön. Amira Ténéré Mitchell. Er allein klang schon wie ein herzzerreißender Song. Ob ich sie wohl auch bei ihrem Spitznamen nennen durfte?

»Sie ist noch in einem Trailer untergebracht. Dort gibt es nicht nur einen Bereich für Besprechungen, sondern ebenfalls die Garderobe. Sheryl hat ihr gesamtes Equipment hiergelassen, damit du dich austoben kannst. Ich bringe dich hin und stelle dich vor.« Zach öffnete die schleifende Tür und deutete mir den Vortritt an.

»Das klingt doch super.« Ich unterdrückte noch immer das Bedürfnis, ihn aufzumuntern. Vorsichtig manövrierte ich mich an ihm vorbei, denn der Eingangsbereich des Containers war derart zugestellt mit Aktenschränken und Kisten, dass er kaum zwei Menschen nebeneinander Platz bot. Eine winzige Berührung ließ sich nicht vermeiden. Es war nur ein Hauch, trotzdem verharrten wir beide für einen Sekundenbruchteil in unseren Bewegungen. Lediglich ein einzelner Blick, und sofort knisterte die Luft um uns herum. Mich brachte das derart aus dem Konzept, dass ich nicht darauf achtete, wohin ich trat, gegen einen Karton stieß und ins Straucheln geriet.

Sofort war Zach bei mir. Er griff meinen Arm und zog mich zurück in die Senkrechte. Zum Glück, denn ich wollte nicht auch ausfallen. Allerdings kamen wir uns durch diese Aktion nur noch näher. Wir lehnten uns aneinander, mit den Gesichtern zugewandt. Er sah auf mich hinab, und es war wie bei unserem letzten Kuss. Nur löste ich mich dieses Mal sofort von ihm und zupfte an mir herum.

»Sorry«, murmelten wir beide, dann ging er vor und ich ihm hinterher. Die Tür ließ ich einfach offen stehen.

Die Spannung zwischen uns war beinahe greifbar. Wie das Flimmern über dem Asphalt, wenn die Sonne den Boden aufheizte. So heiß fühlte ich mich auch nach seiner Berührung.

Ich hatte mich in meinem Leben schon öfter nach etwas gesehnt, das nicht gut für mich gewesen war. Deshalb setzte mir die Sache mit Zach auch derart zu. Ich wollte unter keinen Umständen in alte Muster verfallen und eine Beziehung aufrechterhalten, die mir nur schaden würde. Mein Herz war eine noch viel größere Baustelle als die, über die mich Zach führte.

Wir gingen an dem Bereich hinter der Bühne und einer

anderen Toilettenanlage vorbei, die allein schon durch das dunkle Holz und die Porzellanarmaturen viel hochwertiger wirkte als der Wagen, den ich zuvor auf dem Festivalgelände für die Besucher gesehen hatte. Hier liefen nur wenige andere Menschen herum. Mir fiel das allerdings nur am Rande auf, denn mein Fokus lag die meiste Zeit auf dem Mann vor mir. Wir wagten uns wieder weiter ins Gelände vor und erreichten beinahe die andere Seite des riesigen Zauns, der das Festivalgelände umgab.

Vier große Trailer standen mit jeweils zehn Meter Abstand nebeneinander aufgereiht. Ihre silberne Außenfarbe reflektierte das Sonnenlicht stark, sodass ich die Augen zusammenkneifen musste. Zach steuerte zielstrebig auf den Wohnwagen ganz rechts zu. Beim Näherkommen erkannte ich, dass jeder der Anhänger auf zusätzlichen Stelzen stand und massive Aufbauten hatte. Ich vermutete Klimaanlagen und erkannte Antennen, aber der restliche Dachschmuck war mir vollkommen unbekannt. Wir bewegten uns auf die Längsseite des Trailers zu, und ich nickte anerkennend, denn an zwei Stellen waren die Seitenwände ausgefahren worden, damit im Inneren des Wohnwagens mehr Platz war. Ein paar Metallboxen waren unter den Trailer geschoben worden, und ich kam nicht umhin, die fünf Reifen pro Seite und Anhänger anzustarren.

»Wow«, sagte ich, obwohl das Außendesign eher nüchtern war. Trotzdem war es aufregend, eine solche Einrichtung im realen Leben zu sehen. All diesen Schnickschnack kannte ich nur aus Filmen oder Behind-the-Scenes-Dokumentationen. Am liebsten hätte ich Zach mit zig Fragen gelöchert. Wie viel wog so ein Anhänger? Wie viel kostete ein derartiges Luxusteil? Wie waren sie ausgestattet, und wer belegte die drei anderen Exemplare?

»Ich weiß«, murmelte er und führte mich um unser Zielobjekt herum.

Auf dieser Seite befand sich eine Tür, zu der eine Metalltreppe führte. Zach ging weiter vor, nahm lässig die ersten vier Stufen, blieb auf der fünften stehen und klopfte an. Das Geräusch klang hohl.

»Herein«, drang es aus dem Inneren.

Die Tür ging nach außen auf, sodass wir uns auf der Treppe zusammenquetschen mussten. Ich atmete währenddessen tief ein und aus, denn die Freude in mir wandelte sich zu purer Anspannung. Mit feuchten Händen strich ich durch die zwei Strähnen, die ich aus meinem französisch geflochtenen Zopf herausgelassen hatte. Ich blickte an mir herab und stellte mein komplettes Outfit infrage. Innerlich verfluchte ich mich dafür, nur praktische, wandertaugliche Kleidung eingepackt zu haben. Aber wie hätte ich auch ahnen sollen, dass ich in wenigen Sekunden meinem Idol gegenüberstehen würde? Sogar für sie arbeiten würde?

Ich schluckte schwer, als Zach in den Wohnwagen trat und ich ihm folgte.

»Guten Morgen, Mira! Wie geht es dir?« Er drang weiter vor, doch ich blieb stehen.

Ich traute meinen Augen nicht. Die Innenausstattung des Trailers widersprach dem langweiligen Äußeren in allen Punkten. Vor mir befand sich ein Wohnbereich mit Lounge-Ecke. Ein pinkes Sofa lud mit Dutzenden violetten Kissen, einem großen Flachbildfernseher, Sound-System, einer Popcornmaschine und einem kleinen Bücherregal zum Entspannen ein. Links davon, an der Außenwand entlang, erstreckte sich eine Küchenzeile mit riesigem Kühlschrank, hochwertigen Einbaugeräten und einem kleinen Barwagen, der ein gutes Sortiment an Getränken bot.

Langsam verließ ich den Eingangsbereich, der gleichzeitig als Garderobe diente. Ich spürte etwas Leichtes auf meiner Haut und registrierte den Federumhang, den ich unbewusst berührt hatte.

»Hey, Zach!«

Da war sie. *Hamada* trug einen rosafarbenen, gemütlich geschnittenen Jogginganzug und Einhorn-Pantoffeln. Mit Glitzersteinchen stand auf ihrer Brust *Nein heißt nein* geschrieben. Sie saß lässig auf einem Bürostuhl an einem schmalen Tisch, auf dem ein Laptop stand. Anscheinend störten wir sie bei der Arbeit, denn sie zog einen Kopfhörer aus ihrem Ohr. Ihre langen, pechschwarzen Haare glänzten in dem indirekten Licht, das überall in den Wänden des Wohnwagens verbaut war. Als sie mich mit ihren hellblauen Augen ansah, rutschte mir das Herz in die Hose.

»Und du bist sicher Kayla?«

Ich nickte, konnte aber kaum fassen, dass sie wirklich meinen Namen kannte.

Zach reichte ihr die Hand, als sie aufstand. Ich beeilte mich, die Distanz zwischen uns zu überwinden, weil sie sie auch mir entgegenstreckte.

»Es ist so krass, dich zu treffen!« Meine Stimme war kaum verständlich, weil sie als Quietschen aus mir herauskam. Ich presste die Lippen zusammen. Verdammt, ich hatte mir doch vorgenommen, professionell zu sein! Unter keinen Umständen wollte ich, dass die Sängerin mich für einen besessenen Fan hielt, der es nur auf direkten Kontakt mit ihr abgesehen hatte und diesen Job gar nicht erfüllen konnte.

»Es freut mich auch, dich kennenzulernen.« Ihre Hand war weich, ihr Händedruck warm und sanft. Auf der Bühne strotzte sie immer vor Energie, und generell war sie eine unglaubliche Frau, denn sie setzte sich bei jeder Gelegenheit lautstark für Minderheiten ein. Doch hier, in diesem Trailer, wirkte sie wie ein normaler Mensch. Ohne auffälliges Make-up, riesige Frisuren, all die Kostüme und das Scheinwerferlicht war von der übermenschlichen Erscheinung eine ganz normale Frau übrig geblieben. Ihr Lächeln war echt, ihre Stimmung schien ruhig und ausgeglichen, und meine Anspannung nahm Stück für Stück ab. In ihrer Nähe war es leicht, einmal tief durchzuatmen.

»Und ich bin froh, dass ich euch miteinander bekannt machen darf. Kayla wird sich größte Mühe geben, Sheryl zu ersetzen. Vielleicht startet ihr mit einem lockeren Plausch, bevor ihr euch um die Planung deiner Auftritte kümmert. Vergesst bitte trotzdem nicht, dass morgen die erste Probe auf der Bühne ansteht.« Zach lächelte uns nacheinander an, dann hob er die Hand zum Abschied. »Ich mache mich wieder aus dem Staub. Wenn ihr mich braucht, ruft einfach an.« Wie selbstverständlich präsentierte er uns sein Handy, auf das er wie aufs Stichwort wild einzutippen begann. Sein Gesicht verzog sich sofort wieder zu einer gestressten Miene.

»Alles klar, das machen wir.« *Hamada* nickte Zach zu, ließ meine Hand los und kehrte zurück an ihren Tisch. Sie deutete auf die Seite ihr gegenüber.

Dort waren große, dimmbare LED-Spiegel angebracht, die diesen Teil des Trailers mit einem warmen Licht überzogen. Für so ein Feature im eigenen Haus oder zumindest im Salon, wo ich arbeitete, hätte ich meinen letzten Dollar gegeben. Doch selbst der hätte wohl niemals für diesen Luxus gereicht. Vor der Wand stand ein breiter Tisch mit unzähligen Schubladen und barocken Verzierungen, ein antik wirkender Friseurstuhl, der trotzdem höhenverstellbar zu sein schien und Halterungen für Föhn, Glätteisen und mehr bot. Die Tischplatte war mit diversen Schatullen voller Schmuck und anderen Accessoires beladen. Alles war elegant in Cremeweiß und Rosa gehalten, mit Gold abgesetzt, wirkte dadurch unendlich edel und war der Traum einer jeden Person, die sich auch nur ansatzweise für Mode oder Styling interessierte.

Das Geräusch der sich schließenden Tür riss mich aus meiner Trance. Langsam ging ich zu dem Tisch hinüber, legte meine Hände kurz darauf, weil er mir wie eine Fata Morgana erschien, und drehte mich dann zu meiner Auftraggeberin um.

»So was habe ich noch nie gesehen«, ließ ich sie wissen. Erst nachdem ich es ausgesprochen hatte, wurde mir bewusst, dass ich lieber den Mund hätte halten sollen. Wenn ich offen zugab, sonst nur in einem winzigen und lahmen Friseursalon in Harpers Ferry tätig zu sein, wäre ich den Job schneller los, als ich »Loserin« sagen konnte.

»Ich ehrlich gesagt auch nicht. Zach hat sich mit diesem Trailer wirklich ins Zeug gelegt, dabei habe ich ihm gesagt, dass ich mit einer normalen Garderobe in einem Baucontainer ebenso klarkomme.« Sie lächelte, sodass ihre Schneidezähne hervorblitzten.

Erleichterung trug mein Herz, weil sie meine Worte nur auf den Trailer bezogen hatte. Ich musste wirklich mehr darauf achten, was ich von mir gab. Sie war keine Bekannte meiner Chefin, die eine Frisur für die Hochzeit ihres Sohnes benötigte und deshalb lediglich eine schicke Flechtfrisur von mir erwartete.

»Aber das würde dir ja nicht gerecht werden.« Ich musste mich nicht um ein Lächeln bemühen, denn allein in ihrer Nähe zu sein, reichte für einen Moment purer Freude aus.

Hamada sagte nichts dazu. Sie deutete nur auf den Friseurstuhl, auf den ich mich schnell setzte. Mein Blick glitt weiter durch den Raum. Zu meiner Linken ging der Wohnwagen weiter. Hinter der verschlossenen Tür lag vermutlich eine Art Schlafzimmer oder ein Bad. Ich hoffte auf Letzteres, denn ich konnte mir unmöglich vorstellen, Amiras Haare in einem der winzigen Waschbecken des Toilettenwagens zu waschen.

»Okay, danke erst mal, dass du hier bist.« Sie faltete die Hände in ihrem Schoß. Bereits beim Schütteln war mir aufgefallen, dass sie an allen Fingern mindestens einen schmalen Goldring trug, nur die Ringfinger waren ohne Schmuck. Ich musste noch mal ein paar Interviews durchgehen, um herauszufinden, ob das nur ein Zufall war oder eine gewisse Bedeutung hatte.

»Ich danke dir von Herzen, Teil hiervon sein zu dürfen.«

»Ehrlich gesagt habe ich dich nicht bewusst ausgewählt. Zach hat versucht, einen Ersatz aus New York City anzufordern, aber dort finden in den nächsten Tagen mehrere Events statt, sodass alle Make-up-Artists ausgebucht waren. Deshalb …« Sie trank einen Schluck aus ihrer Getränkedose. »Oh, möchtest du auch etwas?«

Ich schüttelte den Kopf, weil ich unbedingt wissen wollte, wie sie fortfuhr. Ihre Einleitung klang, als wäre sie nicht glücklich mit der Auswahl.

Sie stellte den Drink wieder ab und kam auf den Rollen des Stuhls ein Stück näher. »Deshalb würde ich gerne ein bisschen darüber erfahren, was du bisher so gemacht hast. Stell dich einfach ein wenig vor, ja?« Wieder ein Lächeln.

Ich nickte, jedoch eher, um meinen Mut zusammenzusammeln. Mit solch einer Situation hatte ich bereits gerechnet, und ich war sie in meiner Unterkunft ein paarmal durchgegangen. Ich hatte sogar verschiedene Versionen durchgespielt, Szenarios erschaffen und mich ausprobiert – nur um festzustellen, dass die einzige Moral, die ich je von meinen Eltern gelernt hatte, noch immer galt. Wahrheit währt am längsten.

»Ich komme aus einer Kleinstadt in West Virginia und habe noch nie woanders gearbeitet. Darum habe ich vorhin auch nicht gesagt, dass ich noch nie mit einer solchen Ausrüstung in einem Trailer gearbeitet habe, sondern, dass ich noch nie mit einer solch luxuriösen und professionellen Ausrüstung an sich gearbeitet habe.« Ich machte eine kurze Pause und beobachtete ihre Reaktion genau.

Hamada war ein Profi. Sie ließ sich absolut nicht in die Karten sehen.

»Das bedeutet auch, ich habe noch nie einen Star betreut. Ich würde das aber sehr gerne in Zukunft machen, deshalb ist das hier eine riesige Chance für mich. Ich bin gelernte Friseurin, und ich habe auch einen Kurs an einer Stylistinnenschule gemacht. Meine Hauptfächer waren Make-up-Theorie und Mode durch die Epochen. Zu Hause style ich nur Hausfrauen, Bräute oder Hochzeitsgäste. Da will ich ganz ehrlich mit dir sein.«

Amira starrte mich einfach nur an. Mein Hals zog sich zusammen. Auf einmal war mir furchtbar warm in dieser Metallkapsel.

»Aber ich werde mein Bestes geben, versprochen. Ich verfolge dich seit Jahren ... Also, medial, nicht tatsächlich ...« Ich lächelte und biss mir dann auf die Unterlippe.

Noch immer keine Reaktion. Ich war mir beinahe sicher, dass sie mich jeden Moment aus diesem Trailer schmeißen würde.

»Ich habe mir jeden deiner Auftritte angesehen ... Die von den letzten zwei Jahren noch mal diese Nacht. Und ich glaube, ich weiß, was du magst und was dir beim Styling wichtig ist … Ich schaffe das. Darin bin ich mir sicher. *Wir* schaffen das.« Meine Stimme war immer dünner geworden, deshalb endete ich, sah erst überallhin, nur nicht in ihr perfektes Gesicht.

»Kayla?«

Ich überwand mich und blickte sie an. Ihre vollen Lippen hatten sich zu einem Grinsen verzogen.

»An mich hat früher auch niemand geglaubt. Ich habe nie Gesang oder Tanz studiert. Manchmal ist alles, was man braucht, der Glaube an sich selbst.« Sie erhob sich und machte eine ausladende Geste. »Was meinst du? Legen wir los?«

Ich nickte heftig und stand ebenfalls auf. Es fiel mir zwar schwer, an mich selbst zu glauben, doch mit jeder Minute wurde es einfacher. Und mit einer derart inspirierenden Person an meiner Seite würde es bald so sein, als hätte dieses Selbstbewusstsein schon immer zu mir gehört.

15
Another Love

»I wanna cry and I wanna love, but all
my tears have been used up«
– Tom Odell

»Keine Sorge, ich kriege das hin«, murmelte ich, während ich Amira einen Scheitel zog. Eigentlich eher zu mir selbst als zu ihr. Dennoch nickte sie, ohne von ihrem Smartphone aufzusehen.

Das Make-up war mir überraschend gut gelungen. Ich hatte es gestern Abend noch mehrmals an Tracey und Alexis ausprobiert. Seit ich den beiden berichtet hatte, dass ich länger bleiben und nicht aufhören würde, Zach um Festivaltickets für die beiden anzubetteln, waren wir wieder ein festes Trio. So hatte ich das Gefühl, die Streitigkeiten wiedergutzumachen und mich für ihre Ehrlichkeit und Freundschaft zu revanchieren. Sie waren der Auffassung gewesen, dass das nicht nötig sei, trotzdem ließ ich nicht locker. Aus diesem Grund hielten sie als lebendige Friseurköpfe hin und halfen dadurch, meine Fertigkeiten zu verbessern.

Ich hatte Amiras Brauen nur leicht nachgezogen, weil sie bereits von Natur aus einen wunderschönen Schwung hatten. Das bewegliche Lied hatte ich hellblau geschminkt und darum herum großzügig helles Pink ausgeblendet. Auch unter das Auge hatte ich etwas von dem Ton gegeben, und ich musste mir selbst auf die Schulter klopfen, denn es war eine wirklich gute Idee gewesen. Zusammen mit einem dicken Lidstrich und einem Paar künstlicher Wimpern war das Augen-Make-up original nach den Achtzigerjahren geglückt – ganz so, wie meine Klientin es sich gewünscht hatte. Dazu pfirsichfarbene Lippen, die ihren Teint zum Strahlen brachten, und hoch oben auf den Wangenknochen Rouge, das sich beinahe mit dem Pink der Augen verband.

Die wirkliche Herausforderung waren Amiras Haare. Sie wollte wie Whitney Housten im Musikvideo *I Wanna Dance with Somebody (Who Loves Me)* aussehen. Viele winzige Locken, alles auftoupiert und voluminös sollte ihre Frisur sein. Amira hatte vorgeschlagen, dass ihre engen Korkenzieherlocken als Grundlage für dieses Vorhaben dienen könnten. Deshalb hatte ich ihr Haar im Bad des Trailers gewaschen und mich an eine bestimmte Pflegeroutine gehalten, um die Naturwelle besonders herauszukitzeln. Danach wuchs jedoch meine Sorge, es so hinzubekommen, wie Amira es sich vorstellte. Mit einer Haarstruktur wie ihrer hatte ich bisher nur wenige Male gearbeitet, und das war auch noch ewig her.

Ich checkte immer wieder über die Spiegelwand, ob sie mich beobachtete und meine Panik bemerkte. Doch ihr Handy hielt sie auf Trab. Selbst Zach bekam nicht so viele Anrufe wie *Hamada*. Ich strich mit dem Kamm durch ihre Haare und verlor mit jedem Scheitel, den ich ansetzte und wieder verwarf, die Hoffnung auf das perfekte Ergebnis. Aber vielleicht war eine mittelmäßige Frisur ebenfalls ein

Anfang. In der Vergangenheit hatte ich bereits oft ein Styling in der letzten Phase retten können.

»Kannst du dich etwas nach hinten lehnen? Ich würde jetzt mit einem Diffusor föhnen.« Ich lächelte ihr Spiegelbild an.

Amira sah auf, legte das Handy auf den Kosmetiktisch und rückte auf dem Stuhl so zurecht, dass ihre nasse Haarpracht nach hinten fiel.

»Danke.« Ich öffnete eine der diversen Schubladen und fischte zielsicher ein Lockengel hervor. Gestern hatte ich mir noch Fotos vom Inhalt der Schubladen gemacht und diese bis tief in die Nacht hinein studiert, bis ich auswendig wusste, in welcher sich welches Produkt befand. Was ich an Erfahrung nicht hatte, glich ich mit Wissen und Schnelligkeit aus. Ich gab eine walnussgroße Menge in meine Handflächen, verschmierte die klebrige Masse dazwischen und ging damit durch ihre langen Strähnen. Die Haare waren noch sehr nass, sodass sie automatisch Partien bildeten, die sich lockten. Vielleicht war das hier doch nicht zum Scheitern verurteilt.

»Stört es dich, wenn ich mich schon mal warmsinge?« Sie blickte mich dieses Mal direkt an. Wenn sie nicht so ein herzlicher Mensch wäre, hätte ich es unfair gefunden, dass eine einzelne Person mit so viel Schönheit gesegnet war.

»Natürlich nicht. Es ist mir eine Ehre, zuhören zu dürfen.« Ich hatte *Hamada* noch nie live singen hören. Julian hatte Livekonzerte langweilig gefunden, und allein hatte ich mich nie getraut, eines zu besuchen. Natürlich hätte ich Pina fragen können, doch auch das hatte sich zeitlich nie ergeben.

Ihre Kombination aus Atemübung und Summen reichte also aus, um mein Herz tanzen zu lassen. Obwohl es nur einfache Laute waren, die sie brummte, piepste oder trällerte, bereitete mir ihre Stimme eine Gänsehaut.

Nach dem Gel knetete ich sogar noch etwas Haarschaum in die Enden – sicher war sicher.

»Darf ich trotzdem föhnen?«, fragte ich schnell, als sie eine Pause machte.

»Natürlich, dann übe ich noch etwas Tiefenatmung.« Sie begann so zu atmen, dass sich ihr Bauch stark wölbte.

Beim Föhnen mit dem Lockenaufsatz konnte ich nur daran denken, schon bald einen Auftritt von ihr live miterleben zu dürfen. Ich war so in meine Tagträumereien versunken, dass ich das Ergebnis meiner Arbeit erst bemerkte, als ich es nicht mehr retten konnte. Amiras Haare waren im Mittelteil und an den Enden wunderschön gekringelt, doch zum Ansatz hin platt wie eine Flunder. Automatisch sah ich sie im Spiegel an. Dieses Mal blickte sie zurück. Sie wusste genau, dass ich es verkackt hatte.

»Kayla?«

»Mhm?« Ich wich ihrem Blick aus, strich durch ihre Haare und hob sie zur Kopfhaut, in der Hoffnung, sie würden auf wundersame Weise halten und Amira hätte plötzlich mehr Volumen am Haaransatz. Das war definitiv zu viel Produkt gewesen. Manchmal half viel eben doch nicht viel. *Fuck.*

»Das wirkt gar nicht so, wie ich es mir vorgestellt habe.« Sie lächelte sanft, doch ihre Augen verrieten, dass ich das nicht verkacken sollte.

»Ich weiß. Aber keine Sorge, das kriege ich noch hin. Ich habe eine Idee.« Ab hier improvisierte ich. Innerlich schreiend öffnete ich eine der Schubladen und wühlte mich durch die verschiedenen Haaraccessoires.

»Haarschmuck wollte ich ja eigentlich nicht tragen.«

Ich nickte. »Genau.« In meinem Kopf spielte sich ein

Notfallprogramm ab. Es gab genau zwei Möglichkeiten, und mit dem Blick auf meine Armbanduhr realisierte ich, dass eine davon nicht mehr zu schaffen war. Wir hatten nicht genug Zeit, um Amiras Haare ein zweites Mal zu waschen. Die übermäßige Produktkombination herauszuwaschen, die Haarpracht schonend zu trocknen und wieder neu zu frisieren würde viel Zeit kosten. Sie käme zu spät zu ihrer Probe. Und Zach war sehr deutlich damit gewesen, dass wir alle einen strikten Plan einzuhalten hatten. Auch wenn *Hamada* für mich die oberste Priorität hatte, sie war nicht die einzige Hardlinerin des Chihuella-Festivals.

»Kayla, ich –«

»Kleinen Moment noch, bitte.« Ich grub mich förmlich durch die Haarbänder, Reife und Schleifen, bis ich das fand, was ich gesucht hatte. »Okay, das ist nicht ideal, aber vielleicht können wir etwas improvisieren?« Ich hielt ihr ein leicht verknotetes Haarteil vor die Nase. Wer auch immer das einfach so in die Schublade gestopft hatte, ich wünschte der Person, dass ihr Ärmel beim nächsten Mal Händewaschen hinabrutschte.

Amira zog eine Augenbraue in die Höhe. Darin war sie wirklich eine Meisterin. Ebenso wie mich zappeln zu lassen. Während ich das Kunsthaar zügig mit einer Bürste entknotete, ließ sie mich nicht aus ihren eisigen Augen.

»Ich kann dieses Haarteil locken oder kreppen. Ganz wie du willst. Und dann verwebe ich es mit deinem echten Haar. So kriegen wir mehr Volumen hinein, und besonders der zugegebenermaßen nicht ideale Ansatz wird kaschiert.« Ich hielt ihr die langen, schwarzen Strähnen an die Krone ihres Kopfes, in der Hoffnung, dass sie meiner Vision folgen würde.

Noch immer keine Reaktion.

Ich atmete schwer aus. »Okay, es tut mir leid. Vielleicht habe ich mich mit dieser Frisur etwas übernommen. Ich bin das Arbeiten mit deiner Haarstruktur nicht gewöhnt, und ich wollte –«

»Hey, was soll das?« Amira richtete sich nun auf dem Stuhl auf und verschränkte die Arme vor der Brust. »Wolltest du nicht an dich selbst glauben?«

Kurz war ich wie vor den Kopf gestoßen. Ich beobachtete, wie sich ihre Miene langsam aufhellte.

»Amira? Darf ich dir dieses Haarteil bitte einflechten?« Ich versuchte, stoisch zu wirken. Kein unsicheres Lächeln, keine besorgt zusammengezogenen Augenbrauen, kein Zeichen von Schwäche.

»Ja, das darfst du. Aber nur, wenn du mich ab jetzt Mira nennst. So wie meine Freunde.« Sie kniff die Augen leicht zusammen, und ihre Mundwinkel zogen sich langsam nach oben.

»Okay, Mira.«

Wenn mein Herz vorher einen Tanz aufgeführt hatte, dann absolvierte es nun einen Salto nach dem anderen. Meine Finger zitterten leicht, als ich das Haarteil ein wenig toupierte und dann mit Miras Haar verband. Der ganze Prozess dauerte so lange, dass ich immer wieder auf die Uhr sah. Das würde wirklich knapp werden.

Mira ließ das komplett kalt. Sie erwärmte weiter ihre Stimme, checkte ab und an ihr Smartphone und warf mir zwischendurch einen kritischen Blick zu.

Selbst in meinen eigenen Gedanken stolperte ich über den Spitznamen, weil ich nicht fassen konnte, dass sie mir diesen als Anrede angeboten hatte. Gestern während der Besprechung ihrer Bühnenoutfits und unseres Kennenlernens war sie noch so reserviert gewesen. Und jetzt sollte ich sie so nennen wie ihre Freunde … War das wirklich mein Leben? Konnte ich *Hamada* nun zu meinen Freunden zählen?

Ich wollte sie unter keinen Umständen enttäuschen, deshalb griff ich mit Trockenshampoo, Haarspray, Volumenpuder für den Ansatz, einem Kreppeisen und Lockenstab tief in die Trickkiste. Tatsächlich war das Ergebnis passabel. Die Frisur schrie nicht wirklich Whitney Houston in den Achtzigern, aber immerhin Mariah Carey in den Neunzigern – ein Anfang. Ein paar letzte Handgriffe, und ich präsentierte Mira die Pracht mit einem zweiten kleinen Spiegel.

»Bevor du mich in der Luft zerreißt: Das ist heute nicht der finale Look. Ich habe meinen Fehler erkannt und morgen, bei der nächsten Probe, wird es anders laufen. Versprochen.« Ich drückte ihr den Gegenstand in die Hände, damit sie ihre Frisur ausreichend prüfen konnte.

Mit angehaltenem Atem wartete ich auf ihr finales Urteil. Es hing so unglaublich viel daran, denn sie könnte mich jetzt einfach feuern, und ich wäre nicht nur diesen Job los, sondern hätte auch keine glänzende Referenz für meinen fixen Traum, in dem ich mich zur Stylistin für Prominente weiterentwickelte. Zudem würde ich Zach damit in die nächste Krise stürzen. Obwohl ich mich nicht um ihn scheren sollte, machte ich mir trotzdem Sorgen. Und irgendwie dachte ich doch den halben Tag nur an ihn. Oder dreiviertel. Oder ganz.

»Es gefällt mir. Morgen sollte es besser klappen und nicht so improvisiert sein, aber für heute wird es definitiv reichen. Danke.« Sie legte den Spiegel auf den Tisch, rutschte nach vorn und stand auf.

Mir blieb der Mund offen stehen, als sie mich kurz in die Arme schloss. Ihr Geruch von Jasmin und Haarspray drang in meine Nase. Seinem Idol derart nahe zu kommen, war so surreal, dass ich mir sicher war, das erst in ein paar Tagen richtig zu realisieren.

»Dann ab ins Kostüm?«

»Ja, bitte. Du hilfst mir?« Sie ging näher an den Spiegel, betrachtete ihr Gesicht noch mal aus der Nähe und lächelte dann breit, sodass sie ihre leicht schief stehenden Schneidezähne zeigte. Ihr einziger Makel, für den sie in den Medien in der Vergangenheit zerrissen worden war. Absurd, wenn man bedachte, wie wunderschön sie sonst war. Niemand interessierte sich ernsthaft für ihre Zähne. Im Gegenteil – sie gaben Mira eine menschliche Ebene, mit der sich viele ihrer Zuhörerinnen identifizieren konnten. Ich selbst auch, weil ich eine kleine Zahnlücke zwischen den Vorderzähnen hatte. Mira wurde nur fertig gemacht, weil Medien das gerne bei jungen Frauen taten. Sie suchten ein winziges Detail, das nicht der Normschönheit entsprach, und ritten darauf herum.

»Selbstverständlich. Mein Werk soll ja nicht direkt wieder zerstört werden.«

Ich schaltete das Kreppeisen aus, verstaute es vorsichtig in der dafür vorgesehenen Schublade und folgte Mira dann zur Garderobe. In einem großen Kleidersack befand sich ihr erstes Outfit. Während ihres Auftritts würde sie es zweimal wechseln, doch diese Unterbrechungen würden wir erst bei der Generalprobe üben, denn vorher würde der eigentliche Backstagebereich nicht stehen. Ihre Kostüme waren handgefertigt und so aufwendig bestickt, voller Perlen oder anderer Besonderheiten, dass wir sie nicht zu vielen Strapazen aussetzen wollten.

Ich half ihr in das Kleid samt auffälligem Korsett aus pink glitzerndem Stoff und richtete die vielen rosafarbenen Bänder auf ihrem Rücken, während sie eine zu ihrer Hautfarbe passende Strumpfhose anzog und darüber eine Netzstrumpfhose. Das Outfit wurde erst mit den Bändern um ihre Arme, den pinken Lederhandschuhen und den goldenen Ketten mit kleinen Kreuzen perfekt. Auf dieses Detail war ich besonders stolz, denn Mira hatte gestern Abend die ganze Zeit davon gesprochen, dem Outfit noch einen letzten Schliff verleihen zu wollen. Bei der Durchsicht ihrer Auftritte war mir aufgefallen, dass sie unabhängig von ihrer Religion stets Symbole anderer Religionen trug, um Grenzen zwischen den Menschen aufzubrechen. Auf dem Farmers' Market hatten wir diese Ketten gekauft, die eigentlich zu Traceys Retrolook gehörten. Zum Glück hatte sie sich nur zu gern bereit erklärt, mir diese zu leihen. Allein die Vorstellung, *Hamada* würde ihren Schmuck tragen und sie ihn danach wiederbekommen, hatte ihr die Röte ins Gesicht getrieben. Umso mehr würde sie sich freuen, wenn Mira auch tatsächlich mit diesen Accessoires auftrat, denn das hatte ich Tracey ja vorab nicht fest versprechen können.

Mira sah bezaubernd aus. Sie drehte sich einmal vor mir, als wir fertig waren. Es fehlten nur noch die Cowboystiefel, die sie erst hinter der Bühne anziehen wollte. Passend zu den pink glitzernden Stiefeln lag auch noch eine typisch texanische Kopfbedeckung bereit. Na ja, zumindest von der Form ähnlich.

»Und du bist dir sicher, dass du den Cowboyhut nicht aufsetzen möchtest?«

»Möchtest du damit dein Haarproblem überspielen?« Mira lachte auf.

Ich riss die Augen auf, als ihr ein kleines Grunzen entfuhr. Diese Eigenart war mir vorher noch nicht aufgefallen. Doch solche Dinge erkannte man nun mal, wenn man neue Freundschaften schloss. Trotz meiner Probleme verbuchte ich diesen Tag bereits als großen Erfolg.

»Eigentlich nicht … Aber echt eine gute Idee!« Ich ging

zum Couchtisch, nahm die Kopfbedeckung und reichte sie ihr.

Mira machte keine Anstalten, den Hut aufzusetzen. Stattdessen zog sie die Brauen zusammen und begann dann wieder mit ihren Gesangsübungen.

»Wir sollten langsam los«, stellte ich fest, als ich zur Tür sah, über der die Uhr gegen uns tickte.

Mira folgte meinem Blick, drehte sich zurück zu mir, riss den Hut aus meinen Händen uns knallte die Tür auf. Das war wohl unser Startschuss.

Hinter der Bühne herrschte noch das pure Chaos. Normalerweise war vorgesehen, dass ich einen eigenen Bereich mit einer kleinen Kosmetikecke hatte, die ich für Auffrischungen nutzen konnte. Nicht nur für Mira, sondern auch für die anderen Künstlerinnen und Künstler, die momentan kein Personal fürs Styling hatten. Aber es standen nur Kartons herum, einzelne Wände wurden noch zusammengesetzt, und die Techniker waren noch fleißig dabei, Kabel zu verlegen.

»Kann ich dann überhaupt das Mikrofon benutzen?« Mira verzog den Mund.

»Ich denke schon. Sonst würde Zach dich nicht hierher bestellen.« Ich sollte lieber den Mund halten, denn ich wusste nichts davon sicher. Andererseits war der Drang, Zach zu verteidigen, so stark, dass ich meine eigene Haut für ihn riskierte.

»Und wohin muss ich jetzt?«

»Warte.« Ich steuerte einen der Bauarbeiter direkt an. »Entschuldigen Sie, aber an wen wende ich mich, wenn wir hier gleich auftreten wollen?«

»Sie wollen auftreten?« Er schrie beinahe über die ganze Baustelle.

Sofort blickte ich mich um, weil es mir unangenehm war.

»Nein, ich doch nicht. Sie dort drüben. *Hamada.*« Überflüssigerweise deutete ich auf sie. Allein ihre äußere Erscheinung sollte Hinweis genug sein.

Der Mann schien das nun auch endlich einzusehen. »Sie melden sich am besten bei unserem Bühnenkoordinator. Liam?« Er hielt sich eine flache Hand an die Brauen, um der Sonne zu entgehen.

Auch ich kniff die Augen zusammen. Hinzu kamen noch Dutzende Scheinwerfer, die auf die Bühne ausgerichtet waren. Mira würde sich vermutlich tot schwitzen. Wenn ich mir sicher war, dass alles nach Plan verlief, würde ich ihr ein eisgekühltes Getränk besorgen. Das zählte zwar nicht zu meinen Aufgaben, aber einen ohnmächtigen Star wollte ich nicht riskieren.

Der Ruf des Mannes zeigte Wirkung, denn ein weiterer stieß zu uns. Er trug keine dunkle Arbeitskleidung wie die anderen, sondern normale Kleidung. Wobei in der Wüste normale Kleidung eher einem Wanderoutfit entsprach, ähnlich wie Zachs und mein Outfit.

Ich erklärte Liam, dass wir nun beginnen konnten, und er nahm *Hamada* unter seine Fittiche. Mit hüpfendem Herzen und aufkommender Hitze im ganzen Körper begab ich mich auf meine Zuschauerinnenposition.

Mira bekam auch durch ihre Band Unterstützung, die sie in ihre Mitte aufnahm. Sie machten erst einen Soundcheck. Die Musikerinnen hatten ihre Instrumente bereits allein eingestimmt, sodass sie nur noch das Zusammenspiel testen mussten. Mir war nie bewusst gewesen, wie viel Arbeit das alles erforderte. Erst hinter den Kulissen erkannte ich, wie viel Mühe sich jede einzelne Person geben musste, damit ein Konzert überhaupt umgesetzt werden konnte. Geschweige denn ein Festival ... Armer Zach.

Wie aufs Kommando trat jemand zu mir. Ich sah zur Seite und sog die Luft ein, als ich Zachs Duft wahrnahm.

»Hey«, sagte er nur und ließ die Sonnenbrille auf seiner Nase sinken. Über die getönten Gläser hinweg sah er mir direkt in die Augen. »Wie läuft es?«

»Super.« Ich würde ihm sicherlich nicht die ganze Geschichte erzählen. Im Moment lief alles wie am Schnürchen, und diese Information musste ihm reichen. Alles Weitere würde ihn sowieso nur unnötig stressen. »Und bei dir?«

Er schob die Brille wieder hoch. »Ebenfalls.« Allein sein Ton gab die Wahrheit preis.

Gerne hätte ich nachgehakt, doch das stand mir nicht zu. Deshalb nickte ich nur, lächelte und beobachtete dann, wie Mira sich vorbereitete. Selbst aus der Entfernung war sie noch eine Naturgewalt. Die Farben, das Glitzer – die ganze Komposition würde ihre Stimme und die Kunst, die sie mit ihr zauberte, nur noch unterstreichen.

Als die Band zu spielen begann und Mira ihre Position einnahm, musste ich einfach kreischen. Erst jetzt wurde mir bewusst, dass ich meine Lieblingskünstlerin nicht nur einmal live sehen würde, sondern mindestens viermal, denn jede Probe zählte, wie ich für mich selbst festlegte.

Ich sang jedes Lied mit, weil ich sie alle auswendig kannte. So oft hatte ich sie in meinem Auto gebrüllt, dazu geweint oder gelacht, mit offenem Fenster im Sommer und Sitzheizung im Winter. Ihre Musik war auf eine gewisse Art immer bei mir und in meinem Herzen gewesen. Dass sie nun direkt von ihrem Mund zu mir drang, über die heiße, staubige Wüstenluft hinweg in meine Ohren und sich dort festsetzte – das war die Erfüllung eines großen Traums, den ich vor Kurzem erst gefunden hatte. Obwohl Zach direkt neben mir stand und mich immer wieder von der Seite ansah, überwand ich meine Hemmungen und wiegte mich im Takt der Musik. Wer bei *Hamadas* Musik stillhalten konnte, war ein herzloser Mensch. Zu sehen, wie sogar Zach mit dem Fuß wippte, ließ mich glucksen.

Mira war wie ein Tornado aus Glitzer und Gesang auf der Bühne. Sie drehte und drehte und drehte sich ... bis das Haarteil über den schwarzen Boden segelte. So weit, dass es am Ende quasi genau vor mir lag. Ich atmete geräuschvoll ein. Derart laut, ich hörte es selbst über die Musik hinweg, die die Band noch immer spielte. *Hamada* jedoch war stehen geblieben, hatte den Song längst abgebrochen und sah dann erst zu dem Haarteil, dann direkt zu mir.

»Scheiße«, raunte ich genau in dem Moment, als die Musik endgültig verklang.

»Das kannst du laut sagen!« Zach rannte los, als würde unser aller Leben davon abhängen, dass er möglichst schnell auf die Bühne kletterte. »Alles in Ordnung, Mira?«

»Bis auf die Tatsache, dass meine Frisur komplett ruiniert ist.«

Ihr Ton erschien mir noch recht neutral. Der von Zach hingegen überhaupt nicht mehr.

»Das tut mir so unendlich leid. Offenbar hat Kayla keine gute Arbeit geleistet, das ist sehr ärgerlich.«

Die Erwähnung vor all den Fremden war beinahe noch schlimmer als die Peinlichkeit an sich. Ich biss die Zähne aufeinander, bis mein Kiefer schmerzte.

»Ja, das war jedoch abzusehen.«

Ich schluckte schwer. Noch immer hatte ich nicht das Gefühl, dass Mira mich in die Pfanne hauen wollte, doch Zach nahm das vollkommen anders auf.

»Kannst du trotzdem weiterproben oder brauchst du eine Pause?« Seine Stimme war schneidend wie eine Klinge. Der freundliche Ton, der sich über das Gesprochene legte, galt nur der Sängerin – so viel stand fest.

»Es sind nur Haare, Zach. Ich kriege das auch so hin.« Mira lächelte ihn an, ging über die Bühne zum Haarteil hinüber und warf es mir dann zu. Sie schüttelte den Kopf, doch ihre Mundwinkel waren erhoben.

»Sorry« formte ich nach dem Fangen mit den Lippen, und in ihrem Blick erkannte ich, dass sie begriff.

Zach verstand nichts davon. Mit angespanntem Kiefer trabte er von der Bühne, marschierte auf mich zu und starrte dann einen Moment das Haarteil in meinen Händen an.

»Es tut mir leid«, nuschelte ich, aber meine Entschuldigung wurde von der erneut einsetzenden Musik verschluckt.

Seine nächsten Worte verstand ich trotzdem deutlich.

»Mir auch. Ich hätte dir das hier nie zutrauen dürfen.« Damit wandte er sich von mir ab und beobachtete wieder *Hamada,* die sich nun weniger rasant um die eigene Achse drehte.

Es war wie ein Messer, das durch meine Brust schnitt, eine klaffende Wunde hinterließ und mich so ausblutete. Stück für Stück floss das mühsam angesammelte Selbstbewusstsein aus mir heraus.

»Ich mir auch nicht«, flüsterte ich, legte das Haarteil auf die grob verlegten Bodenplatten und ging los.

Zuerst hatte ich kein Ziel, außer möglichst viel Abstand zwischen mir und der Bühne herzustellen. Und zwischen mir und Zach, denn ich ertrug die Enttäuschung in seinem Blick nicht. Diese Mischung aus Mitleid und Reue. Doch als die Tränen mir immer schneller über die Wangen rollten, kannte ich meinen Weg. Ich ließ das Festivalgelände so schnell wie möglich hinter mir und genoss die Einsamkeit der Wüste bis zu meinem Leihwagen.

16
You should be sad

»I'm so glad I never ever had a baby with you, 'cause you can't love nothin' unless there's somethin' in it for you«
– Halsey

Jeder Kilometer zurück zum Hotel half mir, mich zu beruhigen. Die Tränen hatten kurz nach meiner Flucht einfach gestoppt, als wäre ihre Quelle versiegt. Dass dem nicht so war, spürte ich tief in meiner Brust. Doch mein Körper war müde von der Trauer und Enttäuschung, die seit ein paar Wochen nun meinen Alltag bestimmte. Und mein Geist wurde es allmählich auch. Der Cry-Counter war erschöpft. Das gesamte Experiment mit diesem Trip, der Präsenz auf Social Media und meinem neuen Job hatte mich zwar kurzzeitig abgelenkt, aber bei keinem meiner ernst zu nehmenden Probleme geholfen. Im Gegenteil.

In dem Moment, als ich meinen Wagen vor der Rezeption parkte, fühlte ich mich so schlecht wie nie zuvor. Zachs Reaktion auf mein Versagen hatte mich in eine düstere Zeit zurückversetzt. Natürlich konnte ich nachvollziehen, dass auf ihm ein unsagbarer Druck lastete, aber ich war sicherlich nicht sein Punchingball, den er herumschleudern konnte, wie es ihm beliebte. Doch das

Schlimmste war die Enttäuschung über mich selbst. Natürlich hatte ich es vermasselt – wie immer. Absoluter Tiefpunkt. Ich legte den Kopf auf das Lenkrad, sah schräg durch das Fenster nach oben in den wolkenlosen Himmel und fragte mich, ob ich einfach noch nicht weit genug gereist war. Vielleicht musste ich erst den Kontinent wechseln, um zu mir selbst zu finden.

Ich blinzelte, als sich ein Schatten vor meine Aussicht schob. Traceys Gesicht erschien hinter der Scheibe. Sie fuchtelte mit der Hand vor dem Glas herum, bevor Alexis sie wegschob und dann dagegenklopfte.

»Kayla?«

Ich richtete mich auf. »Was ist los?« Aus der Gewohnheit heraus wischte ich über meine trockenen Augen.

»Du hast Besuch.« Alexis' Stimme klang nicht wie sonst.

Ich schnallte mich ab, stieg aus dem Wagen, und sofort waren beide bei mir. Tracey nahm mich einfach nur in den Arm. Derart ruhig und ernst hatte ich sie noch nie erlebt.

»Besuch?« Meine mühselig aufgebaute Ruhe zerbrach in Splitter aus Sorge und Unsicherheit.

»Okay, nicht durchdrehen. Erinnerst du dich an Julian? Deinen Ex?«

Mit verzogenem Gesicht löste ich mich von Tracey und hielt sie so vor mich, damit ich ihr in die Augen sehen konnte. »Hast du schon wieder zu viel getrunken?«

»Nein, aber Julian –«

»Hey, Kayla.«

Ich erstarrte in meiner Position, als ich seine Stimme hörte. So vertraut und doch vollkommen fremd, weil ich ihn inzwischen aus meinem Leben gestrichen hatte. Mein Herz begann, gegen meine Rippen zu hämmern, als wollte es zur Not auch ohne unseren restlichen Körper fliehen.

Tracey löste meine Finger von ihren Oberarmen, umklammerte eine meiner Hände, und Alexis stellte sich auf die andere Seite, um mich wie Leibwächterinnen zu umgeben. Auf diese Weise erhielt ich ebenfalls die Sicht auf meinen Ex.

Julian sah gut aus. Er trug die Haare in der immer gleichen Frisur, das kurzärmlige schwarze Hemd, das wir vor einem halben Jahr auf einem Shoppingtrip gemeinsam gekauft hatten, und eine Jeans, die eng saß und sicherlich seinen Hintern betonte. Die Sonnenbrille in seiner Hand musste neu sein, doch die Schuhe kamen mir bekannt vor. Es waren die gleichen wie Zachs.

»Entschuldige bitte den Überfall.« Er kam näher.

Ich biss die Zähne zusammen, presste mit den Kiefern kräftig nach, weil ich mich auf den Schmerz vorbereiten wollte, der mit Sicherheit jeden Moment meinen Körper fluten würde. Spätestens wenn ich sein Aftershave roch, würde das Vermissen einsetzen. Ich würde all meine Prinzipien über Bord werfen, ihm zuhören und verständnisvoll nicken, denn ich war es so gewohnt von unseren gemeinsamen Jahren.

Warum war er hier? Geschah das wirklich? Schweiß lief mir Hals und Rücken hinab, trotzdem breitete sich eine Gänsehaut auf meinen Armen aus.

Das hier war der Traum einer jeden sitzen gelassenen Frau. Mein Ex war mir hinterhergereist, hatte diese immense Strecke auf sich genommen und mich ausfindig gemacht, um sich zu entschuldigen. Nicht nur für die unangekündigte Störung, sondern für all das, was er mir angetan hatte. Dass er mir mein Herz herausgerissen, es auf den Boden geworfen hatte und darauf herumgetrampelt war. Julian wollte mir bestimmt sagen, dass er das zutiefst bereute. Dass er mich vermisste, jedes Mal, wenn er eine andere

Frau küsste. Dass ich die Liebe seines Lebens war und er mich zurück nach Hause holen wollte, weil das Haus ohne mich kalt und leer war. Dass er nur mit mir glücklich werden konnte und wir ein richtiges Team waren. Seit vielen Jahren und mindestens für die nächsten fünfzehn.

Deshalb schloss ich die Augen, denn ich wartete auf den Tanz meines Herzens. Auf die pulsierende Energie, die mich ihm entgegentreiben würde. Auf das Brennen in meinem Hals, die Wärme in meiner Brust und meinem Bauch, die mir sagte, dass es so sein sollte.

Ich wartete.

Und wartete.

Und wartete.

Aber es kam nichts.

Kein Schmerz, der meinen Körper flutete.

Kein Gefühl des Vermissens, als er vor mir stehen blieb und sein Aftershave mich wie eine dicke Wolke umgab.

Stattdessen verstärkte sich meine Gänsehaut, weil ich begriff, dass mein Herz wieder mir gehörte.

Denn das hier war der echte Traum einer jeder sitzen gelassenen Frau, die nach einer schmerzhaften Trennung ihren eigenen Wert erkannt hatte. Es war vollkommen egal, was Julian auf sich genommen hatte. Jegliche Entschuldigung würde belanglos sein, weil ich ihm dafür vergeben hatte, dass er ein Arschloch war. Das wurde mir in diesem Moment bewusst. Was immer er sagen oder tun wollte, die Art, wie er mich ansah oder beobachtete – all das löste nichts in mir aus. Nichts außer Mitleid. Mein Ex litt offenbar an einer schweren Verwirrung, wenn er ernsthaft davon ausging, dass ich ihm zuhören und vergeben würde. Er sollte bei der anderen Frau bleiben oder sich in seinem Haus und Bett ausleben, er sollte mit einer anderen Person einen Baum pflanzen, einen Hund adoptieren, ein Kind zeugen und heiraten. Egal in welcher Reihenfolge. Ich war da raus. Gott sei Dank, ich war frei! Von der Scharade, die nie meinen eigentlichen Wünschen entsprochen hatte. Von *ihm.* Vielleicht war ich jetzt noch nicht glücklich, aber ich würde es allein werden. Ich war mein eigenes Team. Und die zwei Frauen neben mir waren bessere Begleiterinnen dabei, als er es jemals gewesen war. Seit vielen Jahren und mindestens für die nächsten fünfzehn.

Und deshalb öffnete ich meine Augen und lächelte ihn an. »Hallo, Julian. Was gibt es?«

Ich bemerkte die Veränderung in Traceys und Alexis' Haltung. Sie entspannten sich merklich, weil ich meine innere Stärke wohl nach außen hin ausstrahlte.

»Wie geht es dir?« Er lächelte mich auf diese Art an, die ich früher als unfassbar attraktiv empfunden hatte.

»Du meinst als Single? Sehr gut. Du meinst hier in Texas? Besser ohne dich.«

Auch Julians Körperhaltung wandelte sich. Seine Entspannung wich mit jedem Atemzug aus ihm. Es war, als würden sich seine Muskeln zusammenziehen. »Schön, dass du das so siehst.«

Ich erwiderte darauf nichts, denn es war mir wirklich egal, ob er mir glaubte oder nicht. Solange ich es wusste, war alles in Ordnung.

»Wollen wir vielleicht einen Kaffee trinken gehen und über alles reden?« Er steckte die Sonnenbrille in seine Hosentasche und stemmte dann die Hände in die Hüften.

»Auch wenn ich gerne deinen Gesichtsausdruck beobachten würde, während du dich an Jamies Plörre verschluckst, muss ich leider passen. Ich weiß, dass das ein ganz neues Konzept für dich ist, aber ich führe mein Leben nun nicht mehr nur für andere. Ich selbst stehe im

Mittelpunkt, deshalb werde ich meinen Tag nicht einfach unterbrechen, nur weil du es für nötig hältst, diesen mit deiner Präsenz zu stören.«

Alexis und Tracey neben mir sogen scharf die Luft ein. Ein klares Zeichen dafür, dass ich den richtigen Ton gefunden hatte.

»Außerdem sehe ich keinerlei Sinn darin, mich mit dir zu unterhalten. Was du mir zu sagen hast, interessiert mich nicht. Du hast genug gesprochen. Aber du kannst mir gerne zuhören.« Ich atmete ganz ruhig, fischte meinen Pflegestift aus der Tasche und rieb ihn auf meine Lippen. Danach presste ich sie übereinander, um die Schicht besser zu verteilen.

Julian verzog das Gesicht und verschränkte die Arme vor der Brust. Die Stimme hatte es ihm allerdings verschlagen. Das war also meine Chance, endlich mit ihm abzurechnen.

»Du hast mir mit dieser Trennung einen Gefallen getan, deshalb möchte ich dir danken. Danke, dass du mich erlöst hast. Nun kann ich in die Zukunft blicken, ohne ständig Angst zu haben, etwas falsch zu machen oder dir und deiner Familie nicht zu gefallen. Der Druck der Perfektion ist weg. Ich bin froh, dass ich mir keine Sorgen mehr darüber machen muss, dass du mich einfach ablehnst. Es war, als hätte ich es tief in meinem Herzen schon die ganze Zeit über gewusst, und nach all den Jahren hast du mir endlich bewiesen, was für eine Art Mensch du bist. Versteh das nicht falsch, wir hatten ebenso gute Zeiten. Eine Weile lang war ich sehr glücklich, aber es hat mich auch unendlich viel Kraft gekostet, das aufrechtzuerhalten. Für uns beide, denn du hast ja schon lange nichts mehr in diese Beziehung investiert.«

Alexis nahm nun ebenfalls meine Hand. Ganz so, als

würde sie spüren, dass ich zu einem finalen Stoß ausholte. Ich erwiderte den Druck, weil ich bereit war.

»Ich danke dir, dass du mich endlich freigelassen hast, damit ich herausfinden kann, was echte Liebe und Loyalität bedeuten. Und wie sich ein Orgasmus beim Sex anfühlt.«

Seine verkniffene Miene erschlaffte, sodass sein Gesicht ausdruckslos wurde. Ich kannte ihn viel zu gut. Er konnte mir nichts vormachen. Diese gespielte Neutralität setzte er nur dann wie eine Maske auf, wenn ihn etwas richtig getroffen hatte.

»Peng«, hauchte Tracey neben mir.

Vielleicht sollte ich ein besserer Mensch sein und mich daran nicht erfreuen. Vielleicht war es unnötig und gemein gewesen, ihm all diese Dinge an den Kopf zu werfen ... Doch ich war eben auch nur eine Frau, die von einem Mann sitzen gelassen worden war. Ich war auch nur ein Mensch, der seinen Expartner zumindest ein einziges Mal weinen sehen wollte.

»Sag mal, was denkst du eigentlich, weshalb ich hier bin?« Er zuckte lässig mit den Schultern. »Oh, Kayla. Oje, das wollte ich nicht ...« Er blickte durch seine dichten Wimpern auf mich hinab und verzog gespielt traurig den Mund. »Du hast jetzt aber nicht wirklich gedacht, dass ich dich zurückerobern will, oder?«

Ich hielt seinem Schauspiel stand. Entgegen meinem ersten Impuls, zurückzuweichen und den Blickkontakt abzubrechen, lehnte ich mich weiter in seine Richtung. »Was willst du, Julian?«

Sein Lächeln war breit und weckte in mir den Wunsch, ihm eine reinzuhauen. »Ich habe einen Käufer für das Haus.«

Egal, wie sehr ich mich ebenfalls um ein Pokerface bemühte, meine Gesichtszüge entglitten mir. »Unser Haus?«

Julian nickte. »Ich bin vor ein paar Tagen darauf angesprochen worden. Die Gerüchte über unsere Trennung hatten sich bereits in der Stadt ausgesät. Spätestens nach deiner Abreise wussten alle endgültig Bescheid.«

Ich ignorierte den unterschwelligen Vorwurf. Er hatte sich das alles selbst zuzuschreiben. Schließlich hatte nicht ich ihn einen Tag vor der Hochzeit sitzen gelassen.

»Der ganze Prozess der Rückgabe der Hochzeitsgeschenke war schon schwer genug für mich, deshalb habe ich mich sehr gefreut, als ein Bekannter nach dem Haus gefragt hat. Der Vorgang ist bereits vorbereitet, sein Angebot wirklich fair, und es fehlt nur noch deine Unterschrift.« Julian musterte mich genau.

Ich starrte ihn einfach nur an. Es war naiv von mir gewesen anzunehmen, er hätte seine Fehler eingesehen. Aber das war okay. Nein, es war sogar fantastisch, dass er nicht hierhergereist war, um mich für eine zweite Chance anzubetteln, denn so lernte ich, dass er mir gleichgültig war. Mein Hals wurde nicht eng, in meinen Augen brannte es nicht, meine Nase kribbelte nur von der Sonne, die erbarmungslos auf uns hinabschien, und er hätte genauso gut mit einer anderen Frau im Arm vor mir stehen können – Julian Fletcher ging mir am Arsch vorbei. Die Art, wie er mich wieder ausschloss, allerdings nicht.

»Es ist *unser* Haus«, setzte ich an, doch er ließ mich gar nicht richtig zu Wort kommen.

»Ich habe den Großteil übernommen.«

»Wohl eher deine Eltern.« Ich kniff die Augen zusammen. Wie immer drehte er sich alles zurecht, bis es ihm in den Kram passte.

»Das ist das Gleiche. Es waren immerhin nicht deine Eltern.« Seine Mundwinkel zuckten.

Ich hatte mit vielem gerechnet, aber nicht mit diesem Verhalten. Wenn wir den Streit und den Schmerz beiseiteschoben, blieb da immer noch eine Partnerschaft und Freundschaft, die mehr als ein Jahrzehnt angedauert hatte. Dass er sich auf dieses Niveau herabließ, nahm mir den Wind aus den Segeln.

»Du hättest das mit mir besprechen sollen«, entgegnete ich weniger forsch. Meine Stimme wurde dünner – wie die Luft, die ich nun immer mühsamer in meine Lunge sog.

»Warum hätte ich das tun sollen? Du hast doch eh keine Ahnung davon.« Er strich sich durch das blonde Haar. Wieder zeigte er dieses charmante Lächeln, das jedes Schwiegermutterherz hätte höherschlagen lassen.

»Ich –«

»Du bist ohne Geld aufgewachsen, deshalb hast du derartige Geschäfte nie mitbekommen. Niemand hat dir beigebracht, wie man mit einem Hauskauf umgeht. Stell dich nicht so an, ja? Ich werde das nicht mit dir diskutieren.« Sein Blick ließ keine Widerrede zu.

Doch da hatte er die Rechnung nicht mit Alexis gemacht. »Hey, du Arschloch! Pass mal auf, wie du mit meiner Freundin redest.« Ihre Hand löste sich von meiner, weil sie sich vor mich stellte.

Tracey zog nach. Wie eine Schutzwand schirmten sie mich von seiner Feindseligkeit ab, aber der Schaden war bereits angerichtet.

»Wer seid ihr überhaupt? Euch geht das Ganze überhaupt nichts an! Verschwindet!«

Ich manövrierte mich wieder vor die beiden. »Sie gehen nirgendwohin!«

Julian sah mich von oben bis unten an. »Ich erkenne dich gar nicht wieder.«

»Zum Glück«, sagte ich entschieden und biss mir auf die Unterlippe. Meine Hände zitterten. Damit er das nicht bemerkte, verschränkte ich die Arme vor dem Körper. »Es ist auch nicht mein Problem, wenn du mich für zu ungebildet hältst.« Ein kurzer Stich in der Brust, doch ich fuhr fort. »Du bist für meine Unterschrift bis nach Texas gereist, also habe ich offensichtlich ein Mitentscheidungsrecht. Und ich werde mich von dir zu nichts drängen lassen. Du kannst mir die Unterlagen gerne hierlassen, und ich werde sie durchsehen.«

»Das ist lächerlich! Du verstehst sowieso kaum ein Wort. Es wäre nur anständig, wenn du den Fähigen von uns beiden die Sache erledigen lässt. Oder ist das dein verzweifelter Versuch, an unserer Beziehung festzuhalten? Diese Armseligkeit steht dir nicht, mein Engel.« Er kam mir viel zu nah. Sein Atem legte sich auf meine Haut, und ich hätte sie am liebsten von meinem Fleisch gekratzt, damit nichts von ihm auf mir blieb.

Bevor ich vorschnell sprechen und ihn lediglich beleidigen würde, atmete ich einmal tief durch. Eine verbale Auseinandersetzung auf diesem Niveau würde uns nicht weiterbringen, mich jedoch viele Nerven kosten, die ich nicht übrighatte.

»Du sprichst von Anstand, aber verhältst dich vollkommen unanständig. Solange du so mit mir redest, hast du meine Aufmerksamkeit nicht verdient.« Ich lächelte ihn mit zusammengepressten Lippen an, drehte mich um und sog scharf die Luft ein, als sich seine Finger um meinen Unterarm schraubten.

»Wir sind noch nicht fertig.«

»Hey, was soll das?« Tracey zog an Julian, damit er mich losließ.

Alexis schubste ihn, sodass er nach hinten strauchelte.

»Was ist hier los?«

Mit aufgerissenen Augen sah ich über die Schulter. Ich hatte gar nicht mitbekommen, dass ein SUV neben meinem Leihwagen geparkt hatte. Zach kam auf uns zugejoggt. Sein Gesicht gab eine ganz klare Botschaft ab.

Julian ließ mich los und hob die Hände, als wollte er signalisieren, er sei harmlos. Komisch, dass drei Frauen ihn nicht zu dieser Handlung hatten bringen können, doch kaum tauchte ein anderer Mann auf, ging es.

»Es tut mir leid, wenn ich zu hart zu dir war. Ich wollte dir nicht wehtun.« Er bewegte die Hände sachte hin und her.

Zu einer Reaktion war ich in der Situation gar nicht fähig. Völlig überrumpelt blickte ich von ihm zu meinen Freundinnen und dann zu Zach, der wie eine menschgewordene Dampfwalze vor uns hielt. Seine Wangen glühten, und in den moorfarbenen Augen loderte etwas auf, das nur bei zu viel Testosteron im Körper aufglimmen konnte.

»Geht es dir gut, Kayla?« Zachs Stimme war tiefer als sonst.

»Ja, alles in Ordnung. Ich –«

»Wer bist du?« Julian schnitt mir mal wieder das Wort ab. Wie ein Platzhirsch baute er sich vor Zach auf.

Tracey, Alexis und ich verdrehten kollektiv die Augen. Was sollte dieses Machtgehabe?

Zach fokussierte sich nur auf mich. »Hat er dir wehgetan?«

»Nein.« Ich ignorierte das Pochen in meinem Unterarm, weil ich hier auf der Straße keine Szene machen wollte. Die Situation war zu viel für mich, deshalb sah ich mich Hilfe suchend zu den Mädels um.

Alexis verstand sofort. »Das ist Kaylas Ex. Julian. Er ist hierhergereist, um mit ihr zu sprechen.«

»Oh«, murmelte Zach. Er blickte zwischen uns hin und her. »*Oh*«, wiederholte er und trat einen Schritt zurück.

»Und wer bist du, wenn ich fragen darf?«

Zachs Blick lag wieder auf mir. In seinen Augen veränderte sich etwas. Am liebsten hätte ich meine Hand an seine Wange gelegt, weil ich ihm signalisieren wollte, dass das zwischen uns nicht nichts gewesen war. Denn genau so sah er mich gerade an. Doch die Sache mit dem Festivalgelände stand zwischen uns. Mir war nicht klar, warum er überhaupt hier war. Ich öffnete den Mund, aber Zach antwortete Julian.

»Ich bin Kaylas Chef.«

»Also bist du Friseur?« Julian lachte auf, doch niemand schloss sich ihm an. Im Gegenteil. Tracey und Alexis starrten ihn regelrecht nieder.

»Ja, ich bin Friseur. Hast du ein Problem damit?«

Julian fand das wohl besonders witzig, denn er gluckste wieder. »Nein«, sagte er atemlos und machte eine kurze Pause, bevor er weitersprach. »Nein, ich bin sogar froh. Dann habe ich das nur falsch verstanden, denn du kamst hier angedüst, als würdest du Kaylas Ehre verteidigen wollen. Wie ein Typ, den sie rangelassen hat.«

Schweigen. Ich sah zu Boden. Zachs Blick auf mir war mir mehr als bewusst, aber ich konnte damit in diesem Moment nicht umgehen. Ich wollte gar nicht wissen, wie Alexis und Tracey nun Julian fixierten.

»Moment mal ... Kayla?« Julian wollte näher zu mir kommen, drei ausgestreckte Arme hielten ihn jedoch davon ab.

Wieder Schweigen.

»Oh, schon klar. Du bist gerade mal eine Woche single und vögelst schon mit dem Erstbesten. Ich dachte, ich kenne dich, doch anscheinend bist du zur Schlampe mutiert.« Julians Worte waren wie eine Ohrfeige.

Ich war nicht in der Lage dazu, mich zu verteidigen. Das musste ich aber gar nicht, denn Zach war sofort direkt vor Julians Gesicht. Ihre Nasenspitzen berührten sich beinahe. Auf eine merkwürdige Art sah es für einen Moment so aus, als würden sie sich küssen.

Alexis legte eine Hand auf meine Schulter und zog mich sanft nach hinten, ich bewegte mich jedoch keinen Zentimeter. Wie gebannt beobachtete ich, wie Zach Julian niederstarrte.

»Sag das noch einmal zu ihr, und du fliegst zurück in dein Kaff. Ohne Flugzeug.« Seine Aussprache war so aggressiv, dass er zwischendurch zischte.

Ich hielt mir eine Hand vor den Mund, weil ich keine Ahnung hatte, wie ich diese Situation entschärfen sollte.

»Ich spreche mit Kayla, wie ich es für richtig halte. Niemand kennt sie so gut wie ich. Meine Familie hat sie aus der Gosse geholt.«

»Julian! Hör auf damit!« Meine Stimme sollte stark und unbezwingbar klingen, aber sie war nur ein atemloses Wimmern. Ich war so unglaublich stark gewesen. Mit aller Macht hatte ich mich gewehrt, doch jetzt kamen mir die Tränen. Schmerzhaft drückten sie sich durch die Kanäle und verbrannten mein Gesicht.

Julian schubste Zach nach hinten. Dieser holte aus, weil er meinem Ex ins Gesicht schlagen wollte, Julian hingegen war schneller. Er wich Zachs Fausthieb aus und verpasste ihm einen mitten aufs Kinn. Zach taumelte zurück und stieß mich dabei um. Während Alexis und Tracey ihn auffingen, knallte ich gegen den Leihwagen und dann auf den Boden.

»Kayla!« Tracey war sofort bei mir.

»Pfeif deinen Stecher lieber zurück, bevor sich hier noch jemand verletzt.« Julian erschien über mir und reichte mir eine Hand. Ich schlug sie weg, nahm Traceys Hilfe an und humpelte zu Zach, der sich das Kinn hielt. Mein Knöchel pulsierte wie verrückt, doch ich hatte nur Augen für ihn.

»Es tut mir so leid. Geht es?«

»Ja, alles okay. Mach dir keine Sorgen um mich.«

Trotzdem ergriff ich seine Hand, inspizierte die sich rötende Stelle und legte dann meine Hand auf seine Bartstoppeln.

»Das ist ja herzallerliebst. Braucht ihr ein Hotelzimmer?«

Ich wirbelte herum und steuerte auf Julian zu. »Weißt du was? Das haben wir bereits.«

»Das erklärt natürlich alles.«

»Was denn genau?« Ich blieb vor ihm stehen und legte die in mir aufkeimende Wut in meinen Blick. »Was erklärt das? Warum du während unserer Beziehung oder kurz nach der Trennung mit anderen Frauen rumgemacht hast und das vollkommen in Ordnung findest, aber ich, wenn ich mich in einen anderen Mann verliebe, direkt eine Schlampe sein soll? Du wirst mich dafür nicht beschämen, hast du das verstanden?« Ich schrie ihm die Worte direkt ins Gesicht. »Du wirst mir meine Sexualität nicht absprechen oder sie zum Schandfleck erklären. Du wirst hier nicht mit zweierlei Maß messen und deinen misogynen Bullshit verbreiten! Das lasse ich nicht zu!« Spuckefetzen flogen ihm entgegen.

Einen Moment lang starrte er mich nur an. Von dem

Mann, den ich mal so sehr geliebt hatte, war nichts mehr übrig. Ich fragte mich, wann das alles verloren gegangen war.

»Liebe? Nach so einer kurzen Zeit? Das zeigt ja nur, dass das zwischen euch entweder nicht echt ist oder dass du mich nie wirklich geliebt hast. Spielst du ihm auch alles nur vor?«

Wie eine Stichflamme umschloss mich die pure Wut. Ich streckte meine Arme aus und stieß Julian so heftig wie möglich. »Das ist für Zach, weil er dir nichts getan hat.« Sein Gesichtsausdruck war eigentlich viel befriedigender als die körperliche Gewalt selbst, dennoch wiederholte ich meinen Angriff. Das zweite Schubsen war nötig, damit ich nicht zu dem wurde, was ich seit meiner Kindheit hinter mir lassen wollte. »Das ist für deine Mutter, weil du dich wie Arschloch benimmst, obwohl sie sich bei deiner Erziehung wirklich Mühe gegeben hat.« Trotzdem erlöste mich die Macht, die ich plötzlich über seinen Körper hatte.

Mit rasendem Atem hielt ich weiterhin die Arme vor mir ausgestreckt. Meine Hände ballten sich ganz automatisch zu Fäusten. Ich wollte nicht weiter gehen, doch meine Knöchel prickelten erwartungsvoll.

»Immerhin habe ich eine Mutter, die sich um mich kümmert.« Er brauchte keine Fäuste oder Kraft, um mich zu verletzen. Leider hatte ich mit diesem Menschen alles geteilt, sodass er sein Wissen nun als Waffe gegen mich verwenden konnte. »Was willst du jetzt tun, Kayla? Zu genauso einem Gesindel werden wie deine Eltern, indem du mich schlägst?«

In meiner Brust zog es so tief wie schon lange nicht mehr. Dieses Gefühl war mir wohlbekannt, doch längst verdrängt. Ich blinzelte ein paarmal, bevor ich mich wegdrehte. Aber nicht, um meinem Muster zu folgen und zu fliehen, sondern um auszuholen. Es war auch keine simple Reaktion auf die Verletzung, die er mir seelisch zugefügt hatte, sondern eine bewusste Entscheidung. Mit aller Macht schlug ich ihm auf die Unterlippe, die sofort zu bluten begann. »Und das ist für mich. Du hast mich nicht verdient.«

Einen Moment lang genoss ich die Mischung aus Überraschung und Schmerz in seinem Gesicht, dann wandte ich mich endgültig ab und trat erneut zu den anderen.

»Wenn du möchtest, kannst du die Unterlagen am Empfang abgeben.« Ich sah Julian dabei nicht an, sondern Zach, Tracey und Alexis in genau dieser Reihenfolge. »Lasst uns bitte gehen.«

Langsam bewegte ich die Finger meiner rechten Hand. Sie schmerzten so sehr, dass ich am liebsten in Tränen ausgebrochen wäre. Doch diese Genugtuung würde ich Julian nicht geben. Er war mir nicht nur egal, er war ab jetzt für mich gestorben.

17
My Kink Is Karma

»Wishing you the best in the worst way,
using your distress as a foreplay«
– Chappell Roan

»Braucht ihr Eis?« Noch bevor wir Tracey antworten konnten, eilte sie auf die Rezeption zu.

Zu dritt setzten Alexis, Zach und ich uns in Bewegung. Ich rechnete damit, dass Julian uns verfolgen würde, doch stattdessen hörte ich eine Autotür zuknallen. Als ich mich im Gehen umdrehte, sah ich, wie ein Wagen davonbrauste. Sicher wusste ich es nicht, aber ich vertraute darauf, dass er mich endlich ernst genommen hatte und verschwunden war.

»Was für ein Arschloch«, brummte Alexis, die mich nicht mehr losließ. Kurz nach meinem Schlag hatte sie meine Hand in ihre genommen, und nun waren wir miteinander verschmolzen.

Ich nickte nur, denn ich hatte bereits alles gesagt. Meine Sorge galt voll und ganz Zach, deshalb beobachtete ich ihn ohne Unterlass. Wegen mir war er verletzt worden, und diesen Fakt ertrug ich kaum. Es war meine Schlacht gewesen, die ich allein hätte austragen sollen. Meine Verletzungen, körperlich und seelisch, sollten als Opfer ausreichen. Zachs Gesicht beim Anschwellen zu beobachten, stach zusätzlich in meinem Herzen.

»Kann ich einen Moment mit dir allein sprechen, Kayla?« Zach blieb stehen, und ich hielt ebenfalls an. Seine Augenbrauen waren zu einer Linie zusammengezogen, und seine sonst so vollen Lippen wirkten schmal.

»Klar.« Vor diesem Zwischenfall hätte ich mir vermutlich den Kopf darüber zerbrochen, ob Zach mir offiziell kündigen wollte. Ich ging fest davon aus, dass das Intermezzo mit Julian unsere ohnehin schon vorbelastete Beziehung endgültig zum Scheitern verurteilt hatte. Es war zwar nicht so, als wäre mir das egal, doch ich hatte keine Kraft mehr übrig, um den nächsten Mann zu kämpfen. Ich war mir nicht mal sicher, ob ich jemals wieder um eine andere Person kämpfen wollte, denn wenn sie nicht von dem, was zwischen uns war, überzeugt war ... dann wollte ich sie womöglich gar nicht an meiner Seite haben.

Alexis' und meine Hände lösten sich voneinander, deshalb fühlten sich meine Finger verloren an. Ein Klingeln ertönte von der Rezeption.

»Hier das Eis«, verkündete Tracey. Sie joggte zu uns, drückte Zach eine durchsichtige Tüte mit gefrorenen Würfeln in die Hand und nickte in meine Richtung. »Auch für dich.«

»Danke«, sagten Zach und ich wie aus einem Mund.

»Tracey?« Alexis war neben einem ausgetrockneten Busch stehen geblieben und warf unserer Freundin einen vielsagenden Blick zu.

Die verstand ihn nicht ganz, ging aber trotzdem zu Alexis.

Unter der Beobachtung der beiden setzte ich mich wieder in Bewegung und steuerte die Unterkunft an. Zach folgte mir schweigend. Ein paar Gäste kamen uns entgegen, verzogen die Brauen, als wir an ihnen vorbeimarschierten, und begannen zu tuscheln, sobald wir ihnen den Rücken zugedreht hatten. Manche winkten Zach auch offen zu. Er war hier aufgrund seines Jobs bekannt wie ein bunter Hund. Ich hatte in dieser unangenehmen Situation zumindest den Luxus, in Bedeutungslosigkeit unterzugehen. Trotzdem atmeten wir beide auf, während wir nacheinander die Treppen zur Hütte hinaufgingen und ich die Tür aufschloss. Ich trat ein, steckte den Schlüssel von der anderen Seite ins Schloss und machte Zach Platz. Während er das Eis zum Waschbecken ins Badezimmer brachte, zog ich die schweren Schuhe aus und schlüpfte in Flipflops.

Als Zach im Türrahmen erschien, setzte ich mich mit ineinander gefalteten Händen aufs Bett. Ich war bereit für alles, was da kommen würde.

Oder auch nicht.

»Es tut mir leid, wie ich dich vorhin behandelt habe. Ich hätte so was nicht sagen dürfen, schon gar nicht vor der ganzen Mannschaft. Bitte verzeih mir, dass ich derart aus der Haut gefahren bin. Da hat nicht der echte Zach aus mir gesprochen, sondern eine krude Stressversion von ihm, die kein netter Mensch ist.« Er hielt sich einen feuchten Waschlappen ans Kinn. »Ich hasse den Typen, um ehrlich zu sein.«

»Ich auch«, erwiderte ich und nickte langsam.

»Ich glaube an dich, und ich habe das keine Sekunde bereut.« Er atmete tief ein und dann langsam aus. »Der Stress mit diesem Festival ist nicht gerade meine übliche Komfortzone. Normalerweise veranstalte ich viel kleinere Events im Umkreis von New York. Jazzfestivals. Clubkonzerte. So was. Doch ich habe diesen Job angeboten bekommen und wollte testen, ob ich das Zeug dazu habe.«

Er brach den Blickkontakt kurz ab, blickte zur Decke, danach auf den Boden. »Habe ich offensichtlich nicht. Aber das ist nicht wichtig. Ich möchte mein Fehlverhalten gar nicht rechtfertigen, denn ich habe mich wie ein Arsch verhalten und stehe dazu. Ich verstehe, wenn du wütend bist und nicht mehr mit mir zusammenarbeiten möchtest. Nur damit du es weißt, ich werde dir den ganzen Tag heute bezahlen. Vielleicht ist das ein Anfang der Wiedergutmachung.«

Ich nickte wieder. »Ja, das ist ein Anfang. Und ja, ich bin wütend.«

Zach blickte mich endlich wieder an. »Zu Recht.«

»Das kannst du noch gar nicht beurteilen, denn wegen der Sache auf dem Festival bin ich gar nicht mehr sauer. Vielmehr bin ich von der Situation zwischen uns angepisst. Du flirtest mit mir, du machst mir – wenn auch furchtbare – Komplimente, wir küssen uns, wir machen mehr als nur küssen …« Ich sah an ihm herab, weil sich seine Haltung augenblicklich verändert hatte. »Du stößt mich von dir, du kommst zurück, du vergleichst mich mit deiner Ex, hältst mich aber auf, wenn ich abreisen will, gibst mir einen Job und stößt mich wieder von dir weg … Ich kann das alles nicht mehr.« Mit noch immer schmerzender Hand wischte ich mir eine Strähne aus dem erhitzten Gesicht. »Was ist das zwischen uns, Zach?« Mein Herz nahm wieder Fahrt auf, als er auf mich zukam.

Er ließ den Waschlappen sinken. »Du bist in mich verliebt.« Keine Frage, nur eine Aussage.

Ich reckte das Kinn vor. »Ach ja?« Es sollte selbstsicher klingen, doch der Unterton meiner Stimme vibrierte vor Aufregung.

»Das hast du deinem Ex gesagt.« Er blieb ungefähr einen Meter vor mir stehen und legte den Kopf schief.

Obwohl mein Gesicht bereits glühte, stieg noch mehr Hitze in meine Wangen. Es fühlte sich an, als würde mir jeden Moment der Kopf platzen. Ich kommentierte das nicht, denn ich hatte dem nichts hinzuzufügen.

»Ich muss dir etwas sagen.« Seine Stimme war ungewohnt sanft.

Diese Zärtlichkeit startete ein ganz eigenes Programm in meinem Körper. Ich hatte auf einmal Schwierigkeiten, seinem intensiven Blick standzuhalten. Mein Sichtfeld flimmerte, und in meinem Bauch machte sich ein flatterndes Gefühl breit. Ein warmer Schauer lief über meinen Rücken und stellte die kleinen Härchen auf meinen Armen auf. Mein Herz bretterte einen hektischen Takt in meiner Brust, während mich ein dünner Schweißfilm überzog.

Ich war nicht bereit für das, was er mir nun sagen würde. Es war zu früh. Es war zu viel. Ich wollte es, aber es machte mir auch eine Scheißangst.

»Ich habe dich angelogen.« Zach schluckte.

Ich verschluckte mich an meiner eigenen Spucke. Durch mein Husten brach ich den Blickkontakt ab und stützte mich aufs Bett. All die Energie, die sich in mir aufgebaut hatte, floss nun aus mir heraus. Übrig blieb eine leere Hülle.

»Ich habe keine Ex. Ich habe eine Verlobte.«

Ich war froh, dass ich auf die Bettdecke starrte und nicht in sein Gesicht. Mit wackligen Beinen stand ich auf. Ich zitterte am ganzen Körper, weil mein System überfordert war. Mein Kopf konnte keinen klaren Gedanken fassen, deshalb blieb ich still und versuchte, mich an ihm vorbeizuschleichen. Ich wollte mich nur noch im Bad einschließen und unter die Dusche stellen, um den Tag von mir zu waschen.

Zach hielt mich jedoch auf. Mit breiten Schultern versperrte er mir den Weg, strich sich übers kurze Haar und rang nach Worten, die ich gar nicht hören wollte.

»Es ist okay«, kam ich ihm zuvor. »Ich hab's verstanden. Lass es gut sein.«

Meine erste Reaktion war schwach, das wusste ich selbst. Ich hätte ihn anschreien sollen. Ihm deutlich machen müssen, wie sehr mich das verletzte. Vielleicht sogar noch mehr als meine eigene Trennung, denn er hatte mich zu *der anderen Frau* gemacht. Zur Untreue zählten immer zwei Menschen, und natürlich trug die Person, die sich in einer Beziehung befand, am meisten Verantwortung und damit letztlich auch die Schuld. Doch es sollte eine selbst getroffene Entscheidung sein, sich an einem Betrug zu beteiligen. Wenn ich meinen moralischen Kompass schon mit Füßen trat, wollte ich es wenigstens in vollem Bewusstsein dessen durchziehen. Zach hatte mir die Entscheidung abgenommen. Mal wieder hatte ich in meinem eigenen Leben nichts zu melden gehabt.

»Ich hätte auch *dich* schubsen sollen.« Ich sah ihn an, bevor ich mich an ihm vorbeidrückte.

Zach ließ das zu. Er hielt mich nicht fest oder stellte sich mir noch mal in den Weg. So konnte ich ins Bad fliehen, die Tür hinter mir verriegeln und einfach am Holz auf den Boden hinabgleiten. Ich schloss die Augen und unterdrückte das dringende Bedürfnis, meinen Kopf gegen die Tür zu schlagen.

»Sie ist tot.«

Ich drehte mich zu ihm. Mein Knöchel schmerzte, als ich auf dem Boden umherrutschte und mich an der Klinke hinaufzog. Die Tür zu öffnen, war allerdings zu früh für mich.

»Wer ist tot?« Meine Stimme bebte.

»Meine Verlobte ist vor acht Monaten bei einem Brand in einem Bürogebäude ums Leben gekommen. Ich …«

Auf der anderen Seite des Holzes ertönten ein Rascheln und ein schleifendes Geräusch. Zachs Stimme klang auf einmal viel näher.

»Ich hätte dir das von Anfang an sagen sollen. Es ist nur sehr schwer, mit Menschen darüber zu reden, die das alles nicht mitbekommen haben. Die Marissa nicht kannten. Es … tut mir wirklich leid.«

Seine Worte nahmen mir die Wut, Aufregung und Enttäuschung und hinterließen ein merkwürdiges Vakuum in mir, das ich mit neuen Gefühlen stopfen wollte. Ich öffnete doch die Tür und nahm Zach damit die Lehne in seinem Rücken. Durch das schwungvolle Aufreißen fiel er hintenüber. Ich stand über ihm und blickte auf ihn hinunter.

»*Mir* tut es leid.« Noch immer zitternd reichte ich ihm eine Hand. Er ergriff sie nach kurzem Zögern. »Mein herzliches Beileid. Ich wusste ja nicht … Ich dachte die ganze Zeit …« Ich zog ihn hoch und beobachtete jede Regung auf seinem Gesicht. Mir entging weder die Furche zwischen seinen Augenbrauen, das Zittern seiner geschwungenen Unterlippe noch der Glanz in seinen Augen.

»Dass ich ein Arschloch bin und dich mit meiner Ex vergleiche, die mich sitzen gelassen hat?«, ergänzte er mein Gestammel.

Ich zuckte mit den Schultern. »Ja, irgendwie schon.«

»Das ist meine Schuld. Mach dir keine Gedanken.« Zach hielt meine Hand noch immer umklammert, ließ sie nun aber los. Seine fehlende Berührung war wie ein Mahnmal auf meiner Haut.

»Du hast halt von deiner Ex gesprochen …«

»Ich tue mich schwer damit, Marissa eine Bezeichnung

zu geben. Sie war meine Partnerin, aber hat mich verlassen. Natürlich nicht wirklich, doch ich bin trotzdem allein, und sie ist weg und …« Er sah über meinen Kopf hinweg. Sein Blick schien an einer Erinnerung zu hängen, die nichts mit dem zwischen uns zu tun hatte. Dennoch fühlte ich mich ihm noch mehr verbunden, denn manchmal ging es mir ähnlich. Ab und zu hing ich dem hinterher, was mal gewesen war. »Es ist noch nicht so lange her, weißt du?«

Ich nickte. Natürlich verstand ich. Wenn mich mein Verlust schon so auffraß, was machte dann Zachs erst mit ihm?

Ein paar Augenblicke war es, als wäre er auf einem anderen Planeten. Ich ließ ihm den Moment, weil es für ihn wichtig schien, mit dieser Situation auf seine eigene Art umzugehen. Obwohl ich mich selbst dafür hasste, stach es in mir. Der Stachel der Eifersucht war hier keinesfalls angebracht und dennoch nur eine menschliche Reaktion, die ich nicht gänzlich überspielen konnte.

»Wenn ich dich mit ihr vergleiche, ist es das größte Kompliment, das ich dir machen kann.«

Mit diesen Worten trieb er ihn noch tiefer in mein Herz.

Ich zwang mich nicht mehr zu einem Lächeln, sondern sah ihn einfach nur mit gerunzelter Stirn an. Obwohl wir unterschiedliche Ausgangslagen hatten, unsere Herzen schlugen im selben Takt.

»Also ein gutes Kompliment«, murmelte ich.

»Ich sollte so was trotzdem nicht sagen. Und ich sollte euch nicht miteinander vergleichen. Entschuldige bitte. Auch wenn ich sie noch immer vermisse und unendlich traurig bin, dass sie nicht mehr auf dieser Welt ist … Mittlerweile habe ich verstanden, dass es keine Treue über den Tod hinaus gibt. Sie ist weg. Für immer. Und ich habe noch fast mein ganzes Leben vor mir.« Endlich blickte er mich wieder an. Unsere Blicke verbanden sich miteinander. »Ich habe dich immer wieder von mir gestoßen, weil es zu schnell zu schön war. Da waren viele komplexe Gefühle, die ich erst mal empfinden und verarbeiten musste. Schuld, Trauer, Verunsicherung, Reue ... Verliebtheit.« Sein Blick lag auf meinem Gesicht wie eine zarte Umarmung, dabei waren wir zwei Handbreit voneinander entfernt.

Das letzte Wort seiner Aufzählung ließ mich zwar zusammenzucken, aber gab mir auch Energie zurück, die ich verloren geglaubt hatte.

»Vielleicht sollten wir unsere Gefühle ignorieren«, flüsterte ich, weil ich meiner Stimme nicht vertraute. Meine Atmung wurde schneller, denn er ließ mich nicht eine Sekunde aus den Augen.

»Aber das haben wir bereits versucht«, raunte er und überwand die Distanz zwischen uns. »Wir sollten darüber in Ruhe sprechen.«

Ganz automatisch sah ich zu der Uhr an der Wand neben uns. »Wir haben nicht genug Zeit.«

Zach atmete auf. Die Luft um uns herum wurde wärmer. Sie legte sich auf meine Arme, mein Gesicht und den Hals, in dem Worte lagen, die ich ihm entgegenfeuern wollte. Und gleichzeitig hatte ich Verständnis für seine Situation. In meinem Körper war ein Cocktail aus Emotionen angestaut, die an die Oberfläche drängten.

»Nach dem Festival haben wir Zeit.«

Ich schüttelte langsam den Kopf. »Ich habe nur für eine Woche gebucht. Und was danach kommt ... Keine Ahnung.«

Zachs Hals spannte sich an. »Du könntest länger bleiben, falls du Zeit mit mir verbringen möchtest.«

Auf den letzten Teil ging ich nicht ein, denn das wusste ich selbst noch nicht sicher. Es kam darauf an, was er als Nächstes tun würde.

»Ich will nicht warten«, hauchte ich.

Zach suchte mit seinen Fingern nach meiner Hand. »Ich sage meinen nächsten Termin ab, dann können wir reden.«

Sanft hob er unsere Hände, führte meine Finger an seinen Mund und hauchte kleine Küsse auf meine Knöchel. Die Hitze drang durch meine Haut, glitt mein Handgelenk und meinen Arm hinab bis in die Mitte meines Körpers. Ich legte meine freie Hand auf seine Schulter, weil ich ihn unter mir spüren wollte. Nicht so, aber es war ein Anfang.

»Sag ab.«

»Okay«, raunte er. Sein Griff wurde fester. »Kayla, ich will dich. Schon die ganze Zeit, und –«

»Sag ab«, wiederholte ich, lehnte mich ihm entgegen und brachte meine Lippen an sein Ohr. »Aber nicht zum Reden.«

Es war eine verzwickte Situation. Zach hatte seine Partnerin bei einem furchtbaren Unglück verloren und Verletzungen davongetragen, die Zeit zum Heilen brauchten. Ich war gerade verlassen und zusätzlich beleidigt worden, deshalb hatte ich Vertrauensprobleme. Wir waren beide auf unterschiedlichen Leveln angeschlagen. Beide nicht bereit für etwas Festes. Wir hatten beide Gefühle füreinander, die wir uns kaum eingestehen konnten. Wenn wir jetzt reden würden, kämen wir zu demselben Ergebnis wie zuvor. Ganz sicher zu Recht, doch ich wollte jetzt nicht vernünftig sein. Ich wollte einmal in meinem Leben etwas Leichtsinniges machen. Und Zach war die perfekte Leichtsinnigkeit.

Ich küsste die weiche Stelle hinter seinem Ohrläppchen und spürte, wie sich seine Muskeln anspannten.

»Bist du dir sicher?« Seine Stimme war nur ein Raunen direkt neben meinem Ohr.

Ich tippte ihm zweimal auf die Schulter.

Das reichte ihm, um mich an den Schultern zu packen, unsere Positionen zu wechseln und mich gegen die Wand neben der Tür zu drücken. Aus Reflex ergriff ich seine Handgelenke, aber ich wollte seine Dominanz nicht mildern, sondern mich an ihr aufheizen. Langsam rieb ich die nackte Haut entlang, bis ich seine Oberarme spürte. Dort tippte ich auf seinen steinernen Bizeps. Zweimal.

Zachs Gesicht befand sich nur wenige Zentimeter vor meinem. Seine Lippen waren nur ein leichtes Vorbeugen entfernt. Ich wollte ihn schmecken, roch bereits die verführerische Kombination aus seinem Aftershave und ihm selbst und war bereit, meinen Körper endlich mit ihm zu teilen. Egal, was das zwischen uns war. Ich konnte das alles wirklich nicht mehr, vielleicht lag es jedoch auch daran, dass ich mehr brauchte.

»Gib mir zwei Minuten, okay?«

Zu meiner Enttäuschung ließ er eine meiner Schultern los und griff in seine Hosentasche. Das bedeutete allerdings auch, dass ich einen größeren Radius hatte, um ihn zu berühren. Ich strich über seinen Hals und die Brust nach unten, über seinen Bauch, der leider von einer Stoffschicht überzogen war. Schnell ließ ich meine Finger unter den Saum gleiten.

»Kayla«, mahnte er. Er blickte immer wieder von seinem Smartphone zu mir.

Aber ich wollte wirklich nicht länger warten. Wenn wir

jetzt das Tempo rausnahmen, würden wir wieder in emotionalen Verwirrungen enden. Ich wollte mich jedoch nicht mit unseren Problemen beschäftigen, sondern in Flammen aufgehen.

»Wie viel Zeit haben wir denn?« Ich hakte Zeige- und Mittelfinger unter den Gürtel seiner Hose und zog ihn daran näher.

Zach gab der Bewegung nicht nach. Er nutzte seine Stärke, um sich mir zu entziehen, und tippte eine Nachricht auf dem Handy.

»Eine halbe Stunde, dann sollte ich wieder losfahren.« Er schob das Smartphone zurück in seine Hosentasche.

Als ich noch mal an ihm zog, gab er endlich nach und lehnte sich mir entgegen. Seine Hände positionierte er neben meinem Kopf an der Wand, sodass mich sein Körper einkesselte.

»Das, was wir letztes Mal gemacht haben ... Reicht die Zeit aus, um das zu wiederholen?« Ich biss mir auf die Unterlippe.

»Lass es uns herausfinden«, brummte er, dann war sein Mund endlich auf meinem.

Wir küssten uns so wild, dass wir nach einigen Minuten atemlos pausieren mussten. Seine Hände waren überall. An meinem Hals, auf den Schultern, die Seiten hinab und auf meinen Brüsten. Er zeichnete unter meinem Shirt kleine Kreise auf meinem Bauch, vergewisserte sich immer wieder, dass es mir gefiel, besonders, als er sich weiter nach unten vorarbeitete. Meine Hüften entlang glitten seine Finger zu meinem Hintern, massierend meine Schenkel wieder nach oben zu der Stelle, die mit jeder Berührung mehr nach ihm verlangte. Ich keuchte in sein Ohr, während er an meinem Hals knabberte und saugte, als wären wir wieder Teenager.

Ich fühlte mich frei, wenn er bei mir war. Und wunderschön, weil er immer wieder innehielt und mich mit seinen moorbraunen Augen beobachtete. Wir brauchten keine Worte, nur Blicke und das niemals endende Tippen auf dem Körper des jeweils anderen. Wie ein ganz eigener Takt aus Einverständnis und Sorge, der uns noch näher zusammenschweißte.

Keiner von uns achtete auf die Zeit. Ich sah nicht auf die Uhr, als ich mich aus seiner Umklammerung wand, ihn mit mir zog und aufs Bett schubste. Er ignorierte das Piepsen seines Handys, als ich erst sein Shirt und dann mein eigenes auszog. Wir hörten die Musik der Poolparty kaum, als ich jede Stelle seines Oberkörpers küsste. Haut auf Haut. Nicht ein einzelnes Blatt Papier hätte sich zwischen uns drängen können. Auch nicht das Klopfen an der Tür unserer Hütte, als er den Spieß umdrehte und mich in die Matratze drückte. Ich beachtete Jamies Rufen nicht, denn ich beobachtete lieber gebannt, wie Zach mir die Shorts und den Slip von den Beinen riss. Er blinzelte nur mehrmals kurz, als sein Smartphone klingelte, bevor er zwischen meinen Schenkeln verschwand. Ich vergrub meine Finger erst in seinen kurzen Haaren, dann in der Bettdecke, die unser Spiel beinahe vollständig auf den Boden befördert hatte. Jede weitere Unterbrechung ging in meinem Stöhnen unter. Mit geschlossenen Augen gab ich mich den Bewegungen seiner Zunge hin, die schnell mit meinen Hüftbewegungen einen eigenen Rhythmus fanden. Er tippte auf die Innenseite meines Oberschenkels, und ich antwortete ihm mit einem lang gezogenen »Ja!«

Weil er immer wieder genau die richtige Stelle berührte, trieb er mich Stück für Stück an den Abgrund. Als er zwei Finger hinzunahm, krallte ich mich an dem fest, was ich von ihm zu fassen bekam. Alles war so nah, so heiß und so intensiv, dass ich an seinem Mund zerbrach. Ich stürzte hinab, und die Anspannung in mir löste sich in ein süßes Gefühl auf. Wie eine Umarmung, die mich weitertrug. Ich rief seinen Namen. Den richtigen, da war ich mir dieses Mal zu hundert Prozent sicher. Doch die Erlösung hielt nicht lange an, denn ich bereitete mich auf eine unschöne Wiederholung vor.

»Geh nicht«, hauchte ich, als er sich zurückzog. Ich blinzelte, um mich zu orientieren. Es war überhaupt nicht dunkel, noch lange nicht, aber das Sonnenlicht blendete meine zu schnell geöffneten Augen so sehr, dass es mir Schmerzen bereitete.

»Hatte ich nicht vor.« Zach handelte trotzdem entgegen dem, was er gesagt hatte. Er stieg vom Bett und verschwand im Bad.

Die Anspannung war zurück. Nein, es war schlimmer. Ein Kloß bildete sich in meinem Hals, ein Gewicht legte sich auf meine Brust, und beides drohte, mich unter sich zu zerquetschen. Deshalb hob ich den Kopf nicht, als ich seine Schritte erneut auf dem Holz hörte.

»Kayla?«

Ich verharrte in meiner Position.

»Wenn du nicht möchtest, ist das auch okay.«

Nun blickte ich doch auf. Er trug seine Boxershorts nicht mehr. Vollkommen nackt stand er da, hielt etwas Goldglänzendes in der Hand und sah mich mit einem Blick an, der überhaupt nicht das widerspiegelte, was er soeben von sich gegeben hatte.

»Oh«, machte ich nur.

Er nickte, als hätte er meine Gedanken durchschaut. Mit einer lässigen Geste warf er das goldene Viereck vor mir aufs Bett.

»Wenn es nach mir geht, sind wir noch nicht fertig.« Er kam näher.

Ich schluckte, denn seine forsche Art war zurück. Und für die hatte ich eine besondere Schwäche.

»Okay«, flüsterte ich.

»Sag mir, was du möchtest.«

Ich richtete mich auf und kroch an den Rand des Betts, weil ich in seiner Nähe sein wollte. Alles an ihm zog mich magisch an. »Dich«, wisperte ich und streckte eine Hand nach ihm aus.

Er war sofort bei mir. Wieder fielen wir übereinander her, als hätte es meinen Höhepunkt vor ein paar Minuten überhaupt nicht gegeben. Wie eine Ausgehungerte küsste ich seine Lippen, die harte Brust und immer weiter nach unten. Nebenbei suchten meine Finger nach der Verpackung, die ich ihm in die Hand drückte. Kurz durchbrach ich sein Stöhnen.

»Ich will dich jetzt«, wisperte ich.

Zach riss die Folie auf, während ich ihm meinen Rücken zudrehte. Die Bettkante hatte genau die richtige Höhe für das, was ich vorhatte, und ich zitterte vor Erwartung, als er näher kam und sich gegen mich lehnte. Erst war er vorsichtig und hörte auf jedes kleine Geräusch, das mir entfuhr. Doch ich wollte es nicht sanft, deshalb drängte ich mich ihm entgegen.

Wieder gab es nur uns beide in diesem Universum. Als sich unsere Körper miteinander verbanden, vergaß ich alles andere. Es war mir egal, wie ich im Sonnenlicht aussah, ob ich zu laut war und wie meine Brüste sich aufund abbewegten. Alles, was zählte, waren Zachs Hände auf mir und seine Stimme in meinem Ohr, die mir unzählige Komplimente machte, die allesamt mein Herz zum Klingen brachten. Das Band zwischen uns war intensiv und fiebrig. Ich klammerte mich nicht nur an seinen Körper, sondern auch an seinen Takt, den Rhythmus seines Atems und die Realität, die um mich herum immer weiter verblasste. Als ich mich zu ihm drehte und wir uns küssten, verlor ich endgültig die Kontrolle. Ohne Angst, dass er erneut verschwinden würde, denn er blieb. Wir konnten das, was uns verband, vielleicht noch nicht definieren, aber es fühlte sich aufrichtig an.

Wir lagen Arm in Arm, bis sich unsere Atmung normalisiert hatte. Zach blickte mich die ganze Zeit nur an. Das sanfte Lächeln auf seinen Lippen lud mich dazu ein, immer wieder seine Mundwinkel zu küssen.

Der nächste Anruf durchschnitt unseren Frieden, und ich vergrub mein Gesicht in seiner Armbeuge.

»Wie viel Zeit haben wir noch?«

Zach ging nicht an sein Handy, aber sah auf die Uhr.

»Minus eine Stunde.« Er küsste meinen Scheitel.

»Fuck.«

»Ich würde gern den Rest meines Lebens in diesem Bett mit dir verbringen, aber ...«

»Wir müssen zur Arbeit«, führte ich seinen Satz zu Ende und streckte mich stöhnend.

»Das bedeutet ...«

Als ich ihn ansah, wurde mir bewusst, dass sein Blick auf mir lag. Er hatte die Brauen leicht zusammengezogen und wirkte so unschuldig, dass ich grinsen musste. Schließlich kannte ich sein wahres Wesen.

»Wir sollten schnell duschen gehen, bevor wir zurück zum Festivalgelände fahren.«

Er zog eine Augenbraue in die Höhe.

»Besser einzeln, sonst kommen wir dort heute nicht mehr an«, fügte ich hinzu, drückte ihm einen Kuss auf die leicht offen stehenden Lippen und krabbelte dann grobmotorisch aus dem Bett.

»Heißt das, du bleibst hier?«

»Mag sein«, entgegnete ich grinsend und suchte meine Hose.

»Heißt das, du arbeitest weiterhin für mich?« Zach richtete sich auf und rieb sich über die Brust. Allein dieses Detail versetzte meinen Körper wieder in Aufruhr, aber wir hatten noch ein Festival zu meistern.

»Mag sein«, flötete ich erneut.

Zach schüttelte lächelnd den Kopf, doch ich fand endlich meine Shorts und das Oberteil, sodass ich ins Badezimmer flitzen konnte.

18
X&Y

»I want to love you but I don't know if I can«

– Coldplay

Der Song im Radio erfüllte das Wageninnere mit einem ruhigen Rhythmus und einer nachklingenden Melancholie, die mir bis in die Knochen drang. Die perfekte Untermalung, um aus dem Fenster zu sehen und die Staubkörner auf der Scheibe zu zählen. Der Himmel hatte sich in ein Gemälde aus Violett-, Rosa- und Orangetönen verwandelt, das die karge Wüstenlandschaft in ein warmes Licht tauchte. Steinformationen wirkten weniger hart, Kakteen weniger stachelig und sogar die Büsche voller Leben. Ihre Schatten wurden immer länger und schienen nach Zachs SUV zu greifen. Wir wirbelten ordentlich Staub auf, der im Licht der untergehenden Sonne glitzerte.

Ich sah zu Zach hinüber und bemerkte, dass er sanft lächelte. Auf seinem Gesicht tanzten goldene Reflexe, die ich am liebsten mit meinen Fingern nachgezeichnet hätte. Die Ruhe zwischen uns war angenehm. Sonst hatte ich oft das Gefühl, sie durchbrechen zu müssen. Bei anderen Menschen fühlte ich mich oft gezwungen, sie zu unterhalten und dadurch sicherzustellen, dass es ihnen gut ging.

Doch Zach und ich genossen den Moment, ohne ihn zerreden zu müssen. Wir ließen den Sonnenuntergang auf uns wirken, begrüßten die Müdigkeit, die nach dem anstrengenden Tag in unsere Glieder kroch, und sinnierten vor uns hin.

In einem unsteten Takt rollte eine Wasserflasche auf dem Boden des Wagens hin und her. Ich bückte mich nach ihr und nahm einen Schluck. Wie selbstverständlich reichte ich sie danach an Zach, der sie mir abnahm. Dabei berührten unsere Fingerspitzen sich leicht. Wir blickten uns an, als hätten wir beide einen kleinen Stromschlag gespürt. Zach trank, und ich beobachtete, wie sich sein Hals bewegte.

Nach dem anstrengenden Aufbau waren wir vollkommen erledigt. Ich hatte spontan angeboten, ihm über Miras Styling hinaus zu helfen, damit sein Stresslevel nicht wieder unmenschliche Maße annahm. Anfangs war er davon nicht begeistert gewesen, aber dann ziemlich schnell eingeknickt. Erst hatte ich befürchtet, in alte Muster zu verfallen, weil ich auch Julian immer versucht hatte, den Rücken freizuhalten. Doch diese Arbeit bereitete mir Freude. Das Bedürfnis zu helfen war egoistisch gewesen, denn ich war einfach nur neugierig. Dass ich Zach damit einen Gefallen tat, war ein netter Nebeneffekt.

Zach reichte mir die Flasche zurück, und dieses Mal berührten wir uns absichtlich. Es war zu schön, ihm nah zu sein, um nicht jede kleine Gelegenheit voll auszunutzen. Ich stellte das Wasser in die Auslassung in der Mittelkonsole und verharrte einen Moment so. Die Lichter der Stadt kamen immer näher und störten den natürlichen Glanz der abendlichen Wüste. Zachs Hand legte sich wie eine warme Decke auf meine. Ein kurzer Blickkontakt, ein mildes Lächeln und dann wieder Fokus auf den Verkehr, weil uns ab und an ein anderes Fahrzeug entgegenkam.

Selbst als wir das Hotel erreichten, löste sich diese gemeinsame Zufriedenheit nicht auf. Wir stiegen aus dem Wagen, nahmen unsere Rucksäcke und schlenderten Hand in Hand in Richtung unserer Unterkunft. Ohne darüber konkret zu reden, hatten wir beschlossen, keine getrennten Schlafplätze mehr zu benötigten.

Als Zach für einen Moment stehen blieb, runzelte ich die Stirn und hielt zwangsweise ebenfalls an.

»Alles in Ordnung?« Ich erhöhte den Händedruck.

Sein Gesicht war nicht mehr so entspannt wie zuvor. Zwischen seinen Brauen bildete sich eine kleine Furche. »Ja, natürlich. Alles bestens.«

Ich glaubte ihm kein Wort. Doch bevor ich ihn weiter ausfragen konnte, erklang mein Name.

»Kayla? Moment mal.« Jamie kam zu uns gelaufen. Seine kurzen Beine trugen ihn nicht besonders schnell, und dass er mit einem Papier in der Luft wedelte, half ebenfalls nicht bei seiner Aerodynamik.

»Ich gehe schon mal vor, in Ordnung?« Zach wartete gar nicht auf mein Einverständnis, sondern ließ meine Hand einfach los und steuerte unsere Hütte an. Der Zimmerschlüssel, den er sich noch vor unserer Abfahrt besorgt hatte, klimperte, als er ihn aus seiner Tasche beförderte.

Einen Moment sah ich ihm hinterher, dann hatte Jamie mich endlich erreicht.

»Was gibt es denn?« Ich lächelte ihn an und nahm die Unterlagen entgegen, die er mir mitgebracht hatte.

»Das hat dieser merkwürdige Typ hiergelassen, der nach dir gesucht hat. Er meinte, ich solle sicherstellen, dass du sie erhältst. Das habe ich hiermit getan.«

Noch während er redete, begann ich zu lesen. Es waren die Papiere zum Hausverkauf von Julian.

»Danke«, murmelte ich und blätterte sie durch.

Jamie machte keine Anstalten, mich damit allein zu lassen. Ich begrüßte zwar, dass er mich mittlerweile beim Vornamen nannte und seine Feindseligkeit abgelegt hatte, doch diese übertriebene Neugier war nicht viel besser.

»Ich fand ihn sehr eingebildet.«

Ich blickte auf und grinste den Rezeptionisten an. »Ach ja?«

»Ja. Möge Gott ihn beschützen, denn sein Ego ist größer als Texas.«

Ein Lachen entfuhr mir. Jamie war ein komischer Vogel, aber manchmal war der Feind des Feindes auch ein Freund.

»Würdest du mir ein wenig Privatsphäre geben?« Ich lächelte ihn breit an.

Erst blinzelte, dann nickte er mehrmals hintereinander. »Natürlich!« Er ging ein paar Schritte rückwärts. »Natürlich, entschuldige. Du weißt ja, wo du mich findest. Ich versende gerne deine Antwort.«

Das glaubte ich ihm aufs Wort, denn er würde sie ganz bestimmt vor dem Versenden lesen. Ich war mir sicher, dass er genau wusste, worum es in diesen Unterlagen ging. Aber das war okay für mich. Diesbezüglich war ich gerne ein offenes Buch und das Stadtgespräch bei dem nächsten Viehmarkt in Harpers Ferry, denn ich empfand keine Scham mehr.

Jamie zog endgültig ab und ließ mich auf dem spärlich beleuchteten Weg stehen. Einen Moment lang sah ich in die Ferne. Die Lücke zwischen zwei Hütten bot einen perfekten Ausblick auf die Wüste und somit auch auf das Festivalgelände. Immer mehr Einrichtungen waren beleuchtet, auch das Riesenrad und der Aussichtsturm, die beide heute endlich aufgestellt worden waren. Es wirkte geradezu mythisch, wie all diese Lichter aus dem Nichts zu kommen schienen.

Ich würde nie einen Abschluss mit dem Thema finden, wenn einer von uns das Haus behielt. Und so ungern ich das auch zugab, Julian hatte recht. Seine Eltern hatten dafür gezahlt, und ich würde lieber sterben, als ihnen Geld wegzunehmen oder es entgegen ihrem Willen zu nutzen. Letztlich war es egal, wie unsere Beziehung zueinander gewesen war. Sie würden immer Julians Eltern bleiben, nicht meine. Vor ein paar Tagen noch wäre ich darüber in Tränen ausgebrochen, doch jetzt war es lediglich eine wichtige Erkenntnis für mich. Ja, sie machte mich traurig, aber sie half mir auch in dem Prozess. Ich war an nichts mehr gebunden und konnte einen Neustart wagen. Das Papier in meinen Händen war der Knopf für einen Neustart. Vielleicht sollte ich gar nicht erst nach Harpers Ferry zurückkehren.

In meiner Hosentasche vibrierte es. Weil ich davon ausging, dass es Zach war, der fragen wollte, wo ich blieb, nahm ich den Anruf an, ohne vorher den Kontakt zu checken. »Ja?«

»Hallo, Kayla«, begrüßte mich meine Chefin.

»Hey, Monica. Schön, von dir zu hören.« Ich fand es zwar merkwürdig, dass sie ausgerechnet dann anrief, wenn ich mit dem Gedanken spielte, nicht mehr in meine Heimat und somit zu meiner Arbeitsstelle zurückzukehren, aber tat es als Zufall ab.

»Ich muss dir etwas mitteilen«, kündigte sie an. Ihre Stimme war ernst, wie so oft. Etwas in mir spürte jedoch, dass sie keine guten Nachrichten für mich hatte. Ich ging zu einer der Bänke am Wegesrand, legte die Unterlagen auf ihr ab und setzte mich daneben.

»Was ist passiert?« Allmählich verengte sich mein Hals. Ich machte mir ernsthaft Sorgen, dass einer meiner Kolleginnen etwas zugestoßen war. »Hat der Laden gebrannt oder so?« Ich presste die Lippen aufeinander.

»Nein, hier ist alles in Ordnung.«

Ich atmete sofort auf.

»Es ist eher ein Problem zwischen uns beiden.«

Während ich das Handy mit meinen Fingern umklammerte, legte ich den Kopf schief. Die aufziehende Kälte kroch an meinen nackten Beinen nach oben. »Ach so?«

»Ja.« Ich hörte, wie sie laut ausatmete. »Ich habe gehört, dass du in deinem Urlaub für jemand anderen arbeitest.«

Ich war so sprachlos, dass ich erst mal nicht darauf reagierte.

»Das verstößt gegen deinen Arbeitsvertrag, Kayla.«

»Aber –«

»Du kannst nicht einfach ein anderes Dienstverhältnis eingehen, wenn du noch bei mir angestellt bist. Erst mal hättest du mich vorher fragen müssen, und ich hätte dir mein Einverständnis geben müssen. Mal davon abgesehen, dass ich das auch nicht ganz verstehe. Erst nimmst du Urlaub, dann stornierst du ihn, nur um dann doch zu fahren. Dieses ganze Hin und Her ... Was soll das?«

»Monica«, begann ich und strich mir mit der freien Hand über den Oberarm, weil sich Gänsehaut auf mir ausbreitete. »Ich bin kein Dienstverhältnis eingegangen oder Ähnliches. Ich habe keinen Arbeitsvertrag unterschrieben, sondern bin hier nur für einen Kumpel bei einem Festival eingesprungen.«

»Du musst nichts unterschreiben, um für einen anderen

Dienstherrn tätig zu werden.« Ihre Stimme wurde immer lauter und schriller.

»Das ist nichts Festes, okay? Ja, es wäre besser gewesen, dich vorab zu fragen. Das tut mir leid. Aber hast du denn wirklich etwas dagegen?«

»Ja, habe ich.«

Damit nahm sie mir den Wind aus den Segeln. »Aber ... Warum?«

»Kayla, ich mag dich, okay? Du warst mir immer eine gute Mitarbeiterin –«

»Ich *war?*« Augenblicklich richtete ich mich auf und kniff die Augen zusammen. »Monica, was soll das?«

»Du musst mich auch verstehen. In letzter Zeit warst du nicht wirklich zuverlässig. Und gute Laune hast du auch nicht gerade im Salon verbreitet.«

»Stimmt, sorry. Entschuldige bitte, dass ich drei Tage vor meiner Hochzeit sitzen gelassen worden bin!« Ich sprang auf, weil ich die Energie kanalisieren musste, die sich in mir aufstaute.

»Ich meine nicht nur die Zeit deiner Trennung, sondern ebenfalls die Wochen davor.«

Ich kniff die Augen zusammen. »Das stimmt nicht. Und das weißt du auch. Kann es sein, dass du mich loswerden willst, weil wir zu viele Angestellte sind? Läuft der Laden nicht gut?«

»Jetzt werd mal nicht unfair!«

»Unfair? *Du* sprichst von Fairness? Weißt du, was wirklich unfair ist?« Ich machte eine Pause, doch sie antwortete nicht. »Unfair ist, dass mein Ex dir das alles verraten hat, und statt dass du mir vertraust, mit mir sprichst und neutral Fragen stellst, ihm direkt glaubst und vom Schlimmsten ausgehst. Unfair ist, dass ich an jedem Brückentag gearbeitet habe, immer eingesprungen bin, mein ganzes Können in diesen zweitklassigen Salon stecken wollte, aber immer abgeblockt wurde und du mir jetzt mit Fairness kommst!« Ich atmete heftig und legte mir eine flache Hand auf die Brust, weil ich Sorge hatte, mein Herz würde jeden Moment aus ihr herausbrechen.

»Deine Vorschläge waren alle undurchdacht und vollkommen unpassend für einen Kleinsalon in Harpers Ferry!«

Ich biss die Zähne aufeinander, weil ich überlegen musste. *Sollte.* Obwohl es mir beinahe körperliche Schmerzen bereitete, musste ich einsehen: Meine Chefin hatte recht.

»Das stimmt.«

»Und ich habe dich auch nie darum gebeten. Du überschätzt deine Kompetenz, Kayla. Und das ist das Problem.«

Ich hatte dermaßen die Schnauze voll davon, dass Menschen mir erzählten, was ich konnte und was nicht. »Gut. Dann kündige ich hiermit.«

Da ich mir kein weiteres Wort mehr von ihr anhören würde, beendete ich das Telefonat einfach. Währenddessen war ich auf und ab gegangen, doch nun hielt ich an und legte den Kopf in den Nacken. Eine einzelne Träne kämpfte sich hervor und rann mir über die Wange, als ich die ersten Sterne am immer dunkler werdenden Himmel erspähte.

Das war sie. Meine eigene Entscheidung, mein eigenes Leben, in dem ich selbst beschloss, wo meine Grenzen lagen. Vor wenigen Tagen wäre die Arbeitslosigkeit noch der Super-GAU gewesen, doch nun prickelte es nur auf meiner Haut. Ganz so, als wüsste mein Körper bereits, dass wir auf eine viel buntere Zukunft zusteuerten.

Ich marschierte zur Bank zurück, nahm die Unterlagen und lief Jamie hinterher. Er winkte mir bereits, als ich die

Tür zum Hauptgebäude aufdrückte und mit den Papieren in der Luft wedelte wie er zuvor.

»Hast du einen Stift für mich?«

Er nickte und reichte mir den, den er in der Hand hielt. »Hier.«

Es wäre sicherlich empfehlenswert, einen Rechtsanwalt hinzuzuziehen oder zumindest die Dokumente vollständig zu lesen, doch Julian hatte recht. Ich verstand von diesem Kram nicht viel, und einen Anwalt könnte ich mir im Moment nicht leisten. Es war mir auch egal, ob ich einen Cent von dem Kaufpreis sah. Alles, was ich wollte, war meine Ruhe vor ihm, seiner Familie und dieser Stadt. Um einen neuen Job und die Arztrechnungen würde ich mich allein kümmern. Ich brauchte dafür niemanden mehr.

Ich kritzelte meine Unterschrift an alle in den Unterlagen mit einem blauen Pfeil markierten Stellen, faltete alles zusammen, knallte es auf Jamies Theke und tippte auf den Absender.

»Kannst du das an diese Adresse zurückschicken? Und mir vorher eine Kopie davon machen? Schreib das einfach auf die Zimmerrechnung, ja?« Ich legte seinen Kugelschreiber neben den Wisch.

Jamie blickte mich einen Moment an, dann nickte er. »Das ist kein schlechter Vertrag, falls du dich das gefragt hast.«

Ich verzog den Mund. »Woher weißt du das? Also, du hast ihn gelesen, schon klar. Aber wieso kennst du dich mit so was aus?«

»Bevor ich hier mit ins Hotel eingestiegen bin, war ich Makler. Zugegeben, kein besonders guter, aber die rechtlichen Angelegenheiten waren bei mir immer lupenrein. Du machst kein schlechtes Geschäft, Kayla.« Er deutete auf den Kaufvertrag, danach auf mich.

»Was meinst du damit?« Ich zog eine Augenbraue hoch.

»Das Rücktrittsfenster für den Käufer ist sehr gering, und ihr erhaltet eine Anzahlung, die nicht zurückerstattet werden muss, sollte der Käufer doch abspringen.« Er kratzte sich hinterm Ohr, während er immer wieder wegsah.

Von diesen Dingen hatte ich persönlich keinen Vorteil, aber das musste ich ihm ja nicht erklären.

»Danke, Jamie.« Ich nahm den Rucksack vom Rücken und fischte mein Portemonnaie hervor. Jamie bekam gar nicht mit, dass ich ihm ein Trinkgeld auf den Tresen legte, denn er war damit beschäftigt, die Papiere durch den Kopierer zu jagen. Erst als er mir meine Ausfertigung überreichte, schüttelte er mit dem Kopf.

»Das musst du nicht.«

»Ich möchte es aber, bitte. Danke, dass du diese Dinge so ernst nimmst.« Ich schob den Schein zu ihm hinüber und tauschte ihn gegen meinen Papierstapel, den ich achtlos in meine Tasche stopfte. »Hab einen schönen Abend.«

»Du auch. Trotz allem.«

»Den werde ich haben«, sagte ich in einem Singsang, steckte das Portemonnaie zurück und hob die Hand zum Abschied. Schnellen Schrittes und mit einem Klingeln der Türglocke verließ ich das Gebäude, atmete die frische Luft tief ein und steuerte dann die Hütte an.

Kurz davor hielt ich an. Aus dem Impuls heraus, Pina ein Update zu schicken, nahm ich mein Smartphone, richtete die Kamera auf mich und startete die Aufnahme.

»Hey, ich muss euch leider ein Update zum Cry-Counter geben und eine einzelne weitere Träne vermelden. Ich habe gerade gekündigt.« Es klang aus meinem Mund so absurd, dass ich auflachte. »Und ich habe soeben die Papiere unterschrieben, um das Haus von meinem Ex und mir zu verkaufen. Für einen Moment hat mich die ganze Situation mitgenommen, aber jetzt freue ich mich darüber, dass ich neu starten kann. Wenn euch also gerade eine Tür vor der Nase zugeschlagen wurde, haltet nach der nächsten offen stehenden Ausschau. Habt einen schönen Abend!«

Ich beendete die Aufnahme, sendete sie erst meiner Freundin und stellte sie dann auf *Horizon* ein. Meine Gemeinschaft würde sich wundern, denn normalerweise erhielten sie nur einmal am Tag einen Statusbericht von mir. Erst heute Morgen hatte ich ihnen von dem Festival berichtet, und jetzt kamen die Infos Schlag auf Schlag für sie. Doch so wie ich die Menschen in dieser App kannte, lechzten sie danach ebenso wie nach Drama. Es würde ihnen sicherlich gefallen, dass der Counter wieder gestiegen war. Und auch ich nahm es mit Humor, weil mir etwas anderes allmählich nicht mehr übrig blieb.

Ich flog die Stufen zur Hütte förmlich hinauf, denn ich brauchte dringend eine Umarmung von Zach. Nur die würde jetzt noch verhindern, dass ich wie eine überstrapazierte Gitarrensaite zerriss. Da ich mich trotz allem auf unsere gemeinsame Nacht freute, schloss ich die Tür mit pochendem Herzen auf und blieb im Türrahmen stehen, als ich ihn nicht direkt sah.

»Zach?«

Für einen Moment drängte sich der Gedanke in meinen Kopf, er würde mich auch verlassen. Wie alle anderen. Diese Furcht verpestete mein Herz und ließ mich kaum atmen.

»Zach?« Mein zweiter Ruf klang beinahe panisch.

»Ich bin hier«, drang es dumpf durch die Badezimmertür.

Ich atmete erleichtert aus, schloss den Eingang hinter mir ab und warf mich aufs Bett, weil nicht nur mein Geist an seiner Kapazitätsobergrenze angekommen war.

Die Ruhe des Zimmers sorgte dafür, dass die Realität immer tiefer in mich einsank. Ich war obdachlos. Heimatlos. Im Kaufvertrag hatte ein Datum gestanden, an das ich mich nicht mehr erinnerte. Wann musste ich ausziehen? Bis wann musste das Haus ausgeräumt werden? Und war das überhaupt mein Problem – oder eher Julians?

Sicherlich konnte ich bei Pina für einige Wochen unterkommen, wenn es brenzlig wurde. Doch ohne Job, mit dem winzigen Rest Erspartem, das der verfluchte Skorpionstich mir gelassen hatte, stand ich vor Problemen, deren Ausmaß ich erst jetzt erahnte. Druck legte sich auf meine Schultern und schien mich in der Matratze versinken zu lassen. Mein Hals brannte, als ich mich kraftlos auf die Seite rollte und die Badezimmertür anstarrte.

Jegliches Zeitgefühl war so gestört, dass ich keine Ahnung hatte, wie lange ich dalag und vor mich hinbrütete. All die Eventualitäten, die ich durchging, führten zu keinem klaren Ergebnis. Ich drehte mich im Kreis und brauchte dringend den Input einer anderen Person. Von jemandem, der genug Abstand zur Situation hatte, um nicht alles zu verkopfen, und sein Leben vorbildlich auf die Reihe bekam.

»Zach? Alles in Ordnung?« Ich wollte nicht aufdringlich sein, doch er gab kaum ein Geräusch von sich. Wenn er nicht sprach, telefonierte er dort drin auch nicht. Das übliche Duschgeräusch ertönte ebenfalls nicht.

»Ja«, rief er, aber es klang irgendwie nicht nach ihm. Es

war zwar eindeutig seine Stimme, aber diese Tonlage war mir neu.

Ich richtete mich auf und ging zur Badezimmertür. »Bist du dir sicher?«

»Ja. Alles gut. Bitte geh weg.«

Ich verzog das Gesicht. »Aus dem Zimmer?« Wieder bäumte sich mein Herz auf.

»Nein, weg von der Tür.« Als Nächstes hörte ich ein Geräusch, das Erinnerungen in mir weckte.

»O nein.« Ich wich augenblicklich zurück, weil ich seine Privatsphäre wahren wollte. Allein bei den Gedanken daran, es wäre andersherum und er würde hören, wie ich mich übergab, versank ich im Erdboden. »Kann ich dir irgendwie helfen?«

Es dauerte einen Moment, bis er antwortete. »Nein. Bleib nur bloß weg von mir.« Seine Stimme war ganz dünn. »Ich habe mich wohl angesteckt.«

Ich riss die Augen auf. »Meinst du, dass du dir diesen Virus eingefangen hast?«

Kurz herrschte Stille, dann brummte er laut: »Ja.«

Ich schüttelte den Kopf, denn das durfte nicht sein. Wenn Zach nun wie der Großteil der Belegschaft erkrankt war, bedeutete es den Super-GAU für das Chihuella-Festival.

»Vermutlich wird es bei dir auch bald anfangen. Wir müssen uns einen Plan ausdenken.« Während er sich schon im Krisenbewältigungsmodus befand, hatte ich noch Probleme, die Konsequenzen dieses Zwischenfalls abzuschätzen.

Ich sah mich um, als würde sich auf magische Art und Weise nicht nur die Rettung des Festivals zeigen, sondern ebenfalls ein zweites Badezimmer erscheinen, damit wir zeitgleich einem Magen-Darm-Virus frönen konnten.

»Ich werde nie krank.« Mein Immunsystem war wirklich außerordentlich, deshalb machte ich mir um meine eigene Gesundheit weniger Gedanken als um die weitere Organisation der Veranstaltung und Zach.

Er übergab sich ein weiteres Mal. Aus diesem Grund verzichtete ich vorerst auf ein Gespräch und ging zum Kleiderschrank. Mit ein paar Handgriffen beförderte ich meine Reiseapotheke hervor und leerte den Inhalt auf dem Bett aus. All diese Arzneimittel hatte ich selbst noch nie gebraucht, doch ich führte eine Grundausstattung immer mit. Für den Fall der Fälle – der heute das erste Mal eingetreten war. Es dauerte ein bisschen, aber ich wurde fündig. Mein nächster Schritt war der Wasserkocher, der noch zur Hälfte mit Wasser gefüllt war und den ich einschaltete. Ich bereitete eine Tasse mit einem Teebeutel vor, las mir die Packungsbeilage des Magenmedikaments durch und bereitete nebenher aus einem Sachet und Wasser eine Elektrolytmischung zu.

»Okay, ich habe einen Plan.« Mit dem Glas und den Tabletten bewaffnet kehrte ich zur Badezimmertür zurück, stellte beides davor und klopfte. »Mach mal auf.«

»Auf keinen Fall!«

»Zach, ich werde mich um dich kümmern, bis es dir besser geht. Nimm dieses Medikament, und sobald dein Magen wieder stabil ist, legst du dich ins Bett und –«

»Kayla, nein.«

Ich stöhnte auf und verschränkte die Arme vor der Brust. Warum musste er so verdammt stur sein?

»Ich werde dieses Zimmer nicht mehr verlassen, okay? Unter keinen Umständen riskiere ich, dich anzustecken.«

Meine Laune wurde dadurch nicht besser, aber ich kam nicht umhin, den Kopf hin und her zu wiegen. Ganz unrecht hatte er nicht. Sein Plan war trotzdem mies.

»Dann gehe ich jetzt einen Schritt zurück, und du nimmst das Glas und die Tabletten. Bitte.« Meine Stimme hüpfte auf und ab, denn ich verlor langsam die Nerven.

»Weg da!«

Ich rollte mit den Augen, aber tat ihm den Gefallen. »Ich bin wieder beim Bett.«

Die Tür knarzte und öffnete sich einen Spalt. Ich sah nur seine Hand und ein Stück seines Armes für ein paar Sekunden. Genau so lange, dass er Glas und Medikament greifen konnte. Ein leiser Knall signalisierte mir das Ende des Austausches.

»Und jetzt?«

»Hm?« Es klang, als hätte er bereits einen Schluck der Elektrolyte im Mund. Immerhin das.

»Willst du jetzt im Badezimmer schlafen?«

Der Wasserkocher klackte, sodass das rote Lämpchen erlosch. Ich begoss den Teebeutel und versenkte ihn endgültig mit einem sauberen Löffel.

»Ja, ich schlafe hier. Du kannst im Bett schlafen und musst zur Rezeption, wenn du die Toilette benutzen musst.« Er räusperte sich. »Es tut mir leid. Wirklich.«

»Du kannst doch nichts dafür, dass du krank bist. Mir tut es leid, dass du angesteckt wurdest.« Ich rührte den Tee um, während ich mir über das Gesicht wischte.

Alles ging den Bach runter. Ich wurde das Gefühl nicht los, dieser Trip sei verflucht. Egal, wohin ich mich begab und was ich unternahm, eine Spur der Verwüstung und des Chaos lag hinter mir.

Mit bebender Unterlippe nahm ich sein Kissen und die Bettdecke, denn er sollte es so bequem wie möglich auf dem harten Boden haben. Auch den Tee positionierte ich vor der Tür.

»Nächste Lieferung«, kündigte ich mich brüchiger Stimme an.

Dieses Mal sah ich ihn. Er wirkte unendlich blass, verschwitzt und abgeschlagen. Mein Herz schmerzte bei diesem Anblick.

Doch ihm ging es anscheinend ähnlich, denn er verzog das Gesicht zu einer besorgten Miene. »Was ist los?«

Ich ging ein paar Schritte zurück, als er sich das Bettzeug und den Tee schnappte.

Wie sollte ich ihm sagen, dass in mir das pure Chaos herrschte? Dass ich dabei war, den mickrigen Rest Boden unter meinen Füßen zu verlieren, und meine Freundinnen alles waren, was mir blieb ... und er?

»Ich rufe dich an«, brummte er mit einem wissenden Blick, bevor er die Tür wieder zudrückte.

Kurz darauf klingelte mein Handy. Ich fischte es aus meiner Hosentasche, nahm den Anruf an und hielt mir das Smartphone mit zitternder Hand ans Ohr.

»Was ist los? Erzähl mir alles.«

Dass er mich in dieser Situation zur Priorität machte, wärmte mich von innen. Er hatte weitaus andere Probleme, deren Konsequenzen ihm schon bald um die Ohren fliegen würden.

Die Art, wie er mich um Informationen bat, weil er meinen Stimmungsumschwung registriert hatte, brachte mich dazu, ihm alles zu berichten. Ich berichtete Zach von den Unterlagen, Monicas Anruf und was das für mich jeweils bedeutete. Er hörte mir einfach nur zu. Ein einziges Mal mussten wir zwischendurch auflegen, weil sich sein Zustand wieder verschlechterte. Danach rief er mich aber sofort wieder an und hatte sich sogar das Wort gemerkt, auf dem ich pausiert hatte.

Irgendwann hatte ich ihm jede meiner Sorgen erklärt, wir

waren alle Möglichkeiten durchgegangen und ich hatte ihm sogar den Kaufvertrag vorgelesen. Zach hatte kaum etwas zu den einzelnen Problemen gesagt, doch es kam mir nicht wie Desinteresse vor. Eher als wollte er es vermeiden, mich in eine bestimmte Richtung zu beeinflussen.

»Ich habe also keinen Job und keine Unterkunft, sobald ich zurückkehre«, verkündete ich abschließend und ließ mich auf dem Bett sinken. Die Matratze war so leer ohne sein Bettzeug.

»*Wenn* du zurückkehrst«, murmelte er. »Hey, ich habe bald auch keinen Job mehr. Dann sind wir immerhin schon zwei.« Er lachte auf, aber es klang freudlos.

»Wie meinst du das?« Ich zog mir die Decke über die Schultern, weil mir kalt war.

»Ich muss ein Festival organisieren, aber sitze auf dem Badezimmerboden eines Hotels und kotze mir die Seele aus dem Leib. Wir befinden uns wenige Stunden vor der Generalprobe. Die Vorbereitungen sind zwar abgeschlossen, doch die Arbeit geht jetzt erst so richtig los, und ich kann nicht mal in die Nähe des Festivalgeländes. Ich kann meinen Job gerade nicht mehr ausüben, und sobald mein Chef das merkt oder ich ihm das mitteile, gilt das Festival als gescheitert, und ich bekomme nicht nur den Ärger meines Lebens, sondern werde hochkant rausgeschmissen.«

Auch ich hörte ihm erst mal nur zu. Zum einen, weil ich zwar tausend Fragen hatte, seinen Stresspegel jedoch nicht noch weiter in die Höhe treiben wollte, wenn es ihm sowieso schon mies ging. Zach durfte nicht auf diese Art und Weise scheitern. Ich wusste, wie wichtig ihm die tadellose Organisation dieses Events war. Und mir lag es mehr als alles andere am Herzen, ihn erfolgreich in seinen Traumjob zu sehen. Zum anderen ertrug ich den Gedanken nicht, dass das Festival abgesagt werden könnte. Was war mit den Künstlerinnen und Künstlern? All den Besucherinnen und Besuchern? Wie wahrscheinlich war dieses Szenario überhaupt? Konnte niemand anderes das Ganze zum Abschluss bringen?

Eine Vorahnung braute sich in mir zusammen, die uns mehr denn je auseinanderreißen könnte.

»Du hast gerade also kaum Einkommen, und ich habe einen Job, der gut bezahlt ist und den ich momentan nicht ausüben kann.«

Das war die Lösung. Trotzdem zog sich mein Hals zusammen, mein Herz klopfte so stark, dass ich es in der Kehle spürte, und kalter Schweiß lief mir den Rücken hinunter.

Zach atmete schwer in das Mikrofon. Am liebsten würde ich all seine Regeln brechen, die Tür eintreten und ihn in den Arm nehmen. Mich von ihm umarmen lassen, weil ich seine Nähe brauchte. Und gleichzeitig wäre ich am liebsten aus dem Zimmer gestürmt, denn er sammelte bereits Atem für eine Frage, die alles beenden könnte.

»Kayla?«

»Ja?« Ich schloss ich die Augen und zog die Decke enger um meinen Körper.

»Du könntest das. Ich bin mir ziemlich sicher, dass du ein guter Ersatz wärst. In Krisensituationen gibst du nicht auf, du hast ein Faible dafür, Dinge zu organisieren, und du bist ein kreativer Kopf.« Zach räusperte sich. »Ich weiß, dass das viel verlangt ist. Und ich werde dich da nicht reinreden. Wenn du das nicht machen möchtest, verstehe ich das. Das ist der beschissenste Jobeinstieg, den man wohl haben kann. Und du hast deinen Urlaub sicherlich anders geplant. Allein, dass du bei Mira schon eingestiegen bist –«

»Zach«, unterbrach ich ihn mit brüchiger Stimme, damit er sich nicht um Kopf und Kragen reden musste.

»Würdest du für mich einspringen, bis ich wieder fit bin?«

Er wartete auf meine Reaktion, aber ich bekam keinen einzigen Ton heraus.

Für einen winzigen Moment probierte ich, mir das vorzustellen. Anstelle von Zach mit einem Klemmbrett hinter der Bühne zu stehen, Hunderte von Fragen zu beantworten, Hände zu schütteln, kleine und große Katastrophen zu lösen und nie die Fassung zu verlieren.

»Zach«, setzte ich an, doch brach ab, weil ich sein Gesicht gar nicht sehen musste, um die Enttäuschung zu spüren, die von ihm ausging.

»Ist okay. Es war eine fixe Idee. Vielleicht geht es mir morgen auch schon wieder besser.«

Uns war wohl beiden klar, dass er sich selbst belog.

»Ich hole uns neues Wasser«, murmelte ich und legte auf, weil mir der Kontakt zu ihm zu viel wurde.

Eine unendliche Last hatte sich auf mich gelegt. Bei jedem Schritt, der mich aus dem Zimmer führte, spürte ich den Druck einer ganzen Stadt auf meinem Brustkorb.

19
Who's Afraid of Little Old Me?

»You wouldn't last an hour in the asylum
where they raised me«
– Taylor Swift

Nach mehreren Stunden des Herumwälzens im Bett hatte ich die Nacht vorzeitig für beendet erklärt. Mein Herz war schwer, denn ich hatte gestern nach meiner Flucht aus dem Zimmer kein einziges Wort mehr mit Zach gewechselt. Ich war mir ziemlich sicher, dass er irgendwann vor Erschöpfung eingeschlafen war. Die Tabletten hatten bestimmt zügig angeschlagen und ihm eine Pause von diesem Virus beschert, doch ich hatte seine Frage nicht mehr aus dem Kopf bekommen.

Meine Grübeleien schienen endlos zu sein, denn selbst beim Zubereiten einer Kanne Tee, mehr Elektrolyten und dem Bereitlegen einiger Cracker hörte er nicht auf zu brummen. War Zach enttäuscht von mir, weil ich abgelehnt hatte? Warum verstand er nicht, dass er viel zu viel Vertrauen in mich hatte? Woher nahm er das, und konnte er mir vielleicht etwas davon abtreten? Würden sie das Festival wirklich absagen oder gab es einen Notfallplan, von dem ich nicht wusste? Womöglich noch nicht mal Zach?

Ich stellte das Versorgungspaket für ihn vor dem Badezimmer bereit, klopfte jedoch nicht an die Tür, weil ich ihn nicht wecken wollte. Schlaf war meistens die beste Medizin. Dennoch kamen mir leichte Zweifel, da ich mir plötzlich nicht mehr so sicher war, ob er mir schreiben würde, wenn er wach war. Aber ich musste darauf vertrauen, deshalb verbannte ich diesen Gedanken sofort aus meinem Kopf. Nur weil Julian mich abgeblockt hatte, sobald ich mich seinen Wünschen nicht gefügt hatte, hieß das nicht, dass es mit Zach genau so war. Es konnte mir genau genommen egal sein, denn wenn er ebenfalls ein solchen Verhalten an den Tag legte, wollte ich ihn nicht mehr in meinem Leben haben.

Die Hütte lag noch im Zwielicht, weil die Sonne erst langsam aufging. Eine erfrischende Dusche war in dieser Situation keine Option, doch ich entschied mich trotzdem dafür, meinen Bikini anzuziehen. Mein eigentlicher Plan war es, mich bei Alexis und Tracey frisch zu machen, aber die beiden würden sicherlich bis in den Vormittag hinein schlafen. Der Schweiß klebte jedoch jetzt wie eine Schicht auf meiner Haut. Unter normalen Umständen wäre ich niemals auf meine neue Strategie gekommen, weil sie aus hygienischer Sicht eher fragwürdig war, doch ich brauchte jetzt ein wenig Wasser, das meinen Kopf freispülte.

Leise wanderte ich zum Pool, um niemanden zu wecken. Als das Wasser unberührt vor mir lag, atmete ich aus und legte mein Handtuch auf eine der leeren Liegen. Die vielen Bierdosen und Zigarettenkippen auf dem Boden schmälerten die Stimmung deutlich, aber ich hatte mein Ziel klar im Blick.

Als ich den ersten Fuß ins kalte Wasser tauchte, sog ich

hörbar die Luft ein. Entgegen meinem Instinkt atmete ich gleichmäßig weiter, während ich immer tiefer an der Leiter in den Pool hinabstieg. Am Anfang kreisten meine Gedanken noch um die vielen Partys und die Hinterlassenschaften, die Jamie wohl jeden Morgen in aller Frühe wegräumte. Vielleicht erklärte das seine nicht besonders zuvorkommende Art neuen Gästen gegenüber. Und um den möglichen Schaden, den meine Haare durch die Kombination von Chlor und Sonnenlicht erleiden würden.

Mein Herz pumpte immer intensiver, meine Lippen bebten, doch ich brauchte diesen Kick. Mit dem Untertauchen und dem Prusten beim Durchbrechen der Oberfläche waren endlich alle Gedanken fort. Ich bewegte mich ganz natürlich durch das Zittern hindurch und begann, meine Bahnen zu ziehen. So heizte sich mein inneres System auf, und die Ruhe im Kopf breitete sich in meinem Körper aus. Das Chlor brannte in meiner Nase und brachte mich zum Schniefen. Ich verdrückte sogar ein paar Tränen, aber es war nur die Reaktion auf das Wasser in meinen Nebenhöhlen.

Stimmungstechnisch blieb ich neutral wie die glatte Wasseroberfläche um mich herum. Mit den Lippen knapp über dem Pegel wirkte sie zwischendurch fast wie Glas. Das immer gleiche Plätschern des Wassers wurde von dem dumpfen Rauschen meiner Züge durchbrochen. Zusammen entwickelte sich daraus ein Takt, der mir half, die Ruhe in mir zu halten. Hinzu kam noch der kühle Wind, der nach Wüste und Kräutern roch und mich erschaudern ließ, wenn ich an der Beckenwand kurz pausierte.

Sanft glitt ich auf den Rücken, drückte mich mit den Füßen an der Poolwand ab und trieb so umher. Dadurch, dass meine Ohren nun unterhalb der Wasseroberfläche waren, wirkte alles noch gedämpfter. Keine Stimmen aus den umliegenden Hütten, keine Vögel, die zur aufgehenden Sonne riefen, und keine Gedanken, die mich auffraßen. Über mir erstreckte sich nur ein Leerraum aus Tiefblau, das von den letzten glänzenden Sternen durchbrochen wurde. An einigen Stellen erkannte ich zarte Wolken, die sich an ihren Rändern violett kräuselten.

Hier im Wasser fühlte ich mich schwerelos. Der Druck auf meiner Brust war verschwunden, und zurück blieb ein merkwürdiger Zwischenstand aus Erleichterung und Vermissen. Irgendwo zwischen Einsamkeit und Frieden erklang eine Stimme, die meinen Namen rief. Ich tauchte bewusst unter, um mir eine letzte Abkühlung zu gönnen, dann durchbrach ich die Oberfläche und rieb mir die Augen.

»Hey«, begrüßte ich Alexis, als ich sie endlich durch das Brennen erkannte.

»Frühschwimmen?« Sie grinste mich breit an. Ihre Züge wirkten nachlässig, deshalb ging ich davon aus, dass sie Alkohol getrunken hatte.

Mein Verdacht bestätigte sich, als ich aus dem Pool stieg und sie mir mein Handtuch reichte. Ich ignorierte ihre Fahne und lächelte sie an. »Warum bist du so früh wach?«

»Ich bin *immer noch* wach«, verkündete sie. Auch die Art, wie sie sprach, verriet sie. »Die Sonne geht auf.« Sie deutete hinter mich zum Horizont.

Ich folgte ihrem Blick und hielt kurz inne, weil sich das Schauspiel über uns mit jeder Minute intensivierte. Ein schmaler Streifen gleißendes Orange kündigte die Ankunft der Sonne an, während der Rest des Himmels noch immer violett und dunkelblau leuchtete.

»Dann solltest du eine Mütze Schlaf nachholen.« Ich wickelte das Handtuch um mich, denn der Wind nahm zu und stellte die vielen kleinen Härchen auf meinem Körper auf.

»Ich bin zu aufgeregt.« Alexis' Augen glänzten in dem Licht, das vom Pool reflektiert wurde.

»Was ist los?«

»Wohl eher: Was *war* los.« Sie sah zu Boden, strich sich eine Strähne hinters Ohr und grinste in sich hinein. »Ich habe jemanden kennengelernt.«

»Ach so?« Ich musste ganz automatisch mitlächeln, weil ihre Leichtigkeit mich ansteckte.

»Einen tollen Mann. Wir haben die Nacht miteinander verbracht.« Sie schlug sich die Hand vor den Mund. »O Gott, warum hab ich das einfach gesagt?« Ihre Brauen wurden zu einer zarten Linie, die ihre eleganten Züge nur zusätzlich unterstrich.

»Wie heißt er?« Ich stieß sachte mit meiner Schulter gegen ihre. Wir standen direkt nebeneinander und blickten immer wieder zum Horizont.

Alexis gluckste. »Ich habe keine Ahnung.«

Gemeinsam lachten wir viel zu laut, bis irgendwo eine aufgebrachte Stimme aus einem Fenster drang und Ruhe verlangte. Mit zusammengepressten Lippen sahen wir uns an, doch das machte es nur noch schlimmer. Alexis liefen sogar zwei Tränen über die hohen Wangenknochen, bis wir uns beide wieder beruhigt hatten.

Nach einem Räuspern meinte sie: »Das ist nicht so wie mit dir und Zach.«

Ich runzelte die Stirn.

»Na ja, ihr scheint euch wirklich gefunden zu haben. Irgendwie seid ihr füreinander bestimmt, oder nicht?« Der Glanz in ihren Augen machte es mir besonders schwer, realistisch zu bleiben.

»Ich bin mir da nicht so sicher.«

Alexis nickte. Ich sah das nur aus dem Augenwinkel, denn ich beobachtete das rosafarbene Flimmern in der Ferne.

»Bei jeder deiner Unsicherheiten gleicht er das durch Enthusiasmus aus.«

Nun blickte ich doch zu ihr hinüber und legte den Kopf schief. »Wie meinst du das?«

»Sei mir bitte nicht böse, wenn ich das sage. Womöglich ist es der Alkohol, der mich mutig macht ... Aber du schiebst alles weg, was dich glücklich zu machen scheint.«

Ich atmete ein, bereitete mich darauf vor, ihr zu widersprechen, aber Alexis war noch nicht fertig.

»Und Zach macht dasselbe. Ihr reibt euch aneinander wie zwei Teile, die nicht ganz ineinander passen. Mal ist der eine in der richtigen Position, doch der andere sieht es nicht. Und umgekehrt.«

Ich war mir nicht ganz sicher, ob ich ihr folgen konnte.

»Okay, das klingt irgendwie versaut. So meinte ich das überhaupt nicht.« Ihr Ausatmen war schwer. »Was ich damit meine«, setzte sie erneut an, drehte sich zu mir und nahm meine Hände in ihre. »Immer, wenn du dir sicher bist, macht er einen Rückzieher. Und immer, wenn er sich sicher ist, rennst du weg. Ihr solltet lernen, euch gegenseitig zu vertrauen. Und das startet, indem man sich selbst vertraut. Das ist die Grundlage. Glaub mir, ich musste das schon auf die harte Tour lernen.« Kurz verdunkelte sich ihr Blick. Das Drängen, das vorher in ihm gelegen hatte, verblasste. Zurück blieb der Abdruck einer Erinnerung. Wie eine Spur im Sand.

Mir gab das eine Gelegenheit, darüber nachzudenken, ob sie recht hatte. Diese Frage war allerdings schnell beantwortet und hinterließ ein merkwürdiges Gefühl in meiner Brust.

»Ich rede absoluten Quatsch, oder?« Alexis taute aus ihrer Starre auf, ließ meine Hände los und gab mich damit der Kälte hin.

Egal, wie eng ich das Handtuch um meinen Körper schlang, es bot mir nicht die Geborgenheit, die ich so dringend brauchte.

»Nein, tust du nicht«, presste ich hervor.

»Doch, ich habe zu viel getrunken und muss schleunigst ins Bett. Wir sehen uns später!« Sie schloss mich kurz in die Arme, verteilte damit einen Hauch von Party in der Luft und torkelte dann zu ihrer und Traceys Hütte.

Einen Moment lang blickte ich ihr nur hinterher. Konnte es wirklich sein, dass Zach und ich nur die Perspektive wechseln mussten, um unsere Probleme zu lösen? Oder projizierte Alexis ihren eigenen Wunsch auf uns beide?

Ohne konkretes Ziel lief ich los. Erst vorsichtig über die glatten Fliesen, dann langsam über den Asphalt, schließlich fluchend über den Schotterweg, der mich direkt in den weichen Sand führte. Die Sonne blitzte hinter dem Gebirge in der Ferne hervor und tauchte alles in einen goldenen Glanz. Ihre einzelnen Strahlen vermischten nicht nur weitere Farben und Abstufungen dieser miteinander, sondern legten auch ein Spektrum aus warmen Tönen und Schatten über Felsen, Büsche und Kakteen. Alle Konturen wirkten schärfer und spitzer als sonst, teilweise filigran von der Natur selbst gemalt. Die Luft war klar und erwärmte sich von Minute zu Minute mehr.

Als ich den Weg einige Meter verlassen hatte, blieb ich stehen und sog alles mit tiefen Atemzügen in mich auf. Nicht nur die Temperatur stieg, auch die Atmosphäre wurde wärmer. Wo es vorhin noch silbrig geglitzert hatte, wenn die Sonne auf den feinkörnigen Sand getroffen war, glänzten nun Tierspuren in Gold und Braun. Die Wüste lebte. Sie erwachte in absoluter Ruhe. Nur ab und zu raschelte es, weil ein Tier nicht weit war. Selbst sie wechselten sich ab, indem die Nachtaktiven in eine Ruhephase übergingen und die Tagschwärmer ihr Leben aufs Neue begonnen.

Ich hatte keine Angst mehr. Nicht mehr vor dem Alleinsein, weil ich mich selbst so sehr mochte, dass ich gerne mit mir Zeit verbrachte. Und ich hatte auch keine Angst mehr vor meinen Gefühlen, denn sie gehörten fest zu mir. Sie waren mein Katalysator für das Leben, das ich kaum erwarten konnte, endlich neu zu beginnen. Selbst das Prickeln in meiner Brust, wenn ich Zach nahe war, hieß ich willkommen, weil ich süchtig nach den Hormonen war, mit denen mich mein System durchflutete. Ich bekam nicht genug von ihm, weil er mich so sah, wie ich war. Lustig. Klug. Sexy. Wie die Frau, die ich hätte sein können, wenn ich mein Glück schon früher priorisiert hätte.

Eine sachte Berührung an meinem Fuß ließ mich nicht aufschrecken, in die Luft springen oder schreien, sondern einfach nach unten blicken. Ein Skorpion strich an meinem Knöchel vorbei. Gelb und schwarz gestreift. Doch dieses Mal war sein Hinterteil nicht aufgestellt. Er lief auch nicht auf mich zu, benutzte seine Scheren, um mich zu warnen, oder zog sich vor Stress zusammen. Hier, im goldenen Schimmern der Sonne, legte er sich neben meinen großen Zeh und verweilte dort ruhig. Keine Eile. Keine Angst.

Ich nutzte die Gelegenheit und musterte ihn genau. Natürlich mit gebührendem Abstand. Nicht weil mir die Pein seines Stichs noch im Gedächtnis war, sondern weil ich mir das erste Mal darüber Gedanken machte, wie es wohl dem Skorpion hatte ergehen müssen. Ich war schließlich ein Eindringling in seinem Lebensraum. Als Gast sollte ich meinen Gastgeber mit Respekt behandeln.

Bei genauerer Betrachtung wirkte er überhaupt nicht gruselig oder eklig, sondern wie ein ganz normaler Erdenbewohner. Der Schatten, den die Sonne aus seinem kleinen Körper formte, machte ihn viel bedrohlicher, als er eigentlich war. Mit seinen Streifen und Scheren wirkte er sogar fast niedlich. In Gedanken taufte ich ihn Mrs Miller, wie meine Mathelehrerin, die auch immer viel Aufhebens um Nichts gemacht hatte.

So standen wir neben einem außergewöhnlich großen Kaktus, starrten in die Ferne und genossen die Ruhe, die nur ab und an von einem Vogelruf unterbrochen wurde, der die Ankunft der Sonne ankündigte. Bevor diese ihren eigentlichen Platz einnahm, beschloss Mrs Miller, dass sie wieder ihres Weges gehen musste. Auf einmal lief sie los und verschwand unter einem Stein. Und ich beschloss ebenfalls, dass ich endlich meinen eigenen Weg gehen musste.

Ich rannte zurück, ignorierte das Stechen der Steine unter meinen Fußsohlen und genoss das Brennen meiner Lunge. Das Handtuch flog hinter mir wie ein Cape, die kalte Luft kühlte meinen Kopf, in dem es wieder zu rattern begann. Doch dieses Mal nicht unkontrollierbar und ohne konkrete Richtung. Es war vollkommen anders, denn nach meiner endgültigen Entscheidung sah ich alles klar vor mir.

Mit einem unnötig lauten Poltern stürzte ich in unsere Hütte und registrierte, dass Zach sich die Verpflegung bereits ins Badezimmer geholt hatte.

»Bist du wach?«, keuchte ich und hielt erst vor der Holztür an.

»Ja, was ist los? Geht es dir gut?« Seine Stimme klang besorgt.

»Mir geht es gut. Und dir?« Ich lehnte mich gegen die Tür und konzentrierte mich darauf, meinen eigenen Atem wieder einzuholen. Es war absurd, dass mich diese kurze Strecke schon so viel Kraft gekostet hatte. Entweder waren es noch immer die Nachwirkungen des Skorpionstichs oder einfach meine miese Kondition.

»Nicht gut«, raunte er.

Ich schloss die Augen. Meine größte Hoffnung war natürlich gewesen, dass meine Fürsorge eine Blitzheilung begünstigt hatte. Doch ich war vorbereitet. »Hast du deinen Chef schon angerufen?«

Zach zögerte. Ich war mir nicht ganz sicher, ob er eine Pause einlegte, weil es ihm wieder hundsmiserabel ging oder ob er der Wahrheit nichts ins Gesicht blicken wollte.

»Nein«, brummte er schließlich. Hinter der Tür raschelte es, und seine Stimme war näher als vorher. »Ich werde es jetzt aber machen. Versprochen.«

»Das wirst du nicht.« Ich öffnete die Augen und nickte, um meinen Mut zusammenzukratzen. »Ich werde für dich einspringen.«

Von der anderen Seite kam kein einziges Geräusch. Ich drehte mich leicht zur Tür und sah sie an, als könnte ich durch sie hindurch beobachteten, was bei Zach vor sich ging. Gerade in diesem Moment hätte ich gerne seinen Gesichtsausdruck studiert. War er erleichtert? Oder verunsichert, weil er mir das doch nicht mehr zutraute? Das spielte allerdings nicht länger eine Rolle, denn ich selbst glaubte an mich und meinen Erfolg.

»Du bist der Hammer, Kayla. Wirklich.«

Ich war mir sicher, dass er mit seiner Stimme kämpfte. Und dass es ihn auf einer tieferen Ebene ergriff, zauberte mir ein riesiges Lächeln ins Gesicht.

»Wir brauchen aber einen Schlachtplan, klar? Ich benötige alle Infos von dir, die du mir geben kannst. Und ich möchte Festivaltickets und Besucherinnenausweise für Tracey und Alexis, damit sie mich während des Prozesses emotional unterstützen.«

»Bekommst du natürlich. Kayla!«

Ich lachte, als er meinen Namen rief und gegen die Tür schlug.

»Danke. Du kannst dir gar nicht vorstellen, was mir das bedeutet. Du rettest mir den Arsch.«

»Ich rette mir auch selbst den Arsch. Außerdem ...« Ich kicherte und wog den Kopf hin und her. »Erst mal abwarten, ob mir das gelingt. Es kann sein, dass wir beide schon bald untergehen.« Ich legte den Kopf nach hinten, weil ich so fast das Gefühl hatte, mich bei ihm anzulehnen. Seine Stimme war direkt neben meinem Ohr.

»Dann gehen wir immerhin zusammen unter.«

»Ja, gemeinsam.«

»Ich vermisse dich.« Wieder klang seine Stimme rau und brüchig.

»Ich dich auch. Werd schnell wieder gesund, ja?« Ich presste meine Wange an das kühle Holz und stellte mir vor, dass es seine harte Brust war.

»Mit deiner Pflege sowieso.«

Einen Moment verharrten wir so in der Stille des immer weiter voranschreitenden Tages. Meine Gedanken schwollen jedoch wieder zu einem Strom an, der mich mitzureißen drohte.

»Ich bin aufgeregt«, wisperte ich mehr zu mir selbst, doch Zach verstand mich trotzdem.

»Du hast gestern alle wichtigen Menschen kennengelernt, mich den halben Tag begleitet und mir bei den Aufgaben geholfen. Dir sind unsere Strukturen teilweise bekannt. Ich werde dir die ganze Zeit per Telefon beiseitestehen und dich begleiten. Wir haben sogar Headsets, sodass du keine Sekunde ohne Hilfe bist. Und du bekommst mein volles Gehalt für diesen Monat. Das versteht sich von selbst.« Es raschelte an der Tür.

Ich legte meine Hand auf die Stelle, an der ich mir seinen Nacken erträumte. »Du solltest dein Gehalt behalten.«

»Nein, es gehört dir. Wenn wir das gemeinsam durchziehen, Kayla ... Wenn du das Festival rettest, kann ich meinen Job behalten, bekomme einen fetten Bonus und bin in der Lage, die Schulden des Begräbnisses von Marissa bezahlen. Du ... Ich ...« Er brach ab.

Das Bedürfnis, ihn in die Arme zu schließen, war so groß, dass ich meine Hand bereits auf die Türklinke legte. Für einen Moment war mir alles um uns herum egal. Um jeden Preis wollte ich ihn trösten und ihm beweisen, dass wir ein Team sein konnten. Doch die Gefahr, mich anzustecken, war nun wirklich ernst zu nehmen. Mein Immunsystem war zwar stark, aber wenn ich jetzt als Nächste schlappmachte, wer sollte dann noch einspringen?

»Wir brauchen einen Plan. Wann soll ich losfahren?« Ich ließ die Türklinke los, trat einen Schritt zurück und blickte auf die Uhr. Die Erkenntnis, besser zu früh als zu spät auf dem Gelände aufzuschlagen, trieb mich zum Kleiderschrank, aus dem ich ein halbwegs passendes Outfit hervorkramte.

»Ich werde gleich alle darüber informieren, dass du ab jetzt das Sagen hast. Wenn du Glück hast, ist mein Assistent wieder im Einsatz. Patrick kennt sich nicht nur vor Ort aus, kennt jeden beim Namen und hat die Ablaufpläne geschrieben, sondern ist auch fleißig. Alles, was du nicht schaffst, könntest du ihm aufs Auge drücken.« Zachs Stimme wurde von den Geräuschen des Waschbeckens unterbrochen.

Ich suchte nach meinem Handy, rief ihn an und stellte den Lautsprecher ein. »So höre ich dich besser, während ich mich umziehe und die Tasche packe.«

»Alles klar.« Es raschelte im Hintergrund. »Du nimmst meinen Wagen, da ist noch das Equipment für die Tontechniker im Kofferraum. Sag ihnen Bescheid. Du hast jetzt jedes Sonderrecht. Fahr einfach auf das Gelände und verteile Anweisungen.«

Ich wechselte den klammen Bikini in ordentliche Unterwäsche, einen luftigen Jumpsuit sowie meine Wanderschuhe und stopfte alles, was mir halbwegs sinnvoll erschien, in meinen Rucksack. Meine Haare flocht ich mir zu einem hohen Zopf, damit sie mich über den Tag hinweg nicht nerven würden. Eine dicke Schicht Sonnencreme und ein dichter Nebel aus Insektenschutz perfektionierten mein Outfit. Während ich sicherstellte, dass ich vorzeigbar war und so seriös wirkte, wie es mit einem Wanderoutfit möglich war, lauschte ich Zachs weiteren Anweisungen. Ich verstand nicht jede davon bis ins Detail, aber mir wurde klar, dass eine Menge Arbeit auf mich wartete.

Nachdem ich alle wichtigen Gegenstände aus meinem Besitz eingepackt hatte, plünderte ich auf Zachs Bitte hin noch sein Gepäck. Ich fand das Headset, steckte seinen Laptop ein, notierte mir alle möglichen Passwörter, schnappte mir den Autoschlüssel und stellte ihm noch eine große Flasche Wasser vor die Tür.

»Ich bin bereit«, verkündete ich nach einem letzten kritischen Blick in den Spiegel.

»Kayla?«

»Mhm?« Mein Herz klopfte, als hätte ich mich von meiner morgendlichen Shoppingrunde in meinem eigentlichen Kleiderschrank gar nicht mehr erholt. Nun, mit dem schweren Rucksack auf dem Rücken, dem Laptop unter dem Arm und all den To-dos im Kopf, bröckelte mein Mut gewaltig. Aber wie durch ein Wunder fing Zach mich auf – mal wieder.

»Ich glaube an dich. Habe ich immer und werde ich immer. Egal, was passiert, für mich hast du schon gewonnen, denn du hast dich für dich entschieden.«

Ich lächelte mein Spiegelbild an. »Danke.«

In den letzten Tagen hatte ich gedacht, dass ich ohne Julian nichts bin. Doch meine Reflexion zeigte mir eine Frau, die bereit für die nächste Herausforderung war.

20
Femininomenon

»Stuck in the suburbs, you're folding his laundry,
got what you wanted, so stop feeling sorry«
– Chapell Roan

Es war ein merkwürdiges Gefühl, in Zachs Büro zu stehen, ohne dass er selbst hier war. Die Luft im Container war bereits jetzt stickig, deshalb schaltete ich die Klimaanlage ein und versank einen Moment lang in ihrem monotonen Brummen. Bisher hatten mich sämtliche Sicherheitsleute durchgelassen, alle Mitarbeiterinnen und Mitarbeiter mich angelächelt, mir zugenickt oder sogar gesagt, sie seien froh, dass ich mich dieser Aufgabe annahm. Trotzdem erwartete ich, irgendein Mann in einem überteuerten Anzug würde jeden Moment die Tür aufreißen und mich rausschmeißen.

Ich wandte mich zum Schreibtisch, stellte den Rucksack neben ihm ab und platzierte den Laptop so, dass ich ihn an der Dockingstation einstecken konnte. Mit einem Klacken bestätigte mir das System den Erfolg zumindest dieses Schrittes. Ich schaltete das Gerät an, gab das Passwort ein und öffnete das E-Mail-Programm genau so, wie Zach es mir beschrieben hatte, doch ich weigerte mich, auf dem

Bürostuhl Platz zu nehmen. Das würde das Ganze viel zu real machen.

Ich beugte mich also vor, um die ersten Nachrichten zu lesen. Es gab ein Problem mit dem Catering für den Backstagebereich, das ich durch einen Anruf jedoch lösen konnte. Die Anzahlung war bei ihnen noch nicht eingegangen, und nach einem kurzen Check über Zach überwies ich die Summe per Eilverfahren und schickte dem freundlichen Herrn zum Beweis ein Foto des Vorgangs. Es war zwar nur eine Kleinigkeit, doch sie gab mir den Mut, mich nicht beim ersten Klopfen an die Bürotür unterm Tisch zu verstecken.

»Herein«, rief ich über den Lärm der Baustelle neben dieser Blechbüchse und des Klimageräts hinweg.

»Zach, hey! Oh …« Die Frau im blauen Overall, die auf mich zumarschierte, blieb mit erhobenen Brauen stehen. »Wo ist …«

»Zach ist leider krank geworden. Ich bin seine Vertretung. Was gibt es?« Ich stemmte die Hände in die Seiten, weil ich meine übliche Pose mit verschränkten Armen vor der Brust meiden wollte. So wirkte ich hoffentlich aufgeschlossener und absolut bereit, überall einzuspringen, wo es nötig war.

Die Frau rieb sich über das kurze blonde Haar. »Äh, okay.« Sie zog einen Zettel aus einer der vielen Taschen, die ihre Hosenbeine fast vollständig bedeckten, und räusperte sich. »Michael schickt mich. Uns fehlen Teile der kleinen Bühne bei den Essensständen.«

»Die Coyote Stage?«

Sie nickte und kam näher. Wie selbstverständlich drückte sie mir das Papierstück in die Hand und wartete auf meine Reaktion.

Es fing schon damit an, dass ich die Handschrift kaum

lesen konnte. Doch als ich die einzelnen Buchstaben endlich entziffert hatte, war ich weiterhin genauso schlau wie zuvor.

»Ich kümmere mich darum«, versprach ich, aber sie ging nicht wie erhofft. »Noch etwas?«

»Wir können nicht weiterarbeiten. Das ganze Team wartet dort wie bestellt und nicht abgeholt. Zach meinte, dass die Bühne in einer Stunde stehen muss, weil dann die ersten Indiekünstlerinnen und -künstler proben.«

Ich nickte und blickte wieder auf die technischen Vokabeln, die mir rein gar nichts sagten.

»Alles klar. Verstanden.« Ich kramte bereits nach meinem Smartphone in der Tasche meines Jumpsuits. »Dann schlage ich vor, dass ihr eure Mittagspause vorzieht, und sobald ich neue Infos habe, gebe ich euch Bescheid. Wir kriegen das hin.«

Sie erwiderte mein Lächeln nicht. »Wir sollen um neun Uhr morgens mittagessen?« Ihre schmalen Augenbrauen wurden zu zwei perfekten Bögen.

»Oder einen Snack? Wie auch immer, ich melde mich.« Dieses Mal musterte ich sie so lange breit grinsend, bis sie erst rückwärts, dann mit einer steifen Drehung den Container verließ.

Ich lehnte mich kurz gegen den Aktenschrank, atmete tief durch, schoss dann ein Foto von dem Kauderwelsch auf dem Papier und sendete es an Zach. Vorsorglich kramte ich das Headset hervor, überprüfte, ob ich es richtig eingeschaltet hatte, und schloss die Lider, als ich einen eingehenden Anruf hatte.

Diese Komplikationen brachten ihn überhaupt nicht aus der Ruhe. Mit einer Engelsgeduld erklärte er mir, dass die Teile der Bühne noch auf einem LKW lagen, der abgeladen werden musste. Mit seiner Stimme weiterhin im

Ohr und dem notierten KFZ-Zeichen in der Hand steuerte ich den Bereich auf dem Festivalgelände an, der später als Coyote Area zum Feiern, Essen und Trinken einladen sollte.

»Hier ist noch keine Deko, Zach«, murmelte ich.

»Eins nach dem anderen«, brummte er, doch ich hörte, wie ein Kugelschreiber über Papier kratzte. »Find erst mal Yasemin und gib Michaels Team Bescheid.«

Ich nickte und beschleunigte mein Tempo, denn ich sah ihren blonden Schopf schon von Weitem. »Yasemin?«

Sie hielt sich die Hand vor den Mund, weil sie meine Empfehlung angenommen und es sich mit einem Snack auf dem blanken Boden gemütlich gemacht hatten. »Chef?«

Diese Anrede brachte mich für einen Moment so aus dem Konzept, dass ich kicherte. Als jedoch niemand mit einstimmte, blinzelte ich ein paarmal und reichte dann den Zettel an sie weiter. »Die Teile sind auf dem Truck mit dem Kennzeichen *TRZ-1843*. Er muss also bitte entladen werden. Schnellstmöglich, deshalb schicke ich euch noch ein paar Leute zur Unterstützung. Und ja, ich muss leider Druck machen. In einer Stunde tritt die erste Band zur Generalprobe an. Wir haben einen Puffer, und laut meinen Informationen ist die restliche Technik bereits installiert, aber wir müssen uns ranhalten.«

Während ich meinen Text heruntergebetet hatte, den ich mir auf dem Weg hierher fein säuberlich zurechtgelegt hatte, waren alle Arbeiterinnen und Arbeiter aufgestanden und hatten sich um mich versammelt.

»Klar, auf dem Truck!« Ein Mann mit schütterem Haar nickte und schlug sich an die Stirn. »Danke ...«

»Kayla.« Ich erwiderte sein schiefes Lächeln. Gemäß

der Fotos und Beschreibungen, die Zach mir hatte zukommen lassen, musste das Michael sein.

»Kayla«, wiederholte er und sah dann in die Runde. »Ihr habt unseren Boss gehört. Genug Pause, weiter geht's!« Er klatschte in die Hände und gab damit das Startsignal, woraufhin alle umtriebig aufbrachen.

Offenbar reichten ihnen diese Informationen aus, sodass ich ihnen zuwinkte und mich dann wieder zurück zur Hauptbasis begab. Besonders weit kam ich allerdings nicht.

»Kayla?«

Ich drehte mich um und wartete auf einen älteren Herrn, der zu mir gehumpelt kam. Allein seine Gangart machte deutlich, dass er wohl sein ganzes Leben körperlich gearbeitet hatte.

»Hey, wie kann ich helfen?«

Er reichte mir die Hand, und ich schüttelte sie mit so viel Gegendruck, wie mir möglich war. Im Vergleich zu seinem schraubstockartigen Griff war das wohl nichts, aber ich stand hoffentlich nicht als Schwächling da.

»Mein Name ist Oliver. Ich bin für die Beschilderung zuständig und habe schlechte Neuigkeiten.«

Ich nickte und versuchte, mir jedes Detail einzuprägen, damit ich im Anschluss an diese Konversation sofort Zach updaten konnte, dessen Atem ich gleichmäßig parallel in meinem Ohr hatte.

»Schlechte Nachrichten wegen der Beschilderung«, wiederholte ich, in der Hoffnung, meine Rettung könnte am anderen Ende der Leitung direkt eingreifen.

»Genau. Anscheinend fanden ein paar Leute es heute Nacht urkomisch, die Schilder der Zufahrtswege nicht nur zu entwenden, sondern falsch wieder aufzustellen.« Oliver zog ein zerknülltes Taschentuch aus seiner Hemdtasche und tupfte sich damit die Schweißperlen von der Stirn. »Das hat dazu geführt, dass die Trucks mit den Getränken nicht bei uns angekommen sind, sondern jetzt irgendwo durch die Wüste geistern. Einer der Fahrer hat gerade bei Jessica angerufen und sich lautstark darüber beschwert, weil er auf einem Wanderweg unterwegs ist.«

»Ach du Scheiße«, entfuhr es mir.

Oliver hob die Augenbrauen, doch für mich stand meine Professionalität gerade nicht an oberster Stelle.

»Ohne Getränke können wir kein Festival feiern.« Eine simple Feststellung, die Oliver durch heftiges Nicken bestätigte.

»Kayla, was ist da los?«

Ich ignorierte Zach in meinem Ohr. »Danke für die Information, Oliver. Hast du die Koordinaten der verirrten LKWs?«

Der alte Mann nickte.

»Kannst du Auto fahren?«

Wieder ein Nicken.

»Gib mir einen Moment, ja?«

Ich ging ein paar Meter zur Seite, damit er nicht jedes Wort mitbekam, und brachte Zach auf den neusten Stand. Bevor er überhaupt darauf reagieren konnte, schlug ich ihm vor, dass Oliver die LKWs mit seinem SUV zur richtigen Stelle führen sollte.

»Das ist eine sehr gute Idee«, sagte er sanft. »Du musst nur daran denken, dass die Schilder wieder umgehängt werden müssen. Das wird Oliver nicht allein schaffen.«

»Was ist mit Jessica?«

»Du kannst sie mit ihm schicken, denke ich.«

»Perfekt.« Mit einem breiten Lächeln ging ich zu Oliver zurück und drückte ihm den Schlüssel von Zachs Wagen in die Hand. »Nimm Jessica mit. Führt die LKWs zuerst zum Lieferantenzugang, damit das Team dort die Getränke abladen kann. Danach bessert ihr die Beschilderung aus. Ich gebe den Sicherheitsleuten der Nachtschicht den Hinweis, dass sie vermehrt darauf achten.«

Oliver zeigte mir den Daumen und humpelte wieder in die Richtung, aus der er gekommen war.

»Das habe ich Andrew bereits geschrieben«, drang an mein Ohr.

»Danke.« Ich atmete schwer, als ich meinen Weg fortsetzte.

»Wir sind ein gutes Team«, raunte Zach.

»Ohne dich wäre ich verloren.« Ich schob die schleifende Tür auf, schloss sie hinter mir und nahm mir eine Flasche kaltes Wasser aus dem kleinen Kühlschrank neben dem Schreibtisch. Da meine Beine bereits jetzt erste Erschöpfungserscheinungen zeigten, setzte ich mich nun doch auf den Bürostuhl. Immerhin erkannte mich das Team als Chefin an, dann sollte ich das selbst wohl auch. Ein großer Schluck half nicht nur gegen meinen trockenen Hals, sondern linderte auch die Anspannung, die sich in mir aufgebaut hatte.

»Quatsch. Wirklich.« Zach hielt das Telefon so nah an seinen Mund, dass ich ihn atmen hören konnte. Es tat gut, ihn auf diese Weise bei mir zu haben. »Du machst einen super Job. Allein die Art, wie du mit den Menschen sprichst. Man merkt, du hast im Service gearbeitet. Du konzentrierst dich aufs Wesentliche, setzt freundlich Grenzen und suchst eigenständig nach Lösungen. Wenn du nicht schon eingestellt wärst, würde ich das spätestens jetzt tun. Würdest du in New York wohnen …« Er sprach nicht weiter.

Die darauffolgende Stille zwischen uns war merkwürdig.

Ich leckte mir über die Unterlippe, denn die Sonne

schien so stark, dass sie meine Haut austrocknete. Kein Mensch konnte ausreichend Lippenpflegestift auftragen, um dem Schicksal von ausgedörrten Lippen zu entgehen.

Einerseits wollte ich unbedingt wissen, wie Zachs Gedanke weitergegangen wäre, andererseits hatte ich keine Hirnkapazität dafür übrig, weiter als vierundzwanzig Stunden zu denken.

»Danke«, murmelte ich deshalb nur. Die vielen Fragen mussten warten.

So ging es den ganzen Tag weiter. Ständig klopfte es oder ich erhielt einen Anruf mit einem Problem, für das ich eine Lösung suchen musste. Manchmal kam ich allein auf eine Idee, oft half Zach mir aus und wir arbeiteten uns gemeinsam durch alles, was an Bitten, Missverständnissen und Beschwerden anfiel. Es machte besonders viel Spaß, wenn eine Strategie aufging und wir so eine große Katastrophe verhindern konnten.

Deshalb strahlte ich auch über beide Ohren, als Oliver und Jessica in mein Büro traten und mir verkündeten, dass die Getränkelieferungen angekommen und die Beschilderung ausgebessert war. Nach einem überschwänglichen Lob für die beiden verabschiedete sich der alte Mann, denn er wollte Michaels Team zur Hand gehen, aber Jessica blieb noch einen Moment.

»Es tut mir wirklich leid, dass ich dich noch mal belästigen muss, aber es gibt ein neues Problem.« Sie verzog gequält den Mund, doch ich lächelte ihr entgegen.

Diese Aussage hatte ich an diesem Tag so oft gehört, dass sie mich mittlerweile nicht mehr verunsicherte. Meine einzige Enttäuschung galt den verpassten Generalproben, denen ich leider nur aus der Distanz lauschen konnte, weil ich anderweitig eingespannt war. Und meinem

Salatteller, den mir das Catering vorbeigebracht hatte und der nun in der Hitze des Containers welkte, weil mir immer jemand dazwischengrätschte. Zumindest würde ich Mira stylen können, das war ein Trost.

»Schieß los«, ermunterte ich Jessica. Doch was sie mir als Nächstes berichtete, war so absurd, dass ich mich an der Tischplatte festhalten musste.

»Wie du wahrscheinlich weißt, haben wir ja ein Maskottchen.« Sie nestelte an dem Saum ihres T-Shirts herum.

»Einen Kojoten.« Ich nickte.

»Kirk.«

Ich nickte wieder, hielt das Lächeln aufrecht und sah zwischendurch zu meinem Mittagessen, das förmlich nach mir rief. Mein Magen knurrte zur Bestätigung so laut, dass Jessica stutzte.

»Was ist mit Kirk?« Ich wollte das Ganze beschleunigen, denn auch ich brauchte mal eine Pause.

»Er wollte sein Kostüm noch mal aufbereiten lassen, aber die Reinigung hat wegen Personalmangel geschlossen. Dann hat er selbst Hand angelegt, und jetzt ist es vier Nummern zu klein.«

Ich legte den Kopf schräg. »Das Kojotenkostüm?«

Nun nickte Jessica. »Es passt höchstens einem Zehnjährigen. Kirk auf keinen Fall.«

»Und können wir vielleicht ein neues Kostüm besorgen?« Ich verstand noch immer nicht das Problem.

»Im Umkreis von fünfzig Kilometern gibt es kein Kojotenkostüm.«

»Und ein Hundekostüm?«

»Auch nicht.«

»Ein Wolf?«

Jessica schüttelte den Kopf.

»Ein Bär?«

»Ein Bär?«

Wir blickten uns nur an. Ich hatte Zach gerade eben davon überzeugt, dass ich für die nächste Stunde allein klarkam, damit er verschnaufen und sich ein wenig ausruhen konnte. Musste ich ihn jetzt ernsthaft wecken, weil wir ein Maskottchenproblem hatten?

»Und kann Kirk vielleicht selbst was zusammenstellen? Mit Stoffen und Schminke? Es muss ja nicht perfekt sein.« Ich sah wieder zu meinem Salat. Der Lieferant hatte sogar Croûtons darübergegeben.

»Ich bin mir unsicher, ob er das hinkriegt. Ehrlich gesagt ist er am Boden zerstört. Er gibt sich die Schuld an der Misere und kommt seit einer Stunde nicht mehr aus dem Toilettenwagen.« Jessica zupfte weiter an ihrer Kleidung herum.

Ich atmete einmal tief ein und aus, damit ich keinen Kommentar abgab, den ich später bereuen würde.

»Er kann da natürlich nichts für. Manche Dinge passieren einfach.« Ich rollte mit dem Stuhl hin und her. Eigentlich hatte ich keine Zeit für weitere Probleme. Eigentlich müsste ich mir das Essen reinschaufeln, um dann rechtzeitig für die Vorbereitungen der Generalprobe und das dazugehörige Styling bei Mira zu sein. Ein weiterer Blick auf die Anzeige der Uhrzeit meines Smartphones befeuerte den Stress, der sich in mir aufbaute.

»Wie wäre es, wenn du noch mal mit ihm sprichst, ihm ausrichtest, dass niemand sauer auf ihn ist, und ihr gemeinsam an einem Ersatz arbeitet. Um ehrlich zu sein ... Egal, ob braun, grau oder was auch immer ... Sucht euch etwas zusammen, klebt es, näht es, wie auch immer. Das wird schon passen.« Ich schickte ein Lächeln hinterher, weil ich inständig hoffte, sie würde diese Anweisungen einfach befolgen.

Doch Jessica schien noch immer nicht zufrieden mit meinem Vorschlag. Sie hatte bereits den Mund geöffnet, als jemand gegen die Tür hämmerte und sie beinahe gleichzeitig aufschob.

»Kayla!«

Alexis und Tracey stürmten das Büro regelrecht, drückten sich einfach an Jessica vorbei, wedelten mit zwei Festivaltickets vor meiner Nase herum und umarmten mich dann.

»Unsere Heldin!«, rief Tracey und legte einen Arm um meine Schulter.

Obwohl ich die Professionalität wahren wollte, musste ich lachen. Die Energie im Container änderte sich augenblicklich durch die Anwesenheit meiner Freundinnen.

»Zach hat uns die hier besorgt. Ist das nicht klasse?« Alexis wedelte sich Luft mit dem orangefarbenen Papier zu.

»VIP-Tickets, Baby! Und wir haben noch eine Überraschung für dich«, verkündete Tracey und deutete auf die Eingangstür.

Dort stand ein schmächtiger Mann und winkte mir zu. »Kayla? Hey, ich bin Patrick.«

»Um Himmels willen, ja!«, stöhnte ich und löste mich von Tracey. Ich eilte auf Zachs Assistenten zu, schüttelte überschwänglich seine Hand und klopfte ihm sogar auf die Schulter. »Bist du wieder fit? Sag bitte ja. Also, sei ehrlich, aber –«

»Ich bin wieder fit und stehe dir ab jetzt zur Verfügung.«

Ich ließ seine Hand gar nicht mehr los, sondern zog ihn weiter in das Büro, setzte ihn auf Zachs Stuhl und legte ihm das Headset auf den Tisch.

»Jessica? Die Kostümpanne kannst du bitte mit Patrick

besprechen. Ich mache jetzt Pause und bin dann bei *Hamada.*« Zufrieden grinste ich erst sie, dann meinen neu gewonnenen Assistenten an. Vorwürfe, dass ich ihn sofort einspannte, machte ich mir nicht, denn Zach hatte es mir ja sogar empfohlen. Ich vertraute darauf, dass Patrick seinen Körper am besten kannte und deshalb einschätzen konnte, ab wann er wieder wie weit belastbar war. Er würde mir schon mitteilen, wenn es ihm zu viel wurde.

»Kostümproblem?« Tracey hob eine Augenbraue.

»Ich freue mich, euch zu sehen, aber was macht ihr heute schon hier? Das Festival beginnt erst morgen.«

Erst morgen – viel zu früh für meinen Geschmack, wenn ich in Gedanken die Aufgaben und Vorbereitungen durchging, die noch ausstanden.

»Wir wollen dir helfen«, sagte Alexis in einem Ton, der meinen geistigen Zustand infrage stellte.

Natürlich war das insgeheim meine Hoffnung gewesen. Keine der beiden hatte ich direkt gefragt, sondern ihnen nur über Zach Tickets und Besucherausweise organisieren lassen. Es hätte also genauso gut nur ein Besuch sein können.

»Musik in meinen Ohren«, trällerte ich, während ich mir meinen Salatteller schnappte und mir die erste Gabel in den Mund schob. Meine Geschmacksknospen zuckten zusammen, denn bisher hatten sie keine Arbeit gehabt. Noch nicht mal einen Kaffee hatte ich mir zwischendurch gegönnt.

»Und was ist das Problem mit diesem Kostüm?« Alexis verschränkte die Arme vor der Brust.

Ich brachte die drei Neuankömmlinge kurz auf den neusten Stand. Dabei gab ich mir besondere Mühe, Kirks komplizierte emotionale Situation korrekt abzubilden, ohne ihn dabei bloßzustellen.

»Das übernehmen wir«, beschloss Tracey, bevor ich geendet hatte.

Alexis schien ebenso überrascht von ihrer Entscheidung zu sein, ließ sich aber darauf ein und nickte.

»Jessica, heute ist dein Glückstag!« Ich schnippte und deutete dann auf sie. »Du bekommst tatkräftige Unterstützung von den beiden. Gemeinsam werdet ihr schon einen Ersatz finden.« Ich aß weiter, deshalb dauerte es, bis ich wieder sprechen konnte. In der Zeit hatten die Mädels Jessica schon unter ihre Fittiche genommen und diskutierten über Stoffe, Kunstfell und braun färbendes Haarspray, während ich mich an Patrick wandte. »Das ist sogar noch viel besser, denn dann kannst du dich um die noch immer fehlende Deko kümmern. Du findest alles in den Mails.«

Er nickte sofort und klickte mit der Maus durch die Programme.

Meine Arbeit war hier vorerst getan, sodass ich ruhigen Gewissens mit meinem Teller in der Hand nach draußen ging, mich auf die Anhängerkupplung eines Trailers setzte und dem Trubel um mich herum lauschte. In der Ferne sprach eine Frau ins Mikrofon, und es gab furchtbare Rückkopplungen in den Lautsprechern der nahen Bühne, sodass ich einmal zusammenzuckte. Ansonsten war es aber friedlich.

Der Wind wirbelte einige Sandkörner auf und ließ sie in einem kleinen Strudel zu meinen Füßen tanzen. Weit über mir kreiste ein Greifvogel, dessen Jagdgefilde wir vermutlich mit unserem Vorhaben blockierten. Inzwischen fuhren immer mehr Autos an den Zäunen vorbei. Viele der Festivalbesuchenden prüften, ob es eine Möglichkeit gab, vorab auf das Gelände zu kommen. Das wurde vonseiten der Organisation klar verneint. Es gab einen

Campground, der jedoch einige Kilometer entfernt war. Morgen würden Shuttlebusse die Gäste hierherfahren. Alle Tore würden bis morgen Vormittag, Punkt zwölf Uhr, geschlossen bleiben. Und danach würde die Hölle ausbrechen, da war ich mir sicher.

Ich tippte Zach eine kurze Nachricht mit einem Statusbericht, brachte meinen leeren Teller zum Geschirrwagen des Cateringservices und eilte dann zu Miras Trailer, den sie nun doch behalten sollte. Es gab zwar noch eine zusätzliche Garderobe hinter der Bühne, die wir in der Pause ihres Auftritts und für die Kostümwechsel nutzen würden, aber sie hatte mir bereits gestern verkündet, dass sie den Wohnwagen als Aufenthaltsort präferierte.

Deshalb klopfte ich nun an die silberne Tür und wartete auf ihre klangvolle Stimme, mit der sie mich hereinbat. Mit schweren Füßen stapfte ich die Stufen hoch und trat ein.

Im Inneren des Trailers sah es aus, als wäre eine Bombe direkt aus den Achtzigern mit bunten Klamotten, Strasssteinen und Federboas explodiert. Mitten in diesem Farb- und Textilchaos stand Mira, die mich breit anlächelte. Sie trug schon einen Teil ihres ersten Outfits, und allein diese Tatsache beschleunigte meinen Herzschlag, denn jetzt wurde es richtig ernst.

»Hey, du siehst fantastisch aus«, begrüßte ich sie. Wir umarmten uns sogar kurz, als ich näher kam. Zwar noch immer ein wenig steif, doch wir waren auf einem guten Weg. Mira hatte mir den Fauxpas mit dem Haarteil von Anfang an nicht besonders übel genommen, trotzdem hatten wir noch mal darüber gesprochen.

Dieses Mal liefen das Waschen der Haare, die Reihenfolge und die Abmessung der verschiedenen Produkte tadellos, sodass ich mich voll konzentrieren konnte. Trotz

Umhang tropfte ich ihr einmal Haargel auf die Strumpfhose, aber es ließ sich zum Glück vollständig auswaschen. Dabei realisierte ich jedoch, auch ein Star wie Mira wurde vor einer wichtigen Probe nervös. Sie lächelte nicht mehr so entspannt, während ich ihr mit einem Tuch das Knie schrubbte.

Doch nach diesem Zwischenfall fanden wir wieder einen gemeinsamen Rhythmus. Ich genoss es, mit meinen Fingern durch ihr dichtes, schwarzes Haar zu gleiten und damit die Dicke ihrer Locken zu bestimmen. Nach dem Föhnen glänzten sie nicht nur mit den goldenen Akzenten des Friseurtischs um die Wette, sondern zauberten ihr so viel Volumen, dass wir getrost auf das Haarteil verzichten konnten. Zur Sicherheit gab ich mindestens eine halbe Flasche Haarspray auf ihr Haar.

Das Make-up gelang mir nicht so perfekt wie an den vorigen Tagen. Ich musste ihren Eyeliner ganze dreimal ziehen, aber Mira blieb entspannt.

»Zu einer Generalprobe gehört eine Panne dazu.« Ihre Stimme klang klar und hell, denn sie hatte sich gerade eben noch eingesungen. Sie sang eine Melodie an, die ich sofort erkannte. Mit dem Puderpinsel in der Hand hielt ich inne und lauschte ihr. Es war hypnotisierend, den Bewegungen ihrer Lippen zu folgen. So nah neben ihr zu stehen, während sie mein absolutes Lieblingslied sang. Erst als sie endete, bedeckte ich ihr Gesicht weiter mit einer dünnen Schicht transparenten Puders.

»Das ist mein Lieblingslied von dir.« Wir lächelten uns durch die Spiegelwand an. Mit einem zarten Pinsel trug ich ein schimmerndes Produkt auf, dass ihr genau an den richtigen Stellen glänzende Highlights verlieh.

»Warum magst du ausgerechnet dieses so sehr?« Sie schloss die Augen, damit ich ihre Brauenbögen nachgehen konnte. Alles an ihren Zügen war die absolute Perfektion. Die Knochenstruktur, das Hautbild – Mira brauchte nicht viel, um makellos auszusehen. Und je mehr Make-up ich auf ihre Haut auftrug, desto mehr vermisste ich ihren natürlichen Teint. Es gehörte natürlich zu ihr. *Hamada* war die schillernde Bühnenkönigin. Doch ihre Natürlichkeit hatte einen ganz eigenen Zauber.

»Ich finde den Song unglaublich vielschichtig. Beim ersten Anhören hat mich der Text unendlich traurig gemacht. Man kann nur erahnen, wie viel du in den letzten Jahren durchmachen musstest, und es tat irgendwie weh, dass deine Fans die ganze Zeit über dachten, es ginge dir gut. Dass alles okay ist.« Ich legte den Pinsel ab, schraubte den Deckel auf die Dose des Produkts und sortierte es wieder in eine der Schubladen ein. »Je öfter ich ihn hingegen gehört habe, desto mehr habe ich verstanden, was du eigentlich damit sagen wolltest. Glaube ich zumindest.« Ich lachte kurz auf, weil es merkwürdig war, mit ihr über ihre Kunst zu sprechen.

»Und was hast du verstanden?« Mira nickte mir zu.

»Dass du über den Dingen stehst. Wenn man so über all die Verletzungen singt, hat man sie verarbeitet. Wenn man sich öffentlich so verwundbar zeigt, ist man das vielleicht gar nicht mehr. Mit diesem Song machst du uns allen klar, dass man es trotzdem schaffen kann. Dass man selbst entscheidet, woran man zerbricht ... oder eben nicht.« Meine Stimme wurde belegt, deshalb räusperte ich mich kurz und vertiefte mich dann in die Aufgabe, das farblich passende Shimmer-Bodyspray zu finden.

»Es ist schön, dass du diese Botschaft aus dem Song mitnimmst.«

»Oh«, machte ich und lächelte sie an. »Dann war das so nicht gemeint?«

»Weißt du …« Mira lehnte sich einen Moment nach hinten, und die vielen Locken sprangen über die Lehne des Stuhls. »Es kommt überhaupt nicht darauf an, was ich meine. Wichtig ist, was ihr als meine Zuhörerinnen für euch mitnehmt. In welchen Situationen euch meine Musik Kraft schenkt.«

Einen Moment dachte ich darüber nach. Obwohl sie sogar zwei Jahre jünger als ich selbst war, klang sie unendlich weise.

»Der Song hat mir bei meiner letzten Trennung sehr geholfen. Ich wurde nach vielen Jahren kurz vor der Hochzeit sitzen gelassen.« Ich lächelte Mira an. Als ich mein eigenes Spiegelbild neben ihrem betrachtete, hob ich die Brauen, denn das erste Mal sah ich trotz dieses Geständnisses wie das blühende Leben aus. Und ich spürte es auch in meinem Herzen. Da war keine Trauer mehr. Kein Hauch Groll oder Hass. Ein wenig Enttäuschung und Bedauern, doch nur wie ein zarter Streifen am Horizont. Das letzte Echo, bevor es mit einem Knall weitergehen würde.

»Das passt sehr gut. Ich selbst habe den Song nach einer furchtbaren Trennung geschrieben. Manchmal kommt mir das Komponieren von Musik wie ein riesiger Energietausch vor. Ich schreibe mit gebrochenem Herzen ein Lied und stecke all mein Leid hinein. Dieses Stück kommt dann zu euch, meinen Zuhörerinnen, und ihr verwandelt das Furchtbare durch eure Liebe in etwas Wunderschönes. Und wenn ich auftrete und ihr im echten Leben mit ebenfalls gebrochenen Herzen vor mir steht, kann ich endlich etwas zurückgeben. Wir tauschen immer wieder Energien, bis wir gemeinsam geheilt sind.«

»Das ist ein wunderschöner Gedanke.« Ich trug gerade

einen Hauch des Sprays auf ihr Dekolleté auf, als sie meine Hand ergriff.

Kurz schwiegen wir, weil wir dieser Idee nachhingen.

»Möchtest du mein neuestes Stück hören?« Ihr Lächeln wurde noch breiter, wie bei einem Kind, das vor Aufregung beinahe platzte. »Es hat noch keinen Titel, und mir fehlt noch ein Refrain. Ich habe es auch noch nie jemandem gezeigt. Möchtest du die Erste sein?«

Ich umklammerte ihre Finger. Meine Stimme schien mir zu sehr von Rührung betroffen zu sein, deshalb nickte ich nur.

Mira ließ meine Hand los, nahm eine aufrechte Position ein, richtete vorsichtig mit den Fingerspitzen ihre Frisur und begann dann, die schönste Melodie zu singen, die ich jemals gehört hatte. Es fehlten große Teile des Textes, doch sie sang aus der Perspektive einer Frau, die sich selbst verloren hatte. Es traf dermaßen meinen wunden Punkt, dass ich mit den Tränen kämpfte und die Schlacht verlor, als wir uns am Ende noch mal umarmten, bevor ich sie zur Bühne brachte.

21
Wild Horses

»Faith has been broken, Tears must be cried,
Let's do some living, After we die«
– The Rolling Stones

Es lief alles perfekt. Das gesamte Gebiet war mit ausreichend Personal abgesichert, die Schilder hingen dort, wo sie hingehörten, und von den Essensständen drangen die herrlichsten Gerüche über das Gelände bis zu den Bühnen, deren Teams mir gerade eben das Okay gegeben hatten. Jede Person war auf ihrem Platz, die Schlange beim Einlass war wohl schon Hunderte Meter lang, der erste Parkplatz wegen Überfüllung gesperrt, und die Shuttlebusse fuhren in der Ferne auf und ab. Wir waren bereit.

»Du schaffst das«, versicherte mir Zach, den ich dank des Headsets wieder in meinem Ohr hatte.

Ich nickte, obwohl er das überhaupt nicht sehen konnte.

»Und sobald du meine Hilfe brauchst, bin ich da. Mir geht es heute schon viel besser.«

Ich schüttelte den Kopf und war froh, dass er das nicht wahrnahm. Zach meinte es sicherlich nur gut und keineswegs als Androhung, doch mein Kopf formte eine aus seinen Worten. Die letzten Stunden hatten mir so viel gegeben, das ich nicht wieder verlieren wollte. Dieser Auftrag war der erste, in dem ich wirklich gut zu sein schien. Natürlich hatte ich ihn gerade mal etwas mehr als vierundzwanzig Stunden, und mein Fazit war deshalb nur bedingt aussagekräftig, aber ich fühlte mich wohl in dieser Position. Das Organisieren gab mir Energie, durch die ich mich lebendig fühlte.

Es war Zachs Job, schon klar. Und er hatte jedes Recht, ihn jederzeit zurückzufordern. Ich wollte seinem Erfolg keinesfalls im Weg stehen, deshalb hatte ich das alles hier ja überhaupt übernommen. Nur hing ich nun so sehr an dem positiven Feedback der Menschen, dass ich es nicht mehr zurückgeben wollte.

»Das wird nicht nötig sein. Ruh dich weiter aus, bis du ganz fit bist.« Es war keine Lüge, denn ich hatte ja alles im Griff. Und ich wünschte mir von Herzen, er wäre bald wieder gesund. Allein schon, weil ich ihn unglaublich vermisste. Doch ich brauchte ein Erfolgserlebnis. Nach so vielen Niederlagen hintereinander wollte ich jetzt einfach scheinen.

Wie mit Zach besprochen nahm ich das Walkie-Talkie, drückte den entsprechenden Knopf und führte es an meine Lippen.

»Hier spricht Kayla. Wir sind bereit, demnach gebe ich hiermit das Go. Öffnet die Tore.«

Es war noch immer merkwürdig, diese Technik zu benutzen. Aber die Geräte waren unsere Absicherung für den Fall, dass das Mobilfunknetz zusammenbrach. Bei den angekündigten Besucherzahlen war das ein denkbares Szenario, obwohl wir technisch alles möglichst gut ausgestattet hatten und mit dem Netzanbieter in engem Kontakt standen. Schließlich wollten wir die Auftritte des Festivals nicht nur selbst live übertragen, sondern hatten auch einige Influencer eingeladen, die hoffentlich ganz *Horizon* mit Schnipseln ihrer Erlebnisse fluten würden.

»Ich wiederhole: Öffnet die Tore. Over.«

Das Rauschen hallte in meinen Ohren nach.

»Hier spricht Fernando. Wir öffnen jetzt die Tore. Over.«

Weil es sich nach einem ersten Erfolg anfühlte, schloss ich die Augen. So weit hatten wir es zumindest geschafft.

»Ich bestätige, die Tore sind geöffnet. Over.«

»Tor C ist geöffnet. Over.«

»Tor D ist geöffnet. Over.«

»Gute Arbeit. Over and out.«

Ich öffnete meine Augen, steckte das Walkie-Talkie an den Nietengürtel und richtete mein Outfit. Tracey und Alexis hatten darauf bestanden, dass ich unseren Farmers' Market-Fund trug. Zuerst war ich mir völlig unpassend gekleidet vorgekommen, doch zwischen der bunten Deko aus großen Kunstblumen, Stoffgirlanden und Blick auf die ersten Gäste, die durch die Eingänge strömten, wich diese Befürchtung.

Das leise Summen der Stromgeneratoren, das Rascheln des Windes in den vielen Bannern und das Klirren von Geschirr im Backstage-Bereich wurde durchbrochen von ersten Beats, die über die Fläche dröhnten. Die Coyote Stage begann mit der Beschallung der ersten Besucherinnen und Besucher. Auf den anderen Bühnen fanden die geplanten letzten Soundchecks statt. Vom Food Court wehte ein intensiver Geruch von gebratenen und frittierten Speisen herüber. Ich wollte später zumindest kurz über den Platz schlendern, um mir eine Portion Churros zu genehmigen. Obwohl der Wetterbericht uns vor Festivalbeginn große Sorgen bereitet hatte, war der Himmel sonnenklar. Fürs Erste verteilten wir bereits am Eingang

Regenponchos, damit die Gäste sich entsprechend schützen konnten. Die Wüstenwärme legte sich auf meine nackten Arme und das Gesicht, sodass sich die Gänsehaut langsam verzog.

Von der Erhebung, auf der ich mich befand, konnte ich genau beobachten, wie immer mehr Menschen auf das Festivalgelände strömten. Eine Horde aus Glitzer, Fransen, Blumenkronen, Neonfarben und Gelächter. Wie eine Ameisenkolonie, die lächelnd, tanzend und singend einen Bau für sich einnahm. Immer wieder erkannte ich das Kojoten-Maskottchen mit seinem brandneuen Kostüm.

Vor den Kulissen der großen Tribünen mit den LED-Screens und den Lichteffekten wirkte das Festival wie eine riesige Party. Unser Plan ging auf, und das füllte mein Herz mit Freude.

Deshalb hüpfte ich beinahe zurück zu meinem Büro und ließ die Tür auf, weil ich mich dem Treiben überhaupt nicht entziehen wollte. Ich bekam von dem Lärm, den Gerüchen und dem Anblick all der glücklichen Menschen gar nicht genug.

»Du bekommst gleich übrigens Besuch«, meinte Zach und unterbrach damit meine Gedanken.

»Wer ist es?« Ich setzte mich an den Schreibtisch, bewegte die Maus, damit der Laptop wieder zum Leben erweckt wurde, und ging die E-Mails durch. Mit dem Beginn der Veranstaltung herrschte auch eine merkwürdige Ruhe, weil alle mit ihrer Aufgabe beschäftigt schienen. Ich wechselte den Tab und checkte die neueste Wettervorhersage.

»Jamies Tante.«

»Was?« Ich sah hoch und hörte genauer hin. In den letzten Stunden hatte ich mich so sehr daran gewöhnt, ihn nur mit wenigen Pausen in meinem Ohr zu haben, dass es beinahe so war, als würden zwei Stimmen in meinem Kopf zu mir sprechen.

»Jamie war vor einer halben Stunde hier und wollte dir ein Paket geben, das per Kurier gebracht wurde. Es eilt wohl.« Die letzten Worte klangen eher nach einer Frage.

»Ich habe keine Ahnung, was das sein soll.«

Jeder von uns checkte den Wetterstatus in regelmäßigen Abständen. Es waren ein paar Regenschauer und sogar ein Gewitter angekündigt. Doch das Gewitter ... Zach war noch tiefenentspannt, aber ich bekam Bauchschmerzen, wenn ich an die ganze Technik und die Bühnen dachte.

»Du wirst es bald herausfinden«, brummte er.

Und er behielt recht. Kurz nachdem wir aufgelegt hatten, weil er einen wichtigen Anruf von seinem Vorgesetzten erhalten hatte, klopfte es an die Containertür.

Anstatt den Besuch nur hereinzubitten, eilte ich zur Tür und riss sie auf. Eine ältere Dame mit braun gefärbtem Haar, aber silbernem Ansatz hielt mir einen Pappkarton entgegen. Ihre kurzen Arme zitterten so heftig, dass ich ihr das Paket sofort abnahm.

»Hallo, Kindchen, bist du Kayla Archer?«

»Ja«, antwortete ich und machte ihr Platz, damit sie ins Büro treten konnte.

Der stillen Aufforderung kam sie direkt nach. Prustend tippelte sie durch das Zimmer und setzte sich auf den Bürostuhl hinter dem Schreibtisch anstatt auf einen der Besucherstühle, die auf der gegenüberliegenden Seite dafür bereitstanden. Ich lachte lautlos und folgte ihr. Den Karton platzierte ich so, dass ich als Erste das Innere sehen würde. »Von wem ist das?«

»Ich habe keine Ahnung. Mein Neffe, Jamie ...« Sie wischte sich den Schweiß von der Stirn. »Du kennst ihn bestimmt. Ein toller Junge. Mein ganzer Stolz.« Wieder hielt sie inne, weil sie so außer Atem war. »Er führt das Hotel beinahe allein, weißt du.«

Ich versuchte, meine Fragen zurückzustellen und mich auf das Tempo der älteren Lady einzulassen, aber dafür musste ich die Hände kurz zu Fäusten ballen. Schon als Friseurin hatte ich Probleme mit Menschen gehabt, die um den heißen Brei herumredeten. Doch ich nickte und lächelte, während sie mir weiter von ihrem Neffen berichtete.

Auch von außen war nicht zu erkennen, von wem das Paket stammte. Ich nahm kurzerhand die Schere aus der Schreibtischschublade und schnitt es auf. Es war nicht besonders schwer, aber äußerst groß, deshalb hatte ich Mühe, die Seiten so aufzuklappen, dass ich nicht die Bildschirme, Zachs Stiftehalter und die zwei Ordner umwarf, in denen ich gestern noch eine bereits bezahlte Rechnung gesucht hatte. Als ich dann doch endlich in das Innere spähen konnte, ließ ich die Schere fallen und trat zurück.

»Alles in Ordnung, Kindchen?«

Ich sah Jamies Tante an, dann auf den Berg aus Spitze, Tüll und Chiffon, der beinahe aus der Pappe quoll.

»Nein, nichts ist in Ordnung.« Meine Stimme wurde mit jeder Silbe leiser.

»Was ist es denn?«

»Mein Hochzeitskleid.« Nun brach sie endgültig. Ich setzte mich in Zeitlupe auf einen der Stühle und blickte an die Decke, weil ich weder den Gesichtsausdruck der Fremden noch dieses beschissene Kleid sehen wollte.

»Du heiratest?«

Ich räusperte mich. »Danke, dass sie es mir gebracht haben. Wirklich nett von ihnen.« Meine Unterlippe bebte gefährlich. Ich blieb in dieser Position und hoffte, dass mein Gegenüber mich auch ohne entsprechende Geste verstand.

»Gar kein Problem. Für Jamie tue ich alles, musst du wissen.«

Ich nickte nur.

»Aber leider muss ich auch los. Unsere Frauenrunde Bingo steht an. Kommst du klar, Kleines?« Ihre Stimme klang nun nicht mehr so atemlos, und ein Hauch Sorge schwang mit. Das machte es noch schlimmer.

Wieder nickte ich, weil der Kloß in meinem Hals meine Worte vollständig abkappte. Ich spürte bereits das Brennen in meinen Wangen, das verhasste Kribbeln in der Nase und den Druck auf der Brust, den ich eigentlich längst hinter mir gelassen hatte. Alles war wieder wie vorher.

Als ich endlich das Schleifen der Tür hörte, blickte ich auf den Überrest meiner Verlobung. Tränen strömten unkontrollierbar über mein Gesicht. Ich wischte sie weg, erhob mich und trat an den Karton wie an ein gefährliches Tier. Auf den zarten Stoffbahnen lag eine handbeschriebene Karte. Seine Handschrift erkannte ich innerhalb einer Sekunde.

Es kam zurück von der Reinigung, soll aber dir gehören. Danke für deine Unterschrift. Es tut mir leid. – J.

Ich schluchzte laut auf und drehte mich um. Genau in diesem Moment klopfte es. Mit den Handrücken rieb ich mir über das Gesicht, räusperte mich, und dann ging auch schon die Tür auf. Tracey und Alexis gefror das Lächeln auf dem Gesicht.

»Was ist denn los?« Sofort waren sie beide an meiner Seite.

Alexis' Blick glitt direkt zu dem Karton. Das Vorbeigehen reichte ihr schon, um die Situation vollständig zu erfassen. Sie nahm mich in den Arm und wog mich in einem Takt, dem ich mich gern hingab.

Tracey war nicht so diskret. »Warum schickt dir dein Ex dein Hochzeitskleid?«

Mein Schluchzen wurde lauter.

»Trace!«, ermahnte Alexis sie, doch ich nickte an ihrer Brust.

»Das ist eine gute Frage«, presste ich hervor und löste mich dann von ihr. »Vermutlich will er mir damit nur wehtun.«

»Aber tut dir das denn wirklich weh?« Alexis hielt mich an den Schultern, damit ich ihr in die Augen blicken musste. Mein Fokus glitt jedoch direkt wieder zum Karton.

»Ja. Nein.« Ich stöhnte auf. »Keine Ahnung. Das ist heute mein Tag, und Julian fährt mir schon wieder in die Parade. Ich will es nicht, weil es mich daran erinnert, was hätte sein können.«

»Aber was hätte denn sein können, Kayla? Stell dir vor, du hättest ihn geheiratet ...« Tracey stellte sich neben mich und legte ebenfalls die Hände an meinen Rücken. »Wie lange hätte dein Glück angehalten? Ein Jahr? Ein halbes?«

»Einen Monat? Oder nur eine Woche?«, setzte Alexis die Aufzählung fort.

Ich duckte mich, sodass ihre Hände von mir abfielen. Nacheinander blickte ich beide an. »Das werde ich niemals erfahren, und damit habe ich mich abgefunden. Auch mit der Vermutung, dass wir nie langfristig miteinander glücklich geworden wären. Ich möchte dieses Kleid trotzdem nicht mehr sehen.«

»Dann entsorgen wir es!« Tracey ging an mir vorbei,

drückte den Karton zu und klemmte ihn sich unter den Arm. »Wo ist die nächste Mülltonne?«

»Das sieht wertvoll aus.« Alexis verzog den Mund.

Eigentlich hatte sie recht. Wenn ich das Kleid verkaufen würde, könnte ich mit dem Erlös einen Teil meiner Schulden tilgen. Doch ich ertrug noch immer nicht den Gedanken, dass eine andere Person in meinem Traumkleid heiratete. In genau diesem Stoff, den ich mir ausgesucht hatte.

»Ist auch vollkommen egal. Wenn Kayla es loswerden will, ist das ihre Sache. Es wundert mich eh, dass du es noch nicht verbrannt hast, nachdem du verlassen worden bist.«

Ich hob eine Augenbraue. Die beiden wechselten einen vielsagenden Blick und warteten.

»Du hast recht.« Ich hielt mir die Stirn, weil meine Heulattacke Kopfschmerzen ausgelöst hatte. »Ich hatte bereits vorgehabt, es zu verbrennen, bin aber von meinen Schwiegereltern aufgehalten worden.«

Tracey reichte das als Erklärung. Sie bedeutete uns mitzukommen, dann marschierte sie durch die offen stehende Tür nach draußen. Alexis wartete, bis ich mich in Bewegung setzte. Als ich in die Hitze trat, reichte sie mir ein Taschentuch. Gemeinsam folgten wir unserer Anführerin, die einen ganz bestimmten Plan zu verfolgen schien. Je näher wir den Trailern der Künstlerinnen und Künstler kamen, desto weiter entfernt schien die gesamte Festivalatmosphäre. Mir gefiel das nicht, denn damit brach die letzte Ablenkung weg. Mein Herz fühlte sich wieder wie ein Stein an.

Mehrere Meter hinter Miras Wohnwagen, zwischen Toilettenanlage und Zaun, schmiss Tracey die Schachtel auf den Boden und stemmte dann die Hände in die Seiten.

»Und jetzt?« Alexis sah Tracey an, als wäre sie nicht ganz bei Trost.

Zugegebenermaßen verstand ich auch noch nicht, was sie vorhatte. Das änderte sich jedoch, als Tracey Alexis die Sonnenbrille vom Kopf pflückte, in die Knie ging und eines der Brillengläser nach der Sonne ausrichtete.

»Das ist nicht dein Ernst«, kommentierte die das nur.

Ich starrte auf das Kleid, doch es tat sich natürlich nichts.

»Es wird niemals funktionieren. Die Gläser sind so gebogen, dass sie gar nicht genug Sonnenlicht bündeln können. Außerdem sind sie aus Plastik. Das macht es noch schwieriger.« Alexis hielt sich beide Hände an die Stirn, als würde sie sich gleich neben das Kleid legen wollen, damit sie zuerst verbrannte.

Mir war das alles zu viel. Ich hatte ein Festival zu organisieren, musste für einen reibungslosen Ablauf sorgen, war über das ganze Thema längst hinweg und wollte nur dieses verfluchte Kleid loswerden. Aber am liebsten ohne weiteren mentalen Tiefpunkt, überholte Pfadfindertechniken und Verletzte.

»Was macht ihr da?«

Ich drehte mich zu Mira um, die aussah, als wäre sie gerade erst aufgestanden.

»O mein Gott!« Tracey ließ die Sonnenbrille in den Sand fallen, richtete sich auf und strich über ihr Outfit.

Erst jetzt bemerkte ich, dass sie ebenfalls die Klamotten trugen, die ich ihnen auf dem Markt zusammengestellt hatte. Ich musste trotz aller Absurdität und Verwirrung grinsen.

»Das ist *Hamada*!« Traceys Stimme war nur noch ein Fiepen.

Ich konnte es ihr nicht übel nehmen, weil es mir ja ähnlich ergangen war. Mira war diese überschwänglichen Begrüßungen wohl gewohnt, denn sie lächelte milde und reichte Tracey und Alexis die Hand.

»Ich liebe deine Musik und freue mich schon sehr, bei deinem Auftritt später dabei zu sein.« Alexis bekam immerhin ein paar vernünftige Sätze zustande.

»Es freut mich, euch kennenzulernen. Trotzdem frage ich mich, was das soll.« Miras Blick lag auf mir.

»Sorry, dass wir hier so einen Trubel veranstalten. Du brauchst sicherlich deine Ruhe zur Vorbereitung.«

»Schon okay.« Sie sah uns weiterhin mit erhobenen Brauen an. Es war klar, dass sie nicht lockerlassen würde.

»Wir verbrennen mein Hochzeitskleid. Oder eben nicht, weil wir kein Feuerzeug haben.« Ich presste die Lippen zusammen, weil ich selbst nicht glauben konnte, was ich ihr da erzählte.

»Oh«, machte die Sängerin nur. Sie trat näher, ging in die Hocke und strich über den Stoff.

Ich beobachtete gebannt, wie sie das Kleid aus der Schachtel nahm, ausbreitete und in unsere Richtung hielt.

»Es ist atemberaubend. Schade, dass du es nie getragen hast. Ich bin mir sicher, dass du eine wunderschöne Braut gewesen wärst.«

Ihre Worte legten sich wie zwei Hände um mein Herz, die zudrückten und nicht mehr losließen. In diesem Moment begriff ich, dass ich nicht mehr Julian hinterherweinte. Den gab es in meinem Universum schon gar nicht mehr. Ich trauerte der Version hinterher, die ich beinahe geworden wäre. Einer Braut. Und das war okay für mich, denn ich wollte nach wie vor heiraten. Ich hatte fest vor, mich über beide Ohren zu verlieben, ein weiteres Mal eine Partnerschaft einzugehen und sie irgendwann, zu einem geeigneten Zeitpunkt, auch vor der ganzen Welt zu bekunden und zu feiern. Einen kleinen Teil dieses Vorhabens hatte ich sogar schon geschafft.

»Willst du es wirklich verbrennen?« Mira griff in die Tasche ihres pinken Bademantels und kramte ein Feuerzeug hervor.

»Perfekt«, murmelte Tracey, doch sie bewegte sich keinen Zentimeter.

»Du kannst es tun.« Mira kam zu mir herüber und reichte mir das Feuerzeug. In meinen Händen war es kühl und glatt. Es war nicht irgendein Feuerzeug aus billigem Plastik, sondern eines dieser edlen Dinger aus Metall, die auch bei einem Sturm funktionierten und nachfüllbar waren. »Ich finde jedoch, dass du es nicht machen solltest.«

Ich blickte auf und traf auf ihre intensiven Augen, die immer genauso viel auszusagen schienen wie ihr Mund.

»Du verbindest das Kleid mit einer Erfahrung, die immer Teil deines Lebens sein wird. Du kannst es vielleicht verbrennen, deine Vergangenheit allerdings nicht. Und wieso auch? Es gibt immer gute und schlechte Aspekte. Selbst aus der miesesten Katastrophe keimt etwas Wertvolles.« Sie runzelte die Stirn leicht, griff nach einer meiner Hände und hielt mich fest.

Das war auch gut so, denn all die aufkommenden Emotionen formten sich zu einem Sturm. Sie würden mich jeden Moment davonblasen, aber Mira war mein Anker.

»Warum machst du nichts Neues aus diesem Kleid? Du könntest es umgestalten und dann tragen, um Treue zu schwören. Der einzigen Person, der du etwas schuldest. Der einzigen Person, die du für immer lieben solltest.«

»Mir selbst.«

Das Unwetter in mir legte sich. Auf einmal sah ich glasklar. Mal wieder war ich selbst das Problem. Nicht Julian, nicht die abgesagte Hochzeit und ebenfalls nicht das Kleid. Meine Einstellung gehörte verbrannt.

»Okay«, hauchte ich und erwiderte den Druck an meinen Fingern.

»Dann lass es uns machen.« Mira fischte das Feuerzeug aus meinen Händen und drehte sich zu den anderen um.

Es schien, als wollte sie mit uns einen Schlachtplan erarbeiten und ausführen, doch ich war gedanklich nicht mehr bei der Sache. Ich hatte nur Augen für Jessica, die mit erhobenen Armen auf uns zugerannt kam.

»Kayla!«

Ich setzte mich sofort in Bewegung, denn das konnte nur eine Katastrophe bedeuten.

»Was ist los? Wo brennt es?«

»Wir haben einen Tonfehler an der Hauptbühne, den keiner gelöst bekommt!«

Ich schloss zu ihr auf, die anderen im Schlepptau, und schürzte die Lippen. »Was ist mit den Tontechnikern?«

»Das ist ja das Problem. Die wissen auch nicht weiter.« Jessicas Brust hob und senkte sich so schnell, dass ich ihr Handgelenk packte, weil ich Sorge hatte, sie würde jeden Moment zusammenklappen.

»Ich kenne mich ebenfalls nicht mit Ton aus«, murmelte ich nur. Mein erster Gedanke war, einen Techniker aus der Stadt zu holen. Doch ich verwarf diese Idee direkt, weil ich bezweifelte, dass uns jemand aus Dell City helfen konnte, der vermutlich noch nie die Technik für ein Festival dieser Größe gestellt hatte.

»Zach kennt sich damit aus. Er ist gelernter Tontechniker und hat jahrelange Erfahrung. Bei solchen Problemen springt er immer ein.« Jessicas Stirn war tief gerunzelt, ihr Blick flog von mir zu den anderen Frauen und wieder zurück.

»Zach, natürlich.« Ich atmete tief ein und aus. *Natürlich* war eine Lüge, denn das hatte ich gar nicht gewusst. Jessicas Hand ließ ich zwar los, doch ich beauftragte sie, in mein Büro zu gehen. »Du nimmst dir bitte eine Cola aus meinem Kühlschrank und setzt die Arbeit erst wieder fort, nachdem du den Drink geleert hast.«

Ich kannte diese Blässe in der Mitte des Gesichts. Das bedeutete, dass eine Person einen schwachen Kreislauf hatte. Ihre Wangen glühten, aber ihre Nase war blass wie einer der Steine, die ich wegkickte.

Ich hatte so sehr gehofft, dass ich es allein schaffen würde. Bei dieser Art von Problem war ich allerdings raus. Es kostete mich noch eine Minute Auf- und Ablaufen, bevor ich über meinen Schatten sprang und Zachs Nummer wählte.

Er nahm schon beim dritten Klingeln ab. »Ja?«

Noch ein tiefer Atemzug mit geschlossenen Augen, dann blickte ich auf die Menge, die sich allmählich vor den Bühnen versammelte. »Ich brauche dich hier.«

22
Bittersweet Summer Days

»In the rhythm of the night, I'm finally free,
This is who I was always meant to be«
– Hamada

All die Knöpfe und Regler waren wie eine mathematische Formel, deren Form ich zwar optisch wahrnahm, doch ihr Sinn erschloss sich mir nicht. Ganz egal, wie oft ich sie anstarrte. Auch die Erklärungen den Technikteams halfen nicht. Sie benutzten Fachwörter, die ich teilweise noch nie in meinem Leben gehört hatte. Bei manchen konnte ich die Bedeutung ableiten, aber weiter brachte mich das auch nicht. Irgendwann war der Stresspegel so stark angestiegen, dass die Mitarbeiterinnen und Mitarbeiter begannen, sich gegenseitig anzuschreien.

Zach war also wie eine göttliche Erscheinung, als er hinter Michael auftauchte und uns begrüßte. Obwohl er noch immer blass wirkte, unter seinen Augen dunkle Schatten lagen und er mindestens zwei Pfund verloren hatte, war er makellos, denn er schaffte es innerhalb von Sekunden und nur mit ein paar Worten, die Wogen zu glätten. Er schickte alle bis auf Michael und mich weg, damit wir in Ruhe nach einer Lösung für dieses Problem suchen konnten. Mich weiterhin zu konzentrieren, fiel mir schwer, weil die Menge immer lauter wurde. Mir kam es vor, als hätten die Besucherinnen und Besucher längst durchschaut, dass es Störungen gab, die wir kaum in den Griff bekamen.

»Hier«, sagte ich, nachdem die anderen gegangen waren, und reichte Zach das Klemmbrett, auf dem der Ablaufplan mit sämtlichen kleinen Änderungen befestigt war.

Er sah mir direkt in die Seele. Ganz automatisch kam ich ihm näher, denn ich wollte bei ihm sein. Am liebsten allein und in unserem Zimmer, doch wir mussten unsere Prioritäten anders legen.

»Was soll ich damit?« Er entkam dem Band, das sich zwischen uns aufgebaut hatte, und zog eine Augenbraue hoch.

»Es an dich nehmen, Boss.« Ich bemühte mich um ein Lächeln. Obwohl ich noch immer meinem Posten nachtrauerte, war Zachs Anwesenheit die größere Bereicherung. Lieber hatte ich ihn an meiner Seite, als dass ich mich hier durchquälen musste.

»Das sieht für mich eher nach Chefsache aus, Boss.« Das letzte Wort betonte er besonders. »Ich bin nur als Techniker vor Ort.« Mit einem schiefen Grinsen beugte er sich über die Mischpulte und testete einige Einstellungen aus.

»Und was bedeutet das?« Ich trat neben ihn, weil ich nicht wollte, dass Michael unser Gespräch mitbekam.

»Kayla, du bist heute die Chefin. Bitte rette dieses Festival. Rette *mich.*« Er drehte an einem Rädchen, und die Boxen begannen, auf die furchtbarste Art und Weise zu rauschen.

Ich verzog das Gesicht, dann blickte ich Zach von der

Seite an. Er war nicht gekommen, um mir etwas wegzunehmen, sondern um mir noch mehr Sicherheit zu geben. Ihm ging es nicht darum, besser zu sein als ich. Mächtiger oder stärker. Zach war der erste Mann, der zur Seite trat, damit ich scheinen konnte.

Mit dem Wissen, dass es unprofessionell war und möglicherweise auch leichtsinnig, weil er gerade so wieder auf den Beinen war, drückte ich ihm einen Kuss auf die stoppelige Wange. Sofort war da wieder dieses Prickeln zwischen uns, das sich auf die merkwürdige Stimmung legte. Die Trennung durch seine Erkrankung hatte alles etwas abgedämpft. Es war sogar inzwischen ungewohnt, ihn nicht nur zu hören, sondern ebenso zu sehen. Doch seine ganze Art löste alle Zweifel in ein wohliges Gefühl in meiner Brust auf.

Da ich ihn nicht aufhalten wollte, weil wir ernsthaft mit unserem Zeitplan in Verzug kommen würden, wenn nicht bald ein Wunder geschah, verabschiedete ich mich. Mit dem Klemmbrett in der Hand flitzte ich in den Backstage-Bereich und widmete mich da einer Vielzahl von Aufgaben. Es gab immer jemanden, der eine Meinung, Empfehlung oder helfende Hand benötigte. Sei es eine Influencerin, von der ich ein Foto schießen sollte, ein Newcomer, der sich vor Lampenfieber beinahe übergab und dem ich das Händchen hielt, oder eine wichtige Requisite, die ich fieberhaft suchte und an dem unmöglichsten Ort wiederfand. Patrick und ich teilten uns all diese To-dos auf, je nach Know-how und Dringlichkeit. Getränke mussten für den zweiten Festivaltag nachbestellt, eine vegane Option beim Catering dazugebucht und ein weiterer Parkplatz spontan eröffnet werden. Und egal, wie sehr wir uns anstrengten, der Aufgabenstrom hörte nicht auf.

Obwohl mir sogar die Zeit fehlte, einen Schluck Wasser

zu trinken, genoss ich den Trubel. Der Schweiß lief mir in Bächen den Rücken herunter, doch noch nie in meinem Leben hatte ich mich so sehr in einer Arbeit verloren.

Deshalb zuckte ich auch zusammen, als mir eine Kellnerin die Uhrzeit verriet. Während ich wie von einem Skorpion gejagt zu Miras Trailer sprintete, rief Zach mich an. Ich blieb stehen, als seine tiefe Stimme wieder in mein Ohr drang.

»Das Problem ist gelöst. Die Auftritte können starten.«

»Ich liebe dich!«

Stille.

Nicht nur zwischen uns, sondern ebenfalls in meinem Kopf. Es war mir nur so rausgerutscht. Ich war einfach nur unfassbar erleichtert gewesen, dass wir das Programm nicht ändern oder sogar absagen mussten. Mehr hatten diese drei Worte nicht zu bedeuten.

Da Zach noch immer still blieb, hauchte ich nur ein »Danke« in das Mikrofon, dann drückte ich den Knopf, und die Verbindung brach ab.

Mit glühenden Wangen rannte ich weiter. Ich klopfte noch nicht mal an, sondern stürzte einfach in den Trailer. Mein Schwung war so heftig, dass ich mich an der Türklinke festhalten musste.

»Es tut mir so leid, wirklich. Ich weiß, dass das nicht zu entschuldigen ist …«, begannen die Worte aus mir herauszusprudeln, doch sie verklangen.

Ich war viel zu spät dran, sodass es beinahe unmöglich erschien, das komplette Styling auf dem verabredeten Level hinzubekommen. Und ich war auf vieles vorbereitet gewesen. Auf Ärger von Mira, da es absolut unprofessionell von mir war, so verspätet hier aufzutauchen. Auf eine aufgelöste Künstlerin, deren Bühnenlook ich nun retten musste. Auf meine Kündigung, weil sich doch herausgestellt hatte, dass ich eine Blenderin war. Auf alles – aber nicht auf ein Kaffeekränzchen von Tracey, Alexis und der weltberühmten Sängerin *Hamada*.

»Alles gut«, sagte Mira mit einem Strahlen in den Augen. »Wir haben schon angefangen.«

»Genau nach deinem Vorbild«, fügte Alexis noch hinzu.

Alle drei wirkten zufrieden. Sie tranken Kaffee aus außergewöhnlichen Tassen in knallbunten Farben und mit grafischen Mustern, hatten wohl durch eine Zeitschrift geblättert und noch mehr Glitzer und Steinchen verteilt als zuvor.

»Also sind die Haare bereits vorbereitet?« Ich trat näher an Miras Haarpracht, die noch klamm wirkte.

»Genau, alle Produkte nach Abmessung gemäß deiner Notizen sind eingearbeitet.« Sie reichte mir meinen Merkzettel, den ich in einer der Schubladen verstaut hatte.

Im ersten Moment war ich wie vor den Kopf gestoßen. Das war schließlich mein Job. Ich war hier der Profi, und dass zwei Amateurinnen meine Aufgabe nur anhand einer Auflistung übernehmen konnten, war kein schönes Gefühl. Andererseits hatten sie mir damit einen riesigen Gefallen getan, denn nun konnte ich einfach übernehmen und lag für Miras Vorbereitungen halbwegs in der Zeit.

»Super!« Ich schloss die Tür und gesellte mich zu ihnen. »Es tut mir wirklich leid, Mira.«

Ganz natürlich setzte ich den Ablauf fort. Es war, als wüssten meine Finger von allein, was sie tun mussten. Gedanklich war ich aber woanders.

»Das ist okay. Ich habe ja mitbekommen, was du hier heute geleistet hast. Und das trotz des emotionalen Zusammenbruchs.« Sie lächelte mich im Spiegel an.

Durch ebendiesen sah ich auch Traceys Blick. Mit großen Augen beobachtete sie, wie ich die Locken in Form brachte. Alexis schien nicht ganz so verängstigt zu sein, trotzdem brauchten sie wohl meinen Segen.

Ich schenkte beiden ein breites Lächeln, das die Atmosphäre sofort auflockerte. »Könntet ihr die Pausen vorbereiten?«

»Wenn du uns genaue Anweisungen gibst, kriegen wir das bestimmt hin.« Alexis stand sofort auf und war einsatzbereit.

Ich erklärte ihnen genau, was Mira und ihre Bühnenassistentin benötigten, um ihr Gesicht zwischendurch abzupudern und die Outfitwechsel vorzunehmen.

Alexis und Tracey schlossen sich zusammen, folgten meinen Anweisungen und Miras Wünschen, während ich sie stylte. Als die beiden fertig waren, setzten sie sich zu uns und beobachteten mein Werk. Ihrem Gespräch mit der Sängerin folgte ich kaum, denn ich war in Gedanken nur bei Zach, Patrick und den Aufgaben, die noch anstanden. Wenn es mir möglich gewesen wäre, hätte ich hier, in diesem Trailer, alles sofort stehen und liegen gelassen.

Vielleicht war das genau die Erkenntnis, die mir noch gefehlt hatte. Möglicherweise war ich meinem Job als Friseurin wirklich entwachsen. Möglicherweise wäre ich in einem anderen Bereich besser aufgehoben. Und dieser Geistesblitz war frei von Bitterkeit und Angst, weil ich mich so voller Energie fühlte wie noch nie in meinem Leben.

Als ich fertig war, strahlte Mira exakt die Präsenz aus, die bei jedem Ton ihrer Musik mitschwang. Sie bedankte sich bei mir für meine Arbeit. Tracey und Alexis überhäuften mich mit Komplimenten, die mich breit grinsen ließen. Ihre Wertschätzung und Begeisterung drängten den Stress für einige Augenblicke beiseite.

Mir entging nicht, dass Mira etwas aus ihrem Schrank

im Eingangsbereich holte. Vermutlich ein weiterer Kostümwechsel, der ihr spontan in den Sinn gekommen war. Sie hatte sich zwischen zwei Outfits letztlich doch nicht entscheiden können, und ich war bereits bei der Generalprobe davon ausgegangen, dass es zu Änderungen kommen würde.

Ich lag allerdings komplett daneben. Als ich mich kurz auf ihrem Stuhl niederließ, standen Tracey und Alexis ebenfalls auf und halfen Mira, das Knäuel aus Tüll und seidigen Stoffen auf der Lounge auszubreiten.

»Wir haben ein Kleid für dich gestaltet.« Mira kam auf mich zu, während die anderen noch am Chiffon zupften. Sie reichte mir die Hand, zog mich hoch und mit sich, bis wir vor den Polstern anhielten. Das Muster der Spitze kam mir bekannt vor.

Ich blinzelte einmal. Ein weiteres Mal. Dann fasste ich mir an die Lippen. »Nein.«

»Doch.« Mira legte einen Arm um mich. »Aus dem Alten etwas Neues gemacht.«

Ich war sprachlos.

»Wir hoffen, dass es dir gefällt.« Alexis Stimme bebte.

Ein Schluchzen drang aus meinem Mund. Sie hatten meinem Hochzeitskleid die Länge vorne genommen, sodass es einen Großteil meiner Beine zeigen würde. Auch die Ärmel hatten sie abgenommen und es damit ausgehtauglicher gemacht. Es waren noch immer sehr viele Schichten Stoff. Mir fiel der pinke Tüll auf, den sie sogar zusätzlich mit eingewebt haben mussten. Auch das violette Band um die Taille war neu. Bunte Perlen waren auf das Oberteil aufgestickt worden, und alles schien orange zu glitzern. Das erklärte die zusätzliche Explosion im Inneren des Trailers.

»Es sieht aus wie ein Sonnenuntergang«, hauchte ich

und traute mich das erste Mal nach einer Ewigkeit, den Stoff zu berühren. Der Qualität hatten ihre Veränderungen keineswegs geschadet. Es war eher so, dass die Besonderheiten noch mehr in den Fokus gerückt wurden.

»Wie du.« Traceys Augen glitzerten in dem warmen Licht des beleuchteten Spiegels.

»Wie *Bittersweet Summer Days*«, wisperte Mira.

Meine Atmung wurde flacher.

»Nicht schon wieder weinen, okay?« Alexis schüttelte energisch den Kopf.

Ihre ernste Art brachte uns alle zum Lachen, sodass mir zwar das Wasser übers Gesicht lief, doch mein Herz voll war.

Wir umarmten uns zu viert und verharrten eine ganze Weile so. Vier gebrochene Herzen, die nun ein kleines Stück geheilt worden waren.

»Du musst es unbedingt anziehen.«

Ich löste mich nicht ganz, nur gerade genug, um sie nacheinander anzusehen. »Ich bin noch im Dienst. Das ist viel zu auffällig für meinen Job.«

»Bitte. Es ist ein Festival. Und dieses Kleid das perfekte Outfit dafür!« Tracey zappelte so sehr herum, dass sie uns beinahe umwarf.

Unsere Umarmung war beendet, der gemeinsame Moment jedoch noch nicht. Ich gab mich geschlagen, nahm das Kleid wie einen ganz besonderen Schatz auf den Arm und verschwand in Miras Badezimmer. Zuletzt hatte ich das Kleid bei der finalen Probe ein paar Wochen vor dem angedachten Termin getragen. Nun wieder hineinzuschlüpfen, war nach allem, was passiert war, ein überwältigendes Gefühl. Ich rechnete fest damit, mir die Augen aus dem Kopf zu weinen. Zusammenzubrechen. Alles zu bereuen. Den nächsten Flieger nach Washington, D. C. zu nehmen. Doch ich bewunderte mich nur im Spiegel. Minutenlang. Ich vergaß vollkommen die Zeit, während ich mich um die eigene Achse drehte, mit den Stoffschichten raschelte und mein Haar zu stylen begann, solange ich das noch offene Kleid an meinen Körper presste.

»Kayla?«

Ich ließ meine Freundinnen nicht länger warten und trat aus dem Bad. Es wärmte mich von innen, als ich ihre strahlenden Augen sah. Alexis eilte zu mir und schloss die vielen Knöpfe am Rücken, sodass sich der Stoff um meine Rundungen schmiegte. Alle drei musterten mich von oben bis unten, und das erste Mal in meinem Leben löste es keine gedankliche Fehlersuche auf meiner Seite aus. Ich hielt nicht nur ihren leuchtenden Blicken stand, sondern auch dem Hagel aus Komplimenten, der darauf folgte. Ich badete in ihren lieben Worten und fühlte mich unendlich schön, obwohl es nicht der Tag meiner Hochzeit war.

»Wow«, ertönte es viel dunkler von der Tür als zuvor.

Ich sah Zach direkt in die Augen.

»Unser Stichwort«, verkündete Mira und nahm Tracey und Alexis an den Händen, um sie hinauszuführen. »Wir kommen klar. Macht ihr nur.« Noch nie hatten drei modebegeisterte Menschen so schnell einen fahrbaren Kleiderschrank verlassen.

Mein Hals war trocken, als er auf mich zukam. Ich wich seinem Blick aus. An meinem Selbstbewusstsein hatte sich nichts geändert, denn ich fand mich noch immer schön. Doch seine Nähe machte alles komplizierter. Auf einmal formulierte mein Gehirn keinen klaren Gedanken mehr.

Er blieb vor mir stehen, sah auf mich hinab und biss sich auf die Unterlippe. Ich bildete mir ein, auch seinen Herzschlag zu hören.

»Bekomme ich jetzt wieder ein merkwürdiges Kompliment?« Ich schluckte, als er mir noch näher kam.

»Du bist wie der Morgendunst in der Wüste.«

»Danke.« Es war neu für mich, dass meine Wangen vom Lächeln schmerzten.

Zach lachte kurz, dann wurde er wieder ernst. »Wie viel hast du noch zu tun?«

Ich inhalierte seinen Duft, weil ich mich in den letzten Tagen nach nichts mehr als das gesehnt hatte.

»Ehrlich gesagt nicht mehr viel. Mira ist startklar und bestens versorgt.«

»Komm mit«, raunte er und nahm mich an die Hand.

Er führte mich aus dem Trailer, entgegen meiner Erwartung am Backstagebereich vorbei, immer weiter, bis ich stehen blieb. Zach nickte nur und ging vor. Er tauchte in die Menge ein, als könnten wir ein Teil davon sein. Zuerst zögerte ich, denn ich hatte weder das Headset auf noch das Walkie-Talkie parat. Was, wenn jemand dringend meine Hilfe brauchte? Doch als die Menge zu toben begann, weil *Hamada* auf die Bühne lief und ins Mikrofon rief, holte ich Zach ein. Er führte mich tiefer in die kreischende Masse, der ich mich schnell anschloss. Die Energie zwischen all den Fremden war elektrisierend. Als Mira dann noch den ersten Song anstimmte und das Publikum zu einem Chor wurde, stieg ich mit ein. Zach stoppte erst, als wir in der Mitte angekommen waren. Bis wir Teil dieses Festivals waren. Nicht das Organisationsteam, keine Chefinnen oder Tontechniker, sondern einfach nur Zach und Kayla, die den Auftritt ihrer Freundin genossen.

Hier zu sein, war überwältigend und entspannend zugleich. All die Farben, Lichter und der Sound führten mich in einen Tunnel, der mich schützte. Mit Zachs Hand in meiner fühlte ich mich sicher. So sehr, dass ich losließ.

Ich tanzte und sprang, sang schief mit und weinte immer wieder. Obwohl ich meine digitale Reise längst für beendet erklärt hatte, nahm ich ein paar *Horizons* auf. Der Cry-Counter stieg mit jedem Lied. Aber das war okay, denn in dieser Atmosphäre heilte ich Stück für Stück. Mit all diesen Menschen zu feiern, war wie eine kollektive Umarmung, die ich tief in meinem Herzen abspeicherte für schlechte Tage.

»Du voguest ja«, rief Zach mir irgendwann ins Ohr.

Kurz hielt ich inne, doch als er dann ebenfalls geometrische Bewegungen und Posen machte, auf und ab lief und mich imitierte, kreischte nicht nur ich vor Begeisterung. Immer mehr Leute wurden auf uns aufmerksam und schlossen sich uns an. All die Jahre über hatte ich meine Leidenschaft verdrängt, weil es nicht zu meinem Alltag gepasst hatte. Nicht zu der Kleinstadt, in der ich gelebt hatte. Dabei gehörte das alles fest zu mir. Meine Liebe zu den Achtzigern war nicht nur eine fixe Idee, sondern ein Erbe meiner Mutter. Bereits als Mädchen hatte ich die alten Videokassetten mit Aufnahmen von Livekonzerten von ihr studiert, während ich im Wohnzimmer eingeschlossen gewesen war und meine Eltern sonst was in der Küche gemacht hatten. So hatte ich gelernt, mich auf diese Art zu bewegen und mich damit auszudrücken. Und dann hatte ich es jahrelang unterdrückt. Nun hingegen brach es wie eine Naturgewalt aus mir heraus.

Völlig atemlos lagen Zach und ich uns in den Armen, als *Hamada* ihren Song beendete.

»Das nächste Lied habe ich erst heute Nacht beendet. Es heißt *Bittersweet Summer Days*, und ich widme es meiner neuen Freundin Kayla.«

Ich riss die Augen auf und sah Zach an, der nach meiner Reaktion breit grinste.

Sie hatte ihn fertig geschrieben, nachdem wir miteinander geredet hatten.

Direkt mit der ersten Strophe nahm Mira mich gefangen. Sie sang davon, wie es war, sich selbst zu verlieren und etwas nachgejagt zu sein, das sich als Fehler entpuppte. Mit ihrer klangvollen Stimme drang sie in meinen Kopf ein und erzeugte dort Bilder, die mir unter die Haut gingen. Beim Refrain begann ich wieder zu weinen. Und ich war nicht die Einzige. Um mich herum flossen einige Tränen.

Bittersweet summer days, under desert skies,
Where the echoes of love turn to whispered goodbyes.
In the heat of the moment, I'm finding my way,
Through the haze of bittersweet summer days.

So war das Leben halt. Voller Enttäuschungen, aber auch voller Möglichkeiten, sich von einer Sache zu verabschieden und die nächste zu finden.

Obwohl ich wirklich niemandem auf dieser Welt Herzschmerz wünschte, war es die pure Erleichterung festzustellen, dass ich nicht allein war.

Zach trat von hinten an mich heran, legte seine Arme um meine Mitte, und gemeinsam wogen wir uns im Takt der Musik, die immer mehr anschwoll. Bevor es zu intensiv wurde, schrie ich ihm zu: »Wie bekommt man eigentlich einen Job bei deiner Firma, wenn man nicht gerade als Krankheitsvertretung einspringt?«

Das Wiegen brach ab. Er legte sein Kinn auf meine Schulter. Ich war mir ziemlich sicher, dass er mich ansah, aber ich verfolgte das Konzert weiter.

»Man bewirbt sich. Eine Empfehlung eines Mitarbeiters dürfte helfen, denke ich. Aber die Bewerbungsgespräche finden in New York City statt«, rief er neben meinem Ohr der Musik entgegen.

»Wie ist das Leben dort so?« Ich drehte nun doch meinen Kopf in seine Richtung.

Seine Stirn lag in Falten, seine Mundwinkel hoben sich jedoch immer deutlicher. »Es kann ziemlich einsam werden.«

»Na, dagegen lässt sich sicher etwas machen.«

Kurz drehte er mich zu sich, betrachtete grinsend mein Gesicht, und unsere Blicke verbanden sich miteinander. Dann küsste er mich.

Er war wie eine Stütze, die ich nicht brauchte. Doch das Wissen ihrer Existenz gab mir die Sicherheit, mich selbst aufrecht zu halten. Ich genoss seine Hände auf meinem Bauch, an meinen Hüften und lehnte mich ihm mit dem Rücken entgegen. Irgendwann beendeten wir den Kuss und gaben uns wieder der Musik hin, indem wir auf- und abhüpften wie der Rest der Menge.

Zuerst hielt ich das Grollen für die Geräusche eines Erdbebens, das wir als Menge gemeinsam ausgelöst hatten. Dann verzog ich das Gesicht, weil ich befürchtete, dass die Tontechnik wieder Probleme machte. Doch als der erste Tropfen auf mein Gesicht traf, war mir alles klar.

Innerhalb von Sekunden verdunkelte sich der Himmel, und eine massive Wolke kollabierte über uns. Niemand stoppte die Party, obwohl der Regen immer heftiger wurde. *Hamada* sang so lange weiter, bis unser Team den Strom aus Sicherheitsgründen abstellte. Für die meisten war das der Moment, einen Unterstand zu finden. Zwar tanzten die Gäste weiter durch die Pfützen, den Schlamm und mit einer Laune, die kein Gewitter auf dieser Welt mindern konnte, aber es wurde leerer um uns.

Zach und ich bewegten uns jedoch nicht weg. Im

Gegenteil. Ich drehte mich zu ihm um, stellte mich auf die Zehenspitzen und küsste ihn. Seine Lippen waren warm und weich, sodass ich nicht genug von seinem Mund bekam. Er legte seine Arme um mich, griff in mein Haar und zog mich näher. Mir lief das Wasser den Rücken herunter und durchweichte mein Kleid. Doch nichts außer Zach war von Bedeutung. Nur das Gefühl zählte, das er mir bereitete. Ich verlor mich in seiner Wärme und Leidenschaft, bis ein Blitz den verdunkelten Himmel durchzuckte. Wir lösten uns voneinander, tauschten einen Blick, und nach einem kaum merklichen Nicken umklammerte er meine Finger. Hand in Hand rannten wir davon. Freiheit pulsierte durch meine Adern, als er mich anlächelte. Ein bittersüßer Moment – wie mein Leben.

Bittersweet Summer Days

Strophe 1:
I lost myself in the shadow of your name,
Chased your light, but it burned like flame.
Now the sun is setting, it's my turn to rise,
Through the ash, I'll find the sky.

Pre-Chorus:
And every step feels like a brand-new start,
Picking up the pieces of a shattered heart.

Refrain:
Bittersweet summer days, under desert skies,
Where the echoes of love turn to whispered goodbyes.
In the heat of the moment, I'm finding my way,
Through the haze of bittersweet summer days.

Strophe 2:
Your words, like smoke, they clouded my view,
But now I'm dancing to a different tune.
Every tear that fell has watered my soul,
From this broken ground, I'll grow whole.

Pre-Chorus:
And every heartbeat feels like freedom's call,
Learning how to rise after the fall.

Refrain:
Bittersweet summer days, under desert skies,
Where the echoes of love turn to whispered goodbyes.
In the heat of the moment, I'm finding my way,
Through the haze of bittersweet summer days.

Bridge:
The lights of the festival blur with the stars,
I'm no longer haunted by who we were.
In the rhythm of the night, I'm finally free,
This is who I was always meant to be.

Refrain (Finale):
Bittersweet summer days, under desert skies,
Where the echoes of love turn to whispered goodbyes.
In the heat of the moment, I'm finding my way,
Through the haze of bittersweet summer days.

Outro:
Through the haze of bittersweet summer days,
I'm whole again in my own embrace.

Danksagung

Ein Buch zu schreiben, ist wie die Organisation eines Festivals. Dazu braucht man als Erstes ein Gelände, auf dem man die Party veranstalten kann. Deshalb danke ich Piper und besonders Elke, die dafür gesorgt haben, meinen Wunsch umzusetzen und mit euch, der Leserschaft, teilen zu können.

Ohne Moos ist nichts los! Es muss also auch Personen geben, die bereit sind, in das Projekt zu investieren. Meine Familie steht immer an meiner Seite, schenkt mir ihre Zeit und unterstützt mich, wo sie nur kann. Danke an euch!

Jedes Festival benötigt einen Manager, der sich um die großen Krisen kümmert. Danke, Kevin, dass du mir immer eine Stütze bist, alles irgendwie stemmst, während ich bis in die Nacht vor dem PC hänge.

Kein Festival ohne fleißige Bienchen, die Regenponchos oder Churros verteilen – oder eben Händchen halten, Mut zusprechen und zuhören. Danke an meine lieben Freund:innen und Kolleg:innen Dennis, Linda, Sarah, Vicky, Marina, Kathi, Julia, Diana, Nadine, Tess, Melli und Steffi!

Doch kein Festival ohne Line-up, und das seid ihr, meine lieben Leserinnen und Leser! Eure Unterhaltung ist mein Programm, deshalb danke ich euch von Herzen, dass ihr die Bühne betreten und zu diesem Buch gegriffen habt. Ich hoffe, ihr fühlt euch sommerlich frei und bereit für das nächste große Event!

Zum Schluss danke ich – wie immer – mir selbst. Ohne Sand keine Wüste, ohne Töne keine Musik und ohne Ehrgeiz und Durchhaltevermögen kein Buch.

Kommt gut durch die Festivalsaison!

Triggerwarnung

In diesem Text sind Themen enthalten, die für Betroffene triggernd wirken können. Im Folgenden findet sich eine Aufzählung, die jedoch den Inhalt des Romans spoilern kann.

- Trennung
- toxische Beziehung
- Trauer/Tod/Verlust
- Erwähnung von Drogenabhängigkeit
- Erwähnung häuslicher Gewalt
- Vernachlässigung im Kindesalter
- Skorpion/Skorpionstich
- allergischer Schock/allergische Reaktion